© 손홍주

KB109970

김탁환

1968년 진해에서 태어나 서울대학교 국어국문학과와 동 대학원을 졸업했다. 대하소설 『불멸의 이순신』, 『압록강』을 비롯해 장편소설 『혜초』, 『리심, 파리의 조선 궁녀』, 『방각본 살인 사건』, 『열녀문의 비밀』, 『열하광인』, 『허균, 최후의 19일』, 『나, 황진이』, 『서러워라, 잊혀진다는 것은』, 『목격자들』, 『조선 마술사』, 『거짓말이다』, 『대장 김창수』 등을 발표했다. 소설집 『진해 벚꽃』, 『아름다운 그이는 사람이어라』, 산문집 『엄마의 골목』, 『그래서 그는 바다로 갔다』 등이 있다.

허균, 최후의 19일

1

허준,
최후의
19일

소설 조선왕조실록

16

1

김탁환

민음사

개정판 작가의 말

『허균, 최후의 19일』을 내고 20년이 흘렀다. 10년 전 출판사를 옮겨 개정판을 냈을 때, 더 이상 판이 바뀌진 않으리라 여겼다. 그러나 작가의 예상과는 달리, 어떤 작품은 스스로 생명력을 지녀 더 오래 더 먼 곳으로 가기도 한다.

이 소설은 내가 처음으로 '혁명가'를 주인공으로 삼은 장편이다. 허균이 과연 혁명가로서 죽음을 맞았는지, 아니면 권력 투쟁에 밀려 참혹한 최후에 이르렀는지는 아직도 쟁론할 지점이 있다. 나는 명백히 전자의 허균에 끌렸고, 혁명가의 최후를 상세하게 들여다보기 위해, 허균의 50년 인생에서 19일만을 택했다.

그 후 나는 『혁명, 광활한 인간 정도전』(2014년, 민음사)을 통해 혁명이 시작되는 순간에 주목했다. '인간은 얼마나 절망해야 혁명을 꿈꾸게 되는가?'라는 질문을 정도전을 통해 풀어 보고자 한 것이다.

허균과 정도전은 살았던 때도 혁명을 준비하고 실행한

과정도 또 혁명의 결과도 달랐지만, 누구보다도 절망의 두께가 두꺼웠고, 그 단단한 절망을 부수고 희망을 찾으려는 의지가 강했다. 『허균, 최후의 19일』을 처음 접하는 독자라면, 『혁명, 광활한 인간 정도전』까지 읽어 혁신과 희망에 대한 고민을 키워 가시라 권하고 싶다.

20년 전에는 허균의 최후를 막연히 상상한 것이 아니라 다양한 사료를 바탕으로 구축했다는 것을 밝힐 필요가 있었다. 각 장의 도입부에 인용한 시문(詩文)들이 그 증거였다. 그러나 20년이 흐르는 동안, 허균의 생애가 더 많이 알려지기도 했고, 또 내가 역사 속 인물을 소설로 옮기는 방법이 독자들에게 익숙해진 측면도 있기에, 이번 판에선 인용문을 모두 지웠다. 역사에 기대지 않고, 독자들이 오롯이 소설 그 자체로 450년 전에 태어난 허균이란 걸출한 인물의 최후에 몰두했으면 싶다.

권두시로 둔 김수영의 「광야」는 새로 나온 『김수영 전집』(민음사, 2018년)에 근거했음을 끝으로 밝혀 둔다.

1년 남짓 이 작품을 손보느라 애쓴 민음사 편집부에게 고마움을 전한다.

2019년 3월
김탁환

광야

이제 나는 광야에 드러누워도
시대에 뒤떨어지지 않는 나를 발견하였다
시대의 지혜
너무나 많은 나침반이여
밤이 산등성이를 넘어 내리는 새벽이면
모기의 피처럼
시인이 쏟고 죽을 오욕의 역사
그러나 오늘은 산보다도
그것은 나의 육체의 융기

이제 나는 광야에 드러누워도
공동의 운명을 들을 수 있다
피로와 피로의 발언
시인이 황홀하는 시간보다도 더 맥없는 시간이 어디 있느냐
도피하는 친구들
양심도 가지고 가라 휴식도―
우리들은 다 같이 산등성이를 내려가는 사람들
그러나 오늘은 산보다도
그것은 나의 육체의 융기

광야에 와서 어떻게 드러누울 줄을 알고 있는
나는 너무나도 악착스러운 몽상가
조잡한 천지(天地)여
간디의 모방자여
여치의 나래 밑의 고단한 밤잠이여
"시대에 뒤떨어지는 것이 무서운 게 아니라
어떻게 뒤떨어지느냐가 무서운 것"이라는 죽음의 잠꼬대여
그러나 오늘은 산보다도
그것은 나의 육체의 융기

— 김수영

배고픔 같은 희망

계축년(1613년) 5월 20일 저물 무렵

세상은 또 한 번의 탈바꿈을 준비하고 있었다.

까마득하게 펼쳐진 갯벌이 붉은 울음을 토하기 시작하면, 변산의 백성들은 삼삼오오 짝을 지어 바닷가 언덕으로 나왔다. 조화옹(造化翁, 조물주)이 선물한 장엄한 낙조를 구경하기 위해서였다.

"대감마님! 돌아가시지유. 이제 곧 물참(밀물 때)이구먼유."

키가 크고 어깨가 떡 벌어진 몸종 돌한이 내변산으로 돌아가기를 재촉했다. 허균은 보랏빛 양떼구름을 올려다보며 긴 숨을 들이쉬었다. 눈이 깊고 귓불이 넓으며 각진 턱이 인상적이었다.

그가 올 것이다. 그가 와서 내게 강요할 것이다.

두루마기와 갓, 신발과 버선까지 모두 벗은 후 바지를 둘둘 걷어 올렸다. 의관을 정제하는 사대부로서는 있을 수 없는 옷차림이었다.

"요놈아! 이런 구경을 두고 어딜 간다는 게냐? 넌 여기서 옷이나 지키고 있어라. 난 저곳으로 들어가 좀 더 즐길 터이니!"

허균은 언덕을 내려와서 갯벌을 냅다 달리기 시작했다. 서늘한 물바람이 겨드랑이를 파고들었고 축축한 진흙이 발바닥을 간질였다. 두꺼비의 갈색 등에 오돌토돌 솟은 돌기처럼 모인 구경꾼들은 미친 듯이 달려 나가는 그를 발견하고 손가락질을 해 댔다. 저물 무렵, 그렇게 갯벌을 질주하는 사람은 일찍이 없었던 것이다.

"야아! 야아!"

수평선 아래로 떨어지려는 해를 단숨에 끄집어 올릴 기세로 고함을 질러 댔다. 이마와 콧잔등에 진흙이 튀어도 걸음을 늦추지 않았다. 발을 헛디뎌 앞으로 고꾸라지기도 했지만, 오뚝이처럼 벌떡 일어나서 앞만 보고 달렸다.

그가 올 것이다. 그가 와서 내게 강요할 것이다. 세상을 바꿀 때가 되었다고. 그러나 나는 고개를 저으리라. 아직은 때가 아니라고. 단 한 번의 결정적인 순간을 기다려야 한다고. 배고픔처럼 희망을 간직하고 있으라고.

웅성거림이 사라진 후에야 걸음을 멈추고 돌아섰다. 어느새 구경꾼들의 시야에 잡히지 않을 만큼 아득히 나와 있었다. 민가의 불빛들은 어둑새벽의 별처럼 드문드문 빛났다. 거친 숨을 몰아쉬며 손바닥으로 얼굴을 훔쳤다. 양 볼을 타고 목덜미까지 흘러내린 땀이 바닷바람과 뒤섞여 더욱 짭짜름했다.

꼭 한 번 이렇게 갯벌의 끝까지 달리고 싶었다. 땅과 바다가 부딪혀 붉은빛을 토하는 자리에 서서 남아 있는 나날을 그려 보고 싶었다.

마흔다섯의 나이.

때론 실수로 때론 모함으로 벼슬을 잃고 탐관오리로 몰렸던 날들. 외직만 전전하며 조선 팔도를 떠도는 동안, 큰형 악록(岳麓) 허성도, 작은형 하곡(荷谷) 허봉도, 그를 가장 아껴 주던 막내 누이 난설헌(蘭雪軒) 허초희도 모두 세상을 떠났다. 태평한 시절이 오면 산 좋고 물 맑은 곳에 모여 서로의 시를 품평하자던 젊은 날의 약속은 끝내 공문구가 되어 버린 것이다.

바닷물이 고인 웅덩이를 찾았다. 허리를 숙이고 손 움큼으로 물을 떠서 얼굴과 목덜미에 끼얹었다. 생각만큼 차갑지는 않았지만 흘러내린 땀을 식히기에는 충분했다. 몸을 돌려 다시 해안을 살폈다. 짙은 허무의 미소가 그의 볼을 스치고 지나갔다.

"금강산에서 하늘로 올라간 하곡 형님 흉내를 내는 겐 가? 여기서 더 달려가고자 한다면 바다에 빠져 죽는 도리 밖에 없을 걸세. 그렇게 죽기는 아깝지 않은가?"

허균은 허리를 젖히며 큰 소리로 웃었다.

"하하하핫! 왔는가? 기다리고 있었네. 용궁 구경도 싫지 만은 않으이. 어떤가? 함께 가겠는가?"

목소리가 점점 가까워졌다.

"하삼도를 돌면서 자네의 풍문을 들었다네. 속세를 잊고 변산에 숨어서 안빈낙도하겠노라 큰소리를 쳤다면서? 동 이에 술이 비지 않고, 부엌에 연기가 끊이지 않으며, 띳집 (지붕을 띠로 이은 집)에 비가 새지 않고, 사시사철 포의를 입 을 수 있다면, 숲에서 나무를 하고 강에서 고기를 낚을 수 만 있다면, 무엇을 더 바라겠느냐고 했다는 게 사실인가?"

"자네도 들었는가? 과연 발 없는 말이 천 리를 가는군. 어디 그뿐이겠는가. 낮에는 평상에서 법첩(法帖, 잘 쓴 글씨로 만든 서첩)을 익히고, 저물녘에는 갯벌에 서서 낙조를 살피 며, 밤에는 맑은 마음으로 고요히 앉아 유익한 벗과 따뜻한 대화를 나누려네. 몇 잔 술로 얼큰해지면 화초에 물을 주거 나 대나무를 심어도 좋겠지. 거문고를 들으며 학을 애완하고 향을 피우며 차도 끓이려네. 배를 띄워 산수를 구경하고 장기와 바둑 솜씨도 키워 볼 생각이야. 어떤가, 파암(破岩)! 자네도 나와 함께 티끌 같은 세상을 잊어 보지 않겠는가?"

파암은 허균이 박치의에게 붙여 준 별호였다.

박치의는 독사눈을 번득이며 허균의 오른쪽 뺨을 쏘아보았다. 머리를 빡빡 깎고 장삼에 가사를 걸쳤으며 염주까지 쥔 모양새가 영락없이 무량사나 소소래사에서 나온 공양승이었다.

"자넨 이미 번뇌의 바다를 건넌 고승이 되었군그래. 서산대사의 수제자라고 해도 곧이 들을 걸세. 어젯밤에 들려온 종소리의 주인이 자네였는가? 속은 비고 밖은 두터워 모양이 둥글고 곧은데, 치는 대로 소리 나서 세월은 이미 깊었구나. 꿈속에서 처음에는 범의 휘파람인가 놀랐고, 깨어서 다시 들으니 용이 읊조리는 소리일세……."

"놀리지 말게. 그나저나 자네 꼴이 그게 뭔가? 오성과 한음도 고개를 설레설레 젓고 갔다는 악동이라지만, 이제 자네 나이도 마흔다섯이야."

허균이 뒷머리를 긁적거렸다.

"헤헤, 뭐 어떤가? 뻘밭을 달리는 데 사모관대라도 갖추라는 말인가?"

박치의의 목소리가 날카로워졌다.

"두 달 동안 의금부 관원들의 추적을 따돌리며 팔도를 헤맸다네. 지옥 같은 나날이었어."

"그랬는가? 미안허이. 한데 왜 나를 찾았나?"

허균은 미소를 잃지 않은 채 박치의에게 물었다. 침묵이 흘렀다. 박치의의 움푹 팬 볼과 갈라져 터진 입술이 그동안의 몸 고생 마음고생을 드러내고 있었다. 엄지발가락까지 찰랑찰랑 바닷물이 들어왔다. 시간이 없었다.

"무륜당(無倫堂)의 일을 자네도 들었겠지? 박응서가 우릴 배신했어. 모두들 사형을 면키 힘들 거야."

조정 대신의 서자들이 경기도 여주 강변에 무륜당을 짓고 술과 시를 벗 삼아 함께 기거한 것은 기유년(1609년)부터였다. 서양갑, 심우영, 박응서, 이경준, 박치인, 박치의, 김경손 등이 바로 그들이다. 일찍이 무신년(1608년)에도 연명으로 상소를 올려 적서 차별을 없애고 벼슬길을 통하려 하였으나 허락되지 않았다. 허균은 나이의 많고 적음을 가리지 않고 그들과 어울려 붕우의 인연을 맺었다.

무륜당의 서자들이 네 차례나 조령에서 은을 강탈했다는 혐의를 받고 좌포도대장(左捕盜大將, 종2품) 한희길에게 체포된 것은 지난 3월이었다. 단순 강도로 가닥을 잡아 가던 이 사건은 박응서의 세 치 혀가 움직이면서 완전히 새로운 국면으로 접어들었다. 박응서의 공초(供招, 죄인의 진술)에는 무륜당의 서자들이 은을 강탈하여 군자금을 확보한 다음 반정(反正)을 일으키려 했고, 인목 대비의 아버지이자 영창 대군의 외할아버지인 연흥 부원군 김제남이 오래전부터 그들에게 돈과 재물을 후원하며 역모를 부추겼다고 적혀 있었다. 김제남이 역모에 연루된다면 그 화가 영창 대군에게까지 미칠 것은 뻔한 일이었다.

"복수를 해야 하지 않겠는가? 박응서를 죽이지 않고는 벗들이 편히 눈을 감을 수 없을 걸세. 자네가 우리에게 들려주었던, 완전히 새로운 나라를 만들기 위해서라도, 자네는 세상 속으로 다시 들어가야 하네."

박치의만이 의금부와 포도청의 포위망을 뚫고 탈출에 성공한 것이다. 허균이 양미간을 찌푸리며 긴 한숨을 몰아쉬었다.

"이보게, 파암! 잘못 왔으이. 나는 예전의 교산이 아니야. 이제부터 나는 이렇게 살 작정이네. 산천의 화초는 비복이 되고 온갖 새소리는 담소가 되며 계곡의 나물과 흐르는 물은 술안주와 국을 대신하지. 서책은 스승이 되고 대나무와 돌은 붕우가 되며 빗소리, 구름 그림자, 솔바람, 담쟁이 잎 사이로 보이는 달은 한때의 흥이 도도한 가무가 될 터이니, 내 어찌 이런 즐거움을 버리고 속세로 돌아가겠는가?"

박치의가 오른손에 든 염주를 갯벌에 패대기치며 말했다.

"날 믿지 못하는 겐가? 난 자넬 알아. 이렇게 모든 걸 포기할 사람이 아니지. 신선이 되겠노라고 금강산이나 강릉 혹은 변산으로 숨어든 적도 있었네만, 그때마다 자네는 다시 청운의 길로 돌아왔지 않은가? 자네는 자네 혼자 잘 먹고 잘사는 것을 받아들일 수 없는 위인이야. 시문을 배우는 까닭이 세상을 바로잡는 데 있음을 누구보다 더 잘 알고 있지 않은가? 설령 자네가 변산 자락에 숨는다고 해도, 금상과 이이첨은 자네의 안빈낙도를 결코 묵인하지 않을 걸세. 박응서가 자네의 이름을 거명하지 않더라도 자네가 무륜당의 우두머리임은 천하가 아는 사실이네. 변산으로 의금부의 관원들이 들이닥칠 테고, 그렇게 되면 자넨 꼼짝없이 목숨을 잃을 걸세. 이렇게 노닥거릴 시간이 없으이! ……정녕 자유롭고 싶은가? 세상을 완전히 바꾸지 않고는 자유란 없어. 한 걸음 한 걸음 내디디세. 가세! 자네가 앞장을 서면 지옥 끝이라도 따라가겠네."

허균이 발끝으로 바닷물을 툭툭 차 댔다.

"진정하게. 파암! 자네의 식솔이 모두 의금부로 끌려갔다는 소문은 들었네. 하나 우리가 무슨 힘이 있어서 세상과 맞서겠는가? 재미 삼아 노닥거린 이야기들을 마음에 담고 있는지 몰랐으이."

박치의가 품에서 단도를 꺼냈다.

"나는 자네를 지음(知音, 상대방의 가치를 알아보는 가까운 친구)으로 여겼네만 자네는 나를 그렇게 생각하지 않는군. 자네가 잡술에 눈이 멀어 신선의 길을 고집한다면, 이 검으로 자네의 심장을 찌르고 나도 자결하겠네. 어차피 희망을 이룰 수 없다면 더 살아서 무엇하리. 교산! 어찌할 텐가?"

박치의는 당장이라도 허균의 가슴을 찌를 기세였다. 허균이 단도와 박치의의 독사눈을 번갈아 쳐다보았다.

"자네의 칼날 같은 성품은 언제 보아도 멋있어. 하나 지금은 칼날을 숨길 때라네. 오래 참는 법을, 외곽으로 돌아가는 법을, 분노를 가라앉히는 법을, 작아지는 법을, 그리하여 비굴해지는 법을 배우게. 이제 우리는 봉우리에서 하산하는 거야. 두 발의 움직임에 신경을 곤두세워야 해. 멋있게 정상을 정복하는 것보다 안전하게 추락하는 것이 훨씬어렵지. 안전하게 추락해야지만 다시 산을 오를 수 있지 않겠는가? 변산 자락에 숨는 것이 불가능하다는 자네의 말에도 일리는 있어. 그렇다면 길은 두 가지 뿐이겠군. 더 깊이숨거나 뻔뻔스럽게 세상으로 나서는 것! 한데 파암, 이제부터는 자네와 나 둘뿐이야. 우리 둘이서 세상과 맞서야 한다이 말이네. 두렵지 않은가? 아, 자네의 분노가 그 두려움마저 삼켜 버렸다고? ……죽음을 두려워하지는 않더라도, 우리의 희망이 사라지는 것은 정녕 두려워해야 한다네. 지금부터는 돌다리도 두드려야 해. 필승의 길이 아니고서는 절대로 가서는 안 돼."

허균은 슬그머니 팔을 뻗어 단도를 빼앗았다.

"급한 성미는 어쩔 수 없구먼. 내 어찌 무륜당의 맹세를 잊을 수 있겠나. 무륜당의 소식을 들은 후부터는 입에 쩍쩍 달라붙는 도하(桃蝦, 복숭아꽃 빛깔의 왕새우) 맛도 모를 정도였다네. 자네 혼자라도 죽음의 구렁텅이에서 살아 나왔으니 다행이야."

"역시! 자넬 찾아온 보람이 있군. 가세. 가서 놈들의 목을 베자고!"

허균이 굳은 얼굴로 박치의를 보며 천천히 고개를 저었다.

"지금은 아니야. 지금 갔다간 개죽음을 당할 뿐이지. 때를 기다리게."

"분노와 슬픔으로 심장이 터질 지경이야. 가세, 당장 가자고!"

허균이 양손으로 박치의의 어깨를 꽉 쥐었다.

"파암! 지금부터 내가 하는 말을 잘 듣게. 조령의 일은 성급했네. 아무리 군자금이 풍족하고 장정이 많더라도, 도성 안에서 일을 도모할 수 없으면 헛것이야. 조정에도 우리 사람이 있어야 하고 의금부와 좌우포도청과 훈련도감에도 우리 사람이 있어야 하고 대궐 안에도 우리 사람이 있어야지만 도성 안팎을 휘저을 수 있어. 자네의 울분을 모르는 바는 아니네만 일의 선후를 충분히 가려서 시작했어야지. 지금 우린 빈털터리고 저들은 전부를 가졌네. 이런 상황에서 저들을 죽일 묘책을 가르쳐 달라 이 말인가? 잘 듣게. 그런 묘책은 없어. 지금은 저들의 목을 앗을 때가 아니라 우리의 목을 지킬 때라네. 자네와 내가 함께 움직이다가는 저들에게 잡히고 말 걸세. 당분간 각자의 길을 걷는 게 어떻겠나?"

"각자의 길이라니?"

"자네를 수배하는 방이 이미 팔도에 나붙었으니 민가에서 지내기는 어려워졌네. 차라리 산으로 들어가서 사람들을 모으게. 틀림없이 우리를 도와 큰 뜻을 펼칠 호걸들이 나타날 걸세."

"화적질을 하라 이 말인가? 싫네. 개국 이래 임거질정(林巨叱正, 임꺽정)이니 뭐니 해서 팔도를 시끄럽게 만든 놈들이 오죽 많았는가? 하나 그놈들은 다 제 배 부르자고 그런 허울을 뒤집어썼던 게야. 난 그렇게 되기 싫으이."

"자네가 화적질만 한다면야 그 꼴이 되겠지. 하나 우린 심심산골에서 자기만의 왕국을 만들려는 게 아니야. 아무런 대책도 없이 무작정 세상을 향해 분노의 칼날을 들이미는 놈들은 없느니만 못해. 우리에겐 명백한 목표도 있고 구체적인 계획도 있네. 화적질은 다만 몸을 숨기고 세월을 낚는 방편일 뿐이지. 때를 기다리세. 하늘이 갈라지고 땅이 요동치는 날이 꼭 올 거야. 세상을 바꾸지 않고는 더 이상 견딜 수 없다고 누구나 생각하는 바로 그 순간, 우리가 나서는 거야. 그때까지 자네는 북삼도에서 화적 떼의 두령으로 악명을 떨치고, 나는 도성에서 새로운 삶을 시작하는 게 좋겠어."

"도성에서 새로운 삶을 시작하겠다고? 도대체 무슨 생각을 하고 있는 건가?"

"두 가지 길이 있을 것 같네. 하나는 이곳을 떠나 금강산으로 숨는 거네. 저들이 나에 대한 의심의 눈초리를 거둘 때까지 세상을 잊고 지내는 척하는 게지. 나머지 하나는 관송(觀松, 이이첨의 호)을 직접 찾아가서, 관송의 개가 되는 건데……."

"관송의 개?"

박치의의 이마에서 핏줄기가 돋아났다. 두 눈이 더욱 작고 날카로워졌다.

"그래. 관송의 개가 되어 시도 때도 없이 짖어 대는 거야. 컹컹컹, 이렇게 말일세. 둘 중 어느 편이 좋을까?"

허균은 늘 답을 가지고 있으면서도 먼저 펴 보이는 법이 없었다. 이번에도 박치의는 허균의 덫에 걸려들었다. 이미 그가 산골짜기에 숨어 안빈낙도하겠다는 허균을 비난했으니, 남은 답은 하나뿐이다.

"휴우! 관송에게 가게. 숨어 지내는 것보다야 도성으로 들어가는 편이 여러 모로 유리해."

허균이 입꼬리를 올리며 빙긋 웃었다.

"역시 그래야겠지? 한데…… 자넨 날 믿나?"

정곡을 찌른 물음이었다. 이이첨의 신뢰를 받기 위해서는 궂은일을 도맡을 수밖에 없으리라. 그 와중에 생기는 몇몇 오해가 박치의와 허균의 믿음을 깨뜨릴 수도 있다. 박치의는 단도를 허공으로 획 던졌다가 날렵하게 다시 잡았다.

"믿고말고! 자넨?"

허균이 즉답을 피한 채 고개를 숙였다. 바닷물이 벌써 발목을 지나 무릎까지 차올라 왔다.

"나는 서자가 아님에도 무륜당의 벗들과 어울렸었지. 내가 왜 그랬다고 생각하는가?"

"그거야……."

"자네들의 글재주를 아껴서였을까? 자네들의 파격이 좋아서였을까? 자네들을 돕고 싶은 순수한 마음에서? 적서 차별을 없애려고? 글재주를 뽐내는 일이라면 솔직히 자네들보다 눈부신 재능이 얼마든지 있고, 파격을 즐기는 일이라면 새끼 기생들과 노닥거리는 편이 낫지. 순수한 마음이

니 아무런 보상도 바라지 않는다느니 하는 말을 혐오하는
건 자네도 알 테고, 적서 차별이야 자네들 문제지 내 문제
는 아니라네. 이상하지 않은가? 그럼에도 불구하고 내가 왜
자네들을 피붙이보다도 더 살갑게 아꼈을까?"

"……."

박치의는 허균과 서자들의 교분을 이상하게 생각한 적
이 단 한 번도 없었다. 허균에게 시를 가르친 손곡(蓀谷) 이
달도 서자이고, 허균의 둘도 없는 죽마고우 이재영 역시 서
자이기 때문이었을까? 그러나 후처의 자식이라고 해도 허
균은 명백하게 서자가 아닌 적자(嫡子, 정실 아내가 낳은 아들)
였다. 무륜당의 서자들과는 처지가 다른 것이다.

"혹자는 나의 스승과 죽마고우가 서자였다는 데서 그 이
유를 찾더군. 하지만 아니야! 그들의 처지를 동정한 적은
있지만, 그들에 대한 관심이 나를 자네들과 어울리도록 만
든 건 결코 아니라네. 잘 듣게. 이제부터 자네와 나 사이엔
비밀이 있어서는 안 돼. 자네가 섭섭하게 여길 수도 있겠지
만 나는 꼭 이 말을 해야겠어. 내가 자네들과 어울렸던 이
유는, 더 이상 잃을 것이 없는 자네들의 처지 때문이었네.
떡 하나라도 손에 쥐면 한 걸음 물러나는 게 사람의 본성이
야. 생각을 해 보게나. 자네들이 서자가 아닌 적자였다면,
심금을 드러내 놓고 함께 시와 술을 즐길 수 있었겠는가?

잃을 게 없다는 건 무슨 일이든지 할 수 있다는 뜻이지. 나는 그런 자네들이 탐났네. 물론 세상을 바꾸려면 중인이나 상민의 도움도 필요해. 잃을 것이 없기는 그들도 마찬가지겠지. 하나 그들에게 사소한 일을 나누어 맡길 수는 있지만, 우리가 하고자 마음먹은 일을 처음부터 끝까지 책임질 수는 없네. 무륜당의 서자들, 자네들은 적서 차별로 단련되었을 뿐 아니라 과거에 급제할 만큼 박학했지. 내가 자네들을 믿고 가깝게 지냈다면 그 때문일 게야."

"처지가 바뀌면 믿음이 사라질 수도 있다 이 말인가?"

"얼마든지! 한데 자넨 뒤바뀔 처지가 없을 것 같으이. 영창 대군을 옹립하려다가 발각된 역도에게 무슨 희망이 있겠는가? 하나 나는 달라. 마음만 먹으면 얼마든지 처지를 바꿀 수 있지. 지금은 변산 골짜기에서 산림처사로 세월을 죽이고 있네만, 일찍이 세자시강원 설서(世子侍講院 說書, 세자에게 학문을 가르치는 관청의 정7품 벼슬)로 금상의 학업을 도왔고, 조정의 실권자 이이첨과는 기축년(1589년)에 나란히 생원시에 급제한 인연도 있어. 또한 명나라 사신들과의 돈독한 교분도 나의 출세를 뒷받침할 걸세. 지금까지야 취미 삼아 정치를 했네만 이제부터 본격적으로 세상을 다스려 볼까? 어떤가, 금방 당상관의 반열에 오를 것 같지 않은가?"

허균의 말은 허풍이 아니었다. 명나라에서 사신이 온다면 광해군은 허균부터 불러들였다. 명나라 사신을 응대하는 데는 허균보다 뛰어난 신하가 없었던 것이다. 허균은 박치의의 두 눈을 똑바로 쳐다보며 말을 이었다.

"허균이 완전히 타락했다는 소문이 날 걸세. 지금은 날 의심해도 좋네. 하나 그때는 무조건 날 믿어야 해. 내가 무슨 말을 하고 어떤 짓을 하더라도, 자네 얼굴에 침을 뱉고 자네를 왕실과 조정에 고변하더라도, 자넨 나의 한결같음을 믿을 수 있겠나?"

"믿지. 자네가 나의 심장에 비수를 겨누어도 내 믿음은 변치 않을 걸세."

허균이 천천히 고개를 끄덕였다.

"좋아! 그럼 난 내일부터 완전히 달라짐세. 다른 웃음과 다른 걸음걸이와 다른 말투로 세상과 맞서겠네. 제 얼굴에 침을 뱉는 상쾌함이로다! 사방 벽에 똥칠하는 즐거움이로다!"

밀물을 뒤따라온 짙은 어둠이 두 사람을 육지로부터 완전히 고립시켰다. 하늘 아래 단 두 사람만이 살아 숨 쉬는 것 같았다. 그들이 뚫고 나가야 하는 여름밤이 성큼 다가와 있었다.

허균이 박치의의 등을 손바닥으로 타닥 때리며 황급히

뒤돌아섰다.

"어이쿠, 예서 당장 나가자고. 더 지체하다가는 새로운 나라를 구경도 못하고 물귀신이 되겠어! 뭘 그렇게 보나? ……가자고. 가서 곡차라도 한잔 해야지?"

허균이 개구쟁이처럼 바닷물을 두 발로 번갈아 차며 펄쩍펄쩍 뛰었다. 박치의도 어깨를 으쓱 올린 후 허균의 뒤를 따랐다.

"마님, 대감마니임!"

구척장신 돌한이 허균을 발견하고 언덕을 굴러 내려왔다. 허균은 장난꾸러기처럼 벙글벙글 웃으며 돌한의 머리를 쥐어박았다.

"요놈아! 왜 이리 호들갑이냐? 용궁 구경이라도 갔을까 봐?"

"그게 아니라……."

돌한이 툭 튀어나온 사팔눈으로 낯선 중을 흘끔흘끔 살폈다.

"어서 가서 곡차를 준비하렷다. 새악시 젖빛처럼 하얀 동동주라야 한다. 오늘 밤은 대사를 모시고 바닷바람 잘 드는 마루에 앉아 밤새껏 대취할 터이니."

"예, 마님!"

허균과 박치의는 방금 자신들이 빠져나온 갯벌을 쳐다

보았다. 거대한 어둠의 아가리가 갯벌을 순식간에 삼켰다. 허균이 그 어둠의 아가리를 노려보며 호방하게 시 한 수를 읊었다.

칼을 잡고 오른편에 비스듬히 기대니
남쪽에 큰 바다는 몇만 리 밖인가.
대붕(大鵬)이 날아가니
회오리바람이 이는구나.
춤추는 소매는 바람을 따라 휘날리니
해 돋는 동쪽과 해지는 서쪽이로다.
어지러운 세상을 쓸어버리고 태평을 이루었으니
상서로운 구름이 일어나고 상서로운 별이 비치는도다.

　　　　　　　　　　　　　　　　　　　　—『홍길동전』

1일

도성 진입

무오년(1618년) 8월 6일 오전

좌참찬(左參贊, 정2품) 허균은 돈화문(敦化門)을 지나 금천교(錦川橋)에 이르기까지 고개를 숙인 채 땅만 보고 걸었다. 청명한 가을 하늘과 시원한 산들바람도 관심을 끌지 못했다. 관복이 힘에 겨운 듯 두어 번 걸음을 멈추고 품대를 끌어 올렸다. 쌍학흉배(雙鶴胸背, 문관의 가슴과 등에 붙여 직품을 나타내는 것, 당상관은 쌍학이고 당하관은 단학임)가 눈에 들어왔다. 날개를 활짝 펴고 구름 사이를 노니는 두 마리의 학이 오늘따라 유난히 자유로워 보였다. 금천교의 물소리를 들으며 목화(木靴, 사모관대를 할 때 신던 신)를 고쳐 신었다. 저 다리를 건너 청운의 길로 접어든 지도 20년이 훌쩍 넘었다. 삭탈관직과 하옥의 수치스러움도 먼 옛일로 느껴질 정도였다.

그들이 올 것이다. 희망의 결실을 위해, 텅 빈 가슴을 기쁨으로 채우기 위해, 바로 오늘 그들이 도성으로 들어올 것이다. 복수, 복수다! 5년이나 길바닥을 기어 다닌 땅개는 주인의 목덜미를 물어뜯으리라. 숨통을 끊으리라.

5년 동안 많은 일이 벌어졌다. 변산을 떠날 때부터 각오는 했지만, 이이첨의 개로 지내는 것이, 이글이글 타오르는 불덩어리를 식히는 것이 쉽지만은 않았다.

왜 하필 오늘, 나를 부르는 거지? 혹 어떤 눈치라도 챈 게 아닐까? 아니야. 그럴 리 없지. 쥐도 새도 모르게, 낮에는 풀숲에 숨고 밤에는 산길을 달려 올라왔는데, 구중궁궐의 주인이 알 턱이 없어. 하나 조심해야겠다. 다 된 국에 코 빠뜨릴 수는 없는 일!

눈꼬리가 아래로 처지면서 저절로 미소가 만들어졌다. 누가 볼까 주위를 살피며 험험 헛기침을 했다.

광해군은 허균의 인사도 받는 둥 마는 둥 하고 상소문을 내밀었다.

"읽어 보아라."

용안에 노기가 가득했다. 도원수(都元帥, 전쟁이 났을 때의 임시 무관 벼슬) 강홍립의 상소문이었다.

강홍립의 일로 나를 부르셨단 말인가? 하나 이건 비변사 당상관들이 처결할 일이 아닌가?

허균은 강홍립의 상소문을 들고 떨리는 목소리로 읽어
나가기 시작했다.

……신 도원수 강홍립은 병들고 졸렬하여 대임을 맡을
수 없나이다. 문무를 겸비한 유장(儒將, 문관 출신의 장수)을
택하시어 노추(奴酋, 여진족)의 어리석음을 꾸짖고 대명국의
은혜를 갚도록 하시옵소서. 지극히 간절하게 명을 기다리
는 심정을 억누르지 못한 채 죽음을 무릅쓰고 아뢰나이다.
……

"고얀!"
광해군의 두 주먹이 떨렸다. 허균은 읽기를 멈추고 머리
를 조아렸다.
"오동나무 그늘 아래 벌통을 두고 아침저녁으로 모였다
가 흩어지는 벌 떼를 지켜보라. 한낱 미물인데도 법도가 참
으로 엄격하지 않으냐? 한 나라의 법도가 벌에게도 미치지
못하니 이래서야 되겠는가? 과인이 저를 불쌍히 여겨 두고
보았거늘 벌써 세 번째 사직 상소니라. 좌참찬! 도원수를
어찌하면 좋겠는가?"
허균은 잠시 뜸을 들였다. 광해군의 심기를 거스르지 않
으려면, 원칙을 강조하는 것이 최선이다.

"어명을 거역한 자는 참형으로 다스릴 뿐이옵니다."

광해군의 주먹이 스르르 풀렸다. 자신의 심중을 정확히 헤아리는 허균이 기특하기도 하지만 때로는 섬뜩한 기분이 드는 것도 사실이었다.

"강홍립이 병을 꾸며 출병을 늦추고 있다면 참형으로 다스려야겠지. 하나 정말 병중이라면 대책을 세워야 하지 않겠는가? 경도 칭병했다는 이유로 의금부에 하옥된 적이 있지?"

"그러하옵니다. 전하! 경술년(1610년) 4월, 병을 핑계 삼아 천추사(千秋使, 천추절을 축하하려고 중국에 보내는 사신)의 직을 받지 않았다고 하여 의금부에 갇혔사옵니다. 하나 그때 신은 칭병한 것이 아니옵니다. 감환(感患, 감기)에 걸린 것이 자못 심하여 폐에서 열이 나고 가래가 끼며 온몸이 불처럼 뜨겁고 심장이 마치 큰 걱정거리라도 있는 듯 두근두근거렸사옵니다. 밤에는 잠을 못 자고 입맛이 뚝 떨어져서 식음을 폐하다시피……."

광해군이 허균의 말을 잘랐다.

"두 발로 설 힘이 남아 있다면 내일 당장 출병하라고 전하라. 노추가 벌써 요동을 가로지르기 시작했다는 장계가 날아들고 있다. 더 이상 지체할 시간이 없느니라."

"분부대로 거행하겠사옵니다."

광해군은 허균의 대답을 듣고도 여전히 얼굴을 펴지 않았다.

"경도 판의금부사(判義禁府事, 종1품)와 같은 생각인가? 올해 안에 노추를 섬멸시켜야 한다고 보는가?"

"미련한 신이 무엇을 알겠나이까? 어명에 따를 뿐이옵니다."

허균이 한발 뒤로 물러섰다. 광해군이 허균을 몰아세웠다.

"허어, 천하 만물에 대해 모르는 것이 없는 경이 왜 유독 노추의 일에는 함구하는고? 솔직하게 말해 보라."

이이첨이 주도하는 비변사에서는 하루라도 빨리 원군의 요동 파병을 주장했고, 광해군은 차일피일 파병을 미루며 명나라와 노추의 전쟁을 관망하는 상황이었다. 허균은 허리를 깊이 숙인 채 간접적으로 자신의 입장을 드러냈다.

"신은 전하의 뜻과 비변사 당상관들의 뜻이 하나가 되기를 바라고 있나이다. 하나 그 둘이 일치하지 않을 때는 어명에 따를 뿐이옵니다."

광해군의 목소리가 갑자기 부드러워졌다.

"좌참찬! 과인이 왜 승지도 아닌 경을 도원수에게 보내는 줄 아는가?"

허균은 즉답을 못하고 고개를 들어 용안을 우러렀다. 광해군의 따뜻한 미소가 눈에 들어왔다.

"그 어느 신하보다도 경을 믿기 때문이니라. 세자시강원 설서로 있을 때부터, 경은 과인의 뜻을 먼저 헤아리고 다른 이들보다 한발 앞서 움직였었지. 경이라면 과인이 시시콜콜 설명하지 않더라도 과인의 바람을 도원수에게 전할 수 있을 게야."

허균은 정유년(1597년)에 세자시강원 설서로 임명되어 세자였던 광해군을 가까이 모셨다. 허균의 나이 스물아홉, 광해군의 나이 스물셋이었다. 혈기 왕성한 두 젊은이는 밤을 꼬박 새워 가며 백척간두에 선 나라를 걱정했다. 허균은 함경도까지 피난을 갔던 경험을 바탕으로, 굶어 죽고 병들어 죽고 얼어 죽는 백성의 참혹함을 소상하게 아뢰었고, 백성의 입장에 서서 나라를 다스리는 자애로운 군왕이 되어 주기를 눈물로 간청했다. 20년이 흐른 지금에도 광해군은 그 시절 허균의 우국충정을 잊지 않았다.

"전하! 성은이 망극하옵니다."

돈화문을 나서니, 돌한이 교자꾼을 이끌고 뛰어왔다. 남여(藍輿, 높은 벼슬아치들이 타던 교자)에 오른 허균은 돌한의 사팔눈을 쳐다보며 명령했다.

"옥류동(玉流洞)으로 갈 것이니라."

"신창동(新倉洞) 아씨께서 점심상을 봐 두겠다구 하셨구먼유."

추섬의 부탁을 받은 것이 분명했다. 열여덟, 물오른 애첩의 몸을 애써 지웠다.

"서둘러라. 안국방(安國坊)을 지나 십자교(十字橋) 쪽으로 지름길을 내렸다."

"예, 대감마님!"

허균에게서 심상찮은 기운을 읽은 돌한이 앞장을 서자 교자꾼의 발걸음도 바빠졌다. 강홍립의 집은 물 맑고 공기 좋은 옥류동 계곡을 끼고 있었다. 철철철철 흘러내리는 물소리에 가슴까지 시원해지는 느낌이었다.

돌한이 대문을 두드리며 허균의 도착을 알렸다. 강홍립은 병중이라 손님을 맞을 수 없다는 뜻을 거듭 전해 왔다. 허균이 대문을 밀치고 들어선 후에야 강홍립은 손님을 안방으로 맞아들였다. 창백한 볼과 움푹 팬 눈에는 병색이 역력했다. 서안(書案, 책상)에 기대어 앉아 있는 것조차 힘들어 보였다.

"좌참찬이 어떻게 여길 다…….."

"도원수의 어리석은 부문(浮文, 진실성이 없는 가벼운 글) 때문이외다."

"부문이라면……?"

"그래요. 전하께서 저를 이곳으로 보내셨습니다. 어명을 따르지 않고 사사로이 사직 상소만 올리는 도원수의 수급을 가져오라 하셨습니다."

강홍립이 가슴속 깊은 곳으로부터 한숨을 몰아쉬었다.

"휴우! 어명은 한없이 지엄한 것, 어찌 거역할 수 있겠소 이까? 형장으로 갈 함거는 준비되었는지요?"

"하하, 하하하!"

허균이 갑자기 큰 소리로 웃기 시작했다.

"언제까지 저를 능멸할 작정이십니까? 이제 그만 자리 를 털고 일어나세요. 도원수께서 마음의 병을 앓고 계시다 는 걸 잘 알고 있소이다. 하나 이렇게 누워만 있는다고 병 이 낫겠소이까? 이만하면 전하와 도원수의 뜻을 세상에 널 리 알린 듯하외다."

"지금 무슨 소릴 하는 겝니까?"

강홍립이 쓰러질 듯 오른손으로 방바닥을 짚은 채 딴전 을 피웠다.

"병이 생겼다면 충분(忠憤, 충의로 생긴 분한 마음) 때문에 생긴 울화병일 겝니다. 전하의 밀명을 따르려고 대간들의 탄핵까지 감수하며 옥류동에서 버티는 도원수의 심정을 제 가 왜 모르겠습니까? 하나 이제 정말 더 늦추었다가는 대 간들의 탄핵은 물론이고 전하의 뜻까지도 혼미해질 것이 외다. 이 나라가 전쟁의 먹구름 속으로 들어가 버리고 만다 이 말씀입니다."

"밀명이라니요? 나는 전하로부터 어떠한 특별한 하교도 받지 못했소이다. 괜한 억측으로 몰아세우지 마세요. 편벽한 서생에게 도원수 자리는 과하기 이를 데 없습니다. 더욱이 병까지 깊어 요동으로 들어서기도 전에 낙마하고 말 것이외다."

"그렇지 않아요. 지금 조정에서 도원수만큼 노추를 잘 아는 유장이 어디 있습니까? 우치적이나 김경서 같은 무장들이 일당천인 것은 사실이나, 그들에겐 대명과 노추의 전쟁을 읽어 낼 눈이 없습니다. 오직 도원수만이 그 일을 하실 수 있어요."

"명과 노추의 전쟁을 읽어 내다니요? 참으로 패역(悖逆, 도리에 어긋나고 불순함)한 말씀도 다 하십니다. 그런 걸 읽어 내서 도대체 무얼 하겠다는 뜻입니까? 좌참찬은 천은(天恩, 명나라 천자의 은혜)을 갚는 것 외에 다른 길도 있다고 보시는 겝니까?"

강홍립의 목소리가 점점 힘을 잃어 갔다. 그러나 그는 쉽게 속마음을 내비치지 않았다.

"도원수께서 용맹한 줄은 익히 알았으나 이토록 능청스러운 줄은 미처 몰랐소이다. 저를 믿지 못하시겠다면, 제가 먼저 도원수의 마음을 헤아려 볼까요?"

강홍립은 가타부타 말이 없이 냉수만 두어 모금 삼켰다.

"선왕 32년(1599년) 함경도사였던 도원수는 두만강 너머의 오랑캐들을 치기 위해 구체적인 북벌 경로를 제시하였습니다. 경포수(京砲手, 한양 출신의 포수) 700명을 충원한 다음, 봄눈이 녹고 여름 장마가 시작되기 전에 군사를 일으키자고 하였지요. 한 갈래는 풍산 차유령을 지나 노토 부락으로 진격하고 또 한 갈래는 무산에서 출발한 후 차유령을 경유하여 명가노 부락으로 진공하면, 단숨에 적을 섬멸할 수 있다고 했습니다. 그 당시 도원수의 주장대로 군사를 이끌고 북진했다면, 지금과 같은 화는 없었을지도 모릅니다. 북삼도를 지킬 유장으로 도원수가 거듭 의망(擬望, 세 사람의 후보자 중 하나로 추천)되었던 것은 우연이 아니지요."

"……"

"또한 도원수는 군무에도 남다른 혜안을 지녔소이다. 함경도 순검어사였던 선왕 40년(1607년)에 올린 장계를 기억하시겠지요? 함경도를 지키는 남군(南軍, 남부 지방에서 온 군사)의 숫자가 3000명을 넘지만, 추위를 두려워하고 오랑캐를 무서워해서 고비(鼓鼙, 적이 쳐들어올 때 신호로 치는 북)만 울려도 벌벌 떠는 형국이었습니다. 정군 외에 속오군과 삼수군이 있다지만 그들은 모두 농민이거나 나무꾼이었지요. 이런 오합지졸로는 육진을 지킬 수 없는 게 당연했습니다. 대책을 세워야만 했지요. 그때 함경도의 장정들은 상당수가 고공살이(머슴살이)로 연명을 하고 있었습니다. 도원수는 이들을 국가에서 법으로 모집한 후, 모적(募籍, 병적)에 오른 사람이면 공사천(公私賤)을 막론하고 모두 토병(土兵, 그 지역 출신의 붙박이 사병)을 만들자고 주장했습니다. 건장한 남군보다 피폐한 토병이 낫다! 도원수가 아니라면 누가 이런 주장을 펴겠습니까? 그때 병조에서 도원수의 뜻을 받아들였다면, 육진의 장졸은 천하 제일의 강병이 되었을 것이외다."

"대단한 기억력입니다. 10년도 더 지난 일을 손바닥 보듯 훤히 꿰차고 계시는군요."

허균은 강홍립의 칭찬에 어깨를 으쓱 들어 보였다.

"뭐, 이깟 일 가지고……. 조선의 시를 1만여 편이나 외우는 허균을 우습게 보지 마십시오."

"하나 그 장계들은 군을 모르는 일개 서생의 바람일 뿐입니다. 칭찬을 받을 일이 아니에요."

"그렇지가 않아요. 도원수가 양유기(초나라의 명궁)나 비장군(飛將軍, 한나라의 명궁 이광)과 같은 활 솜씨를 지녔음은 조선 팔도에 모르는 사람이 없소이다. 여기서 이러지 말고 평양까지라도 가서 전황을 살피는 편이 낫지 않겠습니까? 대명의 사신이 또다시 오는 날이면, 도원수의 목숨을 부지하기도 힘들 겝니다. 차라리 원군을 이끌고 일단 출병하는

것이 후일을 도모하기에도 여러모로 유리합니다. 용단을
내리세요. 내일 돈의문(敦義門, 서대문) 밖에 평안도 순변사
우치적을 비롯한 장수들과 하삼도에서 차출된 삼수병(三手
兵, 포수, 사수, 살수)들이 모일 터이니, 그들을 이끌고 떠나도
록 하세요."

허균이 몸을 일으키려 하자 강홍립이 무릎걸음으로 다
가와서 만류했다. 갈라 터진 입술이 바싹 말라 있었다.

"좌참찬! 앉으세요. 좌참찬을 속인 것 내 사과하리다."

허균은 못 이기는 체하며 다시 자리를 잡고 앉았다. 강홍
립이 힘없는 음성으로 속마음을 털어놓기 시작했다.

"『손자병법』에 이르기를, 무력을 사용하여 적국을 정벌
하는 것보다 외교로써 승리를 얻는 것이 낫다고 하였소이
다. 전하와 나의 뜻이 여기에 있는데, 출병을 서두를 수야
없지 않겠소이까? 어차피 노추와 명나라는 요동에서 맞붙
을 테고, 그들의 싸움판에 조선 장졸의 피를 뿌릴 필요는
없소이다. 요동의 겨울이 얼마나 지독한지는 좌참찬도 아
시지 않소이까? 태산 같은 얼음이 강을 막고 차가운 눈이
벌판에 가득합니다. 물론 세 번씩이나 사직 상소를 받고도
윤허하지 않으시는 전하의 성심을 깊이 헤아려야겠지요.
하나 지금 조선은 임진년(1592년, 임진왜란이 일어남)과 정유
년(1597년, 정유재란이 일어남)의 상흔도 완전히 지우지 못한

실정입니다."

"요동 등처 군무 양호는 호락호락한 상대가 아닙니다. 정유년에 명군을 이끌고 조선을 다녀간 적도 있어서 우리의 사정을 훤히 알 뿐 아니라, 위인이 간악하고 교활하여 조금도 손해를 보지 않으려고 할 거예요. 조선 조정의 늑장 부림에 화가 단단히 났을 겁니다."

"노추나 명나라가 조선을 경계하는 건 우리가 그들의 후방을 급습할까 의심하기 때문입니다. 기다리면 기다릴수록 애가 타는 쪽은 그들이 아니겠습니까? 우리가 누군가와 꼭 싸워야만 한다면, 정예병보다 패잔병과 맞서는 게 백배 나을 것이외다."

"두 호랑이의 혈투가 끝나기를 기다리겠다 이 말씀인가요?"

강홍립이 고개를 끄덕였다.

"하나 그 싸움이 시일을 끌면 어쩌시렵니까? 시기를 놓쳐 조선이 구경꾼으로 전락한다면, 혈투에서 승리한 쪽이 우리를 그냥 두겠소이까? 서비(徐妃)의 반면장(半面粧)처럼 하더라도 두만강을 건너는 게 중요합니다."

"서비의 반면장이라!"

서비가 얼굴의 반만 화장을 하고 애꾸눈인 양나라 원제를 속였다는 이야기를 모르는 사람은 없었다.

"명나라와 노추 어느 쪽에도 반면장을 들키지 않도록 유념해야겠지요. 전하께서 도원수를 택하신 것도 그 때문이 아니겠습니까?"

허균이 빙긋 웃으며 다시 자리에서 일어섰다.

"겸상으로 식사라도 하고 가세요."

강홍립이 뒤따라 일어서며 소매를 붙잡았다.

"아닙니다. 내일 출병하려면 이것저것 준비할 것도 많으실 터."

강홍립은 대문까지 따라 나왔다. 제대로 걷지도 못한다던 병자의 기색은 어느새 사라지고 없었다. 대문을 나서기전, 강홍립이 허균에게 작별 인사를 건넸다. 인사라기보다차라리 넋두리에 가까웠다.

"좌참찬이니 믿고 말하리다. 명나라나 노추를 속이는 건쉬울지도 모릅니다. 하나 내가 다시 돌아왔을 때, 조정 대신들이 나를 받아들여 줄까요? 명나라와의 의리를 하늘보다도 소중하게 여기는 조선의 사대부들에게 서비의 반면장이 용납될 수 있겠느냐 이 말씀입니다. 나라를 위해 나 하나쯤 희생되는 건 개의치 않습니다만, 이곳에 남는 식솔이 걱정이외다. 나로 인해 역적의 가솔이 될 수도 있지 않겠소이까? 좌참찬! 내가 없는 동안 좌참찬이 그들을 살펴 주세요. 그리고 내가 귀국하는 날, 좌참찬이 앞장서서 나를 지켜 주겠다는 약조를 하세요."

"알겠소이다. 약조를 하지요. 도원수와 같은 충신을 탄핵
하는 놈이 있다면 제가 요절을 내겠소이다."

허균은 서둘러 남여에 올랐다. 공복에 시장기가 감돌았
다. 돌한이 눈치를 살피며 머뭇머뭇거렸다. 허균이 아직 행
선지를 말하지 않은 것이다.

"이놈아! 뭣 하는 게냐? 어서 신창동으로 가자."

"예, 대감마님!"

돌한이 넙죽 절을 하고 앞장을 섰다. 허균은 남여에 몸을
묻고 쓸쓸하게 웃었다. 강홍립이 쉽게 돌아오지는 못하리
라는 예감 때문이었다.

강홍립에게는 미안하지만, 원군이 하루 속히 도성을 떠
나야 우리도 거사를 시작할 수 있다. 하루 이틀 정도는 추
이를 봐야겠지. 원군이 황해도로 들어갈 때까지는 기다려
야 해. 만에 하나 강홍립이 회군하더라도 맞설 시간을 벌어
야 하니까. 금상이 강홍립의 출병을 재촉하리라 예상은 했
지만, 최후통첩을 내릴 줄은 몰랐어. 금상과 판의금부사가
나를 돕는구나. 적군이 아군을 돕는 전투에서 패배할 수는
없지. 오늘은 많은 일을 했으니, 이제 돌아가서 쉬자!

머리를 흔들어 복잡한 생각을 지웠다. 새끼 고양이를 닮
은 추섬의 반짝거리는 눈망울과 하얀 목덜미, 잘록한 허리

가 어른거렸다. 점심을 먹기 전에 먼저 그 잘록한 허리를 감고 금침에 쓰러지리라. 지독한 갈증이 밀려왔다.

갑야(甲夜, 밤 7~9시)

저물 무렵부터 몰려들기 시작한 먹구름이 도성의 하늘을 뒤덮어 버렸다. 별빛 하나 보이지 않는 칠흑 같은 밤. 사대문의 수문장은 물론이고, 도성을 지키는 장졸들은 이런 밤을 끔찍이도 싫어했다. 도성의 방비를 더욱 엄중히 하라는 어명이 내린 후부터, 보초를 쉬는 날이 이틀에 한 번에서 닷새에 한 번으로 줄어들었다. 노추가 밀고 내려온다는 흉문이 돌자마자 도성 백성은 피난 보따리를 꾸리기 시작했다. 민심의 동요를 막기 위해 피난을 금지시켰지만, 야음을 틈타 도성을 빠져나가는 이들은 나날이 늘어 갔다. 임진왜란의 와중에 허물어진 성벽이 그들의 탈출을 도왔다.

아무리 군졸을 증원해도 목숨을 걸고 탈출하는 백성을 막기에는 역부족이었다. 도성을 지키던 군졸들까지 피난민 대열에 합류하자, 광해군은 좌우포도청의 포도군관들을 도성 방비로 돌렸다. 우포도군관 차인현과 전승현이 비번임에도 불구하고 남별궁 뒷산을 오르는 것도 이런 이유에서였다. 광희문(光熙門, 남소문)으로 뻗은 목멱산(木覓山, 남산) 동쪽 자락에는 무너진 성벽이 유난히 많아서 특별한 경계가 필요했다. 두 사람은 휘하 군졸들을 먼저 올려 보내고 언덕길로 접어들었다.

"오늘은 재수가 좋아서 밤윷(밤톨만큼 작은 윷)만 잡으면 모는 따논 당상인데, 쩝!"

키가 큰 차인헌이 계속 입맛을 다시며 오른손으로 윷 던지는 시늉을 했다.

"네가 모를 낼는지는 두고 볼 일이고……. 나야말로 환장할 노릇이다. 타짜꾼(노름판에서 속임수를 부리는 사기꾼)들이 묵동(墨洞)에서 큰판을 벌인다는구나. 엎어지면 코 닿을 거리인데, 엽전 한 닢 만져 보지도 못하고, 어휴, 이게 무슨 짓인지."

키가 작고 어깨가 떡 벌어진 전승현이 고개를 치켜들며 주먹으로 제 가슴을 쳤다.

"넌 아직도 그 버릇 못 고쳤냐? 쩝, 금주령이 내린 마당에 도박판을 얼씬거렸다가는 뼈도 못 추려."

"사돈 남 말하고 자빠졌네. 밤윷 노는 놈은 무사하고 투전 잡는 놈만 조지는 건 어느 나라 법도야?"

"서둘러. 쩝, 늦게 왔다고 치도곤을 당할지도 몰라."

"치도곤은 무슨!"

툴툴거리면서도 걸음만큼은 재게 놀렸다. 산을 타는 일

이라면 우포도청에서 다섯 손가락 안에 꼽히는 그들이었다. 솔숲을 벗어나니 저만치 고갯마루에서 일렁이는 횃불이 보였고 군졸들이 두런두런 이야기하는 소리도 들려왔다.

"아예 방을 붙여라 붙여. 쩝. 저렇게 불을 훤히 밝혀 놓다니. 쩝쩝."

"어차피 잡을 목적이 아니니까. 도성을 둘러 군졸들이 늘어섰으니 가까이 오지 말라는 엄포지. 이 험한 산속에서, 그것도 밤에 도망치는 놈들을 어떻게 잡겠어? 제발 나타나지 말라고 빌어야 할 판이라고."

"쩝, 듣고 보니 그도 그렇네. 한데 인남이 형님은 어디 가셨냐? 설마 우리만 보내고 형수님 엉덩짝이나 만지고 있는 건 아니겠지? 쩝. 올해는 어떻게든지 장가를 가야겠는데……."

차인헌이 애꿎은 참나무 가지를 꺾어 댔다. 두 사람은 모두 서른을 눈앞에 둔 노총각이었다.

"넌 쩝쩝대는 그 말버릇부터 고쳐."

"뭐라고? 이 새끼가. 너 말 다했어? 쩝."

"또 쩝!"

"서! 서, 쩝, 새꺄!"

"또 쩝쩝!"

전승현이 달아나자 차인헌이 뒤를 쫓았다. 탁탁거리는

발소리가 어둠 속으로 넓게 퍼져 나갔다.

"어서 오게. 난 자네들이 벌써 투전판으로 몰려갔나 했네."

어느새 동인남이 성루에 도착해 있었다. 허리를 숙인 채 헉헉대는 전승현의 뒷덜미를 차인헌이 주먹으로 냅다 내질렀다. 푹 고꾸라지는 전승현을 동인남이 앞에서 부축했다.

"불알친구들끼리 이게 무슨 짓이야?"

동인남이 눈을 부라리며 차인헌을 꾸짖었다.

"죄송합니다. 쩝, 형님."

머쓱해진 차인헌이 긴 혀로 윗입술을 핥으며 손바닥으로 이마를 문질렀다.

"자, 이리들 와 봐. 자네들에게 특별히 줄 선물이 있어."

선물을 준다는 말에, 전승현과 차인헌은 언제 싸웠느냐는 듯이 다가섰다.

"쩝, 술입니까요?"

"기생년이라도 보쌈해 두셨습니까?"

"자네들은 허구한 날 술타령 계집 타령이구먼."

동인남이 두 사람의 어깨를 바싹 앞으로 잡아당긴 다음 장난스러운 목소리로 물었다.

"자네들 여기서 밤새우기 싫지?"

"그렇긴 하지만……. 군령인데…… 어쩔 수 없지요."

"자네들만 좋다면 내려가도 좋아. 내가 다 책임질게."

"정말입니까요, 형님? 쩝, 그러다가 들키면 살아남기 힘듭니다요. 형님이나 우리나 일개 포도군관일 뿐인데 어떻게 형님이 책임질 수 있습니까? 쩝쩝, 저는 싫습니다."

"저도 싫어요."

투전판과 참윷의 유혹이 일었지만 군령을 어길 수는 없는 노릇이었다. 전승현과 차인헌이 고개를 설레설레 젓자, 횃불 뒤에서 한 사내가 성큼성큼 다가왔다.

"그 일은 내가 책임짐세."

뻑뻑한 막걸리처럼 탁한 음성이었다. 양손에 들린 쌍도끼를 보는 순간, 그들의 얼굴이 새파랗게 질렸다. 찬집낭청(纂集郎廳, 찬집 및 실록 편찬을 위해 설치된 찬집청 소속 낭청) 원종이었다. 강원도사 시절, 말을 듣지 않는다고 이방의 곤장을 치다가 분에 못 이겨 쌍도끼를 휘두른 살인자! 포도군관들도 부리부리한 눈과 텁수룩한 수염의 원종만 보면 설설 피했다. 그렇게 사나운 원종이 과거에 급제하여 형조 정랑까지 지냈다는 것은 불가사의가 아닐 수 없었다. 원종은 바짝 얼어 있는 그들에게 엽전 꾸러미를 하나씩 안겼다.

"노름판에 가려면 밑천이 있어야겠지? 왜, 그걸로는 부족한가?"

"아, 아닙니다요."

전승현과 차인헌은 꾸벅 절을 한 다음 어둠 속으로 사라졌다. 아마도 그들은 새벽닭이 울 때까지 투전판에서 무술주(戊戌酒, 누런 수캐의 삶은 고기를 찹쌀과 섞어 쩌서 빚은 술)를 들이켜며 자신들의 운세를 시험할 것이다.

"자네도 내려가 봐."

원종은 동인남에게도 엽전 두 꾸러미를 주었다. 동인남이 비굴한 웃음을 흘리며 턱을 앞으로 내민 채 허리를 숙였다.

"군졸을 이끌고 남별궁 쪽에 가 있겠습니다. 끝나면 연통(連通, 연락) 주십시오."

"알겠네."

동인남마저 군졸들을 이끌고 하산하자 침묵이 찾아들었다. 어두운 성가퀴(성 위에 쌓은 낮은 담)에 기대서서 성루를 살피던 사내가 일렁이는 횃불 속으로 걸어 들어왔다. 더그레(군복)를 입은 모양새가 군졸이 분명했지만 어딘지 모르게 다른 분위기를 풍겼다. 그의 오른손에 창이나 칼 대신 봉익선(鳳翼扇, 봉황의 날개 모양으로 만든 호사스러운 부채)이 들려 있었던 것이다.

"약속한 시간이 고마 지나 뿌리십니더. 서두릅소."

원종이 고개를 끄덕인 후 성루 주변의 횃불을 한곳으로 모으기 시작했다. 화재를 대비해서 쌓아 두었던 모래를 횃불 위에 쏟아부었다. 횃불들이 피식 피시식 소리와 함께 꺼지자, 순식간에 어둠이 긴 성벽을 덮었다. 부엉이 울음소리가 가깝게 메아리쳤다. 사내는 왼손으로 봉익선을 딱 소리나게 맞잡은 다음 성가퀴로 돌아갔다. 가장 낮은 성벽을 골라 허리에 차고 있던 줄을 아래로 내렸다. 포승줄보다 서너 배는 두껍고 단단한 줄이었다. 사내가 다시 봉익선을 딱딱 두 번 치자 성벽 아래 솔숲에서 돌멩이 하나가 날아들었다.

"왔십니더."

밤눈이 어두운 원종은 주위를 두리번거리다가 발을 헛디뎌 앞으로 고꾸라질 뻔했다. 성벽 아래에서 잦은 발소리가 들려왔다. 솔숲을 빠져나온 장정들이었다.

선두에 선 사내가 익숙하게 줄을 타고 성벽을 넘었다. 어둠 속에서도 크고 각진 턱과 반들거리는 이마의 윤곽이 뚜렷했다. 뒤로 숨긴 쇠 방망이 덕분에 곱사등이처럼 등이 튀어나와 보였다. 성벽을 넘자마자 봉익선을 든 사내 앞으로 뛰어갔다. 올빼미를 닮았는지 어둠 속에서도 아무런 주저함이 없었다. 두 사람은 양손을 맞잡았다.

"깅방 행님!"

"봉학아! 고생 많았제?"

봉익선을 든 우경방이 쇠 방망이의 달인 봉학을 힘껏 끌어안았다. 근 1년 만의 해후였다.

"내레 을마나 행님이 보고 싶었는 줄 아십네까? 포도청
에 끌리갔다는 소문 들었습네다만……?"

"요레 멀쩡해서 이상하나? 옥에 갇히 있어야 할 놈이 마
중꺼정 나왔으이 궁금하기도 하겠제."

"붙잡힌 게 아니었습네까?"

"끌리가긴 했다. 두령님을 도울라꼬 가짜 인신(印信, 도장)
을 파다가 지난달에 고마 덜미를 잡히 뿐기라. 지금도 포도
청 차분 옥에는 우경방이라는 머스마가 곤장독 때문에 낑
낑 앓고 있을 끼다. 봉학아! 돈하고 권세만 있으믄 옥에 갇
힌 사기꾼 하나쯤 바꿔치기해 삐는 건 식은 죽 먹기다. 포
도청엔 우리 핀도 많다 아이가."

우경방이 웃자 봉학도 따라 웃었다.

"그란데 두령님은?"

"벌써 들어오셨을 기야요. 보름도 전에 피안도를 떠났셨
습네다."

"와 따로 들어오셨노? 두령님한테 무신 일이라도 있나?"

"두렝님이 기렇게 보고 싶습네까? 하긴, 행님이 두렝님
을 뫼시고 북삼도를 싸돌아댕기던 기 벌써 3년이 넘었습네
다. 걱정 마시라우요. 두렝님도 행님을 꼭 보겠다고 하셨으
니끼니."

"내는 부채만 있어도 되는데 니는 사서 쌩고생을 하는구

마. 키도 쪼맨한 녀석이 쇠 방맹이가 뭐꼬, 쇠 방맹이가."

우경방이 웃으며 봉익선을 폈다. 무거운 쇠 방망이를 애인처럼 애지중지하는 봉학을 비꼰 것이다. 봉학은 양손으로 쇠 방망이를 쥐고 천천히 들어올렸다. 툭 튀어나온 이마에 손잡이가 닿자마자, 미친 듯이 방망이를 전후좌우로 돌리기 시작했다. 허공을 가르는 소리가 휘잉 휘이잉 들려왔다. 그 방망이에 맞았다가는 뼈도 추리지 못할 것 같았다.

"요리 대갈통을 들이미시라우요. 오랜만에 만났으니끼니, 내레 방맹이의 인사도 받으셔야 하지 않겠습네까?"

"아이고야, 돌아 삐겠네. 잘못하믄 사람 잡것다. 치아라, 니는 오랜만에 만나가꼬 내 대갈통부터 박살 낼라카나?"

먹장삼에 대삿갓을 쓴 승려들이 줄줄이 올라왔다. 우경방은 양손을 합장한 채 여장(藜杖, 명아줏대로 만든 지팡이)을 든 노승 앞으로 종종걸음을 쳤다.

"명허(明虛) 큰시님! 이레 먼 길 오시라 캐서 송구시럽십니더."

노승은 허허허 사람 좋은 웃음으로 우경방의 인사를 받았다.

"공문자(空門子, 승려)에게 멀고 가까움이 어디 있겠는가? 생령(生靈, 백성)을 구제할 수만 있다면 어디든지 가야 한다고 스승님께서 늘 말씀하셨다네. 더군다나 교산이 변산까지 직접 와서 뜻을 펼 날이 다다랐음을 알렸는데 주저할 까닭이 없지. 백계(百溪)! 그동안 어디를 떠돌았는가? 여전히 번뇌로 고통스러운가? 대방광품(大方廣品, 부처가 깨달은 진리)은 어느 시내를 따라 흐르고 있을꼬."

백계는 10년 전 우경방이 환속할 때까지 사용하던 법명이었다. 명허는 우경방이 환속한 후에도 인연을 이어 가고 있는 몇 안 되는 승려였다. 우경방은 곽재우의 부관으로 경상도를 누볐고, 명허는 서산대사와 함께 묘향산과 금강산을 넘나들었다.

"요 손빠닥만 한 배를 타고 시상 고통을 단숨에 건너라카는 큰시님의 말씀, 가심팍에 콱 새기 두고 있십니더. 그 말씸 덕분에 확탕지옥(鑊湯地獄, 가마솥의 끓는 물에 죄인을 집어넣는 지옥)에 널찌지 않코 요렇게 큰시님을 다시 뵙는가 싶네예. 말법(末法, 교법이 쇠퇴해진 시기)을 사는 가엾슨 중생들이 몽땅 바른길 가도록 큰시님께서 가르침을 내려 줄소."

명허는 경을 외듯 고저 장단을 맞추어 읊조렸다.

"출가하여 중이 되는 것이 어찌 작은 일이랴. 편하고 한가함을 구해서가 아니며 따뜻이 입고 배불리 먹으려는 것도 아니다. 태어나고 죽음을 면하려는 것이며 번뇌를 끊으려는 것이고 부처님의 지혜를 알리려는 것이며 삼계(三界, 중생들이 사는 세계로 욕계, 색계, 무색계를 말함)에서 뛰어나와

중생을 건지려는 것이다."

원종이 거친 숨을 몰아쉬며 뛰어왔다. 성루는 장정과 승려로 가득 찼다.

"모두 몇이나 됩니까?"

원종의 물음에 봉학이 명쾌하게 답했다.

"피안도에서 내레 데리고 온 아들이 400, 명허 큰스님 휘하에 100, 도합 500입네다. 그라고 청계산에 또 500이 있디요. 이만하믄 세상을 뒤집어 엎을 수 있겠습네까?"

원종이 어깨를 떡 벌리고 봉학과 명허를 번갈아 쳐다보았다.

"충분하외다. 좌참찬 휘하의 장정 500이 사아리(沙阿里)에 있고 오늘 500이 더 왔으니, 이 숫자만 해도 벌써 1000입니다. 게다가 청계산에 원병까지 있다면 누가 우릴 대적하겠습니까? 천운이 우리에게 있음이에요."

명허가 물었다.

"우리가 머물 곳은 어딘가? 도성 분위기는 어떠하고?"

우경방이 차분하게 답했다.

"남산동(南山洞)하고 호현동(好賢洞)에 숙소를 마련해 뒀십니다. 도성은 엄청 뒤숭숭해예. 사대문에 군졸들이 쫙 깔렸십니다. 하지만서도 성을 빠지나가는 놈만 붙잡으니까, 도성 안을 돌아댕기는 건 괜찮을 낍니다. 자, 이제 가 볼시

더. 이레 시커먼 밤에 능선을 타는 기 쉽지만은 않을 끼라예."

"걱정 마시라요. 피안도에서 전라도를 돌아 단숨에 요기까지 당도한 아들입네다."

우경방이 원종을 돌아보며 말했다.

"원 정랑은 이 길로 남별궁으로 가 동인남을 만나실소. 도로 올라와 성을 지키라꼬."

밤눈 어두운 원종에게 야간 산행은 무리였다.

"알겠소이다."

원종은 허허허 기분 좋게 웃었다. 형조 정랑까지 올랐던 자신의 과거를 자랑스러워했기 때문에, 그는 늘 '원 정랑'이라고 불리기를 좋아했다.

"큰시님! 괜찮으시겠습니꺼?"

"변산의 힘준한 봉우리들을 내 집 안마당처럼 넘나들었다네. 자네 걱정이나 해."

"그럼 갈시더. 남산동에서 교산 행님이 기대리고 있십니더."

자정(子正, 밤 12시)

남산동의 허름한 주막집 안채에서 희미한 불빛이 새어 나왔다. 섬돌 위에는 신발이 하나도 없었지만, 미세한 인기척이 바람에 실려 앞마당을 어지럽혔다. 대문 뒤에서 팔짱을 낀 돌한이 콧구멍을 후벼 파며 어둠을 노려보았다. 멀리서 개 짖는 소리만 간간히 들릴 뿐 인적이 끊긴 지 오래였다.

허균은 방으로 들어선 사내들과 일일이 손을 맞잡았다. 흰 수염을 늘어뜨린 노승에게 먼저 인사를 건넸다.

"반갑습니다, 대사! 와 주셨군요."

"일찍이 스승님께서는 교산의 청이라면 무엇이든지 들어주라고 하셨지요. 나무 관세음보살!"

묘향산에서 입적한 서산대사의 절명시를 들려준 사람이 바로 명허였다. '80년 전에는 네가 나이더니 / 80년 후에는 내가 너로구나.〔八十年前渠是我 八十年後我是渠〕' 짧지만 삶의 이치가 모두 담긴 시였다.

"많이 기다리셨습네까?"

봉학이 쇠 방망이를 이리저리 흔들며 아는 체를 했다.

"반갑소이다. 도성에서 이렇게 다시 만나니 더욱 기쁩니다그려."

봉학은 박치의가 가장 아끼는 부하였다. 비록 키는 작지만 용맹함과 충성심은 누구보다도 더 크고 깊었다. 관아를 습격하고 탐관오리를 처벌할 계획을 배후에서 세우는 사람은 박치의였고, 전면에서 그 일을 실행에 옮기는 사람은 봉학이었다. 봉학이 우두머리로 지목된 평안도의 몇몇 사건들도 박치의에 의해 준비되고 계획된 일이었다. 박치의와 함께 봉학의 목에도 수백 냥의 현상금이 내걸렸지만 그들은 좀체 잡히지 않았다. 잡히기는커녕 화적 떼를 이끌고 황해도와 함경도 일부까지 진출하기도 했다.

"인사는 이쯤 하고 바로 본론으로 들어가겠습니다. 자, 그 지도 좀 가져오게나."

허균은 우경방으로부터 지도를 넘겨받아 방바닥에 폈다. 도성을 한눈에 살필 수 있는 「도성전도(都城全圖)」였다. 허균이 가는 붓을 들어 한 곳을 찍었다.

"여기가 바로 금상이 머무는 창덕궁입니다. 창덕궁만 손아귀에 넣으면 우리의 거사가 성공하는 겁니다. 하나 이곳까지 가는 길이 순탄하지만은 않습니다. 도성에는 좌우포도청과 의금부, 훈련도감이 있고, 궁궐을 지키는 내금위의 군관들도 결코 만만치가 않아요."

봉학이 쇠 방망이를 좌우로 흔들며 불만을 토로했다.

"요걸로 꽝 티면 끝날 일 아니갔습네까? 맡겨 두시라우요."

우경방이 봉학의 뒤통수를 가볍게 때렸다.

"요가 어데 함겡도 산골인 줄 아나? 사방에 간자(間者, 첩자)들이 쫙 깔렸는데, 뭐? 방맹이로 꽝 치겠따꼬?"

허균이 웃으며 이야기를 이어 갔다.

"쇠 방망이로 꽝 치기 위해서라도 사전 준비를 해야지요. 이건 박 두령이 제안한 건데, 도성을 이렇게 동북과 서남으로 반분한 다음 명허 대사와 봉 장군이 책임지고 유언비어를 퍼뜨렸으면 합니다."

봉 장군이란 호칭을 듣고 봉학은 이내 웃음을 터뜨렸다.

"하하하, 내레 하디요. 그기야 누워서 떡 먹기 아니갔시요?"

허균이 명허를 돌아보았다. 그도 양손을 모아 쥔 채 천천히 고개를 끄덕였다.

"박 두령도 이런저런 소문을 만들며 민심을 살피겠지만, 두 분께서도 힘닿는 데까지 백성들을 전쟁의 공포 속으로 몰아넣어 주십시오. 민심을 완전히 뒤흔든 다음에는, 도성과 대궐을 지키는 군사들을 혼란에 빠뜨릴 작정입니다."

"어떻게 말입니까?"

명허가 짧게 물었다.

"다양한 방법이 있겠지요. 도성 안에도 나를 돕는 사람들이 많답니다. 조정 대신도 있고 성균관 유생도 있으며 역관이나 군관도 있습니다. 물론 여기 계신 분들처럼 거사의 전모를 아는 건 아니지만, 그들도 넓게 보면 우리와 같은 배를 탔지요. 여하튼 여러분이 쉽게 창덕궁으로 들어갈 수 있도록 최대한 배려하겠습니다. 믿고 맡겨 주세요."

나름대로의 계획이 있는 모양이었다. 허균은 좌중을 쭉
훑으며 눈빛으로 그들을 안심시켰다.

"자, 이렇게 정리를 합시다. 직접 장정들을 이끌고 범궁
하는 건 박 두령을 중심으로 봉 장군과 명허 대사가 맡고,
조정과 도성 분위기를 우리에게 유리한 쪽으로 몰고 가는
건 내가 책임을 지지요. 둘 사이의 연통은 백계가 맡는 게
좋겠습니다. 급히 의논할 일이 생기면 언제든지 머리를 맞
대야겠지요. 여기 모인 분들의 뜻이 하나로 모아져야지만
이번 거사를 성공시킬 수 있습니다. 이견이 있으면 허심탄
회하게 털어놓고 의논을 합시다. 내가 빠뜨린 게 있나?"

허균이 고개를 돌려 백계 우경방을 쳐다보았다. 우경방
이 봉익선을 탁 잡으며 고개를 저었다. 허균이 웃으며 자리
에서 일어섰다.

"먼 길 오시느라 피곤할 터이니 오늘은 푹 쉬십시오."

그날 도성에서는 단 한 건의 사고도 보고되지 않았다. 모
처럼 평화로운 밤이었다. 피난민의 발길이 끊긴 것은 물론
이고 탈영병도 없었다. 편전으로 들어가는 좌우포도대장과
훈련대장의 얼굴에도 희색이 돌았다. 광해군은 민심의 동
요가 눈에 띄게 줄어들었다는 보고를 받고 안도의 한숨을
내쉬었다.

2일

출병

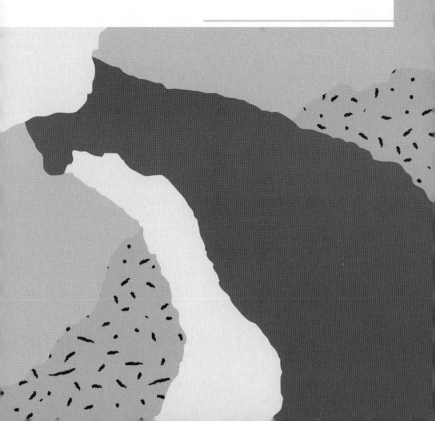

8월 7일 아침

판의금부사 이이첨은 어둑새벽부터 입궐 채비를 서둘렀다. 지난밤 동궁과 세자빈이 다투었다는 소식이 전해졌던 것이다. 쌍리동(雙里洞)에서 창덕궁까지의 거리가 너무나 멀게 느껴졌다.

"서둘러라! 왜 이렇게 느린 게냐?"

교자꾼의 발걸음이 빨라졌다. 저 멀리 돈화문이 보였다. 이이첨은 깊게 심호흡을 하며 지난밤의 악몽을 떠올렸다. 거대한 구렁이가 자신의 두 팔을 친친 감았던 것이다. 구렁이의 긴 혀에서는 끊임없이 피가 쏟아졌고, 꼬리는 허공을 가를 때마다 채찍 소리를 냈다. 자고로 구렁이와 피가 함께 보이면 큰 화를 입는다고 했다. 세자빈의 일만 아니라면 하루 종일 쌍리동을 떠나지 않았을 것이다.

"윽!"

돈화문에 거의 다다랐을 즈음, 앞줄 오른쪽의 교자꾼이 털썩 그 자리에 주저앉았다. 남여가 기우뚱했고, 사모관대를 갖춰 입은 이이첨의 몸이 바닥으로 곤두박질쳤다.

"괘, 괜찮으십니까? 대감마님!"

교자꾼들이 쓰러진 이이첨을 황급히 부축해서 일으켰다. 그러나 이미 온몸이 흙투성이였다.

"아악!"

비명 소리가 들려왔다. 쓰러진 교자꾼이 오른쪽 다리를 감싸 쥔 채 괴로워하고 있었다. 단도가 박힌 허벅지에서 붉은 피가 숭숭 뿜어져 나왔다.

"이런 고이헌!"

이이첨의 두 주먹이 부들부들 떨렸다. 도대체 누가 판의 금부사의 남여를 향해 단도를 던졌단 말인가? 교자꾼의 허벅지 대신 자신의 심장에 단도가 박히는 상상을 하니 눈앞이 아찔했다. 어쨌든 이런 몰골로 돈화문을 통과할 수는 없었다. 세자빈을 조금 늦게 만나더라도 쌍리동으로 돌아가서 다시 의관을 정제하기로 했다.

"돌아가자!"

"예, 대감마님!"

무술년(1598년) 동갑내기인 세자와 세자빈은 금슬이 썩 좋지 않았다. 세자빈의 성격이 워낙 급하고 날카로운 데다가 눈물 또한 많아서 누당(淚堂, 눈 밑)이 마를 날이 없었다. 그녀가 세자에게 앙탈을 부릴 수 있는 것은 조부인 좌의정 박승종과 외조부인 판의금부사 이이첨의 후광 때문이었다.

하나 어찌 아녀자가 지아비의 뜻을 거역할 수 있으리. 더군다나 장차 용상에 오르실 세자 저하가 아니신가.

이번에는 의금부 관원들의 엄중한 호위를 받으며 쌍리동을 떠났다. 인정전(仁政殿)과 선정전(宣政殿)을 지나 동궁전(東宮殿)으로 들어설 때까지, 이이첨은 고개를 자꾸 설레설레 저었다.

틀림없이 그 일 때문일 게야.

하얗게 센 눈썹과 턱수염이 강바람에 쓸리는 갈대처럼 이리저리 흔들렸다.

"아니, 광창 부원군(廣昌府院君)께서 이 시각에 어인 일이십니까요?"

동궁 내관 조응수가 황급히 돌계단을 내려왔다. 지나치게 아양을 떠는 꼴이 마음에 들지 않았다.

"세자 저하께서는 요즈음도 숙흥야처(夙興夜處, 아침에 일찍 일어나고 밤에 늦게 잠자리에 듦)에 열심히 공부하시는가?"

이이첨이 동궁전을 흘깃 살피며 물었다.

"여부가 있겠습니까요. 세자 저하께서는 벌써 성정각(誠正閣, 세자가 학문을 닦는 곳)으로 드셨는뎁쇼."

"빈궁 마마께서는?"

조응수가 즉답을 못한 채 허리를 더 깊이 숙였다.

저하께서 성정각으로 가셨는데도 아직 기침하지 않으셨단 말인가?

"아뢰시게."

"예. 대감!"

조응수가 몸을 돌려 동궁전에 아뢰었다.

"빈궁마마! 광창 부원군께서 오셨사옵니다."

"……."

아무런 응답이 없었다. 조응수가 이이첨의 눈치를 살피며 더욱 큰 목소리로 아뢰었다.

"광창 부원군께서 오셨사옵니다."

역시 묵묵부답이었다. 이이첨이 단숨에 돌계단을 올랐다. 뒤따라온 조응수가 간드러진 목소리로 아뢰었다.

"빈궁 마마! 광창……."

"드시라 하여라."

서늘한 기운이 뻗쳐 나왔다. 이이첨이 헛기침을 토한 후 안으로 들어갔다. 세자빈은 벌써 몸단장까지 마치고 서책을 읽는 중이었다. 불편한 심기를 드러내기 위해 일부러 대답을 늦춘 것이다. 열세 살의 어린 나이로 대궐에 들어온 것이 엊그제 같은데, 그녀의 나이 벌써 스물하나였다. 8년 동안 세자와 한 이불을 덮었건만 후사가 없는 것이 가장 큰 고민이었다. 내의원에서 올린 약을 열 재나 먹었고 정업원 (淨業院, 여승방)까지 가서 축수를 드렸지만, 소용이 없었다.

예를 마친 이이첨이 자리를 잡고 앉은 후에도 세자빈은 눈길을 주지 않았다. 소훈(昭訓, 종5품, 세자의 후궁)을 들이라는 어명이 내려진 다음부터 그녀의 얼굴에서 웃음이 사라졌다. 세자빈은 이이첨과 함께 대책을 세우기를 바랐으나, 이이첨은 동궁전 출입을 삼갔다. 왕실의 일에 간섭한다는 오해를 받기 싫었던 것이다. 동궁과 말다툼까지 벌일 지경이라면 그녀를 다독거릴 필요가 있었다. 세자빈의 질투가 넘친다는 소문을 막아야 하는 것이다.

마음고생이 심하시구나.

움푹 팬 눈, 튀어나온 광대뼈, 파리한 입술. 볼살이 쏙 빠진 세자빈의 얼굴은 더욱 날카로워 보였다. 그녀가 갑자기 고개를 들고 이이첨을 쏘아보았다.

"예쁘다면서요?"

이이첨은 세자빈의 질문을 이해하지 못했다.

"말희(하나라 걸왕의 비)나 달기(은나라 주왕의 비) 같다면서요?"

세자빈의 목소리가 점점 커졌다. 이이첨은 그녀의 시선을 피하지 않고 차분하게 입을 열었다.

"빈궁 마마. 제게 섭섭하신 일이 있으시면 꾸짖어 주시옵소서."

"좌참찬 허균의 여식으로 결정되었다고 들었어요."

이이첨이 곧바로 되받아쳤다.

"누가 그런 허튼소리를 빈궁 마마께 아뢰었습니까? 소훈의 처녀단자(處女單子, 나라에서 간택령이 내렸을 때 후보가 될 만한 처녀의 이름을 써서 올리는 단자) 봉입을 끝마치지도 않았는데, 허균의 여식으로 결정이 되다니요?"

세자빈의 목소리가 눈에 띄게 가라앉았다.

"그래요? 아직 처녀단자를 받고 있다 이 말씀이시지요? 외조부님!"

"그렇사옵니다."

이이첨은 일단 세자빈을 진정시켰다. 그도 역시 허균의 막내딸이 유력하다는 소문을 듣기는 했다. 비록 세자의 후궁 자리이긴 하지만, 그녀가 소훈이 되어 궁중으로 들어오면 허균은 세자의 장인이 되는 것이다. 세자가 소훈에게 사랑을 쏟기라도 하는 날에는 허균의 권세가 이이첨을 위협할 수도 있었다. 결코 가볍게 보아 넘길 문제가 아닌 것이다.

"미색은 싫어요. 제 나이 이제 겨우 스물을 넘겼는데, 반첩여(한나라 성제의 사랑을 받았으나 조비연에게 총애가 옮겨 가자 자신의 신세를 쓸모없는 가을 부채에 비겨 「원가행」을 지음)의 가을 부채처럼 살 수는 없습니다. 좌참찬 허균의 여식은 더더욱 안 됩니다. 제 아비의 힘만 믿고 얼마나 절 업신여기겠어요?"

스무 살을 훌쩍 넘긴 세자빈이지만 이이첨의 눈에는 여전히 응석받이 손녀딸이었다.

"빈궁 마마! 이 할아비를 믿으시옵소서. 결코 마마께 누가 되지 않도록 하겠나이다. 무슨 일이 있더라도 허균의 여식이 소훈으로 들어오는 것만은 막겠나이다. 하온데 마마!"

"말씀하세요."

이이첨의 오른쪽 눈자위가 실룩거렸다.

"광창 부원군 이이첨 목숨을 걸고 삼가 아뢰옵니다."

목숨을 건다? 세자빈의 얼굴에 긴장감이 맴돌았다.

"마마께서는 장차 이 나라의 중전이 되실 분이옵니다. 저는 마마께서 오로지 예와 덕으로 내명부를 관장하고 군왕을 훌륭히 보필하셔서 강후(주나라 선왕의 어진 비)와 같은 중전이 되시기를 바라옵니다. 부디 성정을 바르게 하시옵고 투기하지 마시옵소서. 『내훈』에 이르기를, 남편에게 허물이 있으면 말을 완곡하게 돌려서 간하고, 이로움과 해로움을 모두 살펴 설득하고, 온화한 얼굴빛과 순한 말씨를 써야 한다고 하였나이다. 세자 저하의 뜻을 벗어나는 일이 없도록 하시옵소서. 소훈을 들이는 일은 어명으로 정한 것이옵니다. 그 누구도 어명을 거역할 수 없음을 깊이 유념하시옵소서. 마마!"

이이첨이 머리를 방바닥에 닿을 만큼 숙였다. 굵은 눈물이 볼을 타고 흘러내렸다. 광대뼈 아래로 피어난 검버섯이 더욱 넓어 보였다.

"알겠어요. 외조부님! 모두 제 잘못이에요. 이제부터는 외조부님 말씀대로 하겠어요. 그러니 제발 목숨을 건다는 말씀은 마세요. 눈물을 거두세요."

"송구하옵니다. 마마!"

이이첨은 동궁전을 물러나며 어금니를 악물었다.

네가 기어이 내 뒤통수를 치려는 게냐?

5년 동안 이이첨과 허균은 쌍둥이처럼 움직였다. 기자헌을 유배 보내고 인목 대비를 서궁에 가두기까지, 그들의 목소리는 한 번도 어긋난 적이 없었다. 겉으로 보기에는 확실히 그랬다. 그러나 이이첨은 늘 허균이 꺼림칙했다. 5년 전, 이이첨이 허균의 중용을 광해군에게 청한 것은 그의 글재주와 지모를 아껴서였지 그를 신뢰해서가 아니었다. 조정의 중론을 이끌면서도, 허균은 종종 제멋대로 행동하여 이이첨의 입장을 난처하게 만들었다. 작년 정월 서궁에 화살을 쏜 것이나 이번에 처녀단자를 넣은 것도 그와는 단 한마디 상의도 없이 이루어진 일이다. 이이첨은 기다리고 있었다. 허균의 목을 확실하게 움켜쥘 단 한 번의 치명적인 기회를.

동궁 내관 조웅수를 이끌고 희정당(熙政堂) 서쪽 담으로 갔다. 인적이 없음을 확인한 후 조웅수를 엄히 추궁했다.

"소훈이 좌참찬의 여식으로 결정되었다고 누가 그러더냐?"

조웅수가 연신 머리를 조아렸다.

"모르셨습니까? 어떻게 대감만 모르실 수 있을까요? 이미 궐내에 소문이 쫙 퍼졌습니다요. 지금쯤이면 저잣거리의 장사치들도……."

"주둥아리 닥치지 못할까! 다시 한번 그딴 소릴 입밖에 내면 의금옥에 가둘 테다."

"대, 대감! 죽을죄를 지었습니다요."

"동궁전을 돌보는 데 각별히 신경을 써야 할 게야. 이런 흉문이 또 돌면 지체 없이 내게 알리고."

"명심, 또 명심하겠습니다."

이이첨은 조웅수와 헤어져 의금부가 있는 견평방(堅平坊)으로 갔다. 의정부에 들를까 생각도 했지만, 삼정승도 없는 그곳에서 좌참찬 허균과 마주치는 것이 내키지 않았다. 영의정 정인홍은 여전히 남사촌(南簑村, 경상도 합천)에서 상경하지 않았고, 좌의정이자 도체찰사(都體察使, 전쟁 시 군무를 맡아 보던 최고 군직) 박승종은 부친상을 핑계로 입궐하지 않고 있으며, 새로 우의정에 오른 박홍구마저도 늙고 병들었다며 사직 상소를 올렸다. 재상 한 사람 없이 나랏일이 처리되고 있는 형국이었다. 이이첨은 남여에 앉아서 소훈의 일을 어떤 식으로 마무리 지을까 고심했다.

역시 대전 상궁 김개시의 도움을 받아야겠어. 처녀단자를 거둔 후에는 중궁전에서 규수들을 일일이 살피시겠지. 미리 김 상궁에게 귀띔해서, 허균의 여식이 중전 마마의 눈에 들지 않도록 손을 써 두어야겠다. 허균이 주색을 탐하고 오만 방자하다는 건 중전 마마도 아시니까, 그런 괴물을 아버지로 둔 규수는 결코 품행이 바르고 마음이 고울 수 없다고 두 번 세 번 아뢰도록 해야겠다. 아예 궁중에서 살필 규수의 명단에서 허균의 여식을 지워 버리자. 이번 일만 무사히 끝내면 김 상궁이 원하는 경기도 광주 땅을 선물로 줘야겠다. 아깝긴 하지만 10년이 넘게 동고동락했고 앞으로도 그녀의 도움을 받을 일이 많을 테니까.

의금부로 들어서니 한성부 좌윤(漢城府左尹, 종2품) 겸 동지의금(同知義禁, 종2품) 김개가 반겨 맞았다. 백방으로 판의금부사 이이첨의 행방을 수소문했던 모양이다.

"어서 돈의문으로 가시지요. 도원수 강홍립이 곧 떠난다는 전갈입니다."

이이첨은 허둥대는 김개에게 앉으라는 손짓을 했다.

"동지의금! 서두르지 말게. 의금부의 당상관인 우리가 가기 전까지는 떠나지 않을 테니."

"그, 그게 무슨 말씀이시온지……."

김개가 왕방울만 한 눈동자를 빙빙 돌리며 입맛을 다셨다.

"어명을 받았는가? 오랑캐를 섬멸하기 위해 출병하는 도원수를 환송하라는."

"아니옵니다."

"주상 전하께서 돈의문으로 납신다던가?"

"아니옵니다."

"성정각에서 『맹자』를 읽으시는 세자 저하께서도 역시 가지 않으시겠지?"

"창덕궁에 다녀오는 길이십니까?"

"삼정승은 어떤가? 단 한 사람도 도당에 나오지 않고 있으니, 역시 환송을 할 수 없을 테고. 병조 판서로부터는 연통이 왔는가?"

이이첨은 흰 수염을 쓸며 허리를 뒤로 젖힌 채 느긋한

자세를 취했다.

"병조 판서 류희분 대감께서는 감환 때문에 바깥출입이 어려우시다고……."

"병판이 나오지 않는다면 다른 판서들도 마찬가지겠군. 동지의금!"

"예, 대감!"

"이상하지 않은가? 주상 전하께서는 도원수의 거듭된 사직 상소에 진노하셨기 때문이라고 쳐도, 나머지 당상관들은 왜 하나같이 나오지 않는 걸까? 이렇게 도원수의 출병을 수수방관하는 이유가 궁금하지 않나? 우연이라고 하기에는 손발이 척척 맞는다는 느낌이 들지 않아?"

"그렇군요. 대감의 말씀을 듣고 보니 하나같이 돈의문으로 가지 않으려고 발뺌을 하고 있군요. 그런데 왜……?"

김개가 말끝을 흐리며 이이첨의 다음 이야기를 기다렸다.

"전하께서 출병 자체를 처음부터 탐탁지 않게 여기셨기 때문이네. 계획대로라면 벌써 석 달 전에 떠났어야 할 장졸들이 아닌가? 전하께서는 대명을 도와 노추를 정벌하는 것을 원치 않고 계시다네, 지금도!"

"하나 지난 6월에 도원수를 불러 보검까지 하사하지 않으셨습니까?"

"보검이야 내리셨지. 하나 도원수는 그 보검을 받자마자 칭병을 시작했어. 전하께서는 대명을 돕고 싶지 않으신 거네."

"무신년(1608년)의 일 때문입니까?"

김개가 아는 체를 했다. 광해군의 책봉에 얽힌 일련의 사건들을 말하는 것이다. 광해군은 즉위하자마자 귀한 예물과 함께 책봉 주청사 이호민을 명나라로 보냈지만, 명나라는 광해군이 장자가 아니라는 이유로 책봉을 보류했다. 대소 신료와 종친들이 나서서 광해군의 즉위가 정당하다는 글을 올리고, 강화도 교동에 유배되었던 임해군을 요동 도사 엄일괴와 대면시키고서야 겨우 책봉을 받을 수 있었다. 광해군은 그때의 치욕을 두고두고 곱씹었던 것이다.

"꼭 그 때문만은 아니라네. 그보다는 노추를 경계하시는 거겠지."

"한낱 오랑캐에 불과하지 않습니까?"

"완안(完顔, 금나라를 세운 여진족)의 일을 잊었는가? 대명이 송나라처럼 되지 말라는 법은 없어. 더군다나 지금 노추는 공공연하게 금나라의 후예임을 자처하고 있네."

"그렇다면 전하의 뜻을 따르는 것이 옳다는 말씀이십니까?"

"아니야. 명나라는 이미 대국이고 노추는 이제 겨우 나라 꼴을 갖추기 시작했네. 존재하지도 않는 오랑캐를 두려워

하여 대국의 노여움을 살 수는 없는 노릇이야. 아직은 명분
도 실리도 원군을 보내는 쪽에 있음을 명심하게. 자, 이제
그만 나가 볼까? 동반의 당상관은 우리뿐일지도 몰라. 도원
수에게 힘을 실어 주도록 하세. 요동까지는 참으로 먼 길이
니⋯⋯."

두 사람은 나란히 남여를 타고 새문안길을 따라서 돈의
문으로 향했다. 이이첨이 송교(松橋)로 접어들며 지나치듯
물었다.

"요즈음도 좌참찬과 유하주(流霞酒, 신선이 마시는 좋은 술)
를 자주 마시는가?"

"아닙니다. 이달 들어서는 한 번도 뵙지 못했습니다. 신
창동에 파묻혀 붕우들을 모두 잊은 듯합니다만."

허균이 열여덟 살 먹은 추섬이라는 기생을 첩으로 맞아
들인 것은 이이첨도 알고 있었다. 기생을 가까이 두는 일
이라면 이이첨도 허균 못지않았다. 몸이 늙고 병들수록 맑
고 파룻파룻한 소녀의 입김이 그리운 법이다. 그러나 아무
리 여색을 좋아한다 해도 체면을 잃을 정도는 아니었다. 그
정도 권력과 재물을 지니면, 기생들과 하룻밤 정을 나누는
일이야 얼마든지 소리 소문 없이 처리할 수 있었다. 그러나
허균은 이이첨과는 달리 도성 안에 소문이 자자하도록 염
문을 뿌리고 다녔다. 이이첨은 허균의 염문이 절반 이상은

보신의 차원에서 이루어진다고 의심했다. 영악한 허균이 허허실실의 이치를 쫓고 있는 것이다.

"언제 한번 신창동으로 가야겠구먼. 한데 좌참찬이 처녀단자를 넣은 걸 자네도 알고 있었는가?"

김개가 움찔하며 손을 휘휘 저었다.

"저, 전혀 몰랐습니다. 좌참찬께서 처녀단자를 넣으셨단 말입니까?"

이이첨은 김개의 얼굴을 빤히 들여다보며 천천히 고개를 끄덕였다.

"자네도 몰랐단 말이지?"

"예."

이이첨이 흰 수염을 쓸면서 하늘을 우러렀다.

교산! 동지의금의 입까지 미리 막았는가? 자네와의 인연도 이쯤에서 끝내야 할 것 같으이. 세자 저하의 외척은 나 하나로 족해. 자넨 끼어들 자리가 없다네. 끝까지 자네가 헛된 꿈을 꾼다면 베어 버릴 수밖에!

서별궁을 짓느라고 부산한 새문동(塞門洞)을 지나자 돈의문이 시야에 들어왔다. 의주를 경유하여 명나라로 가는 사신은 서대문인 돈의문을 항상 출발점으로 삼았다. 1000여 명의 장졸들이 대문 밖에 운집해 있었다. 수문장과 이야기를 나누던 좌포도대장 김예직이 전복(戰服)을 휘날리며 달려왔다.

"어서들 오십시오. 도원수가 그냥 가겠다고 고집을 부리는 통에 붙잡아 두느라 애를 먹었습니다."

김예직은 광해군의 생모인 공빈 김씨의 사촌 오빠였다. 사사롭게는 왕의 외숙인 것이다.

"도원수는 어디에 있습니까?"

"모화관(慕華館, 중국 사신들을 영접하는 곳)에 있소이다. 한데 오늘 조정에 무슨 중대한 일이라도 있소이까? 육조의 판서는 물론이고 당상관이 한 사람도 나오지 않았어요."

이이첨과 김개는 서로의 얼굴을 마주 보며 고개를 끄덕였다.

"장졸들은 몇이나 되오?"

"하삼도의 포수, 사수, 살수를 합쳐 1000여 명이외다. 이미 평양에 1만여 명의 병력이 모였다는 부원수 김경서의 장계가 어젯밤 도착했소이다. 평안도 순변사 우치적과 지난 6월 무과에 급제하여 추방(秋防, 무과에 합격한 후 관직을 제수받기 전에 의무적으로 변방에서 수자리를 사는 것)을 나가는 임경업 이하 군관들도 평양까지 함께 갈 것입니다. 따르시지요."

이이첨과 김개는 남여에서 내려 걸어서 돈의문을 통과했다. 수은갑(水銀甲, 쇠 패쪽에 수은을 입힌 다음 가죽끈으로 엮어서 만든 갑옷)을 입은 우치적이 말에서 내려 그들을 맞이했다. 이순신과 원균 휘하에서 용맹을 떨친 바로 그 우치적이었다. 예순을 넘긴 나이였지만 날카로운 눈빛과 강철 같은 몸은 상대방을 압도하고도 남음이 있었다. 이이첨은 줄곧 우치적을 부원수로 추천했었다. 성격이 포악하고 술을 좋아하는 약점이 있긴 하지만, 조선에서 그만큼 전투 경험이 풍부하고 오랑캐에 대한 불타는 적개심을 가진 장수는 없었다. 그러나 광해군은 우치적 대신 평안도 병마절도사 김경서를 부원수로 임명했다. 김경서 역시 뛰어난 무장인 것은 틀림없지만 우치적에 비할 바는 못 되었다.

"대감을 뵙지도 못하고 떠나는가 걱정했소이다. 역시 오셨군요. 허허허."

비변사의 당상관으로 10여 차례 회의를 하는 동안 부쩍 친해진 느낌이었다.

"우 장군이 평양까지 동행하신다니 든든하외다. 이왕이면 의주까지 함께 가시는 게 어떻겠소?"

"그렇지 않아도 시원한 압록강 물을 마시고 올 참입니다. 마음 같아서야 요동으로 건너가서 오랑캐 놈들을 섬멸하고 싶지만, 평안도에서 기다리라는 어명이 내렸는지라 그렇게는 못하겠고, 가는 동안 놈들의 버릇을 고쳐 주는 비법이나 도원수께 전하도록 하지요."

"고맙습니다. 장군은 참으로 조선 제일의 맹장이십니다."

그들은 함께 모화관으로 향했다. 용린갑(龍鱗甲, 쇠 패쪽을 단 모양이 용의 비늘 같은 갑옷)에 첨주(籤胄, 투구)를 쓴 강홍립이 황금빛 안장을 얹은 백마 곁에 서서 훈련대장(訓鍊大將, 종2품) 이시언과 대화를 나누고 있었다. 이이첨이 먼저 인사를 건넸다.

"도원수! 용서하세요. 중병을 앓는다는 소식을 듣고도 문병 한 번 못 갔습니다. 걱정을 많이 했는데 이만하기 다행입니다."

"대임을 맡고도 가벼운 병 때문에 차일피일 미룬 것이 부끄럽습니다. 광창 부원군께서 이렇게 친히 전송을 나오시니 참으로 감읍할 뿐입니다."

"도원수! 도원수의 어깨에 조선의 국운이 달렸음을 명심하세요. 도원수가 대명에 보은하고 오랑캐에게 인간의 도리를 가르쳤다는 승전보를 손꼽아 기다리겠습니다. 행군 중에 어려운 일이 생기면 언제든지 의금부로 연통을 주세요. 미력한 힘이지만 성심껏 도와 드리겠소이다."

"감사합니다. 악비(남송의 충신, 금나라 군대를 격파하였음)의 충정으로 노추와 맞서겠소이다."

강홍립이 이이첨, 김개, 이시언, 김예직과 일일이 작별 인사를 나눈 다음 백마에 올라탔다.

두우우웅!

출병의 북소리가 길게 울렸다. 형형색색으로 휘날리는 깃발을 앞세우고 장졸들이 서북쪽으로 움직이기 시작했다. 영원히 돌아오지 못할 길이었다.

정오(正午, 낮 12시)

또 그 소리다.

하늘에서, 땅에서, 허공에서 들려오는 소리. 쌀캉거리는 듯하면서도 버썩이고 자르릉거리다가도 새된 소리. 귓구멍이 뻥 뚫려 마음이 흐트러지는 소리. 인간의 목소리 같으면서도 짐승의 울부짖음 같고 풀잎의 바스락거림 같으면서도 바람 소리, 파도 소리, 태산이 무너지는 소리와도 같은 그 소리!

으앙, 으아아앙!

갑자기 그 소리가 당장이라도 숨이 넘어갈 것 같은 아기 울음소리로 바뀌었다.

"아, 아가!"

허균은 그 울음의 주인공을 알고 있었다.

지금으로부터 26년 전, 그의 나이 스물넷에 겪은 지독한 나날이 눈앞에 펼쳐졌다. 왜란의 봄, 그는 어머니와 만삭의 아내 그리고 어린 딸 설경을 데리고 함경도로 피난을 떠났다. 물 밀듯이 경상도와 강원도를 치고 올라오는 가등청정의 왜군에게 당장이라도 화를 당할 상황이었다. 함경도 단천에서 아들을 낳은 아내는 산후 조리도 제대로 못하고 산욕열로 죽었다. 그리고 어미를 잃은 핏덩어리 아기도 며칠 밤낮을 울어 대다가 홍역에 걸려 저세상으로 갔다. 이름 없는 동산에 시체를 묻고 7년을 꼬박 환청에 시달렸다. 아내와 아들의 죽음을 그저 지켜볼 수밖에 없었다는 자괴감이 그의 가슴을 짓눌렀던 것이다.

아기의 울음소리는 아내와 아들을 위해 100일 불공을 드린 후에야 겨우 사라졌다. 그리고 허균은 재취를 얻었고 아들 굉을 보았다. 새로 얻은 아내와 아들이 망처와 망자의 자리를 대신하듯, 7년 동안의 환청도 기억에서 차츰 희미해져 갔다.

그런데 또다시 굶주림과 공포, 슬픔과 고통에 찬 아기 울음소리가 들려오기 시작한 것이다. 허균은 양손을 허공으로 치켜올렸다가 쿵쿵 소리가 날 정도로 가슴을 쳐 댔다.

날 원망해라. 널 지켜 주지 못한 이 아비를 저주해라. 널 위해 아무것도 해 준 게 없구나. 잊으려고만 했구나. 도망치려고만 했구나. 미안하다, 정말 미안해!

이달 들어 벌써 세 번째다. 추섬은 기(氣)가 약해졌다며 보양식을 준비한다고 부산을 떨었지만, 허균은 이 소리가 환청이 아님을 안다.

가부좌를 틀고 면벽을 한다. 벽에 석 장의 그림이 걸려 있다. 일찍이 허균 자신을 포함하여 네 벗이라고 칭했던 도원량과 이태백과 소자첨의 초상이다. 당장이라도 걸어 나와 말을 붙일 것처럼 생생하다. 천천히 눈을 감는다.

나옹(懶翁, 화가 이정의 호)!

그는 늘 이정에게 터무니없는 요구만 했다. 옥황상제가 노니는 천상계를 그려 달라든가 이미 백골이 된 유학자들의 미소를 그려 달라든가 이무기가 청룡으로 승천하는 장면을 그려 달라고 졸랐다. 사람 좋은 이정은 아무런 불평도 없이 술 몇 잔을 얻어 마시고 붓을 놀렸다.

"형님의 청을 제가 어찌 거절하겠습니까. 병예(屛翳, 바람의 신)를 그리라면 병예를 그리고 봉래산(蓬萊山, 동해 가운데 있다는 성스러운 산)을 그리라면 봉래산을 그리지요."

이정은 30년의 짧은 생애를 술과 시와 그림 속에 파묻혀 즐기다 갔다. 젊어 한때 저마다 호방함을 뽐냈지만, 이태백의 삶을 따른 이는 이정뿐인지도 모른다. 허균은 감았던 눈을 뜨고 이정의 그림들을 응시하며 말을 건넸다.

"나옹! 내게 이런 그림 하나만 더 그려 주시게. 온갖 꽃과 쭉쭉 뻗은 대나무 1000여 그루를 울타리에 심겠네. 토방을 넓게 하여 석죽(石竹)을 심고 괴석과 오래된 화분을 배열하는 것도 좋겠지. 동편의 안방에는 휘장을 걸고 서책 1000여 권을 진열하며, 구리병에 공작의 꼬리를 꽂고 커다란 술동이를 비자나무 탁자에 놓겠네. 서쪽 창문을 열면 나물국을 장만한 애첩이 손수 동동주를 걸러 선로(仙爐)에 따르는 게 보일 게야. 그동안 나는 방 가운데에 방석을 비기고 누워 책을 읽겠으니 자네는 이재영과 웃고 즐기게나. 우린 모두 두건과 비단신을 착용하되 도복에는 띠를 두르지 않았으면 해. 한 줄기 향불 연기가 피어오르는 마당에는 두 마리의 학이 돌의 이끼를 쪼고 어린 계집아이들이 비를 든 채 꽃을 쓸었으면 좋겠네. 부탁하네."

허균의 두 눈이 촉촉하게 젖어 들었다. 이정과 얽힌 추억의 한 자락이 연이어 펼쳐졌다. 유난히 감환에 약해 사시사철 콜록거리던 이정이 달포가 넘도록 정성을 쏟은 매화의 탐스러운 꽃봉오리 위에 가래침을 뱉은 적이 있었다. 아까워하는 허균 앞에서 이정은 아무 일도 아니라는 듯 소매로 가래를 쓱 닦아 냈다.

"걱정 마세요. 조화옹이 내린 그림에 가래가 묻었다고 똥이 되기야 하겠습니까? 이딴 걸 탓하는 위인이라면 제 그림을 받을 자격이 없지요."

허균의 시선이 여백에 적힌 찬(贊)으로 옮겨 갔다. 그가 직접 짓고 석봉(石峰) 한호가 해서로 옮긴 글이다. 그는 세 편의 찬을 차례차례 눈으로 음송하였다.

"석봉 선생님! 향기로운 꽃들이 선생을 기다리다가 모두 이울었습니다. 그러나 너무 실망하지는 마세요. 수수로 지은 술이 제법 익었으니, 그물을 떠서 냇가에 나가 선생과 함께 잉어를 잡고 회를 치는 것도 좋겠습니다. 죽순 나물과 자라탕도 물론 마련해야겠지요. 성난 사자가 돌을 후벼 대는 것과 같은 선생님의 비백(飛白, 필세가 나는 듯하고 붓자국이 비로 쓴 자리같이 보이는 서체)이 필요한 서책이 있습니다. 그 서책은 다름이 아니라 재영이와 소생이 모은 손곡 스승님의 시입니다. 두 분께서는 늘 이두(李杜, 이백과 두보)를 가까이 하여 서책을 엮은 가죽이 끊어질 만큼 거듭 읽으셨으며, 술과 여자와 거문고로 교유하셨지요. 이 세상에서 손곡 스승님의 시를 옮겨 적을 분은 선생님뿐입니다. 적규(赤虯, 붉은 용)가 승천하는 듯한 선생님의 글씨를 기다리는 마음, 널리 헤아려 주십시오. 명주 베 펼쳐 놓고 두어 말쯤 먹을 갈아 흥이 나는 대로 붓을 휘두를 수 있도록 준비하겠습니다. 그 곁에서 소생의 어리석은 춤사위도 살펴 주세요."

자리에서 일어난 허균은 양팔을 활짝 편 채 두 다리를 겹쳐 놓으며 천천히 오른쪽으로 돌기 시작했다. 영락없이 하늘로 날아오르는 학의 자세였다.

소리가 사라졌다.

눈앞이 환해지더니 문밖에서 인기척이 났다.

"날세. 여인이야!"

봉상시(奉常寺, 제사와 시호를 맡아보는 관청) 주부(主簿, 종6
품) 이재영이 방문을 열었다. 양팔을 치켜든 허균을 발견하
고 코맹맹이 소리를 냈다.

"자네 어디 아픈가? 저 이마에 식은땀 좀 봐."

허균이 손바닥으로 이마의 땀을 훔치며 미소를 지어 보
였다.

"아, 아닐세……. 들어오게나."

키가 크고 몸이 바싹 마른 이재영이 가볍게 신발을 벗고
방으로 들어섰다. 양 볼은 창백하다 못해 붉은빛을 띠었고
오뚝한 코와 엷은 입술은 글공부로만 평생을 보낸 이력을
잘 드러내 주었다. 이재영은 벽에 걸린 그림들을 미심쩍은
눈으로 살피며 물었다.

"밖에서 듣자니, 누구와 이야기를 나누는 것 같던
데……?"

"이나옹과 석봉 선생님을 뵈었지."

허균이 아무렇지도 않게 대답했다. 이재영이 왼손으로
오른쪽 팔꿈치를 감싸 쥐었다. 난처한 상황에서 곧잘 취하
는 자세였다.

"자네 지금 무슨 소릴 하는 게야? 10년도 전에 북망산을 오른 사람들을 자네가 무슨 수로 만나?"

"내게는 귀신의 한숨 소리까지 들린다네. 자네는 믿지 않겠지만."

허균은 직산 수헐원에서도 귀신의 목소리를 들은 적이 있다고 했다. 허균이 지은 이백의 찬의 낙구인 '만리창파 일천명월(萬里滄波 一天明月)'을 귀신이 시원하게 읊더라는 것이다. 이재영이 믿지 못하겠다고 했더니, 허균은 이정의 둘도 없는 친구이자 자신의 처외삼촌인 심우영도 함께 그 소리를 들었다며, 그에게 가서 물어보라고 했다. 심우영이 칠서의 변에 연루되어 처형당했으므로, 이제 그 일을 증명할 사람은 없었다. 이재영은 분위기를 바꾸기 위해 가지고 온 서책을 꺼내 놓았다.

"홍유형에게서 얻은 것과 북원(北原, 원주)과 진주(眞珠, 삼척)에서 모은 것을 합쳤네. 이제 더 이상은 없을 듯하이."

허균이 서책을 받아 펼치며 이재영의 노고를 칭찬했다.

"수고했네. 비록 저승으로 가셨지만 스승님도 기뻐하실 걸세. 이번 일은 오로지 자네의 공이야."

"아닐세. 스승님의 시 200편을 자네가 기억하고 있지 않았다면 어림도 없는 일이었네. 나는 그저 자네 대신 북원과 진주에 다녀온 것밖에 없어. 한가한 종6품 봉상시 주부가 움직여야지, 나랏일에 바쁜 정2품 좌참찬이 뛰어다녀서야 되겠는가?"

"자네 지금 날 놀리는 건가?"

"아닐세. 삼정승도 없는 의정부를 별 탈 없이 이끄는 자네를 내 어찌 놀리겠는가. 그건 그렇고 자네는 스승님의 시중에서 어떤 시를 으뜸으로 치는가?"

"자네가 먼저 말해 보게."

허균이 화살을 이재영에게 되돌렸다. 그때 방문 앞에서 추섬의 목소리가 들려왔다.

"대감!"

"들어오게."

분단장을 곱게 한 추섬이 가만히 문을 열고 방으로 들어섰다. 눈에 쏙 집어넣어도 아프지 않을 미모였다. 간들간들한 허리는 가을바람에 흔들리는 느티나무 가지를 닮았고, 크고 맑은 눈동자는 산 그림자를 넉넉하게 감싸 안는 호수를 연상시켰다. 엷은 윗입술 사이로 살짝살짝 보이는 하얀 앞니는 그녀의 미소를 더욱 눈부시게 만들었다. 허균의 첩으로 들어앉기 전에는, 춤과 노래뿐 아니라 시문으로도 양반들을 누르던 기생이었다.

닮았어. 이 여인이야말로 정녕 매창(부안 기생 이향금의 호)의 환생이 아닌가!

이재영의 멍한 눈길을 모른 체하고, 추섬은 고개를 돌려 입을 가리며 웃었다.

"술상을 준비하오리까?"

"그래 주겠는가? 지난 시절 시흥에 취했던 벗들도 대부분 옥황상제의 부름을 받아 백옥루로 글 지으러 가고 이제 여인과 나만 남았네. 세상일은 모르는 법. 우리 중 하나가 또 백옥루로 가면 마지막 버려진 자 어디서 술잔을 들리."

"상준(上樽, 좋은 술)을 준비했사와요."

추섬이 고개를 돌리자 시비들이 마주 보며 주안상을 들고 들어왔다. 저렇듯 모든 일을 먼저 헤아리니 사내의 마음을 사로잡는 것이리라. 추섬은 허균과 이재영의 술잔에 술을 친 후 순순히 물러났다. 향이 은은한 국화주였다. 술잔에 입술을 대는 시늉만 하고 이재영이 이달의 시 한 수를 지목했다.

"나는 「가야산(伽倻山)」이 좋네. 특히 '달 밝은 골짜기에 흐르는 물만 남아 있는데/ 무릉으로 가는 다리는 어느 곳인지〔明月洞門流水在 不知何處武陵橋〕'라는 대목이 압권이야."

허균이 고개를 끄덕였다.

"그 시도 탁월하지. 안개 속으로 빠져들 듯 신선의 세계로 접어들고 있음이야. 하나 나는 「양양곡(襄陽曲)」을 더 우위에 두고 싶으이. 이태백의 「양양가(襄陽歌)」와 비슷한 정

91

취를 품었지만 오히려 그보다 더 질탕하고 홍겹네. '꽃 아래서 놀던 사람 술에 취해 비틀비틀〔花下遊人醉欲迷〕'대는 그림 같은 모습에 '집집마다 골목마다 백동제 노랫소리〔家家門巷白銅〕'까지 덧입혀, 시 속에 그림이 있고 시 속에 소리가 있는〔詩中有畵 詩中有聲〕 경지를 열고 있지. 그 풍류와 문채는 천고를 비추고도 남을 게야."

"듣고 보니 그렇군. 역시 자네는 조선 제일의 시인이야."

"과찬일세. 스승님께서는 나보다 여인(汝仁, 이재영의 호) 자네의 재주를 아끼셨네."

"그건 스승님과 내 처지가 비슷했기 때문일세. 난 자네처럼 많은 시를 읽지도 않았고 많은 시를 외우지도 못하며 많은 시를 짓지도 않았다네. 그저 훌륭한 스승과 좋은 벗을 만나 시인 흉내만 낼 뿐이지."

손곡 이달과 여인 이재영은 모두 서자였다. 이달은 일찌감치 청운의 길을 접고 주색과 방랑, 시와 눈물로 평생을 보냈다. 류성룡과 허봉이 그의 재주를 아껴 벼슬을 권했지만, 그는 끝까지 세상에 나서지 않았다. 젊어 한때 청운의 길을 갈망한 이재영은 이달보다도 더 서자의 아픔을 맛보았다. 서자들에게도 과거를 치르는 것이 허용된 선조 32년(1599년), 이재영은 당당히 장원을 차지했지만 뒤늦게 천출이라는 이유로 급제가 취소되고 말았다. 그 후 그의 뛰어난 글재주를 아낀 허균의 배려로 이문학관(吏文學官, 승문원의 음관(蔭官)으로 외교문서를 처리함)이 되어 명나라에 다녀오기도 하고, 승문원 교검을 거쳐 봉상시 주부에 이르렀지만, 그의 능력에 비해서는 터무니없이 하찮은 직책이었다.

당상관에 오를 수 없다면 조선 제일의 시인이 되리라. 눈부신 시를 대대손손 전하리라.

이재영은 하루에 꼭 한 편씩 시를 짓고 성당의 시 100편을 암송하였다. 그렇게 지은 시가 벌써 200편이 넘었다. 이재영은 아직 그것을 허균에게 보여 주지 않았다. 허균보다 확실히 시를 더 잘 짓는다는 확신이 들 때까지는 골방에 꼭꼭 숨겨 둘 작정이었다.

"자네에게 청이 있다네."

"말씀하시게."

이재영이 잠시 뜸을 들였다.

"정녕 시를 더 짓지 않을 겐가? 올해 들어 자네의 시를 단 한 편도 구경하지 못했네. 나를 위해 시 한 수만 지어 주게나."

"오색 붓이 재주를 다했을 뿐이라네"

양나라에서 시를 잘 짓던 강엄이라는 선비는 꿈에 곽박으로부터 맡겨 놓았던 붓을 돌려 달라는 요구를 받고 오색의 붓을 건넨 뒤로 뛰어난 글이 나오지 않았다. 허균은 자신의 처지를 그 강엄에 비기고 있는 것이다.

"나보고 자네 말을 믿으라고?"

"믿고 아니 믿고는 자네 마음이지. 어쨌든 나는 시를 지을 수 없다네. 시가 뭔가? 세상의 천기(天機, 천지자연의 오묘한 비밀이나 원리)를 놀리고 현조(玄造, 천지자연의 그윽한 조화)를 빼앗아야지만, 신(神)이 빼어나고 울림이 밝으며 격(格)이 뛰어나고 생각이 깊어져 시가 되는 걸세. 지금의 내겐 그런 능력이 없어."

계축년(1613년) 겨울, 이이첨에게 직접 서찰을 띄우고 상경한 다음부터 허균은 시를 짓지 않았다. 명나라에서 사신이 오거나 광해군이 어명으로 시를 지어 바치라고 해도, 마음 내키는 대로 끄적거릴 뿐이었다. 그런 허균을 가장 안타깝게 여긴 사람이 바로 이재영이었다. 조선 시단의 보배 허균이 정치에 눈이 어두워 붓을 꺾은 것이다. 허균은 자기보다도 더 자기를 아껴 주는 이재영의 마음 씀씀이가 고마웠다. 문득 이재영을 위해 지은 시 한 구절이 떠올랐다.

나는 이 작은 사내를 사랑하노니
더벅머리 시절부터 글월 빛났네

我愛藐訥白

여인!

시는 인간이 짓는 것이지 개가 짓는 게 아니야. 관송의 개인 내가 어찌 성당을 논하며 시를 지을 수 있겠는가. 봉래산의 신선이 되겠노라 큰소리칠 수 있겠는가. 인간은 인간다워야 하고 개는 개다워야 한다네. 나는 계속 짖을 테니 시는 여인 자네나 많이 짓게.

"처녀단자를 넣었다고 들었네. 사실인가?"

허균이 고개를 끄덕였다.

"삼창가(三昌家)가 이제 곧 사창가(四昌家)로 바뀌겠군. 아직도 누릴 권세가 더 남아 있는가? 대비 마마를 서궁 마마로 만든 것도 모자라서, 이번에는 또 누구를 죽일 생각이지?"

삼창가는 왕실의 외척으로 세도를 부리던 광창 부원군(廣昌府院君) 이이첨, 문창 부원군(文昌府院君) 류희분, 밀창 부원군(密昌府院君) 박승종을 가리켰다. 허균은 삼창과 결탁하여 인목 대비의 삭호와 폐출을 주장한 대론(大論)의 선봉장이었다. 이재영은 작년부터 내내 허균의 입장이 마음에 들지 않았다. 허균이 정색을 하고 되물었다.

"자네도 내가 권세에 눈이 멀었다고 생각하는가? 옛날에도를 얻은 사람은 곤궁하여도 즐거워하고 영달하여도 즐거워하였다네. 그가 즐기는 것은 곤궁이나 영달이 아니기 때문이야. 여인! 이번이 마지막이네. 이 일만 끝내면 자네의 뜻대로 화양건(華陽巾, 은자가 쓰는 두건)을 쓰겠네."

"변산으로 돌아가겠다고?"

"지난밤 꿈에서 나옹을 만났다네. 죽음이 아주 즐겁다고 하더군. 이 몸뚱이도 100년만 지나면 나의 것이 아니거늘 덧없는 인생의 온갖 상념들을 왜 마음속에 쌓아 두겠는가? 이번 거사만 끝나면 마땅히 벼슬을 던지고 변산으로 내려가서 바다 위의 갈매기와 짝을 할 생각이네. 양강(襄江)의 축항(縮項)이라는 고기나 서주(徐州)의 독미(禿尾)라는 고기가 아무리 맛있어도 변산 바닷가에서 먹은 대하(大蝦)보다는 못하지. 실처럼 잘게 썰어 한입에 넣으면 창자가 깜짝 놀라 천둥소리를 낼 지경이니까."

허균이 과장스럽게 입맛을 다셨다. 이재영의 길고 깡마른 손가락이 눈에 띄었다.

"이번 일은 영 내키지가 않네……."

허균이 이재영의 말을 잘랐다.

"그만하게. 파암이 도성으로 들어왔네. 이제 돌이킬 수 없음이야."

"박치의가 왔다는 말인가?"

이재영의 얼굴이 새파랗게 질렸다.

"여인! 내년부터는 자네가 벼슬길로 나가자고 해도, 나스스로 방덕공(후한의 은자, 녹문산으로 들어가서 세상에 나오지 않음) 흉내를 낼 것이네만 지금은 아냐. 우리가 이날을 얼마나 기다려 왔는지 생각해 보게. 이번 기회를 놓치면 평생후회할 걸세. 두려워 말게. 날 믿어. 천하의 교산이 자네 한사람 건사하지 못하겠나? 사라질 궁리만 말고 부디 내 곁에 있어 주게."

"박치의를 만났나?"

"아니! 변산의 소소래사에서 명허 대사와 봉학만 만나고왔네. 하나 봉학 편에 서찰을 띄웠으니 박치의도 틀림없이도성으로 들어왔을 거야."

"박치의를 불렀다는 건 범궁의 시기가 정해졌다는 말인가?"

"그래! 자네와 미리 상의하지 못해서 미안허이. 늦어도이달 안에 거사를 할 생각이야. 박치의는 단숨에 해치우자고 하겠지만, 상황을 살펴 22일쯤 군사를 일으킬 작정이네."

"왜 하필 지금인가?"

"온 나라가 전쟁의 소용돌이에 휘말렸기 때문이지. 민심이 동요하고 있고 도성의 쓸 만한 장졸들은 모두 대명의 원군으로 차출되었어. 그뿐이 아니네. 하삼도에는 이름 모를 유행병이 산천을 어지럽히고 있다네. 이래도 죽고 저래도 죽는 상황이 드디어 왔어. 이제부터 백성들은 제 살길만 찾아서 우왕좌왕하거나 무관심으로 일관할 걸세. 이보다 더 좋은 기회가 어디 있겠는가?"

"박치의만 들어온 건 아니겠지?"

"물론! 벌써 박치의의 수하 500이 도성으로 들어왔다네."

"500씩이나! 22일에 거사를 할 거라면 왜 벌써 그들을 도성으로 들이는 겐가? 500명을 보름이나 도성에 숨겨 둘 작정인가? 너무 위험해."

"자네 말이 맞네. 22일에 거사를 한다면 그보다 닷새 전쯤 그들을 끌어들이는 게 순리겠지. 하나 22일에 거사를 하겠다는 건 내 생각이고, 꼭 그날이 최선이라는 법은 없다네. 의외의 경우가 생겨 거사일을 앞당길 수도 있고 그보다 더 늦추어질 수도 있지. 상황이 우리에게 유리하게 돌아가면 22일이 아니라 12일에도 해치울 수 있어. 그래서 일단 박치의가 동원할 수 있는 병력 중에서 절반을 도성에 들인 걸세. 그렇다고 성급하게 일을 처리하지는 않을 거야. 평소라면 보름 동안 그 많은 장정을 숨기는 건 어렵겠지. 하나 지금 금상과 조정 대신들의 관심은 온통 요동의 노추와 도성을 탈출하는 백성들에게 쏠려 있다네. 피난길에 나서는 백성들을 막느라고 도성 안을 돌아볼 틈도 없다 이 말일세."

"범궁에 이르기까지 구체적인 계획은 뭔가?"

"강홍립의 군대가 완전히 빠져나갈 때까지 기다린 다음 분위기를 전쟁으로 몰아가야겠지. 임진년 왜군이 쳐들어왔을 때 백성들이 대궐에 불을 질렀던 걸 잊지는 않았겠지? 전쟁의 공포는 극도의 분노와 무관심을 만들어 내지. 유언비어를 퍼뜨리면 백성들도 왕실과 조정에 등을 돌릴 걸세. 또한 은밀하게 도성 안의 서자들과 역관들, 그리고 군관들을 다독거려야겠지. 그들이 거사에 참여하면 좋고, 적어도 우리를 적으로 여기지 않도록 회유하는 게 필요해. 그다음에는 도성의 민심이 어느 정도 이반되었는가를 확인하는 거야."

"어떻게 그걸 확인할 수 있지?"

"여러 가지 방법이 있겠지. 슬쩍 이이첨이나 류희분을 습격해서 상처를 입힌 다음 저잣거리로 나가 백성의 목소리를 들을 수도 있고, 육조거리에 즐비하게 늘어선 건물들 중에서 한두 군데 불을 놓을 수도 있고, 흉서나 흉격을 사용할 수도 있고……. 유언비어가 유언비어로 그치는 것이 아니라는 구체적인 증거를 백성들에게 보여 주는 걸세. 그러면 백성들도 생업을 포기하고 살아날 방도를 찾아서 헤매겠지. 이런 와중에 왕실과 조정의 약점을 찾는 것이 반드시 필요해. 지금으로선 강홍립이 쓸 만한 장졸을 이끌고 나갔다는 것 외에 우리가 아는 게 없네. 도성과 대궐의 방비에서 가장 취약한 부분을 찾아야 해. 반역의 조짐이 있으면 저들은 스스로 자신들의 강점과 약점을 보여 줄 걸세. 그때 우린 강점을 피하고 약점만 물고 늘어지면 되는 거야. 단숨에 저들의 숨통을 콱 찍어 끊어 버리는 거지. 어때, 이만하면 썩 괜찮은 계획이지 않나?"

이재영은 철두철미한 허균의 거사 계획을 들으며 입이 바싹바싹 타들어 갔다. 갑자기 장난기로 똘똘 뭉쳤던 죽마고우의 얼굴이 무척 낯설게 보였다.

"한데…… 자넨 왜 처녀단자를 넣었지? ……그렇다면?"

허균이 빙긋 웃으며 고개를 끄덕였다.

"그래, 자네 짐작이 옳아. 왕실과 늙은 살쾡이의 눈을 잠시 속이려는 걸세."

이재영은 깍지 낀 양손을 내려다보았다.

"한 가지 물어봐도 되겠나?"

"뭐든지!"

"역적으로 낙인찍힌 박치의야 세상을 뒤집어엎으려는 게 이해가 되지만, 자네까지 박치의에게 동조할 필요가 있을까? 물론 무륜당의 벗들과 나눈 맹약을 잊은 건 아니네만, 그때의 논의를 돌이켜 생각해 보면 다분히 반대를 위한 반대, 반역을 위한 반역이 아니었나? 자네도 서인처럼 금상이 패륜아라고 생각하는가?"

"아니야! 나는 금상이 개국 이래 그 어느 군왕보다도 총명하다고 보네. 패륜이라고? 후후후! 1만 리를 흘러가는 강이라면 1000리마다 한 군데쯤 굽은 데가 있게 마련일세. 금상은 세종대왕보다도 더 성군의 자질이 넘쳐."

"그렇다면 왜?"

"금상을 도와 차근차근 일을 풀어 나가지 않고 왜 범궁을 하려느냐 이 말이지?"

이재영이 고개를 끄덕였다.

"용상에 앉은 군왕의 탁월함으로는 이 나라를 바로 세우기가 틀려 버렸기 때문이야. 금상이 아무리 총명하면 무엇하겠나? 관송이나 나 같은 간신배들이 햇빛을 가리고 비바람을 몰아오는 것을!"

"그렇다면 간신을 몰아내면 되지 않나?"

허균이 고개를 끄덕였다.

"그래, 그러면 되겠군. 한데 여인, 자네가 모르는 게 하나 있다네. 성군이 되고 싶은 군왕과 충신이 될 수 없는 간신이 한 몸이라는 사실일세. 간신인 이이첨의 도움이 아니었다면 금상은 용상에 앉지도 못했을 걸세. 용상에 앉은 후에도 금상은 간신의 보호를 받으며 힘을 키웠지. 10년이 넘게 드렁칡처럼 얽히고설켰는데, 이제 와서 둘 중 하나만 잘라 내는 것이 가능하겠나? 금상도 간신도 이 사실을 잘 알고 있지. 그러니까 말일세, 지금 내겐 두 가지 길이 있구먼. 하나는 금상과 간신을 한꺼번에 베어 버리는 것, 아니면 그냥 관송의 개로 간신답게 살아가는 것. 자네라면 어느 쪽을 택하겠는가?"

허균의 표정은 비장하기까지 했다.

"하나만 더 물어도 되겠나? 언제부터 세상을 뒤엎을 꿈을 꾸었지?"

허균이 주저하지 않고 답했다.

"임진년부터니까 26년이나 되었군그래. 그때 나는 지상에 펼쳐진 지옥을 보았다네. 피난이랍시고 함경도와 강원도를 떠돌며 두 눈으로 똑똑히 확인했지. 굶어 죽은 아이, 얼어 죽은 노인, 돌림병에 걸려 몰사한 가족이 부지기수였네. 한데 이 나라는 그들을 위해 아무것도 해 주지 않았어. 군왕과 대신들은 의주까지 도망을 쳤고, 고을의 수령들도 왜군의 조총이 미치지 않는 산골로 몸을 피해 버렸지. 처음에는 썩어 가는 송장만 봐도 구토를 했어. 하나 곧 산처럼 쌓인 시체들 옆에서도 코를 골며 잠들게 되었다네."

"그 와중에 아내와 아들까지 잃은 자네의 심정을 이해하네. 하나 지금은 용상의 주인도 바뀌었고 전쟁의 상흔도 서서히 치유되고 있지 않나?"

"달라진 건 아무것도 없네. 강원도를 다녀왔으니 자네도 보았을 게 아닌가? 여전히 백성들은 이런저런 이유로 죽어 가고 있네. 이 나라는 머리끝에서 발끝까지 완전히 썩어 문 드러졌기 때문에 회생할 가망이 전혀 없어. 또 하나 심각한 문제는 이 나라가 더 이상 팔도를 지켜 낼 힘이 없다는 거 네. 노추가 발가락 하나만 까닥해도 이 나라는 무너지고 말 아. 임진년보다 더욱 참혹한 회오리바람이 산천을 휩쓸 거 네. 멀지 않았어. 지금이라도 단칼에 왕실과 조정 대신들의 숨통을 끊고 처음부터 다시 시작하는 게 옳아. 나는 꼭 그 렇게 하겠어."

"백성들을 위해서 세상을 바꾸겠다고?"

"……꼭 그것만은 아니지. 자넨 가끔 그런 생각이 들지 않나? 나는 있다. 그러나 나는 나를 갖지 못했다……."

"그게 무슨 말인가?"

"배고픔과도 같은 희망을 이야기하는 걸세. 젊었을 때에 는 세상에 반대하는 것으로 희망의 근거를 찾았지만, 이제 는 누구를 반대하거나 누구를 도와주기 위해서 이런 짓을 하는 게 아니라네. 나에게 부족한 부분을 채우고 싶어서라 면 이해하겠나? 서른을 넘기면서부터,. 배불리 먹고도 허기 가 지는 것처럼, 쭉 그렇게 지내 왔네. 단 한 번만이라도 좋

으니 나의 이 지독한 배고픔이 모두 해결되는 순간을 보고
싶네."

여인!

자네도 그렇지 않나? 깊은 밤 홀로 깨어 나의 몸과 마음
을 물끄러미 들여다보면, 늙고 병든 한 사내가 오들오들 떨
며 엎드려 있다네. 세상의 온갖 불행이란 불행이 사내의 두
어깨에 얹혔고, 사내에게는 그 무게를 지탱할 힘이 없는 것
처럼 보이네. 차라리 죽느니만 못한 삶이라고나 할까? 그럴
때 자넨 그 사내에게 무슨 이야길 하겠는가? 어떤 시가 그
사내를 위로할 수 있을까? 그 밤, 나는 아무 말도 건네지
못했다네. 세 치 혀가 만들어 내는 넋두리조차 사내에겐 또
다른 짐일 테니까. 다만 나는 사내에게 두꺼운 이불과 따뜻
한 국 한 그릇을 내밀고 싶었을 뿐이야. 하룻밤이라도 사내
에게, 이 순간 살아 숨 쉬는 인간으로서의 행복을 선물하고
싶었거든. 여인! 우린 그 사내보다도 훨씬 더 가여운 족속
이라네. 배가 고픈데도 허기를 느끼지 못하고 사지가 바들
바들 떨리는데도 추위를 염려하지 않는 족속이지. 나는 그
들에게, 하여 나 자신에게 삶의 냉혹함을 가르쳐 주고 싶다
네. 눈부시게 행복한 순간으로부터 처참한 지난날을 돌이
키는 것도 나쁘진 않을 테니까.

"그런 순간이 올까?"

"올 걸세. 점점 그 순간을 향해 가고 있어."

"도대체 자네가 만들고픈 세상은 어떤 건가?"

허균은 잠시 생각에 잠겼다.

"하나의 풍경이 떠오르는군. 서당에서 함께 서책을 읽고, 그 서책에 적힌 대로 이 세상이 살아 볼 만한 것이라는 희망을 가지는 아이들! 동틀 무렵 들판으로 나가 황혼이 찾아들 때까지 땀 흘려 일하는 어른들! 죄수를 가두는 감옥은 텅 비었으되 곡식을 쌓아 두는 곳간은 차고 넘치는 나라! 누구나 창고로 들어가서 원하는 만큼의 곡식을 꺼내 올 수 있으며, 태어난 곳이 북삼도나 전라도라는 이유로 차별받지 않고, 첩의 자식이라고 손가락질당하지 않는 나라! 중국을 섬기지 아니하고 외침을 받기 전에 군법을 철저히 시행하는 나라! 밤에는 들일에 지친 몸을 편히 누이고 휘영청 둥근 달을 바라보거나, 청주 한잔을 곁들인 노랫가락에 시간을 빼앗기는 것도 좋겠지."

"참담한 현재를 견디려는 기만책은 아닌가?"

"기만책이라고? 지평선을 바라보며 한 걸음씩 차근차근 옮기자는 게 어떻게 기만책이겠는가? 이보다 더 나은 삶이 있다면 일러 주게. 자넬 따를 테니."

이재영은 허균의 확고한 마음을 다시 한번 확인했다. 그의 가슴 한편도 천천히 달아오르는 느낌이었다.

"일이 틀어지면 어찌할 텐가? 금상이나 관송이 미리 눈치를 챈다면?"

"그럴 리야 없겠지만……. 상황이 여의치도 않은데 군사를 일으킬 수야 없겠지."

이재영이 고개를 끄덕였다.

"알겠네. 이번이 마지막이라고 약조를 하게. 일이 뜻대로 안 되면 나와 함께 변산으로 숨겠다고. 자넨 역시 시인이 제격이야."

"이제 다신 시를 짓지 않는대도……. 시인은 자네나 하게. 그보다 자네 그건 잘 간수하고 있겠지?"

"뭐 말인가?"

질문을 던진 이재영의 얼굴이 딱딱하게 굳었다. 그의 예감은 틀리지 않았다.

"살생부 말일세."

지난여름, 우경방의 은신처에서 허균과 이재영이 함께 만든 살생부였다.

박치의가 살생부를 원한다는 소식을 전해 듣고, 그들은 자정을 넘겨 우경방의 집에 모였다. 허균이 부르는 이름을 이재영이 차례차례 받아 적기로 했다. 우경방과 원종은 그 곁에서 눈만 끔벅끔벅거렸다. 붓을 든 이재영의 오른손이 가늘게 떨렸다. 허균은 쉽게 입을 열지 않았다.

"행님! 뭐 하십니꺼?"

우경방이 허균을 재촉했다. 살생부의 첫 장에 적을 이름
은 고민할 여지가 없다고 생각한 것이다. 그러나 허균은 눈
을 지그시 감은 채 생각에 잠겼다.

이제 시간이 되었는가? 조선의 임금 중에서 가장 총명하
고 정직하고 힘이 넘치는 그를 밟고 넘어갈 시간이 되었는
가? 이런 날이 오리라 예상은 했었지. 아군이라면 참으로
든든한 배경이겠지만 적군이라면 넘어서기 힘든 걸림돌 같
은 존재. 거사를 시작하면 무조건 죽여야만 하는 존재. 하
나 나는 그로부터 과분한 은혜를 입었다네. 그의 빛나는 눈
을 보고 있노라면, 그가 곧 나고 내가 곧 그라는 생각이 들
던 20대의 한때, 우리가 나눈 대화는 무엇이었던가? 우리
가 본 풍광과 우리가 들은 노랫소리와 우리가 마신 한잔의
술은 어디로 가 버렸단 말인가? 서로의 가슴에 비수를 들
이밀 줄 알았더라면, 그때 미리 고마움의 시 한 수 선물할
것을. 이제 이승에서는 결초보은의 기회도 사라졌구나. 눈
부신 청년! 서른이 되고 마흔이 되고 하늘의 도리를 아는
나이가 되더라도, 늘 바다와 같은 푸르름으로 조선의 산하
를 감싸 안고 싶던 그대에게, 나는 이제 작별을 고하려
한다. 함께하여 행복하고 위로가 되었던 시간들을 향해 지
독한 저주의 말을 퍼붓고자 한다. 그를 밟고 넘어서면 무엇

이 있을까? 그의 죽음이 아깝지 않도록 과연 나는 나아갈 수 있을까? 아, 결국 이 세상에는 그와 나 둘만이 존재했었구나. 이제 그가 없어지면, 이 외로움과 슬픔은 나만의 것이다. 그의 흔적을 발견할 수 없을 때까지 달려야겠지. 달리다가 지쳐 쓰러지더라도 결코 그에게 손을 내밀어서는 안 된다. 그를 짓밟고서 내 인생의 극한까지 가 보는 거다. 누군가가 나를 밟고 넘어설 그 순간까지!

이윽고 허균이 그 이름을 뱉어 냈다.

"광해!"

이재영은 그날의 살생부가 쓰이지 않기를 바랐다. 살생부가 필요하다는 것은 허균이 반역을 일으킨다는 것이고, 그것은 절체절명의 위기 속으로 빠져드는 것을 의미했다.

"파암이 오면 그게 필요할 거야. 다시 한번 챙겨 두도록 해."

"알겠네."

이재영이 몸을 일으켰다.

"왜 벌써 가시게? 점심이라도 함께 드세."

"입궐해야 하네. 도승지가 찾는다는군. 아마도 명나라에 보낼 국서가 있나 봐."

"매번 자네만 고생시키는군. 이번에는 도승지에게 단단히 따지시게. 벼슬을 올려 줄 수 없다면 재물로라도 보상을 하라고. 좌참찬 허균이 그러더라고 말씀하시게."

허균의 따뜻한 마음이 느껴졌다. 이재영이 웃으며 가볍게 받아넘겼다.

"그러지!"

"또 하나! 요즈음 자네 너무 힘겨워 보여. 천천히 쉬면서 해. 잘 가게."

이재영은 점점 비관론자를 닮아 갔고, 자신에 대한 모멸과 타인에 대한 결벽이 그 위에 얹혔다. 허균은 이재영의 마음이 다치는 것을 원치 않았기에 그쯤에서 이야기를 접었다.

이재영을 보내고 허균은 추섬과 겸상으로 점심을 먹었다. 복날이 이미 지났건만 송아지만 한 누렁이의 맛은 일품이었다. 땀을 뻘뻘 흘리며 넓적다리 살을 뜯다 보니 아랫도리에 힘이 불쑥불쑥 솟아올랐다. 밥상을 저만치 밀어 두고 두 사람은 운우지락(雲雨之樂, 성교)을 이루었다. 추섬은 그의 몸과 마음을 편안하게 받아 주었다. 한참 허리를 놀리다가 고개를 드니, 세 벗이 그를 내려다보며 웃고 있었다. 허균은 그들의 얼굴을 차례차례 쏘아본 후 자세를 바꾸었다.

도원량과 이태백과 소자첨, 그대들에게서 배운 기쁨이로세.

허리 놀림이 빨라졌다. 턱을 위로 치켜든 추섬의 붉은 입술에서 격한 신음 소리가 흘러나왔다. 그녀의 엉덩이가 심하게 요동을 쳤다. 그러다가 갑자기 허균의 머리를 꽉 움켜쥐더니 그의 왼쪽 어깨를 힘껏 깨물었다.

"아얏!"

허균은 저도 모르게 비명을 내질렀다. 시뻘건 이빨 자국이 선명하게 그대로 남아 있었다. 허균이 왼쪽 어깨를 감싸며 몸을 뒤로 뺐다.

"아잉!"

이번에는 추섬이 허균을 쓰러뜨리고 그 위로 올라탔다. 허균은 엄지발가락에 힘을 잔뜩 주며 그녀의 들뜬 몸을 받아들였다. 봉긋한 젖가슴을 쥐어뜯던 추섬은 뒷머리에 꽂힌 비녀마저 뽑은 다음, 풀어헤친 머리카락을 앞뒤로 휘날리며 엉덩이를 돌려 댔다. 평원을 달리는 야생마처럼 지칠 줄을 몰랐다. 파도치는 바다를 건너고 눈보라 날리는 언덕을 넘어 앞으로 앞으로만 달려갔다.

"으윽!"

허균이 허벅지를 비틀며 추섬을 와락 끌어안았다. 긴 한숨과 함께 온몸에서 힘이 쭉 빠져나갔다. 그리고 천천히 그녀의 젖가슴을 빨기 시작했다.

얼마나 시간이 흘렀을까.

"쉰네, 돌한입니다유."

돌한이 앞마당에서 큰 소리로 아뢰었다.

"왜 그러느냐?"

허균이 운우지락의 여독이 완전히 풀리지 않은 목소리로 물었다.

"숭례문에서 시방 전갈이 왔습니다유."

"아차!"

황급히 몸을 일으켰다. 미시(未時, 낮 1∼3시)에 헌보(獻甫) 기윤헌과 만나기로 한 약속이 그제야 생각난 것이다. 이재영을 보낼 때까지는 기억하고 있었는데, 추섬과 살을 섞는 동안 속세의 일을 놓아 버린 것이다. 추섬은 허둥대는 그의 옷매무시를 누이처럼 단정히 바로잡아 주었다.

"가만히 좀 계셔 보세요, 대감! 이러다간 갓을 신고 신발을 머리에 쓴 채 나가시겠어요."

"대충대충 해라. 대충대충!"

"아이, 참!"

옷고름을 쥔 채 가슴팍에 매달려 있던 추섬이 갑자기 그의 귀를 잡아당긴 다음 고양이처럼 가볍게 두 발을 뗀 후 와락 품에 안겼다. 허균이 몸의 균형을 잡기 위해 한 걸음 뒤로 물러서는 순간, 추섬은 양팔로 그의 목을 감싸 안고 입을 맞추었다. 두 번 세 번 추섬의 혀를 받아들인 후에야 허균은 겨우 방을 나설 수 있었다.

신창동에서 숭례문은 엎어지면 코 닿을 거리였다. 우포
도대장 윤홍이 주먹코를 실룩이며 반갑게 그를 맞이했다.

"어서 오십시오, 좌참찬 대감!"

"피난민들인가요?"

성벽을 향해 꿇어 엎드린 사람들을 곁눈질하며 물었다.
부녀자들과 아이들도 제법 많이 끼여 있었다.

"어젯밤엔 잠잠했었는데 아침부터 또 시작입니다. 노추
가 몰려온다는 허공의 소릴 들었다는군요."

"허공의 소리라……?"

"한두 놈도 아니고 저기 붙잡힌 사람들 대부분이 '노추가
쳐들어오니 당장 도성을 떠나라!'라는 소릴 들었다니, 장차
이 일을 어찌 해야겠습니까? 그렇지 않아도 민심을 추스르
지 못한다고 아침저녁으로 힐책을 받고 있는데……."

지난달부터 포도대장과 훈련대장이 입궐하는 빈도가 잦
아졌다.

"그게 어디 윤 대장 혼자 힘으로 막을 수 있습니까? 그건
그렇고 언제 한번 신창동으로 오세요."

"아닙니다. 번번이 신세만 지고. 이번에는 소장이 좌참찬
대감의 은공을 갚아야죠. 도와 드릴 일이 없겠습니까?"

윤홍은 진심으로 고개 숙여 고마움을 표했다. 2월의 악

몽이 아직도 눈에 선했다. 술에 취해 기방에서 곯아떨어지는 바람에 정청(庭請, 세자 또는 영의정이 백관을 거느리고 궁정에 이르러 임금에게 중대사를 아뢰고 전교를 기다리는 것)에 참여하지 않은 것이 화근이었다. 인목 대비의 삭출을 의논하는 중요한 자리였으므로, 불참한 대신들을 탄핵하는 것은 당연한 수순이었다. 윤홍은 꼼짝없이 삭탈관직을 당하고 귀양을 떠날 상황이었다. 그때 그를 도와준 사람이 바로 좌참찬 허균이었다. 허균은 윤홍의 아들 윤승임에게 상소문을 올리도록 시켰다. 우포도대장 윤홍은 정청에 불참한 것이 아니라 다만 공무에 바빠 늦은 것뿐이며, 늦게라도 정청에 참여한 그를 좌참찬 허균과 동지의금 김개가 보았다는 내용이었다. 그 덕분에 윤홍은 탄핵의 불벼락을 비껴갈 수 있었다. 허균에게 아홉 번 머리를 조아려도 아깝지 않을 은공을 입은 것이다.

"은공이랄 게 무엇이 있겠소이까? 어려울 때 서로 도와야지. 원 정랑의 뒤나 잘 보살펴 주오."

"그렇지 않아도 포도군관 동인남에게 각별히 신경을 쓰라고 일러두었습니다."

"고맙습니다. 이 모두가 주상 전하를 위한 일이니 내 꼭 윤 대장의 공을 전하께 고해 올리도록 하겠소이다. 그건 그렇고 일간 모여 풍류나 즐기도록 하십시다."

"좋지요! 술은 소장이 준비하겠습니다."

"한데 혹 헌보를 보지 못했습니까?"

"그렇지 않아도 대문 근처를 맴돌기에 붙잡아 두었습니다."

"붙잡아…… 두다니? 허어어, 헌보가 무슨 죄를 졌다고 붙잡아 둔다는 말이오?"

허균이 어이없는 표정으로 물었다.

"정녕 모르신단 말씀입니까? 기윤헌이 누굽니까? 대비 삭출을 반대해서 북삼도로 귀양을 떠난 기 정승(기자헌)의 아우가 아닙니까? 그런 자가 대문 근처를 어슬렁거리는 데는 필시 흉측한 뜻이……."

"그만하시오. 헌보는 나를 만나기 위해 이곳으로 나왔을 뿐이오."

"좌참찬께서 왜 그런 자를……?"

윤홍은 고개를 흔들며 허균의 얼굴을 빤히 쳐다보았다.

"내가 헌보를 만나러 나왔으니, 나도 붙잡을 겝니까?"

"아, 아닙니다. 그럴 리가 있겠습니까."

"그렇다면 냉큼 헌보를 데려오세요."

윤홍은 피난민들이 웅성웅성 모여 있는 성벽으로 뛰어갔다. 거기 기윤헌이 있었다. 무릎을 꿇지는 않았지만 갓을 목 뒤로 넘긴 채 성벽에 코를 박고 서 있는 몰골이 처량하기 그지없었다. 허균은 기윤헌의 양손을 덥썩 쥐며 사과부터 했다.

"미안허이. 날 만나러 왔다고 왜 미리 말하지 않았나?"

기윤헌이 갓을 고쳐 쓴 후 담담하게 답했다.

"나라법에 따라 처리할 일이지요. 누구를 안다고 풀어 주고 누구를 모른다고 붙잡아 둔다면 그게 어디 제대로 된 나라겠습니까? 더구나 삭탈관직된 죄인의 몸으로 더 이상 무슨 말이 필요하겠는지요?"

허균은 기윤헌의 짙은 눈썹과 긴 턱을 바라보며 미소 지었다. 자신보다 여섯 살이나 아래인 기윤헌을 후오자(後五子, 전오자와 함께 허균과 친한 다섯 친구)에 넣어 붕우의 예로 대한 것도 강직하고 청렴한 성품을 아껴서였다. 방금 전의 곤혹스러움을 거론하는 것은 기윤헌의 자존심만 건드리는 일이다. 우선 이 자리를 뜨는 것이 급선무였다.

"신창동으로 가겠는가?"

"아닙니다. 죄인과 가까이하는 것이 좌참찬께 무슨 득이 되겠습니까? 잠시 걷도록 하지요."

두 사람은 나란히 목멱산을 바라보며 걸어 내려갔다. 군데군데 포졸들이 서 있었지만, 윤홍이 벌써 연통을 넣었는지 두 사람의 대화를 방해하지는 않았다. 허균이 먼저 입을 열었다.

"어제 서북도로 유배된 죄인들을 하삼도로 옮기라는 어명이 내렸네. 기 정승께서도 길을 떠나셔야 할 게야."

"어명이라면 따라야겠지요."

기윤헌은 고개를 반대쪽으로 젖힌 채 쌀쌀맞게 대꾸했다.

"어디로 모시고 싶은가? 자네가 원하는 곳으로 가시도록 내 힘써 보겠네."

"말씀은 고맙습니다만 이 역시 어명을 따를 뿐입니다."

"그러지 말고 말해 보시게."

허균은 애원조로 기윤헌에게 매달렸다. 그들 형제와 함께 『법화경』을 논하던 시절이 눈에 선했다. 기자헌은 조정 대신 중에서 불교에 심취한 거의 유일한 사람이었다. 허균의 거듭되는 요청을 받고 기윤헌은 잠시 고개를 들어 하늘을 우러렀다.

"이번 하교는 변란이 일어날 경우 노추와의 내통을 막기 위한 사전 조처가 아닙니까?"

"……그렇지."

"그렇다면 죄가 중한 사람일수록 도성에서 먼 곳으로 보내는 것이 옳습니다. 대론에 반대한 형님의 죄가 가장 중할 터이니, 남해의 외딴 섬으로 보내세요."

기윤헌은 단호하게 허균의 청을 거절했다. 예상은 했지만 막상 거절을 당하고 나니 입맛이 썼다.

헌보!

옛 친구의 호의를 이렇게 무시할 수 있는가? 자네도 내가 죽이고 싶도록 미운 게야? 이제 와서 인목 대비를 감싸는 이유가 뭔가? 인륜에 어긋나는 짓이라고? 언제부터 자네와 내가 공맹의 가르침을 받들며 살았다고 그런 말을 하나, 후후후. 석 씨를 흠모하여 명산대찰을 싸돌아다닌 우리에게 사대부다움이 가당키나 한 소리인가? 그렇다면 역시이 더러운 정치 놀음이 우리의 우정을 갈라놓은 것이겠군. 난 요즈음 이런 생각을 한다네. 기 정승이 어심을 얻고 내가 귀양을 갔다면, 자네와 나 사이는 어찌 되었을까? 나도자네처럼, 딱딱한 표정으로 옛 친구의 호의를 냉정하게 거절했을까? 아마 그랬겠지?

인목 대비의 삭출이 거론되기 전까지는 두 집안이 친동기간보다도 더 가까웠다. 허균이 기자헌의 아들 기준격을 가르치고, 기윤헌이 허균의 아들 허굉을 제자로 받아들인 것도 이 때문이었다.

"굉은 잘 지내는가?"

허균은 외아들의 안부를 물었다. 이이첨과 허균의 탄핵을 받은 기자헌이 삭탈관직을 당한 바로 그날 집을 나간 아들이었다.

"성당(盛唐, 당나라 시가 가장 융성했던 시기)을 배우고 있습

117

니다."

기윤헌이 짧게 대답했다. 허균은 아들의 안부를 더 묻고 싶었지만 참았다.

"헌보! 올가을에 시간을 내서 도하를 먹으러 변산에 가지 않겠는가? 녹미(鹿尾)에 태상주(太常酒, 개성에서 빚은 술)를 곁들이면 더욱 좋겠고."

어리둥절해하는 기윤헌을 보며 허균이 눈웃음을 지었다.

"준격이가 함께 가도 좋겠지."

"……."

"준격이는 어찌 지내는가? 이제 나와의 인연을 완전히 끊을 모양이지? 하기야 역모를 꾸민 자를 스승으로 모실 수는 없겠지."

작년 겨울, 기자헌이 삭탈관직을 당하고 사약을 받을 위기에 처하자, 아들인 예조좌랑 기준격이 구명 운동에 나섰다. 그는 아버지를 구하기 위하여 스승인 허균의 죄를 낱낱이 적어 탑전에 올렸다. 허균이 오래전부터 역적모의를 하였다는 충격적인 내용이었다. 광해군의 절대적인 신임 덕분에 유야무야 넘어가긴 했지만, 역적으로 몰린 허균으로서는 최악의 상황이 아닐 수 없었다. 그 후로 기윤헌과 기준격은 허균과의 만남을 피했고, 허균도 애써 그들을 찾지 않았다.

"그 애만은 그냥 두, 두세요."

기윤헌의 음성이 가늘게 떨렸다. 허균이 마음만 먹는다면, 기준격을 함거에 실어 유배 보내는 것은 손바닥 뒤집듯 쉬운 일이다. 성질 급한 조카의 안위가 마음에 걸렸다. 허균의 카랑카랑한 목소리가 기윤헌의 가슴을 후벼 팠다.

"가서 이르시게. 마음이 어수선하겠지만 강학(講學, 공부)을 소홀히 해서는 안 된다고. 공명정대하게 일을 처리하는 것은 옳으나 스승을 탄핵하기 전에는 자초지종을 먼저 스승께 여쭙는 것이 순서라고. 서로 만나 묵은 원한을 풀어내는 것이 세상살이의 이치인 것을. 아니 그런가?"

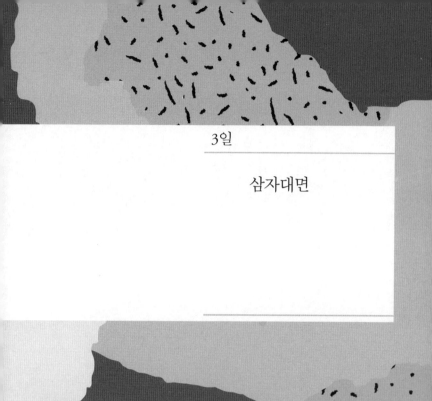

3일

삼자대면

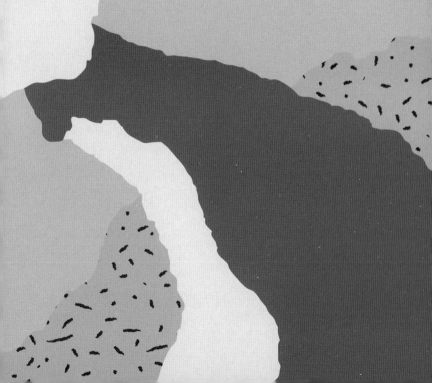

8월 8일 미시(未時, 오후 1~3시)

광해군의 용안은 어둡기 그지없었다. 지난밤에도 편두통으로 잠을 설친 모양이었다. 임진왜란 당시 강원도와 하삼도를 순무(巡撫, 왕명을 받들어 두루 지방을 돌아다니는 것)할 때 얻은 지병이었다. 내의원에서 올리는 약을 한 달째 먹었지만 차도가 없었다. 오늘은 노증(癆症, 폐결핵)에 걸린 사람처럼 양 볼에 살이 쏙 빠지고 식은땀까지 흘러내렸다. 살아 있는 것은 번뜩이는 두 눈뿐이었다.

도승지 한찬남과 좌포도대장 김예직이 엎드린 채 하문을 기다렸다. 경신년(1560년)에 태어난 한찬남은 이이첨과 동갑으로 광해군의 또 다른 버팀목이었다. 벌써 2년이 넘도록 도승지를 맡는 것만 보더라도 총애가 얼마나 남다른 가를 알 수 있었다. 한찬남이 광해군의 눈에 든 것은 계축년(1613년) 가을, 그가 영창 대군의 처단을 강력하게 청하면서부터였다. 요즈음도 광해군은 도승지를 볼 때마다 그날의 보국 충군을 떠올리며 미소를 짓곤 한다.

"전하께서 차마 역적을 처단하지 못하시는 것은 영창을 동기라고 여겨서이옵니까, 어리다고 여겨서이옵니까? 변고가 동기간에 발생한 것은 변고 가운데서도 큰 변고이며, 어리면서도 역적의 우두머리가 된 자는 역적 가운데서도 더욱 심한 역적이옵니다. 지금 전하께서 전고에 없었던 변고를 만났는데도, 변고에 대처할 방법을 생각지 않으신 채 역적을 풀어놓아 두시며 역적을 토벌하는 법을 거행하지 않으시니, 반역을 도모한 도적을 베고 더러운 무리를 제거했던 성현과는 다르게 하시는 것이옵니다. 삼가 바라옵건대, 전하께서는 지극한 신들의 소원에 힘껏 부응하시고 쾌히 공론을 따르시어 역적 영창을 법대로 처단하도록 어명을 내리시옵소서. 통촉하시옵소서. 전하!"

한찬남은 가슴속에 이글거리는 불덩이를 논리 정연하게 토할 줄 아는 사내였다. 이이첨과 허균에게는 따르는 무리가 많았으나, 한찬남은 승정원의 승지들을 다독거리며 탑전에 머무르는 것으로 만족하였다. 판서 자리를 주겠다고 해도 주상 전하를 가까이에서 보필하겠다며 정중히 거절할 정도였다. 광해군은 어떤 일이 닥치더라도 한찬남을 끝까지 곁에 둘 작정이었다. 이윽고 광해군이 김예직에게 물었다.

"살펴보았는가?"

"그러하옵니다."

김예직은 억실억실한 얼굴을 들고 힘차게 답했지만, 등줄기로 벌써 식은땀이 흘러내렸다. 워낙 말주변이 없는 데다 제대로 사서삼경조차 공부하지 못한 그였다. 한찬남이 눈짓으로 독촉하자, 김예직은 한숨을 길게 내쉰 다음 두서없이 이야기를 늘어놓기 시작했다.

"포도군관 조명도를 쌍리동에, 강문범을 건천동에, 용은태를 신창동에 매복시켰사옵니다. 판의금부사 이이첨은 돈의문에 들러 도원수 강홍립을 만난 다음 동지의금 김개와 함께 쌍리동으로 돌아와서 밤 늦도록 술을 마셨사옵니다. 좌참찬 허균은 여전히 신창동에 머물렀사온데, 정오 무렵 봉상시 주부 이재영이 잠시 들렀고, 오후에는 숭례문으로 가서 우포도대장 윤홍, 전 안악 군수 기윤헌을 만났사옵니다."

"좌참찬이 기윤헌을 만났다고?"

한찬남이 끼어들었다.

"두 사람은 오랜 벗이옵니다. 좌참찬의 외아들이 기윤헌

밑에서 시문을 배우고 있사옵니다."

"기자헌이 유배된 후에도 말이냐?"

"그러하옵니다."

눈치를 살피던 김예직이 이야기를 이어 갔다.

"좌참찬 역시 밤에는 난취(爛醉, 만취)하였사옵니다. 판의
금부사와 좌참찬 사이에는 연통이 오가지 않았고 하인들의
내왕도 없었사옵니다. 도성 밖 둔지산(屯之山)에 있는 판의
금부사의 사병들과 사아리 쪽 좌참찬의 사병들도 그대로이
옵니다. 장정들의 수도 달라지지 않았고 장사치 흉내를 내
며 이리저리 몰려다니는 행태도 여전하옵니다. 간혹 약탈
과 방화를 저지르기도 하지만 신이 좌포도군관들을 풀어
무마하였사옵고, 되도록이면 마을로 내려오지 말고 산사람
처럼 숨어 지내라고 하였사온데, 도성의 백성들이 빠져나
가는 통에……."

김예직이 또 말을 맺지 못하고 횡설수설하기 시작했다.

"그만! 알았으니 물러가도록 하라."

광해군은 그즈음에서 김예직을 돌려보냈다. 더 이상 얻
을 수확이 없었던 것이다.

귀가 얇고 아둔한 김예직을 좌포도대장으로 임명했을 때
는 대신들의 반대가 만만치 않았다. 아무리 임금의 외숙이
라고 하더라도 글도 제대로 깨치지 못한 무식쟁이를 종2품

당상관에 앉힐 수는 없다는 것이다. 또한 김예직의 결정적인 약점은 이이첨의 일이라면 사사건건 나서서 반대한다는 것이다. 임해군의 죽음을 안타까워했고, 영창 대군을 살려 달라고 아뢰었는가 하면, 능창군을 모함한 자들을 색출하여 중벌을 내리라는 상소문을 올렸다. 대론까지 반대할 것을 염려한 광해군이 미리 불러 입막음을 했을 정도였다. 광해군이 그런 골칫덩어리를 좌포도대장에 앉힌 이유는 단 하나, 왕실에 대한 각별한 충성심 때문이었다. 임해군, 영창 대군, 능창군을 살려야 한다는 김예직의 주장에는 왕실을 튼튼히 하겠다는 의지가 담겨 있었다. 광해군이 그를 불러 좌포도대장에 임명하고 사사롭게 외숙에 대한 정을 전하자, 김예직은 감읍하여 말을 하지도 못했다.

"눈물을 거두세요. 조카 앞에서 눈물을 보이는 외숙이 어디 있습니까?"

광해군이 경어까지 쓰자 김예직은 머리를 조아리며 흐느꼈다.

"신을 죽여 주시옵소서. 전하의 성심을 살피지 못하고 원망만 하였나이다."

"외숙을 죽이는 조카도 있답니까? 조카가 외숙께 부탁이 있습니다. 왕실을 위한 일인데 들어주시겠습니까?"

"하교하시옵소서."

"건천동과 쌍리동을 살펴 주실 수 있겠습니까?"

"맡겨 주시옵소서."

허균과 이이첨의 일거수일투족을 은밀히 감찰하라는 뜻이다. 김예직은 기꺼이 그 일을 맡았고, 그들의 동정을 한 달에 서너 차례씩 광해군에게 보고했다.

"선왕께서는 과인에게 서궁과 영창을 부탁하셨다. 영창의 죽음은 어찌할 수 없다 하더라도 서궁을 출궁시키고 싶지는 않다. 출궁 다음에는 사약을 내리라고 할 터."

한찬남이 매우 간결하게 대안을 제시했다.

"판의금부사와 좌참찬에게 맡기시옵소서. 그들의 언행이 시류를 얻으면 큰 상을 내리시옵고, 그들의 언행이 왕실과 조정을 어지럽힌다면 중벌로 다스리시옵소서."

광해군이 나서서 서궁에 대한 의논을 꺼내지 말라는 뜻이다.

"좌참찬을 중용하라는 까닭은 무엇이냐?"

"두 마리의 갈범(범, 표범과 구별하기 위해 갈범이라고 함)이 맞서는 동안에는 정원군도 서궁도 조용할 것이기 때문이옵니다. 두 곳만 경계하면 천하가 편안하니 이보다 더 좋은 방책은 없사옵니다."

"하나 둘 중 하나가 무너지기라도 하면?"

"그 역시 시류에 따르시옵소서. 전하께서는 군왕으로서

의 위엄만 지키시면 되옵니다."

광해군의 용안이 밝아졌다. 한찬남의 청에 의해 새로 뽑은 승정원의 젊은 얼굴들이 떠올랐다. 좌승지 유대건, 우승지 이위경, 좌부승지 김질간, 우부승지 이명남, 동부승지 정규. 어명이라면 목숨이라도 내놓을 만큼 충직한 신하들이었다.

"좌참찬 입시이옵니다."

대전 내관 최보용이 낭랑한 음성으로 아뢰었다.

"들라 하라."

사모관대를 단정하게 갖춘 허균이 발소리를 죽이며 들어왔다. 광해군은 단도직입적으로 물었다.

"도성의 분위기가 어떻던가?"

허균은 이런 독대가 부담스럽다. 전쟁의 공포와 정치의 비정함을 모두 맛본 마흔네 살의 임금 앞에서는 사소한 말실수 하나도 용납되지 않는다. 숭례문을 둘러보고 오라는 하교를 받았을 때부터 마음이 편치 않았다.

"좌참찬! 솔직히 말해 보라."

광해군의 추궁은 매서웠다. 허균은 숭례문 성벽에 머리를 박은 채 오들오들 떨고 있는 백성들의 모습을 떠올렸다. 보따리를 이고 갓난아기를 업은 그들은 분명 피난민의 행색이었다. 전쟁의 먹구름이 밀려와도 흔들리지 않는 곳은 창덕궁뿐이었다.

"어리석은 백성이옵니다."

"목멱산을 화적 떼처럼 넘어가고 있는 게 사실이라는 말이지?"

광해군은 이미 모든 것을 알고 있었다. 더 이상 물러설 데가 없었다.

"그 어떤 위협으로도 전쟁의 공포를 막을 수는 없사옵니다. 너그러이 용서하여 주시옵소서."

"어명을 따르지 않는 자들을 그냥 둘 수는 없다. 임진년의 일을 잊지는 않았겠지? 몽진을 나서는 법가(法駕, 임금이 타는 수레)에 돌을 던지고, 청쇄(靑瑣, 대궐문)를 부수고, 건장(建章, 한나라의 궁전, 여기서는 궁궐의 범칭으로 쓰임)을 불바다로 만든 자들이 바로 경이 말하는 그 어리석은 백성이다. 조선의 두 왕자를 왜구에게 넘겨준 이도 바로 그 어리석은 백성이다. 어리석고 둔한 듯 죽어지내다가도 대궐이 하루라도 비면 미혹에 빠지는 것이 바로 그 어리석은 백성이다. 경의 말대로 공포, 전쟁의 공포 때문이라고 하자. 과인은 그 공포가 얼마나 지독한지 안다. 경도 역시 난리통에 단현(斷絃, 아내의 죽음)의 아픔과 자하(공자의 제자, 아들이 죽자 상심하여 실명함)의 슬픔을 앓았으니, 공포의 무게를 가늠할 수 있을 것이야. 그렇다고 과인이 백성의 어리석음을 이해하고 그들을 어루만져 주어야 하는가? 아니다. 공포는 더 많은 배신과 슬픔과 죽음을 낳을 뿐이다. 공포는 사람을 터무니없이 작게 만든다. 성정을 해치고 삼강오륜을 잊게 만든다. 과인은 그들이 온전히 사람의 형상을 지닌 채 죽기를 바란다. 이것이 곧 개돼지만도 못한 오랑캐와 예의를 아는 조선 백성의 차이일 것이야. 아니 그런가?"

"그러하옵니다, 전하! 전하의 하해와 같은 은혜도 모르는 참으로 아둔한 백성이옵니다. 나라를 원망하며 대궐에 불을 지른 백성이옵니다. 하오나 또한 나라를 구하기 위해 의병을 일으킨 용감한 백성이옵고, 사시사철 옥토를 가꾸기 위해 노력하는 부지런한 백성이옵니다. 그들을 버리지 마시옵소서."

침묵이 흘렀다. 임진년의 전쟁이 광해군에게 남긴 것은 백성에 대한 불신뿐이 아니었다. 광해군은 조선의 사대부가 목숨보다도 소중하게 여기는 명분과 의리의 허황됨도 목도했다. 힘만 있으면 왜가 조선을 삼킬 수도 있고 노추가 대명을 지배할 수도 있는 것이다. 힘이 있고서야 법을 세울 수 있고, 그 법 위에서 명분과 의리를 논할 수 있는 것이다.

"동틀 무렵 도성 밖으로 식솔을 옮긴 당상관들이 있다고 들었다. 사실인가?"

"……"

"수죄(數罪, 죄를 헤아림)한 후 능지처참할 놈들이다. 임금을 팔아먹고 나라를 팔아먹을 놈들이야."

"저, 전하."

허균은 머리를 조아리며 눈을 질끈 감았다.

광해군을 위대한 인간이라고 믿은 적이 있었다.

분조를 이끌고 전쟁터로 뛰어들던 임진년 늦봄의 한 순간, 조선의 미래는 열여덟 청년의 빛나는 눈동자에 담겨 있었다. 죽음에서 삶을, 절망에서 희망을, 패배에서 승리를, 치욕에서 영광을 이 청년을 통해 보았던 것이다. 그러나 그 봄의 기대는 이루어졌던가?

"좌참찬!"

광해군의 목소리가 한결 가라앉았다.

"예, 전하!"

"경이 연의를 많이 읽었다고 들었느니라. 그중에서 어떤 연의가 가장 나은가?"

허균은 고개를 들어 광해군의 안색을 살폈다. 사서삼경 대신 연의를 읽는 것 자체가 당상관의 체모를 손상시키는 일이다. 그러나 그것을 탓하는 것 같지는 않았다.

"『삼국지연의』이옵니다."

"거기 나오는 인물들 중에 누가 가장 마음에 드느냐?"

"관운장이옵니다."

"왜 하필 관운장이지?"

"관운장은 충렬과 의용으로 소열왕(유비)을 섬기고 한나라 왕실의 부흥을 기도하였으며, 한 수 위를 범 같은 눈으로 감시하여 그 위세를 온천하에 떨치게 되었사옵니다. 조조 같은 간웅도 두려워서 천도하여 피하려 하였고, 손권 따위 어린애는 겁에 질려 감히 대항도 못하였사옵니다. 관운장이 삼국 통일의 뜻을 이루지 못한 것은 하늘이 한나라를 망하게 한 것이지, 어찌 관운장의 탓이겠사옵니까? 이러한 까닭에 관운장의 충성스럽고 강개한 뜻은 죽은 뒤에도 없어지지 않았사옵고, 천년 뒤에도 오히려 신묘함을 낳고 바람과 우레를 몰아서 그 영험함을 나타낼 수 있었사옵니다."

임진왜란 당시 관운장의 혼령이 나타나서 왜군을 몰아냈다는 장계가 팔도에서 올라왔었다.

"관운장은 무장이지 않느냐? 문신들 중에는 누가 가장 마음에 드는고?"

"제갈공명이옵니다."

"제갈공명! 소열왕을 도와 삼국을 통일하고 한나라 왕실의 정통을 이으려고 애쓴 것은 칭찬받아 마땅하지만 결국 뜻을 이루지 못하고 오장원에서 죽지 않았느냐? 판의금부사는 제갈공명보다도 조조가 더 낫다고 했느니라. 조조가 간웅이라고는 하나, 어쨌든 삼국을 통일한 것은 위나라를

133

이은 진(晉)나라니까. 명분을 틀어쥔 패배보다 실리를 앞세운 승리가 더 낫지 않겠느냐?"

"신은 판의금부사와 생각이 다르옵니다. 더러운 승리보다는 깨끗한 패배가 백배 더 낫사옵니다."

광해군이 천천히 고개를 끄덕였다.

"역시 좌참찬다운 말이로다. 그건 그렇고 형조를 다시 맡을 생각은 없는가? 똑같은 정2품이라고 하더라도 할 일 없는 의정부보다 벼슬아치들의 죄를 꾸짖어 처벌하는 형조가 좌참찬에게 어울릴 것 같구나."

형조 판서로 옮겨 앉으라? 왜 내게 날개를 달아 주려는 걸까?

"과인에게는 제갈공명과 같은 신하가 필요하다. 좌참찬, 경이라면 능히 과인의 제갈공명이 될 수 있지 않겠는가?"

"성은이 망극하옵니다."

광해군이 목소리를 낮추었다.

"소훈의 처녀단자가 채 스무 개도 들어오지 않았느니라. 승정원에서는 시일을 더 두자고 하지만 과인의 뜻은 다르다. 좌참찬의 생각은 어떠한가?"

허균이 처녀단자를 넣었음을 알고 하는 이야기다. 더 이상 처녀단자를 받지 않겠다는 것은 허균의 여식으로 소훈을 삼겠다는 속마음을 은연중 내비친 것이다. 허균은 입술이 바싹바싹 타들어 갔다. 광해군은 공짜로 여의주를 그의 입에 물려 줄 군왕이 아니다. 내게 무엇을 바라는 걸까?

"대전 내관 밖에 있느냐?"

대전 내관 최보용이 문을 열고 황급히 들어왔다.

"예, 전하!"

"냉큼 가서 주안상을 차려 오도록 하라."

최보용이 도승지 한찬남의 눈치를 살폈다. 술을 마시기에는 이른 시각이었다.

"전하! 아직 해가 중천에 있사옵니다."

광해군이 눈을 부라리며 한찬남을 쏘아보았다.

"과인이 좌참찬에게 어주를 내리겠다는데 아니 된다 이 말인가? 도승지도 나가 있으라. 대전 내관은 무엇하는 게냐? 속히 주안상을 대령하지 못할까?"

"분부대로 거행하겠나이다."

최보용이 허리를 두 번 세 번 굽힌 다음 한찬남을 따라서 밖으로 나갔다. 잠시 후 다과와 편육을 곁들인 상이 광해군과 허균의 앞에 각각 놓였다. 대전 내관 최보용이 광해군의 곁에 머리를 조아리고 서 있었다. 광해군이 옥잔에 술을 따르면 그 잔을 허균에게 전하기 위함이었다. 광해군이 최보용을 힐끔 쳐다보았다.

"나가 있으라. 과인이 부를 때까지 아무도 들이지 말라."

"예, 전하!"

최보용이 문을 닫고 나가자, 편전에는 이제 광해군과 허균만 남았다. 광해군이 오른손으로 술병을 들고 왼손으로 다가앉으라는 손짓을 했다. 허균이 조용히 자리에서 일어나 광해군의 주안상 앞으로 갔다.

"받으라."

군왕이 신하에게 직접 술을 따르는 것은 예의에 어긋나는 일이었다. 허균이 잔을 들 엄두도 내지 못한 채 넙죽 엎드렸다.

"저, 전하!"

광해군이 다시 재촉했다.

"자, 어서 받으래도. 지금부터 과인은 경을 붕우의 예로 대하겠다. 동궁전에서 밤을 새워 함께 술잔을 기울일 때처럼 말이야. 허허, 어서 잔을 들게."

"성은이 망극하옵니다."

허균이 마지못해 옥잔을 들었다. 광해군은 잔이 흘러넘칠 만큼 술을 따랐고, 허균은 몸을 돌려 잔을 비웠다. 광해군이 온화한 웃음을 띠며 옥잔을 가슴까지 치켜들었다. 허균이 무릎을 꿇고 그 잔을 채웠다. 옥잔에 흔들리는 맑은 술을 바라보며 광해군이 입을 열었다.

"왜란이 일어나기 전에 전쟁의 참화를 꿈에서 보고 시를 지었다고 했었지?"

"그러하옵니다."

"외워 보아라."

"원통한 기운 끝없어/ 산하가 한 빛이로다/ 세상엔 사람 하나 없고/ 중천엔 달도 침침하네.〔冤氣茫茫 山河一色 萬國無人 中天月黑〕"

"경이 읊은 대로 7년 전쟁을 치르는 동안 조선 팔도는 온통 핏빛으로 물들었지. 그때 과인은 이런 생각을 했었다. 용상에 오르면 반드시 허균과 함께 정치를 하겠다고, 만백성을 위한 나라, 오랑캐들에게 결코 침략당하지 않는 나라를 만들겠다고, 이룰 수 없는 꿈이라 하더라도 이 나라를 완전히 새롭게 바꾸어 보겠다고. 경의 열정을 아꼈기 때문이니라. 그 열정은 아직도 변함이 없느냐?"

"그러하옵니다, 전하!"

광해군이 단숨에 옥잔을 비웠다. 허균이 다시 술을 따랐다.

"아니다. 경은 변했다. 지난 10년을 생각해 보아라. 처음 5년 동안, 경은 금강산이나 변산으로 달아날 궁리만 했다. 어미의 품을 벗어나려는 철부지처럼, 경은 과인을 도울 마음이 조금도 없었느니라."

"전하!"

"그리고 또 5년이 흘렀다. 경은 조정으로 돌아와서 과인의 곁에 머물렀다. 겉으로만 보면 젊은 날의 약속을 지켰다고 할 수도 있다. 하나 과인은 안다. 경은 지난 5년 동안 판의금부사가 하자는 대로 이리저리 몸을 놀렸을 뿐, 이 나라를 새롭게 바꾸기 위한 노력은 하나도 하지 않았느니라. 그런데도 열정이 식지 않았다고 주장하겠느냐?"

허균의 양 볼이 불그스름해졌다. 눈시울이 뜨거워지면서 열기가 머리끝까지 확 치솟았다. 광해군의 지적은 정확했다. 광해군을 보필하여 새로운 나라를 건설하려고 마음먹은 적도 있었다. 그러나 이이첨을 비롯한 외척들이 광해군을 감싸고 왕실과 조정을 좌지우지하는 순간부터 그에 대한 미련을 버렸다. 광해군을 아끼는 마음은 여전했지만, 그와 함께 새로운 나라를 만드는 것은 불가능했던 것이다. 그 마음의 거리를 눈치채고 있었는가?

"전하! 신을 죽여 주시옵소서."

허균의 목소리가 축축하게 젖어 들었다. 광해군은 자작으로 술을 한 잔 더 마셨다.

"아직 늦지 않았느니라. 경이 진심으로 과인을 도울 때가 바로 지금이야. 북삼도를 살펴 노추와의 일전에 대비하고 하삼도를 살펴 병든 백성들을 보살피는 일까지 맡을 신하는 좌참찬뿐이니라. 과인을 위해 그 일을 해 주겠느냐?"

허균이 고개를 들었다. 뜨거운 눈물 한 줄기가 볼을 타고 흘러내렸다.

전하! 늦었나이다. 왜 용상에 앉자마자 관송을 내치지 않으셨나이까? 이제 와서 신의 마음을 흔들고 신으로 하여금 거짓을 아뢰게 하시나이까?

"전하! 신명을 바치겠나이다. 믿어 주시옵소서."

"그래, 과인은 좌참찬을 믿느니라."

허균이 눈물을 훔치려는데, 대전 내관 최보용의 다급한 목소리가 들려왔다.

"판의금부사 이이첨 입시이옵니다."

광해군이 자세를 고쳐 앉으며 험험 헛기침을 했다.

"들라 하라."

이이첨이 예를 갖추고 자리에 앉을 때까지 침묵이 맴돌았다. 덩그러니 놓인 두 개의 주안상이 어색한 분위기를 더했다. 이이첨이 도끼눈을 뜨고 허균을 노려보았다. 주상 전하와 좌참찬이 밀담을 나누는 것 같다는 대전 상궁 김개시의 귀띔을 받고 의금부에서 한달음에 달려오는 길이었다.

방금 전의 일을 감추기라도 하듯, 광해군이 먼저 침묵을 깼다.

"판의금부사와 좌참찬이 친형제처럼 서로를 아낀다는 이야기를 들었다. 경들은 과인의 좌필이고 우필이니, 경들

의 우애가 곧 이 나라 왕실의 영화를 영원히 변하지 않도록
만들리라. 판의금부사!"

"예, 전하!"

이이첨을 쳐다보는 광해군의 시선이 곱지 않았다. 판의
금부사라는 지위를 이용하여 광해군과 신하들의 독대를 막
아 왔던 것이다.

음흉한 늙은이!

광해군은 이이첨의 전횡을 막고 싶었다. 그러나 대궐은
물론이고 도성 곳곳에 이이첨의 심복이 깔려 있었다. 아직
은 좀 더 힘을 키워야만 했다.

"오늘 이렇게 자리를 함께했으니 노추의 일을 마무리 지
었으면 한다."

"하문하시옵소서."

"판의금부사는 오성 부원군을 어찌 생각하는가?"

오성 이항복은 기자헌과 함께 대론에 반대하다가 함경
도 북청으로 유배되었고, 지난 5월 그곳에서 세상을 떴다.
이이첨은 광해군이 갑자기 이항복을 거명하는 이유를 알
수 없었다.

"대론에 반대한 극악 죄인이옵니다."

이이첨이 짧게 답했다. 광해군이 미간을 찌푸리며 고개
를 저었다.

"오성은 선왕을 모시고 의주까지 몽진을 갔던 호종 일등 공신이다. 오성이 없었다면 선왕께서는 더욱 고초를 겪으셨을 게야. 오성이 비록 대론에 반대하여 삭탈관직을 당했지만 과인은 왕실과 만백성을 향한 오성의 단심을 잘 알고 있다. 돌이켜 기억해 보건대 서애와 오성 그리고 한음은 신립이 충주로 내려갈 즈음부터 몽진을 준비했다. 도성을 빼앗기는 치욕을 맛보긴 했어도 그 덕분에 종묘사직이 무사할 수 있었느니라. 과인의 말이 틀렸는가?"

"아니옵니다. 오성 부원군은 왜란의 일등 공신임에 틀림없사옵니다."

공무에 빈틈이 없으면서도 소탈하고 해학이 넘치던 이항복은 허균의 시문을 특히 좋아하였다. 허균이 도원수 권율의 권문(券文, 공신록권의 문장)을 지은 것도 권율의 사위인 이항복과의 각별함 때문이었다. 대론이 들끓기 시작할 즈음 허균은 이항복을 찾아갔었다. 나서서 반대하지만 않는다면 여생을 편안히 보내시도록 배려하겠다는 뜻을 전하기 위함이었다. 그때 이항복은 두 눈을 부릅뜨고 크게 꾸짖었다.

"교산! 예를 어기지 않는 것이 효라고 했네. 홀로 남은 어머니를 예로써 섬겨도 모자랄 판에 삭출을 논하다니. 이러고도 자네가 사대부인가?"

허균은 이항복이 그렇게 화를 내는 것을 처음 보았다. 이항복의 부고를 접하고 또 한참이 지난 지금에야, 그날의 꾸짖음이 자신을 아끼는 또 다른 배려임을 깨닫는다. 이항복은 허균이 벼슬을 내던지고 낙향하기를 바랐던 것이다. 이이첨이 광해군의 심중을 재빨리 읽고 큰 소리로 아뢰었다.

"저언하! 지금은 몽진을 논할 때가 아니옵니다. 도원수 강홍립이 이끄는 수만의 거기보(車騎步, 거병과 기병과 보병)가 요동으로 향하였사옵고, 대명의 명장 양호 역시 노추와의 일전을 위해 수십만의 장졸을 독려하여 요동에 이르렀나이다. 노추가 아무리 강건하다 하나 어찌 대명을 이길 수 있겠나이까? 곧 노추를 섬멸하고 승리의 북을 울렸다는 장계가 산더미처럼 쌓일 것이옵니다."

"좌참찬의 생각도 판의금부사와 같은가?"

광해군의 시선이 허균에게 옮겨 갔다.

"아니옵니다. 삼가 생각하옵건대 노추는 지난 임진년부터 30년 가까이 힘을 키워 왔사옵니다. 비록 양호가 이끄는 대명군이 강병이라고는 하나 대부분 요동 벌판의 추위를 모르는 남병들인지라 겨울에 전투가 벌어진다면 승리를 장담할 수 없사옵니다. 노추에게 요동은 앞마당과도 같지만 대명과 조선에게는 낯선 타향일 따름이옵니다. 『사마병법』에 이르기를, 진을 칠 때에는 바람을 등져야 하며 높은 산

을 배후에 두고 좌우에 높은 언덕이나 험한 요새가 있어야
한다고 했나이다. 만약 노추가 지형을 살펴 이런 곳을 선점
한 후 대명과 조선의 군대를 공격한다면, 의외의 결과를 낳
을지도 모르옵니다."

"아니옵니다. 전하. 저들은 기껏해야 명화도적(明火盜賊,
불한당)일 따름이옵니다. 조선 조정이 몽진을 염두에 두고
있다는 소문이 세상에 알려지기라도 하면 큰 웃음거리가
될 것이옵니다."

광해군이 허균의 편을 들고 나섰다.

"웃음거리가 되더라도 패망하는 것보다는 낫다. 임진년
에도 왜군이 그렇게 빨리 도성을 덮치리라고 누가 예상을
했었는가? 판의금부사의 기개와 절조를 질책하는 것이 아
니라 미리 살펴서 나쁜 일이 아니라는 뜻이다. 노추가 명나
라와의 전쟁에서 승리한 후 압록강을 건너 의주와 평양을
점령한다면 몽진을 떠날 수밖에 없다. 어디가 좋겠는가?"

이이첨이 대답했다.

"그렇다면 강화도로 가시옵소서. 왕씨 전조(王氏 前朝, 고
려)가 이미 그곳으로 몽진한 적이 있사옵니다."

광해군이 고개를 저었다.

"강화도는 안 된다. 노추는 육전뿐 아니라 수전에도 능한
놈들이다. 쾌선을 이끌고 함경도 해안을 곧잘 괴롭히지 않

았느냐?"

이이첨이 다시 대답했다.

"그렇다면 남한산성으로 가시옵소서. 성문을 굳게 닫고 명나라에 원군을 청하면 능히 노추를 물리칠 수 있사옵니다."

허균이 끼어들었다.

"남한산성은 고립되기 십상이옵니다. 차라리 변산으로 가시옵소서."

"변산?"

광해군의 얼굴에 생기가 돌았다. 이이첨이 허균의 의견에 반대했다.

"전라도 땅은 아니 되옵니다. 정여립의 일을 벌써 잊으셨나이까?"

임진왜란 직전에 정여립이 반란을 일으킨 후부터 전라도는 반역의 땅으로 낙인이 찍혔다. 그곳으로 몽진을 떠나는 것은 천부당만부당한 주장인 것이다. 허균은 자신의 뜻을 굽히지 않았다.

"변산은 험준한 기암괴석으로 둘러싸여 쉽게 공격을 받지 않을 뿐 아니라 위기가 닥치더라도 군선에 의지하여 바다로 탈출하는 것이 쉽사옵니다. 또한 대명의 수군이 원군을 이끌고 온다면 변산 바닷가에서 그들을 마중할 수도 있나이다."

"좌참찬의 주장에도 일리가 있군."

광해군이 천천히 고개를 끄덕였다. 그러다가 갑자기 두 눈을 번뜩이며 허균에게 물었다.

"좌참찬이 절곡(絶穀, 밥을 굶음)한 후 설창의(雪氅衣, 신선이 입는 옷)를 입고 노닐었다는 곳이 바로 거긴가?"

"그러하옵니다."

"그렇다면 변산에는 구류(九流, 아홉 종류의 학파)에 달통한 좌참찬의 벗들이 남아 있겠군."

"……그러하옵니다."

"언제 한번 그들을 과인에게 데려오겠는가? 그들의 도력을 직접 보고 싶도다."

"알겠사옵니다."

광해군은 고개를 끄덕인 후 이이첨에게 말했다.

"판의금부사! 정여립과 같은 역도들은 전라도 땅에만 있는 것이 아니다."

광해군은 말을 끊고 이이첨의 표정을 살폈다. 그러나 이이첨은 사모가 앞으로 쏠릴 만큼 고개를 숙인 채 꼼짝도 하지 않았다. 길고 흰 눈썹만이 보일 뿐이었다. 역도들이 전라도 땅에만 있는 것이 아니라는 말은 도성이나 조정에도 역심을 품은 자들이 있다는 뜻이다. 역도들을 색출하여 잡아들이는 곳이 바로 의금부였으므로, 그 일은 당연히 판의 금부사 이이첨의 몫이었다. 이이첨은 섣불리 변명을 늘어놓지 않고 광해군이 하문할 때까지 기다렸다.

"정원군의 동향은 어떠한가?"

정원군은 새문동에서 사직동(社稷洞)으로 집을 옮긴 후부터 칭병한 채 바깥출입을 삼갔다. 하루아침에 집을 빼앗기듯 목숨까지 잃을 수 있다고 생각한 것이다.

"다른 움직임은 없사옵니다. 종친들의 내왕도 끊겼고……."

"아니다. 틀림없이 서궁과 밀통하고 있을 것이야. 변란이 일어나면 도성이 혼란한 틈을 노려 거병하겠지. 과인의 가장 큰 걱정은 바로 정원군이다."

광해군은 새문동에 왕기가 흐른다는 이야기를 풍수승 성지로부터 들은 후 더욱 정원군을 경계했다. 을묘년(1615년) 겨울, 정원군의 셋째 아들 능창군을 역모에 연루시켜 강화도로 유배 보내고 그곳에서 죽인 것도 이 때문이다. 그러나 정원군은 광해군과 맞서려고 하지 않았다. 아들을 잃었을 때도 집을 빼앗겼을 때도 묵묵히 자신에게 닥친 불행을 받아들였다. 애가 타는 쪽은 오히려 광해군이었다. 정원군의 지독한 인내 뒤에 무엇인가 딴마음이 도사리고 있을 것만 같았다.

"판의금부사!"

"예."

"좌참찬!"

"예, 전하."

"과인은 경들을 믿는다. 변란이 일어나기 전에 화근을 미리 잘라야 하지 않겠는가?"

이이첨과 허균의 시선이 마주쳤다. 대론을 이끌 때처럼 합심하여 서궁과 정원군을 공격하라는 암시였다. 이이첨이 먼저 답했다.

"알겠사옵니다."

허균도 뒤이어 아뢰었다.

"신들을 믿어 주시옵소서."

두 사람은 나란히 편전에서 물러나왔다.

유시(酉時, 오후 5~7시)

"따르시게."

이이첨은 선정문(宣政門)을 지나 연영문(延英門)을 통과한 다음, 왼쪽의 연양문(延陽門)을 흘깃 보며 건양문(建陽門)으로 들어섰다. 허균은 이이첨의 행선지를 알고 있었다. 건양문 근처의 별감방(別監房)으로 가는 것이다. 낮에는 별감들이 공무를 보기 위해 나돌아 다니기 때문에 그 방은 항상

비어 있었다. 대궐을 나가지 않고 두 사람만의 은밀한 대화가 필요할 때면 그곳을 찾곤 했다. 지난해 대론을 도모할 때에는 사흘에 한 번꼴로 무릎을 맞댔다.

"들어오시게."

오늘도 별감방은 비어 있었다. 두 사람은 탁자를 가운데 두고 마주 앉았다. 이이첨의 눈썹과 수염이 더욱 희게 보였다. 허균은 벙글벙글 미소를 지으며 상대방이 먼저 입을 열 때까지 기다렸다.

"처녀단자를 넣었다고 왜 미리 언질을 주지 않았는가?"

이이첨은 처음부터 허균을 몰아세웠다. 허균은 여전히 웃음을 잃지 않았다.

"그 일 때문에 마음이 상하셨습니까? 세자빈도 아니고 세자의 후궁인 소훈을 들이는 일입니다. 그깟 일까지 시시콜콜하게 알려서 대감의 마음을 번거롭게 해 드리고 싶지 않았습니다. 마음이 상하셨다면 너그럽게 헤아려 주십시오."

깡마른 이이첨의 양 볼이 번갈아 실룩거렸다.

지나치게 꼬리를 내리는군! 네놈의 속을 내가 모를 것 같아? 알려 주기 싫었다고 왜 솔직히 말하지 않는 게냐? 네놈은 늘 이런 식이었다. 바짝 몸을 웅크려 화살을 피한 다음 미꾸라지처럼 진흙을 헤집고 빠져나가지. 그래도 나중에 보면 챙길 건 다 챙기는 게 바로 네놈이야.

"아무리 세자의 후궁이라고 해도 내명부의 일이 아닌가? 당연히 내게 알려 주었어야지?"

"알겠습니다. 다음에는 꼭 대감께 먼저 의논을 넣도록 하지요."

허균은 다시 한번 공손히 답했다.

늙은 살쾡이! 날 할퀴고 싶겠지? 하나 이번에는 호락호락하지 않을 게다. 5년이나 네 뒤를 핥아 주었으니 그걸로 만족해. 이젠 확실하게 물어뜯어 주겠어. 확실하게!

"대감이 참으로 부럽습니다."

"뭐가 말인가?"

"대감은 장차 국모가 되실 빈궁 마마의 외조부시고, 의금부를 관장하고 계실 뿐 아니라 실질적으로 비변사까지 이끄시지 않습니까? 누가 대감처럼 부귀영화를 누릴 수 있겠는지요?"

이이첨이 가볍게 받아넘겼다.

"지금 날 놀리는 건가? 솔직히 고백하는 것이네만, 한때 나는 자네 때문에 꽤나 마음을 앓았다네."

"저 때문에 고민을 하셨단 말씀입니까?"

"그래! 자네를 넘어설 수 없다는 절망감 때문이었지. 몇 가지 예를 들어 볼까? 우선 자네 근처에는 사람들이 들끓었네. 자네는 신분과 나이를 초월해서 사람들을 불러 모으는 탁월한 재주를 지녔어. 하지만 난 아니야. 내 앞에도 알랑방귀를 뀌는 놈들이 제법 있긴 하지만, 나에게 위기가 찾아들 때면 나는 늘 혼자였지. 또한 자넨 한석봉과 어깨를 나란히 할 만큼 명필이지만 나는 졸필을 넘어 그야말로 악필이 아닌가?"

"제 글씨가 명필이라니요? 말씀이 지나치십니다. 어려서부터 석봉 선생님께 몇 번 가르침을 받았기에 겨우 졸필을 면했을 따름이지요. 대감의 글씨도 악필이나 졸필이 결코 아닙니다."

"지나친 겸손은 무례함일 수도 있어. 내가 가장 부러워했던 건 자네의 감식안이었네."

"감식안이야 대감도 대단하시지 않습니까? 문과 중시에서 장원까지 하신 분이 저의 보잘것없는 재주를 부러워하시다니요?"

"나도 시를 몇 편 짓기는 했네만, 모래알에서 보석을 찾듯 명시를 골라내는 자네의 감식안을 어찌 따라갈 수 있겠는가? 자네가 엮은 시선집만 봐도 입이 쩍 벌어질 정도라네.『고시선』『당시선』『송오가시초』『명사가시선』『사체성당』『국조시산』. 내 평생소원이 있다면 시선집을 한 권이라도 묶는 거야."

허균은 지나친 칭찬이 쑥스러운 듯 뒷머리를 긁적거렸다. 악동이자 한량으로 이름을 날리면서도, 조선의 시를 일목요연하게 정리하여 『학산초담』을 펴냈던 20대의 초롱초롱한 눈망울은 여전했다.

"헤헤, 그거야 대감께서 나랏일을 돌보시느라 시집들을 챙기지 못한 게지요. 지금이라도 결심만 하신다면 올해 안에 시선집 한 권 정도는 묶으실 수 있을 겁니다."

"그럴까?"

"그럼요. 자, 이렇게 따지고 보니 대감이 절 부러워하실 건 하나도 없는 듯합니다. 그 대신 저야말로 대감 때문에 밤을 꼬박 새울 때가 많았지요."

"그런 적이 있어?"

"있지요. 너무 많아서 일일이 열거할 수 없을 정도입니다. 우선 대감은 긴 호흡을 지니셨습니다. 반나절도 서안 앞에 머무르지 못하는 저로서는 부러울 수밖에요. 대감은 결단력 또한 대단하십니다. 옳고 그름을 정하는 판단이 빠르고 정확하며, 한번 결심한 일을 끝까지 밀어붙이는 힘 또한 다른 사람의 추종을 불허할 정도지요. 제가 대감보다 시집은 몇 권 더 읽었을지 모르겠지만, 대감은 영원히 제 인생의 길잡이이십니다."

"허어, 과찬일세! 부끄럽구먼."

이이첨이 표정을 온화하게 바꾸며 허리를 앞뒤로 흔들었다. 서로 번갈아 가며 상대를 높이는 것은 마찰을 꺼리는 둘만의 독특한 대화법이었다. 그러나 화려한 칭찬의 나열도 이제는 거의 바닥이 보였다. 허균은 장난기가 발동한 듯 오른쪽 눈을 찡그리며 혀를 쏙 빼냈다.

"그런데, 대감! 대감은 『삼국지연의』에서 간웅 조조를 최고로 치셨다면서요? 조조는 한나라 왕실을 무너뜨린 장본인이지 않습니까? 대감의 마음속 깊은 곳에 혹시 그런 반역의 불길이 피어오르고 있는 건 아닌지요?"

이이첨의 두 눈에서 불꽃이 튀었다. 이런 말다툼은 언성을 높이는 쪽이 불리하게 마련이다. 깊게 숨을 들이쉰 다음 차분하게 답했다.

"조조가 한나라 왕실을 무너뜨린 건 아니야. 이미 그 기운이 다한 왕조가 아니었던가? 그리고 조조는 결코 제위를 찬탈한 적이 없네. 숨을 거둘 때까지 한나라의 신하로 예의를 다했지. 그런 자네는 누굴 마음에 두고 있지?"

"전하께서도 편전에서 똑같은 하문을 하셨습니다. 저는 『삼국지연의』의 실질적인 주인공 제갈공명을 흠모한다고 아뢰었지요. 그렇다고 제갈공명과 자웅을 겨룰 뜻은 추호도 없습니다. 전 그저 제갈공명을 좋아할 뿐입니다. 모든 것이 부족하여 세인들로부터 괴물이라는 놀림까지 당하는 마당에 제갈공명을 꿈꾸다니요? 당치도 않은 일입니다……. 한데 제가 제갈공명이 아니듯 대감도 조조를 흉내 내어서는 아니 될 것입니다. 조조가 비록 제위를 찬탈하지 않았다고는 하나 황제를 등에 업고 제후들을 호령하는 실질적인 치자(治者) 행세를 한 것은 사실이니까요. 백성들이 혹시 대감을 그런 조조와 같은 반열에 올릴까 그것이 염려스럽습니다."

이이첨의 전횡을 조조에 빗대어 비난한 것이다. 이이첨의 얼굴이 벌겋게 달아오르기 시작했다. 아무래도 오늘 언쟁의 승자는 허균인 듯했다.

늙은 살쾡이! 세상을 속일 생각은 마라. 백성들은 벌써 네가 이 나라를 똥통 속에 빠뜨렸음을 알고 있어. 널 없애는 것만이 이 나라를 중흥시키는 길임을 뼈저리게 느끼고 있다 이 말씀이야.

"허허허, 나 역시 조조가 되고픈 생각은 없다네. 그건 그렇고 변란이 일어나기 전에 화근을 미리 잘라 내라는 어명을 어떻게 따를 작정인가?"

허균이 반문했다.

"고견이 있으신지요?"

이이첨이 고개를 저었다.

"없으이."

153

허균이 잠시 뜸을 들였다.

"민심을 살펴 화근을 찾는 일이 우선이겠지요. 화근을 자르는 건 그다음일 테고……. 대감! 이렇게 하는 것이 어떻겠습니까? 민심을 살펴 화근을 찾는 일은 제가 맡고, 화근을 자르는 일은 대감이 하십시오."

이이첨의 얼굴에 미소가 맴돌았다.

"그렇게 하세. 화근을 자르는 일이야 판의금부사인 내가 당연히 맡아야지. 한데 자넨 어떻게 민심을 살펴 화근을 찾을 작정인가?"

허균은 염려 말라는 듯 턱수염을 쓸었다.

"세상을 흔들면 역심을 품은 자들이 본색을 드러낼 테지요. 믿고 맡겨 주십시오."

"알겠네. 자네만 믿겠어. 자, 그럼 그만 나갈까? 난 동궁전에 들러 세자 저하와 빈궁 마마를 뵈어야겠네. 같이 가겠는가?"

"아, 아닙니다. 전 이만 퇴궐하겠습니다."

이이첨이 자리에서 일어서다 말고 농담을 건넸다.

"자네 요즈음 너무 힘을 쓰는 게 아닌가? 여자 나이 열여덟이면 바위도 녹인다네. 조심하게."

추섬과의 사랑을 꼬집은 것이다. 허균이 턱을 치켜든 채 천장을 보며 웃었다.

"부러우십니까? 말씀만 하세요. 동탁의 마음을 빼앗은 초선이보다 더 예쁜 아이를 소개시켜 드릴 테니."

두 사람은 가볍게 웃으며 별감방을 나섰다.

이이첨과 헤어진 허균은 왔던 길을 거슬러 돈화문 쪽으로 걸음을 옮겼다. 금천교를 건너자마자 익숙하게 왼쪽으로 몸을 틀었다. 대궐의 마지막 관문인 돈화문의 그림자 속에서 그의 앞을 가로막는 사내가 있었다.

"오래간만입니다. 허 대감!"

풍수승 성지였다. 흰 비단 장삼은 물론이고 도리옥으로 만든 옥관자(玉貫子, 망건을 쓸 때 당줄을 꿰어 졸라매는 고리, 정3품 이상만 사용하였음)가 행복한 근황을 나타냈다. 성지가 흰 수염을 쓸면서 물었다.

"대찰 유람이라도 다녀오셨습니까?"

허균이 허리를 주욱 펴며 성지의 얼굴을 살폈다. 이마와 양 볼에 개기름이 번지르르했다.

조선의 풍수를 뚱칠한 주제에 기고만장이로군. 자알 걸렸다. 어디 오늘 나한테 당해 봐라!

"역시 대사십니다. 며칠 하삼도의 사찰을 돌아보았지요. 그곳 백성들도 서별궁의 역사에 관심이 많았습니다. 창덕궁보다도 더 화려하게 지을 거라는 소문이 좌악 퍼졌어요. 대사의 노고가 참으로 크십니다."

허균은 지난달에 부안의 소소래사를 다녀왔다. 서산대사의 수제자이자 변산의 무승들을 이끌고 있는 명허와 평안도에서 내려온 박치의의 부하 봉학을 만나기 위해서였다. 가는 데 이틀 오는 데 이틀을 허비했기에, 부안에 머문 날은 겨우 하루였다. 때마침 늦장마가 드는 바람에 꿈에 그리던 변산의 낙조도 구경하지 못했다.

"노고라니요? 당치도 않습니다. 이 모두가 전하를 위한 일이 아니겠습니까? 소승은 다만 이 나라 왕실을 위해 작은 힘이나마 보탤 따름입니다."

허균은 두 걸음 앞으로 다가서며 목소리를 낮추었다.

"하나, 대사! 몸조심하셔야겠소이다."

"몸조심이라니요?"

성지의 두 눈이 커졌다. 허균은 양 볼에 가득 웃음을 머금은 채 지나치듯 말했다.

"서별궁을 짓고 있는 새문동이 어딥니까? 바로 전하의 이복동생 정원군이 거처하시던 곳입니다. 대사의 농간으로 제 집에서 쫓겨난 정원군이 가만히 있으시겠습니까? 정원군과 그를 추종하는 세력이 거병이라도 하는 날이면, 가장 먼저 대사의 목이 달아날 겝니다."

"방금 농간이라고 하셨습니까?"

성지의 양 볼이 벌겋게 상기되었다. 허균이 손을 휘휘 내

저었다.

"농담입니다 농담. 그건 그렇고……. 새문동에 왕기가 흐른다는 대사의 말씀이 정녕 사실인가 봅니다. 정원군이 그 왕기를 받아 강건하다가 그곳을 떠나자마자 중병을 앓는다는 소문입니다만……."

"소문은 소문일 뿐입니다."

성지는 말을 아꼈다. 허균이 목소리를 낮추고 속삭이듯 물었다.

"대사! 제게만 살짝 가르쳐 주세요. 새문동이 과연 끊어질 듯하다가도 다시 이어지고, 달아나는 듯하다가도 다시 머무르는 기이한 형상의 터가 확실합니까? 연뿌리를 꺾었으나 그 속은 구슬을 꿴 듯하고, 진기(眞機)가 내려오며 엷어지다가 혈에 임하여 평정한 모양이 되는 걸 확인하셨나요?"

"틀림없습니다. 빈 곳을 막아 주고 터진 곳을 보완할 뿐 아니라 하늘이 만들고 땅이 펼쳐 놓은 곳이지요."

허균은 고개를 들어 돈화문의 팔작지붕을 우러렀다.

"대사! 대사께서는 서산대사의 애제자셨다니, 오도자(당나라의 화가)가 그린 풍간의 상을 보셨겠습니다. 서산대사께서 그 그림을 서책보다 더 아끼셨다고 하던데요?"

"형용하기 어려울 정도였지요. 묘향산 암자에서 처음 그 그림을 보았을 때, 조화옹의 솜씨인 줄 알았답니다."

"그렇게 대단합니까? 노승은 호랑이의 등에 앉았고 동자는 지팡이에 보따리를 걸어 어깨에 메고 뒤를 따른다고 합니다만, 그 동자가 보따리를 오른쪽 어깨에 메었는가요, 왼쪽 어깨에 메었는가요?"

허균의 질문에는 칼날이 숨어 있었다.

병신 같은 놈! 서산 대사를 뵌 적도 없는 네가 풍간의 상을 보았을 턱이 없지. 그 그림은 서산 대사가 내게 유품으로 남기신 거야.

"하, 하도 오래전에 보았는지라 저, 정확하게 생각이 나지 않습니다. 보, 보, 보따리를 어느 쪽에 메었는가 하는 게 그렇게 중요합니까?"

허균이 두 눈을 끔벅거리며 성지의 시선을 정면에서 맞받아쳤다.

"여억시, 대사를 속이지는 못하겠습니다. 사실은 근자에 풍간상을 어렵게 구했습니다그려. 한데 그 그림이 진본이 아니라는 말들이 있어서 혼자 속앓이를 하고 있답니다. 스스로 결정할 처지도 아니기에 전전반측하던 차에 이렇게 우연히 대사를 뵈온 것이지요. 대사! 언제 한번 건천동에 오셔서 감화(鑑畵, 그림 감정)를 해 주지 않으시렵니까? 백의대사(白衣大士, 33관음 중 한 사람, 항상 흰옷을 입고 다녔음)의 환생으로 칭송받으시는 대사께서 왕림해 주신다면 가문의 영광이겠습니다. 서별궁 때문에 시간이 없으시겠지만 어리석고 미련한 중생의 청을 물리치지 마십시오."

성지의 얼굴에 안도하는 빛이 서렸다.

"그러지요. 일간 한번 들르겠습니다. 그럼!"

성지는 빠른 걸음으로 허균의 곁을 지나쳤다. 그러나 성지가 금천교를 건너기도 전에 허균이 다시 그를 불러 세웠다.

"대사! 하마터면 잊을 뻔했습니다. 명허 대사께서 꼭 안부를 전하라고 하셨소이다."

"예?"

"묘향산에서 함께 기거하신 명허 대사 말입니다. 부안의 소소래사에서 모처럼 명허 대사를 뵈었습니다. 서산 대사를 뫼신 날들을 추억하시다가 대사의 말씀도 하시더군요. 무척 친분이 두터우셨다고 들었습니다만……. 모르십니까?"

"그, 그, 그게……."

성지의 얼굴이 눈에 띄게 일그러졌다. 지금까지 놀림을 당했음을 그제야 눈치챈 것이다. 허균은 안절부절못하는 성지를 홀로 두고 양팔을 휘휘 내저으며 돈화문을 통과했다.

그날 밤

이교(二橋)를 건너 연지(蓮池)를 지나자 행인들의 수가 눈에 띄게 줄어들었다. 순야(巡夜, 야경꾼)를 피해 초교(初橋)를 건너지 않고 하천을 따라 왼쪽으로 발걸음을 돌렸다. 교동(校洞) 주막에서 관복을 도포로 갈아입은 다음 종묘 근처를 서성이다가 건덕방(建德坊) 입구에 겨우 다다른 것이다. 두 번 세 번 뒤를 살폈지만 미행은 없는 듯했다. 단출한 기와집 앞에서 걸음을 멈추었다. 대청마루에 앉아 있던 더벅머리 사내가 마당으로 썩 나섰다.

"이제 오십니까요? 많이 늦으셨습니다."

허균이 주위를 살핀 다음 껄껄껄 웃음을 흘리며 마당으로 들어섰다.

"종남아!"

"예. 대감마님!"

"오뉴월 월향이처럼 반겨 주는 건 고맙다만 다음부터는 언성을 조금만 낮추도록 해라. 동네 개들을 깨워서야 어디 밤일을 하겠느냐?"

"알겠습니다."

종남의 턱에 붙은 주먹만 한 혹이 유난히 커 보였다. 건넌방에서 중늙은이와 30대 초엽의 여인이 함께 나왔다.

"장인! 저녁은 드셨습니까?"

"저녁은 무슨! 나중에 동동주라도 한 말 마시세나."

중늙은이가 반갑게 그의 손을 맞잡았다. 반 보쯤 뒤에 성옥이 서 있었다. 얼굴이 달덩이처럼 희고 둥글었다.

"장인어른 식사도 챙겨 드리지 않고 무얼 한 겐가?"

"아, 아니야! 저 아일 너무 야단치지 마시게. 기다렸다가 자네랑 함께 먹겠다고 내가 그랬네."

성옥은 단단히 토라져 있었다. 성밖 청량리(淸凉里)에서 성안 건덕방으로 이사한 지가 한 달이 지났건만, 허균이 단한 차례도 찾아오지 않았던 것이다. 방금 전까지 푸념하던 딸을 다독거리던 송취대는 사위가 온 것만 해도 감지덕지하는 눈치였다. 자주 만나지 못하는 것은 서운한 일이지만, 이만한 기와집에서 하루 세 끼 입에 풀칠하게 된 것은 모두 당상관 사위를 둔 덕분이었다.

"손님들은 오셨는가?"

성옥은 여전히 묵묵부답이었다. 송취대가 허균의 팔을 잡아끌었다.

"들어가 보시게. 벌써들 와서 기다리고 있으이……. 성옥이는 내가 타이름세."

"알겠습니다."

허균이 안방으로 들어서자 두런두런 이야기를 나누던 사내들이 일제히 일어섰다. 키가 껑충하고 고운 얼굴의 청년은 성균관 유생 하인준이고, 매부리코에 눈매가 아래로 처진 뚱뚱한 몸집의 중년은 역관 현응민이며, 융복을 입은 삼십 대 초반의 사내는 의금부 서리 박충남이었다. 그들은 허균이 정성을 다해 보살핀 유생과 역관과 서리의 대표 격이었다. 그들을 통해 최소한 100명이 넘는 인원을 각각 동원할 수 있었다. 신분 차별이 엄한 나라에서, 성균관 유생과 역관과 의금부 서리가 함께 모이는 것 자체가 예사로운 일이 아니었다. 세 사람은 이미 여러 차례 안면을 익힌 듯 스스럼이 없었다.

"형님! 형님 기다리다가 주린 배를 움켜쥐고 황천객이 될 뻔했습니다. 벌써 퇴청하셨을 텐데 어디서 땀을 식히고 오셨소이까?"

자리에 앉자마자 하인준이 허균을 몰아세웠다. 현응민이 하인준에게 동조했다.

"하 진사 말이 맞소. 손님을 이렇게 기다리게 하는 게 어느 나라 법도요?"

허균이 양손을 휘휘 저으며 사과했다.

"정말 미안합니다. 한데 김 궁수는?"

명궁 김윤황이 보이지 않았다. 현응민이 주린 배를 통통 치며 말했다.

"오늘내일한다는구려."

"벌써 산달이 되었습니까?"

허균이 나서서 노총각 김윤황과 얼조카 명선을 맺어 준 지도 1년이 지난 것이다. 김윤황은 덩치에 어울리지 않게 여자 앞에서는 입도 뻥긋 못하는 숙맥이었다. 기녀들이 따르는 술잔도 받지 못해 놀림감이 되기 일쑤였고, 저잣거리에서는 치맛자락만 봐도 발걸음을 돌릴 정도였다. 허균은 그런 김윤황을 반강제로 명선의 방에 밀어 넣어 부부의 인연을 맺어 주었다.

"시작하시지요. 올 사람은 다 온 것 같으니……."

하인준의 종용에 허균이 좌중을 둘러보며 말했다.

"잠시만 기다려 주오. 아직 두 사람이 더 와야 합니다."

"올 사람이 또 있습니까?"

마당에서 인기척이 났다. 방문을 열어젖히니 도포에 갓을 쓴 두 사내가 나란히 마당에 서 있었다.

"다들 오셨군요. 늦었소이다."

먼저 방으로 들어선 이재영이 반갑게 인사를 건넸다.

"누군가 했더니 여인이구려. 암, 이런 자리에 여인이 빠져서야 쓰나."

모두들 이재영의 출현을 당연하게 받아들였다. 그러나 마당에 남은 사내의 얼굴을 확인하자마자 좌중의 분위기가 딱딱하게 굳었다. 작은 키에 꾀죄죄한 얼굴, 곱사등이처럼 반쯤 앞으로 접힌 허리와 압슬형(壓膝刑, 각진 바위를 무릎 위에 얹는 고문)을 당해 왼쪽 다리를 절뚝대는 사내는 박응서가 분명했다. 박응서도 어색한 분위기를 읽어 내고 섬돌 아래에서 서성거렸다. 허균이 버선발로 내려가서 그를 끌어 올렸다.

"이 사람, 도원(桃園)! 무엇 하는 겐가? 다들 자네가 오기만을 기다렸으이."

도원은 무륜당에서 허균이 직접 지어 준 박응서의 별호였다. 박응서가 방으로 들어선 후에도 분위기는 쉽게 풀어지지 않았다. 이재영이 쌀쌀맞게 물었다.

"일교에서 우연히 도원을 만났네만 행선지가 같은 줄은 몰랐으이. 도원을 불렀다는 얘길 왜 하지 않았나? 아무리 배가 고픈 원숭이라도 나무는 가려서 오르는 법이거늘."

현응민은 아예 자리에 앉지도 않았다. 불뚝성(갑자기 내는 화)을 잘 내는 그였다.

"저치와는 술 한잔 밥 한술도 같이 먹을 수 없어. 난 가겠네."

"어허, 왜들 이러십니까? 자 앉으세요, 일단 앉읍시다."

박응서는 비스듬히 몸을 돌려 좌중의 시선을 피했다. 누가 보더라도 폐인의 몰골이었다.

계축년(1613년) 봄의 옥사는 비록 서자이지만 촉망받던 문사 박응서의 삶을 진창으로 처넣어 버렸다. 사건의 전말은 간단했다. 박치의와 서양갑이 조령에서 장사꾼을 죽이고 은 700냥을 약탈한 것을 이이첨이 역모로 몰고 간 것이다. 약탈한 은은 거사를 위한 군자금이고, 연흥 부원군 김제남이 영창 대군을 옹립하기 위해 여주에 은거 중인 명문가의 서자들과 내통하였다는 것이다. 이 주장을 뒷받침하려면 역모에 가담한 주동 인물의 증언이 필요했고, 이이첨은 김개에게 적임자를 찾도록 지시했다. 김개가 박응서를 택한 것은, 그가 유난히 겁이 많고 삶에 대한 애착이 강했기 때문이다. 김개의 눈은 정확했다. 박응서는 자신의 맡은 바 역할을 훌륭하게 해냈고 그 덕분에 김제남은 역적의 괴수가 되어 사약을 마시고 죽었다. 영창 대군과 인목 대비의 입지가 좁아진 것도 당연한 이치였다. 계축년 11월 9일 눈 내리는 아침, 박응서는 의금옥에서 풀려났다. 김개가 쥐어 준 500냥을 가지고 감옥을 나설 때만 해도 모든 일이 순조로운 듯했다. 먼저 간 벗들에게는 미안한 일이지만, 그가 그들의 죽음까지 책임질 이유는 없었다. 김제남을 역적으로 몬 것이 마음에 걸렸지만, 어차피 그가 아니더라도 누군가 했을 일이라고 자위했다. 그러나 박응서는 세상을 너무나 쉽게 생각했다. 산천을 하얗게 뒤덮는 눈처럼, 그의 부끄러운 과거도 이내 사라질 것이라고 믿은 것이 잘못이었다. 당장 그날 밤부터 박응서는 벗들에게 문전 박대를 당했다. 형장의 이슬로 사라진 심우영, 서양갑, 박치인 등을 고변한 장본인이 바로 박응서라는 소문 때문이었다. 변명을 해도 이미 때가 늦었다. 등 뒤에는 김개가 보낸 감시의 눈길이 칼날처럼 번뜩였고, 김제남의 '김'자만 입에 올려도 그대로 머리가 달아날 판이었다. 결국 박응서는 벗들의 목숨을 팔아서 제 목숨을 구한 배신자가 되고 말았다. 쓰레기 같은 인간, 가래침을 뱉어도 무방한 인간!

그런 박응서를 이해하고 위로한 사람이 바로 허균이었다.

"힘을 내게. 언젠가 꼭 기회가 올 걸세. 세상에 복수하기 위해서라도 견뎌야 하네. 개돼지는 자네가 아니라 세상이라는 걸 증명하도록 해. 알겠는가?"

처음 이런 위로를 받았을 때, 박응서는 어린아이처럼 엉엉엉 소리 내어 울기까지 했다. 허균만이 그에게 남은 유일한 벗이었다. 허균이 박응서를 술자리로 데려갈 때마다 번번이 시비가 붙고 술상이 뒤엎어졌다. 세상은 배신자로 낙인찍힌 자의 진심을 들으려고 하지 않았다.

"오늘 이렇게 다들 모이시라고 한 까닭은 때가 이르렀기 때문입니다."

때가 이르렀다? 좌중의 시선이 허균에게 집중되었다.

"판의금부사와도 논의를 끝냈습니다. 이달 안에 서궁을

범하기로."

하인준이 걱정스러운 어투로 물었다.

"이달 안에 일을 벌이는 건 너무 성급하지 않습니까?"

현응민이 하인준을 비꼬았다.

"서궁의 목을 쳐야 한다고 거듭 상소문을 올린 건 하 진사 자네야. 한데 이제 와서 시일의 촉박함을 핑계 삼는 겐가?"

"서궁을 범하려면 민심을 충분히 흔들어 두어야 한다는 뜻입니다. 그렇지 않아도 변란이 터진다고 어수선한 판에 장정들을 움직였다가는 역적으로 몰리기 십상이지요."

하인준이 차분하게 반론을 펴자 현응민도 더 이상 시비를 걸지 않았다. 이재영이 윗입술을 물어뜯으며 조근조근 따졌다.

"판의금부사와는 어떻게 이야기가 되었나?"

"우리가 서궁을 치고 판의금부사가 뒷일을 맡기로 했네."

"그럼 그쪽의 사병들은 움직이지 않는다는 말인가?"

"사아리의 사병들만으로도 충분해. 판의금부사가 서궁을 지키는 장졸들을 철수시키면 우리가 들어가는 거니까. 너무 많은 장정들이 도성을 활보하는 것도 보기에 좋지 않네."

"모조리 죽이는 것인가, 모조리?"

허균은 이재영이 '모조리'라는 단어를 반복하는 이유를

알고 있었다. 서궁은 참하더라도 나인들은 살려 주자는 뜻이다. 그러나 이런 일에 인정을 쓸 수는 없는 노릇이다.

"그래야겠지. 쥐도 새도 모르게 해치워야만 하는 일이니까."

"하명을 받았는가?"

광해군의 허락을 얻었는가를 묻고 있는 것이다.

"화근을 잘라 내라셨네."

"화근을 자르라? 그게 곧 서궁을 범하라는 뜻은 아니지 않은가?"

"판의금부사도 나도 그 화근을 서궁이라고 생각하였다네. 전하께서 언제 구체적으로 할 일을 정해 주신 적이 있으신가? 대론을 이끌 때도 그냥 보고만 계셨다네. 이 정도면 전하의 윤허를 얻은 것과 진배없네."

"만약, 만약에 말일세. 판의금부사와 자네의 추측이 틀렸다면, 용의 역린(逆鱗, 임금의 성냄, 용의 턱 밑에 거꾸로 난 비늘을 건드리면 성을 냄)을 건드리는 꼴이 될 수도 있어."

용의 역린을 건드린 자는 죽음을 면치 못한다.

"전하의 뜻이 아니었다손 치더라도, 전하께서는 판의금부사와 날 벌하지는 못하실 게야. 생각들을 해 보시게. 이이첨과 허균이 전하의 좌우를 보필하고 있음을 모르는 사람이 있는가? 염려 마시게. 설령 일이 잘못되더라도 자네들까지 고생하는 일은 없을 테니."

하인준이 허균의 말꼬리를 붙잡고 늘어졌다.

"형님을 믿지 못해서가 아니라, 전하의 깊은 뜻과 민심을 좀 더 확실히 살피는 것이 좋겠습니다."

"어떻게 말인가?"

"작년 정월, 김윤황이 한 일을 잊으셨습니까?"

허균은 그제야 하인준의 뜻을 알아챘다.

정사년(1617년)에 조정의 핵심 문제는 인목 대비를 삭출하는 일이었다. 이이첨을 비롯한 북인이 강하게 밀어붙였지만 서인과 남인의 반대도 만만치 않았다. 그 반대를 누르기 위해서는 외곽에서 분위기를 조성할 필요도 있었다. 이때 허균은 겸사복(兼司僕, 금군(禁軍)의 한 편대) 김윤황의 활솜씨를 이용했다. 허균과 이재영이 은어로 흉서를 나누어 쓴 후, 김윤황에게 그 흉서를 장전(長箭)에 묶어 서궁 내약방 동쪽 뜰에 떨어뜨리도록 시킨 것이다. '서자로 외람되이 왕위에 올랐으며 아비를 죽이고 형을 죽였다.'라는 흉서가 서궁에서 발견되었다는 사실만으로도 인목 대비는 큰 타격을 받았다.

"또 서궁에 화살을 쏘자는 말인가?"

현응민의 물음에 하인준이 고개를 저었다.

"윤황이에게 두 번이나 짐을 지울 필요는 없겠지요. 아비가 될 준비를 하느라 술자리까지 빠지는 사람이 아닙니까. 이번에는 우리끼리 합시다."

"우리끼리?"

"벽서를 붙이는 일쯤은 나 혼자서도 해치울 수 있습니다."

하인준이 잠시 허균의 눈치를 살폈다. 이재영이 신중론을 폈다.

"벽서를 붙여 민심을 살필 수도 있겠지요. 하나 조심해야 합니다. 정미년(1547년)의 벽서(명종 2년에 일어난 양재역 벽서 사건, 을사사화를 통해 대윤을 숙청한 소윤이 대윤의 잔여 세력을 제거하기 위해 소윤 자신들을 비방하는 내용의 벽서를 조작하여 그 혐의를 유림들에게 뒤집어씌운 사건)는 뜻한 바를 이루었으나, 병오년(1606년)의 벽서(선조 39년, 성균관 문묘의 벽에 조정 대신과 내관의 이름을 열서하고 좌의정 기자헌의 비리를 규탄한 사건, 이 일로 성균관 직숙관과 유생들이 하옥되었음)는 애꿎은 죽음만을 불러왔을 뿐이에요."

허균이 이재영의 말을 가로막고 하인준에게 미소를 지어 보였다.

"하 진사에게 묘책이 있는 듯하니 더 들어 봅시다."

하인준은 쪽박귀를 양손으로 가볍게 만진 다음 이야기를 시작했다.

"대론을 비난하는 흉격(凶檄, 흉한 격문)을 숭례문에 붙인 다음, 삼성(三省) 중 한 곳에 그 방을 보았다고 고하는 겁니다. 의금부는 판의금부사가 계시니 피하는 것이 좋겠고 의정부 역시 형님이 계시니 가서는 아니 되겠지요."

삼성이란 강상죄인을 추국(推鞫, 어명에 따라 의금부에서 중죄인을 국문하는 것)하는 관청인 의정부, 사헌부, 의금부를 가리킨다.

"하면 사헌부에 고하겠다?"

"사헌부 장령 한명욱과 면식이 있으니 그에게 가겠습니다. 사헌부에 알리고 나면 자연스럽게 탑전까지 올라갈 것이고 곧 도성 안팎으로 퍼져 나가겠지요. 전하의 하교를 살피면 쉽게 어심을 알 수 있을 겁니다."

하인준은 앞뒤가 척척 들어맞는 자신의 계획에 신바람이 난 듯했다. 허균이 걱정스러운 얼굴로 다시 물었다.

"그렇게 되면 자네에게 큰 상이 내릴 수도 있네만, 의금부로 끌려가서 지독한 형신(刑訊, 형장(刑杖)으로 죄인을 치면서 신문하는 것)을 당할 수도 있어. 괜찮겠는가?"

"이 아우를 믿고 맡겨 주십시오."

허균이 고개를 끄덕였다. 더 이상의 묘안은 없는 듯했다.

"하 진사와 천어(千語)가 일을 추진하세요."

천어는 허균이 역관 현응민의 외국어 실력을 칭찬하며

붙인 별호였다. 현응민은 손바닥으로 매부리코를 쓸어내리며 허균의 뜻에 따랐다.

"격문은 여인과 내가 맡으면 될 게고, 언제 흉격을 붙인다?"

허균이 고개를 오른쪽으로 돌리자 사람들의 시선이 일제히 박충남에게 향했다. 물러앉아 대화에 끼지 않던 박충남이 엄지를 좌우로 까닥까닥거리며 의견을 내놓았다.

"이달은 좋지 않습니다. 지화명이(地火明夷), 태양이 서산으로 지는 상이에요. 지상에 광명이 사라지고 암흑이 도래할 때에는 일을 벌여서는 안 됩니다. 서두르다가는 진창에 빠지고 원하는 바가 하나도 이루어지지 않지요. 때를 더 두고 보는 게 좋겠습니다."

현응민이 혀를 차며 끼어들었다.

"쯧쯧, 때를 기다리다가 변란이라도 터지면 박 도사가 책임질 거요? 점대로 세상이 변했다면 벌써 요순시대가 왔을 테지."

하인준도 현응민을 응원하고 나섰다.

"쇠뿔도 단김에 빼라고 했습니다. 말이 새어 나가기 전에 당장 하지요."

허균도 고개를 끄덕였다.

"이왕 벽서를 붙일 거라면 빠를수록 좋겠지. 내일까지 여인과 내가 격문을 쓸 터인즉 모레 새벽에 하 진사와 천어가 숭례문에 붙이도록 합시다. 다른 생각 있습니까?"

좌중을 둘러보았지만 별다른 반대가 없는 듯했다.

"자, 그럼 이제 야반(夜飯, 밤참)을 들까요?"

허균의 말이 떨어지기가 무섭게 방문이 열리더니 푸짐한 저녁상이 들어왔다. 성옥이 하루 종일 준비한 음식이었다. 송취대가 두주(豆酒, 녹두로 만든 술)를 두 통이나 들고 들어와서는 슬그머니 자리에 끼었다. 송취대와 현응민이 주거니 받거니 술잔을 돌리며 먼저 취해 갔고, 허균도 자기 앞으로 돌아오는 잔을 피하지 않았다. 하인준은 두 잔 만에 쪽박귀까지 벌겋게 달아올랐다. 저녁상에 손을 대지 않는 이는 박충남뿐이었다. 현응민이 게슴츠레한 눈으로 박충남을 손가락질했다.

"박 도사는…… 오늘도 절식이신가?"

박충남은 하루에 단 한 끼, 그것도 새벽에 일어나자마자 한 움큼의 잡곡을 생식하는 것으로 배를 채웠다. 해가 떠오른 후에는 물 한 모금 마시지 않았다. 10년이 넘도록 이어온 생활이었다. 박충남은 현응민의 트집에도 동요하지 않고 희미하게 웃어 보이기까지 했다. 상을 물린 후부터 본격적인 술판이 벌어졌다. 뒤뜰에 내놓은 술동이를 가져오기가 바쁠 지경이었다. 현응민은 대취하기로 마음을 굳힌 듯했다.

"복은 반복(半福)이 좋고 술은 반취(半醉)가 좋다고 했다지만, 어찌 이토록 좋은 술을 반만 마실 수 있으리. 매는 아프라고 때리고 술은 취하라고 마시는 법이 아니겠는가?"

허균이 맞장구를 쳤다.

"유주강산(有酒江山)은 금수강산이요, 무주강산(無酒江山)은 적막강산이라네."

그리고 시선을 박응서에게 돌렸다.

"내일 격문을 쓸 때 도원도 우릴 좀 도와주게."

"내가 뭘……. 여인과 자네라면 국서라도 쓸 수 있지 않은가?"

"그건 옛말이야. 여인의 솜씨야 여전하지만 나는 틀렸네. 도무지 글이 나오지가 않아. 그러니 자네가 도와주게. 무륜당에서도 도원 자네의 글 솜씨와 그림 솜씨가 으뜸이지 않았는가?"

"그…… 그러면 그럴까?"

이재영이 계속 헛기침을 하며 박응서와 함께 글을 쓰지 않겠다는 뜻을 전했지만 허균은 모른 체했다. 같이 일을 도모하기로 결의한 이상, 박응서에게도 일을 맡겨야 한다는 것이 허균의 생각인 듯했다.

하인준이 취해 널브러지자 허균도 벌렁 뒤로 나자빠졌

다. 현응민도, 송취대도, 박응서도 평소 주량을 넘긴 것은 마찬가지였다. 술에 취한 이재영은 허균과 같이 보낸 변산에서의 젊은 날을 그리워하며 주저리주저리 혼잣말을 했다.

"어젯밤 달빛이 대낮처럼 밝아서 문밖으로 산보를 나갔더니, 안개 낀 풀섶이 무성하게 우거졌고 흩날리는 꽃잎이 옷깃에 닿아 가을의 흥취가 사람을 요동시켰다네. 늙은 중이 아니고서야 어찌 외롭게 혼자 앉아서 그냥 지낼 수 있겠는가? 여관의 푸른 등불 아래 향을 피우고, 자네와 마주 앉아 과거와 현재를 이야기하거나 시를 지으며 이 가을을 보내는 것도 나쁘지 않으이. 세월이 흘러 이제 우리 두 사람 모두 노경으로 접어들기 시작하였으니, 모일 날도 적고 남은 날도 짧다네."

얼마나 시간이 흘렀을까. 벽을 등지고 새우잠을 자던 허균의 눈이 번쩍 뜨였다. 타는 듯한 갈증 때문이었다.

"물……! 물을 다오."

아무런 대답도 없었다. 허리를 꼿꼿하게 세운 채 들릴듯 말듯 『황정경』을 외우던 박충남도 모로 쓰러져 잠들어 있었다. 눈을 비비며 일어나서 방문을 열고 마루로 나갔다. 부엌에서 겨우 냉수를 찾아 마시고 마당으로 나오는데 누군가 앞을 막아섰다. 이재영이었다.

"자지 않고 있었나? 술에 취했던 것 같은데……?"

"자네와 할 이야기가 있어서, 마시는 척했을 뿐이네."

이재영은 주위를 살피며 대문밖으로 허균을 이끌었다. 허균이 하품을 해 대며 귀찮다는 듯이 물었다.

"뭔가? 자넨 요즈음 들어 부쩍 질문이 많군."

"진작 물으려고 했는데 여의치가 않았네. 홍격을 붙이는 건 너무 위험하지 않나?"

"물론 위험하지. 하지만 육조에 불을 지르거나 이이첨을 습격하는 것보다는 안전해. 반역의 조짐을 일부러 흘린 다음, 민심을 살피면서 조정의 방비책을 검토하겠다고 내가 그랬지? 때마침 기회가 온 걸세. 돌다리를 두드리며 지나치기 위해 이러는 거라네. 아무래도 금상이 나를 강홍립에게 보낸 것도 마음에 걸리고……."

"그거야 자넬 총애하기 때문이 아닌가?"

"허어! 자넨 아직 금상을 모르는군. 금상이 내게 그 일을 맡긴 건 다 이유가 있네."

"이유라니?"

"금상의 밀명에 의해 나와 관송이 장정 500을 각각 도성 근교에 숨겨 두고 있음은 자네도 알지?"

이재영이 고개를 끄덕였다.

"만에 하나 강홍립이 군사를 되돌려 남하하고, 거기에 나나 관송의 장정들이 합세한다면 어떤 일이 벌어지겠는가?

제2의 위화도회군이 되는 걸세. 그러니까 금상은 미리미리 나와 관송의 발에 족쇄를 채우려는 거야. 강홍립의 출병을 처음부터 앞장서서 주장한 것이 관송이고, 마지막으로 채근한 것이 나 허균이니, 강홍립에게 무슨 일이라도 생기면 우리 두 사람이 가장 먼저 다치게 돼."

"하나 자넨 강홍립이 올해 출병하는 것을 반대하지 않았나?"

"그랬었지. 하나 나중에 상황이 불리해지면, 지난 6일 내가 강홍립을 만나러 간 걸 끄집어낼 거야. 두고 보게."

"하면 자네와 관송에게 도성 민심을 살피라고 한 것도 같은 맥락인가?"

"그렇지. 우리에게 민심을 둘러보라고 하교한 다음, 금상은 독자적으로 도성의 민심뿐 아니라 관송과 나의 주변도 살필 걸세. 그러니까 이런 상황에서는 함부로 박치의를 움직여서는 안 돼. 충실하게 어명을 따르는 모습을 보여 주는 걸로 족해."

"하인준이나 현응민은 박치의가 도성에 들어온 걸 정말 모르나?"

"알 필요가 없지. 만에 하나 그들이 포도청이나 의금부로 잡혀가기라도 하면, 모르는 편이 그들에게도 좋고 우리에게도 좋으니까. 이제 안심하겠나? 자, 이야기는 이쯤 하고 먼저 들어가게."

허균은 질문을 덧붙이고 싶어 하는 이재영을 안방으로 돌려보냈다. 잠시 마당에 서서 밤하늘을 올려다보다가 고개를 갸우뚱거리며 건넌방을 살폈다. 희미한 불빛이 새어 나오고 있었다.

아직도 잠자리에 들지 않았단 말인가?

마루를 가로질러 건넌방 문을 스르르 열었다. 흰 저고리에 감색 치마 차림의 성옥이 동글반반한 얼굴을 약간 숙인 채 앉아 있었다. 문소리를 들었을 텐데도 고개를 들지 않았다.

"왜 아직 자지 않는 겐가?"

계면쩍은 웃음을 흘리며 성옥과 마주 앉았다. 스물도 되지 않은 추섬이 이제 갓 남자의 맛을 알기 시작한 한 떨기 들국화라면, 서른을 훌쩍 넘긴 성옥은 남자의 양기를 한없이 빨아들일 수 있는 해바라기였다.

"나를 기다리고 있었는가?"

슬그머니 팔을 뻗어 성옥의 손목을 쥐려고 했다. 성옥이 쌔무룩한 표정으로 엉덩이를 뒤로 뺐다. 허균이 다가앉으며 성옥의 어깨를 붙잡았다. 이번에는 성옥도 마음대로 몸을 움직일 수 없었다.

"임자! 임자도 알지 않는가? 내겐 임자뿐이야."

"신창동에 가서나 그런 거짓부렁 하세요."

성옥이 눈을 치뜨며 허균을 쏘아보았다. 허균이 허허허 실없는 웃음을 흘렸다.

"그 때문에 화가 났는가? 아직 세상 물정 모르는 아이니까 내가 이것저것 챙겨 준 걸세. 자네는 지금 사내가 뭔지도 모르는 아일 투기하는 게야?"

"기생이 사낼 모른다면, 누가 사낼 알까?"

허균은 성옥의 토라진 얼굴에서 10년 전의 첫 만남을 기억해 냈다.

풍물을 놀며 팔도를 떠돌던 성옥이 강릉으로 들어온 것은 초겨울이었다. 꼭두쇠 송취대는 지독한 열병으로 몸져누웠고, 성옥이 풍물을 노는 것으로는 약값이 모자랐다. 궁여지책으로 그녀는 이 남자 저 남자에게 몸을 팔고 다녔다. 얼굴 예쁘고 소리 잘하는 처녀가 몸을 판다는 소문을 흘려들을 허균이 아니었다. 소문대로 그녀는 아름다웠고 노래 솜씨도 빼어났다. 허균은 그 낭낭한 목소리에서 세상을 향한 차디찬 분노를 읽어 냈다. 송취대의 약값을 몽땅 대 주겠다고 했을 때, 성옥은 고마워하기는커녕 오히려 눈을 흘겼다.

"나으리께서 돈으로 가질 수 있는 건 이년의 몸뚱이뿐이에요."

성옥의 마음까지 얻는 데 꼬박 1년이 걸렸다. 허균은 세상을 향한 그녀의 분노를 사랑으로 녹이고 싶었다.

말장난을 하다가는 오히려 당할 것만 같았다. 백 마디 말보다 한 번의 운우지락이 그녀의 화를 푸는 가장 빠른 길이리라. 성옥은 마음보다 몸이 더 앞서는 여인이었다. 허균은 오른손으로 그녀의 옷고름을 장난스럽게 쥐었다.

"그래도 임자와 난 10년 동안 쌓은 정이 있지 않나? 설마 그 정을 내버리려는 건 아니겠지? 미안허이. 임자를 외롭게 만든 건 내 본심이 아니야. 임자를 멀리할 요량이면 왜 임자를 도성으로 데리고 들어왔겠는가? 지켜봐 주게. 앞으로 모든 일을 임자와 상의하겠어. 임자가 신창동 출입을 삼가라면 그렇게 하지."

옷고름을 푼 오른손이 속저고리 안으로 들어가는 것과 동시에 왼손이 고쟁이에 닿았다. 성옥이 혀끝으로 아랫입술을 문지르며 물었다.

"대감! 대감은 왜 이렇게 변하셨죠? 소첩이 대감께 무슨 잘못을 저질렀나요? 대감은 소첩을 먼 산 보듯 하세요. 그런 대감을 어찌 믿을 수가 있…… 겠, 어…… 요?"

서른을 넘긴 성옥의 몸은 열여덟 추섬의 그것과는 완전히 달랐다. 홍시와 풋사과의 차이라고나 할까? 추섬에게는 가르치는 재미가 있다면 성옥에게는 쾌락의 강도를 점점 더 높여 가는 기쁨이 있었다.

허균이 가슴을 밀착시키며 성옥의 입술을 훔치자마자, 그녀는 두 다리를 치켜든 채 비단 이불로 쓰러졌다. 속저고리와 다리속곳까지 완전히 벗겨 내고 운우지락을 이루기 직전, 허균은 두 눈을 크게 뜨고 성옥의 터질 듯한 알몸뚱이를 내려다보았다. 누우렇게 익을 대로 익은 해바라기가 태양처럼 그를 우러르고 있었다.

4일

천추의 한

8월 9일 아침

밤하늘이 잔뜩 찌푸리더니 샐녘부터 는개가 흩뿌리기 시작했다. 북쪽에서 불어오는 서늘바람이 높은 궁궐 담에 부딪혀 회오리를 돌았다. 담 위를 두른 가시덤불이 조금씩 흔들렸지만 금군(禁軍, 궁궐을 지키고 임금을 호위하는 군사)의 시선을 끌지는 못했다. 서궁의 주인인 인목 대비는 벌써부터 깨어 있었다. 올해 나이 서른다섯. 선조의 흥서(薨逝, 왕의 죽음)를 겪고 난 후 벌써 10년째 깊은 잠을 이루지 못했다. 임인년(1602년)에 중전으로 간택되어 그다음 해에 정명 공주를 얻고, 3년 뒤 병오년(1606년)에 영창 대군을 낳을 때만 해도 기쁨과 행복의 나날이었다. 늦은 나이에 적자를 얻은 선조의 사랑은 이루 말할 수 없을 정도였다. 그러나 하늘은 그녀에게 짧은 부귀영화를 주는 대신 긴 고통과 슬픔의 가시밭길을 예비해 두고 있었다.

무신년(1608년) 초봄, 선조의 갑작스러운 죽음과 함께 상황은 돌변하고 말았다. 영의정 유영경은 광해군을 폐하고 영창 대군을 옹립하자고 했으나, 인목 대비는 그 청을 받아들일 수가 없었다. 이제 겨우 세 살인 핏덩이가 어찌 한 나라를 다스릴 수 있단 말인가. 수렴청정을 맡기에는 그녀 역시 정치에 대해 아는 바가 없었다. 세자의 자리를 16년째 지켜 온 서른네 살의 광해군이 보위를 잇는 것이 순리였다. 새보(璽寶, 국새와 어보)를 전하면서, 영창 대군을 각별히 아끼라는 선조의 유교(遺敎, 유언)를 강조하는 것이 그녀가 할 수 있는 최선이었다. 그때 광해군은 이렇게 답했다.

"아무 염려 마옵소서. 어린 아우의 아비 노릇까지 하겠습니다."

광해군의 약속을 믿은 것이 잘못이었다. 임해군을 죽일 때부터 영창 대군을 향해 시시각각 다가오는 죽음의 그림자를 살폈어야 했다. 서자들의 변고를 친정아버지 김제남과 연결시켜 사약을 내리더니, 연이어 영창 대군의 목숨까지 빼앗아 갔다. 4년 전의 일이다.

벌써 그렇게 되었나? 영창이 살아 있다면 올해로 열세 살. 아내를 맞아들여 어엿한 어른 구실을 할 수도 있는 나이.

잊으려고 노력할수록 또렷하게 기억되는 법이라고 했던
가. 영창의 걸음마를 바라보며 미소 짓던 여름 오후, 미열
을 다스리느라 밤을 꼬박 새우고 맞이한 겨울 새벽, 오색
단풍을 구경하며 궐 안을 빙빙 돌던 가을 저녁, 무거운 상
복을 힘겨워하면서도 아비의 죽음을 슬퍼하며 방울방울 눈
물을 쏟던 그 봄의 지옥 같던 밤까지. 아들의 사소한 말 한
마디, 의미 없는 행동 하나가 비수처럼 그녀의 가슴을 파고
들었다.

전하!

강산도 변한다는 10년 세월 동안, 전하를 향한 그리움으
로 하루하루를 버틴 신첩이옵니다. 신첩은 정말 바보였어
요. 왕실이라는 걸 믿고 조정이라는 걸 믿고 강상의 윤리라
는 걸 믿었더랬습니다. 지아비 외에, 산고의 아픔으로 얻은
아들 외에, 그 누구도 믿지 말라는 말씀, 지금에야 골수에
사무치옵니다. 신첩도 오래전부터 광해의 탐욕을 알고 있
었는데, 정명과 영창을 돌보는 동안 까마득하게 잊어버렸
던 것이지요. 너무나 더럽고 악독한 세월을 보냈습니다. 신
첩은 누가 신첩에게 이런 치욕을 안겼는지 잘 알고 있사옵
니다. 하나 이젠 아무것도 기대할 수 없사옵니다. 전하! 신
첩을 지켜 주세요. 아니 아니, 하루라도 빨리 전하의 곁으
로 가도록 도와주세요.

몇 번인가 죽으려고 했지만 생사조차 그녀의 마음대로 할 수 없었다. 생모가 아니더라도 홀로 남은 어미의 자살은 아들인 광해군에게 큰 타격이 아닐 수 없었다. 금군이 대궐을 겹으로 에워싸고, 장정 내관(壯丁內官, 나이가 젊고 기운이 좋은 내시)이 앞뜰과 뒤뜰을 밤낮으로 지키며, 창덕궁에서 새로 온 근시 나인(近侍內人, 왕과 왕비를 가까이에서 모시는 궁녀)이 귀를 쫑긋 세운 채 바스락거림 하나도 놓치지 않는 서궁에서 자살을 하는 것은 불가능한 일이었다.

10년이 넘도록 지척에서 인목 대비를 모신 변 상궁과 문 상궁은 그녀에게 삶의 활기를 불어넣으려고 노력했다. 갑자생(1564년)으로 대궐에서 산전수전을 겪은 두 상궁은 그녀에게 큰 힘이 되었다. 특히 변 상궁은 생각이 깊고 말을 아낄 뿐 아니라 대궐 안팎의 사정까지도 소상히 살펴 시시때때로 알려 주었다.

올해 정월 인목 대비를 서궁으로 폄손하는 절목(節目, 조목)이 정해진 후부터 죽음보다 더한 치욕이 찾아들었다. '대비'라는 두 글자를 없애고 서궁으로 불릴 뿐 아니라 후궁의 예에 따라 모든 것이 처리되었고, 조알, 숙배, 문안 등도 사라졌다. 무신년(1608년)에 선조의 관 아래 죽지 않은 것을 후회했으나 이미 때가 늦었다.

돋을볕(새벽에 처음으로 비치는 햇볕)을 보기는 틀린 일이다. 그녀도 그것을 알고 있었다. 그러나 한밤중에 홀로 깨어 할 수 있는 일이라곤 볼을 타고 흘러내리는 눈물을 그대로 둔 채 아침 햇살을 기다리는 것뿐이었다.

"마마! 변 상궁이옵니다."

"들게."

인목 대비는 양 볼의 눈물 자국을 지우고 서책을 넘겼다. 문 상궁이 궐 밖에서 들여온, 언문으로 옮긴 『태평광기』였다. 『태평광기』는 송나라의 설화집으로 고려 때부터 널리 읽혔다. 별감들은 이 책을 한 장 한 장 유심히 살폈으나 서궁으로 들여오는 것 자체를 막지는 않았다. 허탄하고 해괴한 내용이 대부분이었지만 울적한 심사를 달래고 시간을 보내는 데에는 쓸모가 있었다.

손에 잡히는 대로 책장을 넘긴 후 눈에 들어오는 글자들을 쭉 읽어 내렸다.

……한 아들만 두어 사랑함을 과도히 하더니 그 아들이 또한 나가 놀기를 방탕하게 하였다. 시장에서 한 계집을 보니 얼굴이 매우 곱고 분을 팔거늘 그 계집을 친근히 할 길이 없어 거짓으로 분을 사서 인하여 사귀려고 날마다 분을 산 지가 벌써 여러 날이 되었는지라. ……

비스듬히 앉은 변 상궁은 인목 대비의 시선이 옮겨 오기를 기다렸다. 그녀는 대비가 방금까지 시름에 겨워 눈물을 흘린 사실을 모른 체했다. 어차피 홀로 이겨 내야 하는 슬픔이었다.

"무슨 일인가?"

아침 문안을 받기에는 이른 시각이었다. 변 상궁이 비단 보자기로 곱게 싼 것을 내밀었다.

"『태평광기』의 둘째 권이옵니다. 지난달부터 찾으셨던 것을 어제 겨우 구했사옵니다."

인목 대비의 두 눈이 커졌다. 첫째 권을 읽은 후 스쳐 지나가듯 다음 이야기가 궁금하다고는 했지만, 변 상궁이 그 말을 가슴에 담아 두었는지는 몰랐다. 이상한 것은 거기에 그치지 않았다. 둘째 권을 어렵게 구했다고 해도 새벽부터 고담 잡서를 올릴 변 상궁이 아니었다. 문 상궁이 『태평광기』의 첫째 권을 구해 왔을 때도 차라리 『열녀전』을 읽도록 권하지 않았던가? 변 상궁은 바람이 잔뜩 들어간 것처럼 두툼하게 아래로 처진 양 볼을 흔들며 침착한 어투로 말했다.

"「유귀순전」을 보시옵소서. 신선들의 이계(異界, 기이한 세계)가 참으로 재미있사옵니다."

인목 대비는 첫째 권을 내려놓고 둘째 권을 서안에 올렸다. 그리고 천천히 둘째 권의 다섯 번째 이야기인 「유귀순전」을 찾아서 폈다. 변 상궁이 몸을 일으켜 앞으로 다가앉았다.

"여항(閭巷, 평민 혹은 평민들이 사는 곳)의 글씨인지라 읽기 힘드실 것이옵니다. 곧 나인들에게 옮겨 쓰도록 하겠나이다. 며칠만 참으시옵소서."

변 상궁은 주절주절 이야기를 늘어놓으며 서책의 양 모서리를 엄지와 검지로 쥐고 뻣뻣한 종이를 조심스럽게 말아 올리기 시작했다. 누런 종이가 말려 올라가자, 그 아래에서 손바닥만 한 희고 얇은 종이가 나타났다. 세필(細筆, 가는 붓)로 촘촘히 쓴 서장(書狀, 편지)이었다. 변 상궁이 빨리 읽으시라며 왼손으로 서장을 가리켰다.

시부살형(弑父殺兄, 아버지와 형을 살해함. 곧 아버지인 선조를 독살하고 형인 임해군을 죽였다고 알려진 광해군을 가리킴)한 역적을 곧 참할 것이오니 옥체 보존하옵소서.

인목 대비가 양손으로 입을 막으며 고개를 들어 변 상궁과 눈을 맞추었다. 누가 보낸 서장인지를 묻고 있는 것이다. 변 상궁은 대답 대신 흰 종이를 말아서 한입에 꿀꺽 삼킨 다음, 「유귀순전」의 첫머리를 감쪽같이 원상 복구시켰다. 변 상궁이 가만히 고개를 저었다. 문밖에 서서 그들의 대화를 엿듣고 있을 윤 상궁의 새앙쥐 같은 눈매가 떠올랐다. 인목 대비는 문 쪽으로 고개를 젖힌 다음 큰 소리로 변 상궁을 꾸짖었다.

"재미가 없어 더는 못 읽겠구나. 다음부터는 『태평광기』를 들여오지 마라."

"알겠사옵니다."

"서왕모(西王母, 여선인(女仙人))가 산다는 곤륜산이 예서 얼마나 먼고? 그 산은 태산보다도 더 높은가?"

"아주 멀고 아주아주 높사옵니다."

"그래? 하면 서왕모를 만나기는 힘들겠구나."

한참 동안 잡담을 한 후 변 상궁이 『태평광기』 두 권을 들고 물러났다.

"변 상궁 마마님!"

앙칼진 목소리가 그녀를 불러세웠다. 변 상궁은 소리가 들린 쪽으로 시선을 옮기다가 저도 모르게 흠칫 몸을 떨었다. 섬돌 아래 대전 상궁 김개시가 서 있었던 것이다. 이이첨과 결탁한 김 상궁은 광해군이 용상을 차지하는 데 큰 공을 세웠다. 광해군은 그녀를 후궁으로 들이려고 했으나, 김 상궁은 후궁 자리를 마다한 채 대전 상궁이 되기를 원했다. 광해군은 그녀의 청을 거절할 수 없었다. 그날부터 김 상궁은 유약한 중전 유씨를 대신하여 내명부의 대소사를 실질적으로 관장하기 시작했다. 이이첨의 심복이 조정의 요직을 두루 차지한 것과 마찬가지로 김 상궁의 눈에 든 내관과 상궁 그리고 나인이 대궐 곳곳에 배치되었다.

장대비가 쏟아지고 있었다. 변 상궁을 노려보는 윤 상궁과 나인들의 눈길이 예사롭지 않았다. 김 상궁이 이 새벽에 폭우를 뚫고 서궁까지 오리라고는 예상하지 못했다. 그래서 오늘 새벽에 비밀 서장을 대비 마마께 보여 드린 것이 아닌가.

"왜 그러십니까? 귀신이라도 본 사람 같네요."

김 상궁이 변 상궁을 위아래로 훑어보며 차갑게 웃었다. 변 상궁은 곧 침착함을 되찾았다.

"이 새벽에 웬일이신가? 혹 대전에 무슨 일이라도 생긴 겐가?"

대전 상궁이 창덕궁을 벗어난 것을 꼬집는 말이다.

"서궁 마마께서 무얼 하고 계시는지 살펴보고 오라는 어명이 계셨습니다."

김 상궁은 어명을 등에 업고 변 상궁의 질책에서 벗어났다.

"품에 안은 것이 무엇인지요?"

"보고도 모르겠는가? 서책이라네."

"누가 서책인 줄 모릅니까? 새벽부터 무슨 서책을 가지고 나오시는 겁니까?"

"『태평광기』라네. 마마께서 지난 두 달 동안 읽으신 책일세."

"그렇습니까?"

김 상궁이 웃음을 뚝 멈추고 윤 상궁에게 눈짓을 보냈다. 윤 상궁과 나인들이 일제히 마루로 뛰어올라 막무가내로 변 상궁의 품에서 서책을 빼앗았다.

"이게…… 무슨 짓이야? 이놈들!"

윤 상궁에게 밀려 엉덩방아를 찧은 변 상궁이 화를 냈지만 소용없는 일이었다. 윤 상궁이 서책을 살펴보는 동안 김 상궁이 다가와서 손을 내밀었다.

"일어나세요. 사서 고생을 하실 게 뭡니까? 보은하려는 소첩의 마음을 정녕 모르시겠습니까?"

김 상궁은 변 상궁에게 많은 공을 들이고 있었다. 인목 대비의 수족과도 같은 변 상궁만 자기 사람으로 만들면 서궁에 대한 근심을 접어도 되는 것이다.

두 사람의 악연도 어느덧 20년이 넘었다. 소주방(燒廚房, 대궐 음식을 만드는 곳)에서 군불이나 때던 김개시를 중궁전의 침실 나인으로 발탁한 이가 바로 변 상궁이었다. 말귀가 밝고 몸이 빠른 김개시는 자신에게 찾아온 기회를 놓치지 않았다. 선조의 눈에 띄어 은혜를 입었을 뿐 아니라 세자인 광해군을 돕기 위해 궁궐 안팎을 샅샅이 살폈던 것이다. 20년 전 그때, 변 상궁이 소주방의 김개시를 침실 나인으로 택하지 않았더라면 김개시의 삶은 영원히 군불지기로 끝났을지도 모른다. 변 상궁은 그때 일을 두고두고 후회했다. 하늘 아래 두려운 것이 없는 김 상궁이 그래도 변 상궁을 어렵게 여기는 것은 이 때문이었다.

"별다른 점은 없습니다."

김 상궁이 두 눈을 치뜨며 윤 상궁을 매섭게 추궁했다.

"쌀 한 톨이라도 궁으로 들이지 말라고 하지 않았는가? 서책이 오간 걸 전하께서 아시는 날엔 자네와 난 죽은 목숨이라네."

"여항 고담인 데다가…… 별감들이……."

"닥치시게. 또 한 번 이런 일이 생기면 자네에게 죄를 묻겠네. 아시겠는가?"

"잘못했사옵니다."

김 상궁이 안색을 고친 다음 변 상궁에게 충고했다.

"백발이 훨씬 느셨군요. 마마님도 이젠 나서지 마시고 어린 나인들의 공경이나 받으면서 지내세요. 늘그막에 망신당할 이유가 없지 않습니까? 소첩의 충고를 명심하셔야 할 겝니다. 윤 상궁! 아뢰시게."

"마마! 김 상궁이 뵙기를 청하옵니다."

"……."

대답이 없었다. 갑작스러운 김 상궁의 출현에 인목 대비도 가슴이 뜨끔했던 것이다.

"서궁 마마!"

"됐네. 그만두시게."

김 상궁이 두 걸음 앞으로 나서서 문을 힘껏 열었다.

"이보시게. 세상에 이런 법도가 어디 있는가?"

힐책하는 변 상궁을 윤 상궁이 막아섰다.

"가시지요. 허리병이 도졌다고 들었습니다. 뜨뜻한 아랫목에서 잠시 몸을 녹이시는 편이 좋겠습니다. 뭣들 하는 게야? 어서 마마님을 모시지 않고."

"예!"

나인들이 변 상궁의 양팔을 강제로 끌어당겼다. 김 상궁은 변 상궁이 뒤뜰로 사라지는 것을 확인한 후 방으로 들어섰다.

"서궁 마마! 문안 여쭈옵니다."

인목 대비는 고개를 오른쪽으로 돌린 채 김 상궁의 큰절을 받는 둥 마는 둥 했다.

"폄손하는 절목에 문안을 폐지한다는 조목을 보지도 못했는가?"

김 상궁은 웃음을 잃지 않고 계속 머리를 조아렸다.

"마마! 마마께서 나랏죄인이 되셨다고 하더라도 어찌 소첩이 문안을 여쭙지 않을 수 있겠사옵니까? 주상 전하께서도 비록 그 절목을 받아들이시기는 하였사오나 서궁 마마를 그리워하시는 마음은 변함이 없으시옵니다. 혹 불편하신 점은 없사옵니까?"

"없네."

인목 대비는 대꾸하기도 싫은 듯 짧게 답했다. 김 상궁의 짙은 눈썹이 조금씩 위로 치켜 올라갔다.

"소첩이 오늘 서궁에 온 것은 소훈을 들이는 경과를 말씀드리옵고, 덧붙여 한 가지 의논을 드리기 위해서이옵니다. 처녀단자를 거두었사온데 아직 스무 개도 채 들어오지 않았는지라 제대로 소훈을 들일는지 걱정이옵니다."

인목 대비가 여전히 냉담하게 받아쳤다.

"소훈을 들이는 일이야 자네가 알아서 할 일, 왜 가시성(가시울타리로 둘러친 성, 위리안치를 뜻함) 안까지 와서 이러는 겐가?"

김 상궁이 인목 대비의 말꼬리를 붙들고 늘어졌다.

"소훈을 들이는 일로 어심을 상하신 전하께서는 그제 밤 서궁 마마의 일까지 걱정하셨사옵니다."

"내 일이라니?"

"아기씨 생각이 나신 게지요. 세자 저하께서는 소훈까지

들이시는데 아기씨는 혼기를 놓치고 폐서인이 되어 서궁에 갇혀 계시니, 그것을 안타까워하셨사옵니다."

인목 대비는 눈을 크게 뜨고 김 상궁을 노려보았다.

왜 갑자기 정명을 거론하는 것인가? 혹시 정명까지 죽이려는 건 아닌가?

"아직 혼인시킬 뜻이 없네."

"아기씨도 올해로 열여섯이옵니다. 여염집에서라면 벌써 혼례를 올렸을 나이옵니다. 정명 아기씨는 사사롭게는 주상 전하의 누이동생이 아니시옵니까? 전하께서 아기씨의 배필을 찾으라고 소첩에게 특별히 하교하셨사옵니다."

"배필을 찾으라 했다 이 말이냐?"

김 상궁이 가만히 웃어 보였다.

"어제 하루 동안 소첩이 포도청과 훈련도감을 동분서주하며 살폈사오나 마땅한 배필이 없었사옵니다."

"포도청과 훈련도감을 동분서주하다니? 정명의 배필을 왜 그런 곳에서 찾는다는 말이냐?"

인목 대비의 목소리가 점점 커졌다. 김 상궁은 시선을 내리깔며 얼굴에 맴돌던 미소를 지웠다. 그리고 낮고 조용한 음성으로 답했다.

"폐서인에게 합당한 배필을 찾기 위해서이옵니다. 어느 양반집에서 서인과 혼사를 하겠사옵니까? 자고로 서인의 배필은 군관과 서자, 역관이 제격이옵니다. 소첩의 말이 틀렸사옵니까?"

"그만!"

인목 대비의 아랫입술이 파르르르 떨렸다. 분노가 극에 이르러 말도 제대로 할 수 없었다. 그러나 여기서 그칠 김 상궁이 아니었다.

"마마께서도 기쁘시옵니까? 사위를 맞이하는 일이니 어찌 기쁘지 않으시겠사옵니까. 소첩이 신명을 바쳐 아기씨의 배필을 구하겠사오니 소첩을 믿어 주시옵소서. 하온데 마마께서는 어떤 사위를 원하시옵니까? 군관이옵니까, 서자이옵니까, 역관이옵니까? 하교하여 주시옵소서……."

탁!

인목 대비가 서안을 손바닥으로 힘껏 내리쳤다. 김 상궁은 물처럼 흐르던 이야기를 멈추고 고개를 들어 인목 대비의 부릅뜬 눈을 쳐다보았다.

"안 된다. 정명은 안 돼. 정명이 누구냐? 종계변무지공(宗系辨誣之功, 조선 건국을 승인받기 위해 명나라에 제출했던 서류에 이성계의 아버지 이자춘이 이인임으로 오기되어 있어서 역대 임금들이 이것을 시정하고자 무한히 노력했으나 성공하지 못하다가, 선조 대에 명나라 대신 석성의 도움을 받아 시정하였음)을 세우신 선왕의 단 하나뿐인 공주이니라. 그런 정명을 누구한테 주겠다고? 차라리 사약을 받겠다. 대전에 가서 전하라, 절대로 정명을 내어놓을 수 없다고."

침묵이 흘렀다. 김 상궁은 인목 대비의 격한 숨소리가 잦아들기를 기다렸다. 인목 대비와 정명 공주의 목숨이 자신의 손아귀에 있음을 충분히 알린 것이다. 도성의 분위기가 심상치 않음을 김 상궁도 알고 있었다. 이럴 때 누군가가 역모를 꾸민다면 금상을 폐할 명분을 얻기 위해 서궁에게 접근할 것이다. 그런 일이 벌어지지 않도록 인목 대비와 정명 공주를 묶어 둘 필요가 있었다.

"알겠사옵니다. 마마의 뜻을 전해 올리겠나이다."

김 상궁은 이쯤에서 인목 대비를 달래기로 마음을 고쳐먹었다. 지나치게 밀어붙였다가 지난 봄처럼 식음을 전폐하기라도 하면 큰일인 것이다.

"마마. 소첩에게 청이 하나 있사옵니다."

"말해 보아라."

인목 대비도 흥분을 가라앉히고 냉정을 되찾으려 애쓰는 기색이 역력했다.

"소선(素膳, 어육류를 쓰지 않은 반찬)을 고집하신다고 들었사옵니다. 사실이옵니까?"

"……."

"마마! 오늘부터는 육선(肉膳, 고기로 만든 반찬)을 드시옵

200

소서. 마마의 옥체가 강건하셔야 주상 전하께서도 마음을 놓으시고 정사를 보실 수 있사옵니다. 드시고 싶은 찬이 있으시면 하교하시옵소서. 정성껏 구해 올리겠나이다."

"알겠다."

김 상궁은 조용히 방을 나왔다. 장대처럼 쏟아지던 빗줄기가 차츰차츰 가늘어지고 있었다. 여전히 하늘에는 먹구름이 가득했지만 신기하게도 햇빛 한 줄기가 구름 사이를 뚫고 신궐(新闕, 광해군 2년(1610년)에 중수된 창덕궁)을 비추었다.

"벌써 가시려고요?"

윤 상궁이 다가와서 샐샐거리며 비위를 맞추었다.

"저녁에 다시 오겠네. 점심부터는 육선을 준비하게."

"소선을 그만두시겠답니까? 역시, 김 상궁 마마님은 다르십니다."

윤 상궁의 칭찬이 싫지만은 않았다. 이제 서궁의 일은 한시름 놓았으니, 창덕궁의 분위기를 살필 필요가 있었다.

소훈을 들이는 일로 마음을 다친 세자빈을 찾아갔다가, 서궁이 육식을 다시 시작했다는 소식을 중궁전에 전해야겠어. 나이 어린 시어머니를 걱정하는 며느리의 안타까움이라! 그 덕분에 나에 대한 신임이 더욱 두터워지겠지. 서궁의 일은 쌍리동에도 귀띔할 필요가 있어. 판의금부사를 대하는 전하의 어심이 예전 같지 않지만, 용상을 튼튼히 지키기 위해서는 그의 도움이 절대적이니까. 누구보다도 현명하신 전하께서 이런 명명백백한 이치를 모르실 리가 없지.

"대전으로 돌아가자!"

김 상궁은 덩(공주나 옹주가 타는 교자)을 타고 서궁을 벗어났다. 시위하는 10여 명의 금군이 앞뒤로 길을 냈다. '밖은 이이첨, 안은 김개시'라는 유언비어가 돌 만큼 광해군의 절대적인 신임을 받고 있는 그녀였다. 조선 왕조 500년 역사상 가장 막강한 권력을 지닌 상궁이기도 했다.

덩이 육조거리를 지나 수진동(壽進洞)으로 접어드는 순간, 커다란 돌멩이 하나가 허공을 가르며 날아들었다. 돌멩이는 김 상궁의 오른쪽 어깨를 강타했다.

"아악!"

충격을 이기지 못하고 김 상궁의 몸이 뒤로 휘청했다. 다시 돌멩이 하나가 날아들어 이번에는 그녀의 왼쪽 옆구리를 때렸다.

"웬 놈이냐?"

금군들이 칼을 빼어 들고 사방을 살폈지만, 삼삼오오 벽쪽으로 붙어 고개를 푹 숙인 행인들 외에는 아무도 없었다. 삥 둘러서서 김 상궁을 보호하는 금군들의 머리 위로 돌멩이가 한꺼번에 날아들었다. 돌멩이는 하나에 한 명씩 정확하게 금군의 이마를 부쉈고 주위는 온통 피로 물들었다. 금군들은 범인을 잡을 생각도 못하고 김 상궁을 에워싼 채 허겁지겁 돈화문 쪽으로 내달렸다. 무표정한 행인들의 얼굴에 묘한 미소가 피어올랐다. 김 상궁을 동정하는 이는 단한 사람도 없었다. 500년 묵은 느티나무를 등진 사내가 손에 쥐었던 돌멩이를 가볍게 소매 속으로 감추었다. 바람처럼 도자동(刀子洞) 쪽으로 뛰어 내려가기 시작했다.

그날 밤

허공의 소리를 들었다는 백성들이 늘어나고 있었다. 누구는 삼각산(三角山, 북한산) 자락에서 들었다고 했고, 누구는 목멱산 자락에서 들었다고 했다. 필운산(弼雲山, 인왕산)이나 낙타산(駱駝山, 낙산)도 예외는 아니었다. 사신(四神, 현무, 주작, 청룡, 백호)이 모두 노하였으니 도성이 불바다가 될 것이라는 흉문이 이어졌다. 포도청과 훈련도감의 군관들이 소문의 진원지를 찾아서 헤매었지만 그야말로 허공의 소리일 따름이었다. 해가 진 후에는 입산을 금지했으나 허공의 소리는 줄어들지 않았다.

백성들이 들었다는 허공의 소리도 제각각이었다. 노추가 평양까지 밀고 내려왔다고 하는가 하면, 왜의 대군이 삼포에 잠입했다고도 하고, 명나라 황제가 승하하셨다고도 했다. 허공의 소리에 따른다면, 조선 팔도는 벌써 전쟁의 불기둥에 휩싸인 것이다. 그런데도 도성이 무사하다는 사실은 백성들에게 더 큰 공포를 주었다. 이제 곧 전쟁의 불벼락이 도성을 덮치리라.

"행님예! 조심할소. 발아래가 천 길 낭떠러지입니더."

"걱정 말게."

사람들의 눈을 피해 필운산을 오르는 두 사내가 있었다. 봉익선으로 나뭇가지를 쳐내며 바삐 걸음을 옮기는 더그레 차림의 사내는 우경방이었고, 두루마기 차림에 대나무 지팡이를 짚으며 헉헉대는 사내는 허균이었다. 황혼 무렵부터 시작한 산행은 주위가 온통 어두워진 후에도 계속되었다. 어제 쏟아진 비로 산 전체가 질퍽거렸다.

"와 하필 필운산입니꺼?"

"누가 아나? 산신령님(호랑이)이라도 만나게 될지. 헉헉, 조, 조금만 쉬었다 가세. 자넨 도대체 어디서 축지술을 배웠는가?"

허균은 팍팍한 무릎을 접으며 널브러졌다. 우경방이 피식 웃음을 흘리며 되돌아왔다.

"왜란 때 홍의장군 곽재우를 따라댕겼지예. 오늘은 전라도, 내일은 깅상도 이레 싸돌아댕기다 보이 지도 모리게 다리몽디에 심이 붙었십니더. 100개의 계곡을 살필라 카믄

100개의 봉우리를 넘어야 하지 않겠십니꺼? 행님! 다 왔십니다. 저 모롱이만 돌믄 큰범바우니깐 쪼매만 힘을 낼소. 정말로 꼼짝도 못하겠십니꺼?"

우경방은 숨이 차서 새근발딱거리는 허균을 걱정스러운 얼굴로 내려다보았다. 허균이 엉거주춤 몸을 일으키며 말했다.

"아, 아닐세. 며칠 계속 술을 마신 데다가 험한 비탈길을 너무 빨리 올라서 그렇네."

"행님도 인자 지천명(知天命, 쉰 살)이니 몸 생각도 할소."

아닌 게 아니라 올해 들어 부쩍 피곤하고 미열이 잦았다. 어제는 점심을 먹다가 코피까지 쏟았다. 추섬과의 때늦은 사랑이 그의 양기를 빼앗아 가 버린 것일까. 그렇다고 술을 끊거나 운우지락의 횟수를 줄일 마음은 없었다. 어차피 죽고 나면 썩어 문드러질 몸뚱이가 아니던가.

"행님! 행님이 도와줘서 이레 싸돌아댕깁니다마는 지 옥사도 퍼뜩 마무리 지어야지예? 언제까지 그림자처럼 숨어 댕길 수도 없꼬. 하기사 창덕궁을 확 쓸어 삐면 옥사도 뭐도 없어지기는 하겠네예."

"그 전에 자네를 석방시킬 테니 염려 말게. 그렇지 않아도 하 진사와 자네 문제를 의논했다네. 곧 자네를 풀어 주라는 글을 유생들이 올릴 걸세. 그때를 맞추어 하루쯤 옥에 다시 들어가 있게. 그럼 되겠는가?"

"고맙십니더. 행님!"

우경방이 다시 앞장을 섰다. 안돌이(험한 벼랑길에 바위 같은 것을 안고 겨우 돌아드는 곳)를 지나 모롱이를 돌아서 한참을 더 오르니 큰범바위가 나타났다. 스무 명 남짓한 장정이 그들을 맞이했다. 대삿갓을 눌러썼지만 한눈에 무승들임을 알 수 있었다. 봉학도 이미 와서 기다리고 있었다.

큰범바위에 자리를 잡고 삥 둘러앉았다. 우경방이 먼저 입을 열었다.

"이틀 동안 여러분이 쎄가 빠지게 고생한 덕분에 백성들이 모두 허공의 소리를 들었십니더. 인자 무신 일이 일어난다 캐도 백성들은 지 살길을 찾아 흩어질 끼라예."

"그기 모두 명허 큰스님의 공입네다."

명허가 거느린 변산의 무승들은 능숙하게 산을 탈 뿐 아니라 목소리 또한 폭포수를 뚫고도 남음이 있었다.

"아닙니다. 빈도는 대자대비하신 부처님의 뜻을 중생에게 알리는 데 미력한 힘이나마 보태었을 뿐입니다. 일찍이 사명당도 이런 가르침을 남겼지요. 생각의 기틀을 돌이키는 데에는 두 가지 방법이 있습니다. 하나는 자기 자신의 힘이요, 나머지는 다른 사람의 힘입니다. 자신의 힘이란 하나의 생각으로 기틀을 돌이켜 문득 본래 깨달은 것과 같이 되는 것이요, 다른 사람의 힘이란 인자하신 부처님께 귀의하여 열 번 생각하는 것입니다. 첫 번째는 각자의 몫이므로 어찌할 수 없다 해도, 두 번째는 빈도들이 도와 드릴 수 있겠기에 기꺼이 교산의 부름에 응한 것입니다."

명허가 겸손하게 답했다. 허균이 미소를 지으며 말꼬리를 잡아챘다.

"미력한 힘이 아니지요. 서산 대사와 사명 대사를 도와 왜군을 막아 낸 대사의 전공은 그 누구와 비교해도 지나치지 않습니다. 마땅히 선무공신이 되셨어야 했는데 안타까울 따름입니다."

임진년과 정유년의 왜란 때 승병과 의병의 활약은 관군을 능가할 정도였다. 그러나 전쟁이 끝난 후 공신을 책록하는 과정에서 그들에게 돌아간 상은 아무것도 없었다. 오히려 역도로 탈바꿈할 가능성이 있다며 승장(僧將)과 의병장들을 잡아들이기까지 했다. 명허 역시 경자년(1600년)에 전라감영으로 끌려가서 갖은 고초를 당했다.

"공신은 무슨! 빈도에게 나라에 대한 섭섭함이 있었음을 부인하지는 않겠습니다. 공을 세운 사람에게 상이 돌아가는 것은 당연한 이치겠지요. 하나 그 섭섭함 때문에 교산을 돕는 것은 아닙니다. 빈도는 조선의 개국과 함께 산으로 숨은 호국 불교를 다시 저잣거리로 내려오게 만들고 싶습니다. 불교에 대한 사대부의 뿌리 깊은 불신을 끊고, 만백성이 언제든지 생로병사의 고통을 부처님 전에 아뢸 수 있는 날이 오기만을 바랄 뿐입니다. 교산이 만드는 나라라면, 불교라고 무조건 배척하는 일은 없겠지요?"

"허허허, 오히려 제가 불교만 감싸지 않을까 그것이 걱정입니다. 그건 그렇고, 대사! 도성을 살펴보시니 어떻습니까? 동북쪽을 둘러보셨지요?"

허균의 물음에 명허가 천천히 수염을 쓸면서 답했다.

"그렇습니다. 흥인문과 종묘 쪽에는 군졸들이 그리 많지 않았습니다. 그쪽으로 돌아서 응봉까지 간 후 뒤에서 범궁을 해도 무방하리라고 봅니다만……."

허균의 시선이 봉학에게 옮겨 갔다.

"내레 지난번에 말씀하신 대로 서남쪽을 돌아댕겼시요. 포졸 새끼들이 쫙 깔리 나서 창덕궁까지 가는 기 쉽지 않갔습네다. 놈들의 시선을 빼돌리야겠시요."

"잘들 보셨소이다. 지금 도성의 장졸들은 서남쪽으로 몰려 있지요. 적당히 유인책을 쓴 후 앞뒤로 협공하면 제풀에 무너질 겁니다."

명허가 고개를 끄덕이며 헛기침을 쏟았다.

"청이 하나 있습니다."

"말씀하십시오, 대사!"

"성지라는 요승이 스승님의 고명을 더럽히고 있다고 들었습니다. 만나신 적이 있는지요?"

"있습니다. 주상 전하의 총애를 받고 있지요. 서산 대사의 애제자인 걸로 알고 있습니다만……."

명허의 목소리가 높아졌다.

"터무니없는 허언이에요. 스승님께서는 결코 그런 풍수 승을 거두신 적이 없습니다. 이번 일이 끝나면 그 요승을 빈도에게 넘기시겠다고 약조해 주십시오."

"알겠습니다. 당연히 그렇게 해 드려야지요."

허균이 선선히 응낙하자 뒤에 서 있던 무승들의 얼굴이 한순간에 밝아졌다. 이번에는 쇠 방망이로 턱을 받치고 있던 봉학이 나섰다.

"나도 소원이 하나 있시요."

"무엇입니까? 기탄없이 말씀하세요."

"두렝님께서 나중에 말씀하시겠디만, 내레 데리온 아아들은 피안도에서 사냥질하든 포수들입네다. 그 간나 오랑캐 새끼덜이 압록강 건너에서 휘파람만 불어 제끼도, 강제로 끌려가서 수자리를 서 왔시요. 피 흘려 싸웠지만서도 돌아오는 건 맬시와 천대뿐이었습네다. 군역을 기피하겠다는 기 아니라요. 북삼도와 하삼도, 양반과 상놈이 공평하게 군역을 맡자 이 말입네다."

"알겠습니다. 가장 먼저 군역을 고치도록 하지요."

봉학의 소원도 들어주겠다는 약조를 했다. 봉학이 주먹을 불끈 쥐어 보이며 전의를 불태웠다.

"내일이라두 당장 창덕궁을 박살 내는 기 어떻갔시요?"

허균이 고개를 저었다.

"단 한 번의 실패가 곧 죽음임을 명심해야 합니다. 포도대장과 훈련대장이 하루에도 몇 번씩 입궐하고 있는 상황이에요. 섣불리 덤볐다가는 큰 낭패를 볼 수도 있습니다."

우경방이 손바닥으로 봉익선을 탁탁 감싸 쥐며 토를 달았다.

"글캐도 언제꺼정 기다릴 수야 없지 않습니꺼?"

"우선 적을 아는 것이 급선무네. 지금 당장 장정들을 이끌고 대궐로 몰려갈 수도 있네만 전투가 어디 숫자 놀음인가? 『위료병법』에도 이르기를, 승리의 확신이 서면 전쟁을 일으키고, 승리의 가능성이 사라지면 전쟁을 중지하라고 했네. 자네의 마음이야 알겠네만 서두른다고 될 일이 아니지. 계축년(1613년)의 실패를 되풀이할 수는 없는 노릇이야."

우경방이 다시 짧게 물었다.

"적을 안다는 기 뭡니꺼?"

"「용도」에 이르기를, 적을 이기는 자는 적에게 약함을 보인 뒤 싸우는 자라고 했네. 흉격을 숭례문에 붙여 민심을 살핀 다음 군사를 이끌고 서궁을 칠 생각이네. 여기까진 자네가 끼어들 필요가 없겠지. 사아리의 사병만으로도 충분해."

"광해하고 이이첨한테 행님이 가진 걸 일부러 보이 준다 이 말입니꺼?"

"그렇네. 서궁을 범한 사아리의 사병이 도성 밖으로 빠져나간 직후, 바로 그때가 천재일우의 기회일세. 아시겠는가?"

광해군과 이이첨을 안심시킨 다음 박치의와 명허의 장정들로 대궐을 급습한다는 계획이었다. 명허가 고개를 끄덕였다.

"역시! 복룡(伏龍, 제갈량)이나 봉추(鳳雛, 방통)보다도 더 뛰어나십니다. 그렇게 하면 단숨에 대궐을 삼킬 수 있겠군요."

우경방이 손뼉을 치며 만족한 웃음을 웃었다.

"허허허. 행님이 뭔가 기찬 계획을 숨카고 있는 줄 알고 있었십니더. 어떻십니꺼, 큰시님! 요만하믄 교산 행님이 일척안(一隻眼, 두 눈 이외에 한 개의 안목이 더 있는 것)을 가다 캐도 거짓부렁이 아니겠지예?"

명허가 합장을 하며 뇌까렸다.

"반야바라밀! 반야바라밀!"

봉학과 명허 그리고 무승들이 먼저 산을 내려갔다. 우경방에게도 동행을 권했지만, 밤눈이 어두운 허균을 바래다 주겠다며 고집을 부렸다.

푸드득!

산꿩 한 마리가 밤하늘로 날아올랐다. 이 밤에도 둥지를 떠나 무엇인가 할 일이 남은 모양이었다. 허균이 큰범바위 끝에 걸터앉았다. 우경방은 어제 먹은 떡이 체했다며 잠시 풀숲으로 자리를 피했다. 상체를 조금만 숙여도 그대로 굴러떨어질 것만 같았다. 그러나 그는 두려움 없이 몸을 좌우로 흔들며 밤의 정적으로 스며들었다.

정적 속에서 독사눈의 사내가 모습을 드러냈다. 너무나 가벼운 발놀림으로 큰범바위를 타고 올랐다. 사내는 허균에게 곧장 다가가서 나란히 앉았다. 허균은 고개를 돌리지 않고 여전히 도성의 밤 풍경을 뚫어지게 바라보았다. 먼저 입을 연 것은 박치의였다.

"자네가 보내 준 소설은 잘 읽었네. 『삼국지연의』나 『수호전』만큼 거창하지는 않았지만 썩어 빠진 이 나라의 현실을 잘 그린 것 같으이. 한데 한 군데 마음에 들지 않는 곳이 있더군."

"그게 어딘가? 그 소설의 주인공이 바로 자넨데, 자네가 싫다면 고쳐야겠지."

"주인공이 왜 난가? 『홍길동전』은 자네가 10년도 전에 써 둔 것이 아니었나?"

"그때 써 두긴 했지만, 북삼도를 누비고 다니는 박두령을 보며 많이 고쳤다네. 『홍길동전』이 아니라 『박치의전』으로 할까 생각도 해 보았었지. 그나저나 마음에 들지 않는 부분이 어딘가?"

"율도국 말일세. 우리가 발을 딛고 있는 바로 이 땅에 율도국을 세워야 하지 않겠나?"

교산! 아직도 광해에 미련이 남았나? 홍길동이 조정으로부터 병조 판서를 제수받는 대목에서는 구역질까지 났다네. 병조 판서는 병조 판서대로 하고, 율도국은 율도국대로 만든다는 게 말이나 되는 소리인가? 조정의 허락을 받고 나서 새로운 나라를 만들겠다는 건 망상일세. 아니 그런가?

"그렇군, 자네 말이 맞네. 딴 곳은 퇴고를 했는데, 율도국 부분은 10년 전 그대로야. 조선을 율도국으로 만드는 것으로 바꿈세."

"나를 염두에 두고 소설을 퇴고한다니, 몇 마디 덧붙여도 되겠는가?"

허균이 흔쾌히 승낙했다.

"교산! 자넨 율도국의 임금이 되고픈가?"

"아니, 난 그럴 뜻이 없네. 임금이라니? 그렇게 골치 아픈 자리는 줘도 안 하겠어."

"그렇다면 왜 홍길동을 율도국의 임금으로 세워 놓았는가? 아버지인 홍승상을 태조 대왕으로 추존하는 것도 눈에 거슬렸어."

나랏님이 훌륭하면 그 나라가 잘 된다는 발상을 버리게. 홍길동이 임금이 되면 율도국이 잘 되고, 광해가 임금이 되면 조선이 망하는 건 아니지 않는가? 자넨 늘 용상이 없는 정치를 하겠노라 큰소리를 쳤으면서, 그 자리에 홍길동을 앉힌 건 앞뒤가 맞지 않네.

"난 또 뭐라고! 내 소설의 주인공은 자네니까, 파암, 자네가 임금을 하면 되지. 왜, 싫은가?"

박치의의 목소리가 날카로워졌다.

"싫네. 난 광해의 목만 가지면 돼."

허균이 틈을 주지 않고 박치의의 마음을 다독거렸다.

"우리가 반정(反正)을 하는 거라면 당연히 용상의 새 주인을 고려해야 하겠지만, 용상, 뭐 그까짓 게 필요할까 싶으이. 10년 전에는 요순 같은 임금을 세워 나라를 새롭게 바꿀 수도 있지 않을까 잠깐, 아주 잠깐 생각했었거든."

"광해를 염두에 두었단 말이지?"

"그래. 하지만 이제 미련을 완전히 버렸다네. 마지막 퇴고를 할 때 율도국을 조선으로 옮기면서 용상이라는 말 자체를 소설에서 빼겠네. 그럼 되겠는가?"

박치의가 천천히 고개를 끄덕였다. 허균이 하늘을 올려다보며 긴 숨을 내쉬었다.

파암!

자네의 마음을 내가 왜 모르겠나. 당연히 이 땅에 새로운 나라를 세워야겠지. 지금도 아비규환 속에서 죽어 간 백성들의 모습이 또렷하게 떠오른다네. 조선은 전쟁을 대비하지도 못했고, 전쟁을 제대로 치르지도 못했고, 전쟁의 마무리도 서투르기 그지없었네. 이젠 끝내야지. 그들에게 다시는 그날의 참혹함을 안겨서는 아니 되네. 이대로는 안 돼. 이대로 가다가는 다시 전쟁이야. 파암! 우리가 막아야 해. 자네와 내가 말일세.

"쌍리동을 둘러보았는가?"

"그래. 으리으리한 게 대궐이 따로 없더군."

박치의가 고개를 끄덕이며 싸늘하게 웃었다. 허균이 따라 웃으며 물었다.

"관송의 남여를 향해 단도를 던진 건 자네 짓이지?"

"쌍리동에서 돈화문 앞까지 따라갔는데 그냥 돌아설 수야 없지 않은가? 인사는 해야지."

"김개시에게 돌멩이를 던진 것도?"

박치의가 가볍게 고개를 끄덕였다.

"도성 분위기는 어떻던가?"

"점점 더 우리에게 유리해지고 있네. 한 열흘 구석구석 살펴보았네만 공포와 불안, 분노와 체념이 극에 달했더군. 임진년보다도 오히려 더한 것 같아. 그땐 전쟁이 뭔지도 모른 채 우왕좌왕했지만 지금은 그 끔찍함을 누구나 잘 알고 있으니까. 세상이 바뀐대도 백성들은 놀라지 않을 걸세. 이제 정말 때가 되었어."

"정확히 보았군. 겉으로는 평온한 듯하나 속으로는 끓어넘치기 직전이라네."

침묵이 감돌았다. 이번에는 박치의가 먼저 입을 열었다.

"왜 박웅서를 죽이지 않았나?"

허균은 눈앞에 펼쳐진 어둠을 응시했다.

"죽여 무엇하겠나? 양갑이도 치인이도 이미 이 세상 사람이 아닌걸."

"천추의 한을 씻어야지."

박치의는 아랫입술을 짓씹으며 허균을 힐책했다.

"난 말일세. 사람한테서만 적의를 느낀다네. 가엾은 짐승에게 어찌 칼을 들이댈 수 있겠나?"

"변명 말게. 박웅서를 자네가 보살핀다는 얘길 들었네. 아무리 자네가 인(仁)을 내세워도, 의리를 저버린 놈을 벌하는 것이 참다운 도야."

허균이 고개를 들어 밤하늘을 바라보았다.

참다운 도?

배신자의 목을 벤다고 참다운 도가 이루어질까? 세상을 바꾸는 일에는 늘 배신이 따르게 마련이지. 처음에 함께 뜻을 모았다고 끝까지 갈 수 있으리라 믿는 건 너무나 순진한 생각이야. 박응서에게 분노하기보다 차라리 연민의 정을 느끼는 게 어떨까? 우리에게도 그런 약하디약한 부분이, 평생 드러나지 않기를 바라는 약점이 있지 않을까?

"박응서는 이미 벌을 받았으이. 사람으로 태어나 짐승이 되었고 짐승이 되었음에도 스스로 목숨을 끊지 못했으니, 벌 중에서도 중벌이지."

"만나도록 해 주게."

허균이 고개를 획 돌렸다.

"어허! 정말 도원의 피를 보겠다 이 말인가?"

"5년 동안 매일 악몽에 시달렸어. 아우 치인의 피맺힌 절규, 무륜당 벗들의 싸늘한 시체. 하루도 복수를 꿈꾸지 않은 날이 없었네."

교산! 용서를 강요하지 말게. 난 결코 박응서를 용서하지 않을 걸세. 그를 용서한다는 건 곧 내 삶의 원칙을 포기하는 것과 같다네. 자네도 알지 않는가? 이미 박응서는 신의를 저버린 위인으로 낙인찍혔어. 그런 자를 살려 둔다는

217

건 믿음과 의리로 새로운 나라를 만들려는 우리의 바람을 정면에서 위배하는 거야. 이제 박응서를 죽이는 건 개인적인 복수가 아니다 이 말일세. 그를 죽여 자자손손 본보기로 삼도록 하세. 글을 읽은 선비가 결코 가서는 안 되는 길이 무엇인지를 가르쳐 주자 이 말이지.

"난 가끔씩 이런 생각을 한다네. 그때 도원이 우리를 배신하지 않았다면 누가 우릴 배신했을까? 나머지 벗들은 무륜당의 맹세를 무덤 속까지 가져갔으리라고 보는가? 허허허! 아무래도 난 그렇지 않았을 것 같아. 도원이 좀 더 늦게 붙들렸거나 자네처럼 잡히지 않았다면, 양갑이나 자네의 동생 치인이 배신자가 되었을 걸세. 아하, 만약 자네가 재수 없게 맨 처음 잡혔더라면, 자네였을지도 모르지."

"어림없는 소리!"

"나였더라도 참기 힘들었을 걸세. 북망산이 성큼성큼 다가오는데, 썩은 동아줄이더라도, 설령 짐승이 되어야만 매달릴 수 있는 동아줄이더라도 붙잡지 않을 도리가 있었겠는가? 박응서는 그저 평범한 인간이었을 뿐이야. 존경할 만한 인간은 아니지만 그렇다고 목숨을 앗을 만큼 나쁜 짓을 한 악인도 아니야. 그게 바로 인간이라는 족속의 나약함인 것을!"

허균이 천천히 자리에서 일어서자 박치의도 말없이 몸

을 일으켰다.

"한 가지만 묻겠네."

"뭔가?"

"자네가 세상을 바꾸려는 진짜 이유가 뭔가?"

교산! 그 이유를 몰라서 던진 질문이 아니라네. 자넨 너무 멀리, 너무 깊게, 너무 오랫동안 생각하는 나쁜 버릇이 있어. 최초의 마음만 생각하세. 무륜당의 봄과 변산의 낙조만으로도 충분하지 않은가?

"허허허, 5년 전에 이미 다 보여 주었는데, 새삼스럽게 뭘 그런 걸 묻나?"

허균은 잠시 말을 끊고 오른손을 들어 도성의 불빛을 가리켰다.

"처음에는 저 소박한 백성들의 행복을 지키기 위해서라고 생각했었네. 그들을 불행에 빠뜨린 왕실과 조정에 분노했지. 잠깐이지만 금상이 왕위에 올랐을 때 기대를 했던 것도 사실이네. 전쟁의 상처를 씻어 내고 새살이 돋는 광경을 상상하곤 했으니까. 하나 아무리 군왕이 훌륭해도 그 아래가 온통 썩고 병들었다면 어떻게 상처를 치유할 수 있겠는가. 왜 세상을 바꾸려느냐고 물었나? 이대로 대충 당상관으로서 부귀영화를 누리다가 금강산이나 변산에서 말년을 보내고 싶지는 않은가 이 말이지? 솔직히 그런 생각을 한 적도 있네. 하나 나는 이 세상을 바꾸고 싶어. 더 이상 인간에게 실망하지 않기 위해서!"

"인간에게 실망하지 않기 위해서라고?"

"그래! 50 평생 나는 인간이라는 족속에게 실망만 하며 살아왔네. 왜란을 겪은 20대, 이리저리 외직을 떠돈 30대, 그리고 다시 도성으로 돌아와 관송의 개로 지낸 40대까지, 모조리 실망뿐이었네. 나는 마지막으로 인간이라는 족속을, 그리하여 나 자신을 믿어 보고 싶어. 서로가 서로를 괴롭히고 욕하고 죽이기 위하여 존재하는 인간이 아니라, 서로가 서로에게 기쁨이 되고 아름다움이 되는 인간을 보고 싶으이. 그날을 향한 갈망이 있는 한 나는 언제나 자네와 함께할 걸세."

박치의가 허균의 손을 굳게 마주 잡았다.

"소소래사에서 약속한 대로 22일까지는 광해의 목을 이 손으로 틀어쥘 수 있겠나?"

"물론!"

허균이 환하게 웃었다.

"두령님!"

우경방이 바지춤을 붙들고 풀숲에서 허둥지둥 뛰어나왔다. 범바위에 올라서자마자 넙죽 큰절부터 했다. 박치의가 한 걸음 앞으로 다가서며 물었다.

"그동안 잘 지냈느냐? 포도청에 잡혀갔다는 소식을 듣고 네 걱정을 많이 했었다."

엎드린 채 고개만 치켜든 우경방의 두 눈에서 굵은 눈물이 주르륵 흘러내렸다.

"두령님! 부끄럽십니더. 모든 기 지 잘못입니더. 지를 때리 줄소."

허균이 미소를 지으며 박치의와 눈을 맞추었다. 우경방은 성미가 급하고 덜렁대는 약점이 있지만, 일을 진행시키는 추진력만큼은 그 누구에게도 뒤지지 않았다. 허균이 박치의에게 용맹하고 믿을 수 있는 장정을 한 사람만 보내 달라고 했을 때, 박치의가 우경방을 선택한 것도 그 때문이었다. 허균은 우경방에게 자신이 나서서 할 수 없는 궂은일을 시켰고, 우경방은 묵묵히 그 일을 해냈다. 그러나 이제 박치의가 왔으니, 마음에도 없는 허드렛일은 오늘로써 끝이다. 박치의와 함께 험준한 산과 깊은 강을 누비며 탐관오리들을 쓸어 버리던 순간들이 눈앞에 생생했다. 박치의가 천천히 우경방을 일으켜 세운 다음 힘껏 끌어안았다.

"수고했어. 며칠만 참게."

박치의는 말을 아꼈다. 부하들의 마음을 사로잡는 데에는 눈빛 하나로도 충분했던 것이다.

그동안 애썼구나. 교산의 뒤를 든든히 받쳐 줬다는 건 이미 들어서 알고 있지. 너라면 해내리라 생각했는데 역시 기대를 저버리지 않았구나. 하나 이제부터다. 우리의 운명은 지금부터 시작인 게야. 가자! 얼음 강을 건너 북풍한설 몰아치는 산맥을 넘어, 아무도 가 보지 않은 그 먼 나라를 향해. 고통을 넘고 외로움을 넘고 공포와 분노를 넘고 죽음마저 넘어서 가자!

"알겠십니더, 두령님! 무신 일이라도 시키실소. 이 몸띠가 빠스라질 때까지 두령님을 뫼시겠습니더."

"눈물을 흘리지 않고는 보지 못할 장관이구먼. 백계, 자네에게 이런 면이 있었는가?"

허균이 히죽거리며 우경방을 놀렸다.

"행님도 참……! 두령님 앞에서 지를 놀리시는 겁니꺼? 그라고 와 두령님을 만나기로 캤다꼬 갤카 주지 않았십니꺼? 지가 눈치가 빨라서 그렇지, 기냥 갔으믄 두령님을 못 빌 뻔 안 했십니꺼?"

"미안허이. 자네가 이렇게까지 두령님을 보고파 하는지 몰랐다네."

허균이 웃자 우경방도 눈물이 그렁그렁한 눈으로 따라 웃었다.

"먼저 가겠네. 당분간은 봉학과 함께 지내겠어. 박응서에 관해서는 좀 더 생각해 보도록 하지. 하나 한 번은 만나야 하지 않겠나?"

"만나야지. 만나야 하고말고."

허균도 따라 일어서며 선선히 동의했다.

박치의가 능선 너머로 사라진 후, 허균은 우경방과 함께 계곡을 따라 내려가기 시작했다.

"조심할소, 행님! 등산보다 하산이 더 힘든 법이라예."

우경방이 봉익선으로 잔가지를 부러뜨리며 앞서 내려 갔다.

"괜한 걱정 말고 길이나 제대로 살피게."

허균이 어깨를 으쓱 들며 자신감을 나타냈다. 어느새 먹구름이 흩어지면서 달이 보였다. 8월 대보름을 향해 점점 차 들어가는 달이었다. 달빛에 어린 필운산은 아름다웠다. 호랑이를 만나더라도 무서움조차 잊을 아름다움이었다. 강쇠바람에 나무와 숲이 흔들릴 때마다 낯선 새들의 지저귐이 귓전을 때렸다. 고즈넉한 퉁소 소리에 취해 그대로 잠들고 싶은 밤이었다.

"억!"

풍경에 취해 발아래를 살피지 않은 것이 실수였다. 바위를 헛디뎌 앞으로 고꾸라지면서 왼쪽 발목을 삐끗한 것이다. 뼈 마디마디가 끊어져 나가는 것처럼 고통스러웠다.

"해, 행님! 괜찮십니꺼?"

우경방이 후닥닥 뛰어 올라왔다.

"괜…… 찮네. 발목을 조금……. 윽!"

"이 일을 우야노! 안 되겠십니더. 자, 지 등에 업힐소."

우경방이 강제로 허균을 들쳐 업었다.

"무, 무…… 거울 텐데……."

허균의 이마에 땀방울이 송골송골 맺혔다.

"행님! 지가 축지법 쓴다는 거 잊어뿌십니꺼? 황소 한 마리를 던지 볼소. 양손으로 번쩍 들고 필운산을 오를 꺼라예. 자, 갑니더. 지 목을 꽉 붙잡을소."

우경방은 빠른 걸음으로 산을 내려오면서 간간이 허균의 몸 상태를 묻는 여유까지 부렸다.

"행님! 건덕방으로 가야지예?"

건덕방 성옥의 집에는 하인준과 이재영 그리고 현응민이 그가 오기만을 기다리고 있었다. 바로 내일 새벽에 흉격을 붙이기로 한 것이다.

"아니야……. 신창동으로 가세."

"하지만……."

"벗들에게…… 이 꼴을 보이기가 싫으이. 신창동에서 몸을 추스른 연후에…… 건덕방으로 가겠네. 여인이 있으니, 내가 없더라도 격문을 짓는 데 별 문제는 없을 거야."

"알겠십니더."

우경방이 몸을 틀어 신창동 쪽으로 방향을 잡았다. 평지에서 그의 발놀림은 더욱 놀라웠다. 야경꾼을 피해 담벼락과 담벼락을 바람처럼 옮겨 다녔으며, 앞뒤에서 동시에 야경꾼과 맞닥뜨렸을 때에도 당황하지 않고 노송이나 허물어진 담 사이로 익숙하게 몸을 숨겼다. 이윽고 신창동으로 접어들었다.

"다 왔십니더. 행님! 쪼매만 참을소."

길모퉁이를 돌아드니 아담한 기와집이 눈에 띄었다. 추섬의 얼굴이 언뜻 스치고 지나갔다.

"대감마님!"

돌한이 대문밖까지 나와 있다가 허균을 보고 뛰어왔다. 우경방은 나는 듯이 대문을 통과하여 대청마루로 내달았다. 잠들 채비를 하던 추섬도 깜짝 놀라 마당으로 뛰어나왔다. 퉁퉁 부어오른 허균의 발목을 보고 거의 울상이 되었다.

"조용조용! 아무 일도 아니야. 주막에서 낙상한 것뿐이네. 경방이 자넨 이제 가 보게나."

"진짜로 괘안십니꺼?"

"괜찮네. 찜질을 하면 금방 나을 거야."

"알겠십니더. 그라믄 내일 오후에 뵙지예."

"그래, 내일 보세. 조심해서 가."

우경방은 추섬의 다리를 베고 비스듬히 누운 허균의 오

른손을 힘껏 쥐었다. 돌한이 대문까지 배웅을 나왔다. 우경
방은 등 뒤로 대문이 닫히는 소리를 들으며 잠시 하늘을 우
러렀다.

내일, 바로 내일부터 새로운 역사가 시작될 끼다! 금상
을 직이고 당상관들의 모가지를 벨 날이 매칠 안 남았어.
이번 거사를 성공하믄, 이 우경방의 공이 두령님과 교산 행
님 다음이다. 교산 행님이 옛날부터 억수로 거사를 준비한
기 사실이지만, 어디 요런 일이 대갈통만 돌린다꼬 되는 일
이가? 뜨뜻한 구들방에서 턱수염이나 썰믄서 시문이나 뽐
내는 서생들은 내금위의 군졸 새끼도 하나 죽이지 못하제.
내가 꼭 베슬을 바라고 요 일에 동참한 건 아이지만, 그래
도 체면치레는 해야 안 되겠나. 봉학과 명허 큰시님 그라고
그 휘하 무승들과 장정들한테까지 골고루 상이 돌아갈라
카믄, 내가 우선 그럴듯한 베슬자리를 하나 꿰차야제. 두령
님이나 교산 행님도 쫀쫀한 위인이 아이니까 충분히 요런
내 처지를 이해할 끼다. 하지만서도 거사를 시작하기 전에
재삼 강조해 둘 필요는 있겠제.

서늘한 밤공기가 온몸을 쩌릿쩌릿 깨어나게 했다. 허균
의 부상이 마음에 걸렸지만 제대로 찜질만 하면 하루 이틀
사이에 나을 것이다. 이번 거사에 필요한 것은 허균의 머리
지 몸이 아니다. 최악의 경우 허균이 몸져눕는다 해도 거사

를 성공하는 데에는 전혀 문제가 없다.

콧노래까지 흥얼거리며 길모퉁이를 돌았다. 갑자기 섬뜩한 살기가 온몸을 찍어 눌렀다.

"누꼬?"

고개를 돌려 주위를 살피는 순간, 담장 위에 웅크리고 있던 검은 물체가 호랑이처럼 우경방을 덮쳤다.

딱!

봉익선을 펴기도 전에 차돌멩이가 그의 이마를 후려쳤다. 우경방은 정신을 잃고 털썩 뒤로 쓰러졌다. 순식간에 벌어진 일이었다.

5일

하남대장군

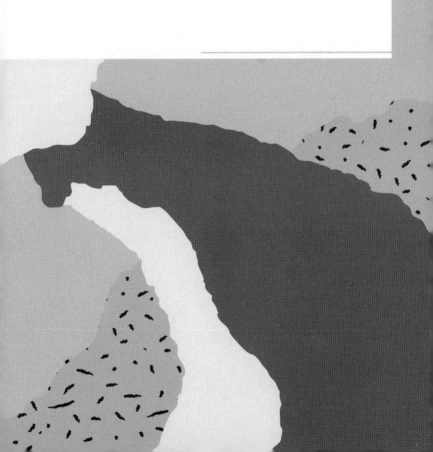

8월 10일 새벽

서안 아래로 왼쪽 다리를 쭉 뻗고 오른쪽 무릎을 접어 세운 불편한 자세인데도, 허균은 별 어려움 없이 격문을 고쳐 나갔다. 이재영의 초고를 퇴고하는 것이지만, 막상 붓을 들고 보니 거의 처음부터 다시 쓰는 것과 다를 바 없었다. 돌한의 등에 업혀 방으로 들어설 때만 해도 창백한 얼굴에 식은땀이 줄줄줄 흘렀다. 마루에서 낙상한 상처 치고는 통통 부어오른 발목이 꽤 심각해 보였다. 의원을 부른다 침을 놓는다 호들갑을 떨었지만 허균은 침착하게 그들을 안심시켰다. 이재영이 나서서 오늘 일을 며칠만 미루자고 했을 때에도 웃으며 고개를 저었다.

"어제 일훈(日暈, 햇무리)을 보았다네. 그러니 오늘이 일을 도모할 길일이지."

현응민과 이재영은 서안 좌우에서 허균의 붓끝이 만들어 가는 세계를 구경하고 있었다. 현응민의 찬탄이 터져 나왔다.

"호반(扈斑, 왕헌지의 필가(筆架))이나 취종(聚鍾, 왕헌지의 필통)이 없더라도 교산의 글씨는 이미 하늘에 닿았구먼. 오직 한석봉만이 그와 어깨를 견주었는데 이 세상 사람이 아니니, 이제 교산이 조선 제일이야."

이재영도 고개를 끄덕이며 웃었다. 5~6년 허균의 글씨를 보지 못했었는데, 그사이 글씨에 힘이 붙고 더욱 호방해진 것이다. 더군다나 발목이 불편한데도 거칠 것 없이 휘갈기는 솜씨는 왕희지나 조맹부와 견주어도 부족하지 않을 정도였다.

"놀리지들 말게. 석봉 선생님께 배운 기억을 더듬어 조금 흉내 내었을 따름이야. 내 어찌 진(晉)나라의 명필 왕희지나 왕헌지와 가까울 수 있겠는가? 그건 그렇고 이 글을 도원에게는 보였나?"

이재영이 고개를 저었다.

"내 글이 마음에 들지 않는다면 도원에게 맡기게. 난 결코 도원과 함께 글을 짓지는 않을 터이니."

"자네는 아직도 도원의 글재주를 시샘하는 겐가? 알겠

네. 자네가 싫다면 하는 수 없지. 어쨌든 이건 참으로 잘 쓴 글이야. 장원급제감이라네. 여인! 자네 너무 도원을 몰아세우지 말게. 누가 알겠는가? 자네도 도원처럼 난처한 일을 겪을지."

"어림없는 소리! 난 결코 벗들을 배신하면서까지 목숨을 구걸하지는 않겠네."

"그럴까? 자넨 너무 자신을 믿는 것 같군. 자네가 부러워. 난 도무지 나라는 인간을 신뢰할 수가 없거든."

성옥이 내민 냉수를 들이켠 후 허균은 다시 마지막 부분을 손질하기 시작했다. 현응민이 숭례문에 흉격을 붙이면 하인준이 사헌부 장령 한명욱을 데려오기로 역할 분담이 되어 있었다.

"대문을 지키는 장졸들 눈을 어떻게 피할 건가?"

허균의 물음은 정곡을 찌른 것이다. 피난민을 막기 위해 경계가 삼엄한 숭례문이 아닌가. 현응민이 빙긋 웃으며 윗목에 걸어 둔 더그레를 꺼내 왔다.

"일출 직전 당직을 바꿀 때 슬쩍 섞여 들 거야. 대문을 지키는 장졸들이 증원되면서 훈련도감이나 의금부의 군졸들까지 차출되었으니, 나 하나쯤 숨어 들어가는 건 문제도 아니지. 흉격은 숭례문 바깥벽 어디쯤에 붙이겠어. 대문을 열 때까지 그쪽을 살피는 놈은 없을 테니까. 어떤가?"

"좋은 생각이네. 그렇게 하게. 한데 한명욱은 무슨 핑계로 데려오지?"

현응민은 여유롭게 매부리코를 쓸었다.

"염려 마시게. 하 진사가 벌써 도성 밖 후도동(後桃洞)에 나가 있다네. 한명욱의 집이 숭례문밖 이문동(二門洞)이니, 내가 흉격을 붙인 직후인 묘시(卯時, 오전 5~7시)의 끝무렵이나 진시(辰時, 오전 7~9시)의 첫무렵에 하 진사가 한명욱의 집으로 가서 그를 데려올 걸세. 흉격이 붙었다는데 사헌부 장령이 따라오지 않을 리가 없지."

현응민은 흉격을 붙인 다음 바람처럼 사라질 테고 하인 준은 벽에 붙은 흉격을 한명욱에게 알리는 꼴이 된다. 이재영이 걱정스러운 얼굴로 현응민에게 물었다.

"하 진사가 걱정이야. 잘못하면 사헌부로 곧장 끌려갈 수도 있어. 차라리 지금이라도 김윤황을 불러 박두(撲頭, 촉이 둥근 나무로 만든 화살)를 쏘는 편이 낫지 않을까?"

현응민이 미간을 찌푸리며 짜증을 부렸다.

"철저하게 모든 걸 살폈는데 지금 와서 무슨 소리를 하는 거요?"

허균이 둘 사이에 끼어들었다.

"그만들 하게. 윤황이를 부르기엔 너무 늦었어. 더군다나 어제 오후 득남했으니, 틀림없이 어딘가에서 대취하여 곯

아떨어졌을 거야. 오늘 일이 잘못되면 그때 윤황이를 부르도록 하지."

"잘못될 리가 없어. 믿어 주시게."

허균이 퇴고를 마친 흉격을 좌중에 돌렸다. 현응민이 코를 벌렁이며 물었다.

"아비를 죽이고 형을 죽인 자를 벌하러 하남대장군(河南大將軍)이 오리라? 교산! 하남대장군이 누구지? 정말 그런 장군이 오긴 오는 건가?"

이재영의 표정이 눈에 띄게 어두워졌다. 허균이 싱글벙글 웃으며 현응민에게 답했다.

"그냥 한번 써 보았다네. 왕실과 조정에 비난만 늘어놓는 건 어딘지 맥이 빠지지 않아? 북쪽에서는 노추가, 남쪽에서는 하남대장군이 온다는 소문이 퍼지면 도성은 그야말로 텅텅 빌 걸세. 그렇게 되면 우리가 거사를 하기도 훨씬 편하지 않겠나?"

"그렇군. 듣고 보니 그럴듯해."

허균은 흉격을 정성스럽게 말아서 현응민에게 주었다.

"나와 여인은 날이 밝는 대로 건천동에 가 있겠네. 천어자넨 하 진사가 무사히 일을 마치는 걸 확인하고 내게 오도록 하게. 숭례문 앞까지는 종남이와 돌한이가 길 안내를 할 걸세. 알겠는가?"

"알았네. 몸조리나 잘 하시게."

현응민이 흉격을 더그레 속에 감추고 자리에서 일어섰다. 허균은 엉거주춤 엉덩이를 들었다 놓는 것으로 인사를 대신했다. 종남과 돌한의 뒤를 헉헉대며 따르면서도, 현응민은 이재영에 대한 섭섭한 마음을 지울 수 없었다.

제깟 놈이 과거에 장원급제를 했으면 했지, 왜 사사건건 내 일을 방해하는 거야? 이번은 그냥 참지만 다음엔 혼을 내 줄 테다.

현응민의 눈에는 이재영의 단정한 말과 행동이 위선으로 비쳤다.

그렇게 혼자 깨끗한 척하면서 과거 시험을 대신 봐 주는 건 또 뭔가? 육시랄 놈!

현응민이 코를 벌렁거리며 침을 탁 뱉었다. 이재영의 글솜씨가 뛰어나다는 소문이 돌자 당상관들이 은밀하게 청탁을 넣었다. 글공부를 게을리하는 아들을 대신해서 과거를 보아 달라는 것이다. 남행(南行, 과거 시험을 보지 않고 조상의 공덕으로 벼슬을 얻는 것)을 통해서도 충분히 벼슬길에 나아갈 수 있었지만, 그들은 거금을 들여서라도 가문의 명예를 위해 과거 급제를 바랐다. 들리는 소문으로는 이재영이 벌써 열 장이 넘는 답안을 팔았다고 한다. 꽤 많은 돈을 벌었을 텐데도, 이재영은 현응민을 비롯한 벗들에게 술 한잔 사는 법이 없었다.

종각을 끼고 남행하여 숭례문 앞에 다다르니 어둑어둑 여명이 밝아 오고 있었다. 종남과 돌한을 돌려보낸 뒤, 현응민은 선혜청(宣惠廳, 광해군 즉위년(1608년)에 설치된 관청으로 훗날 대동법으로 불리는 선혜법을 주관하였는데, 숭례문 바로 앞에 있었음) 뒤에 몸을 숨기고 군졸들을 기다렸다. 웅성거리는 소리와 함께 더그레를 입은 한 무리의 군졸들이 나타났다. 잽싸게 대열 후미로 끼어들었다.

포도부장 김진명과 숭례문 별장 장응명이 그들을 맞았다. 장응명이 당직으로 들어가는 군졸들에게 엄한 명령을 내렸다.

"거동이 수상쩍은 자는 포박하고 월담하는 자는 베어도 좋다."

장졸들의 얼굴에는 피로한 기색이 역력했다. 벌써 열흘이 넘도록 낮밤 없이 2교대로 돌아가는 당직에 지쳐 버린 것이다. 군졸들은 그래도 출번 후 반나절은 쉴 수 있지만 김진명과 장응명은 잠시도 눈을 붙일 틈이 없었다. 집에서 편히 잠을 청한 지도 한 달이 넘었고 따뜻한 밥상을 받은 것은 까마득한 옛일이었다. 어깨를 축 늘어뜨리고 군막으로 들어가는 그들의 뒷모습은 보기에도 안쓰러울 정도였다. 투구를 옆구리에 끼고 뒷목을 탁탁 두드리는 걸 보니,

해가 뜨고 사람들의 내왕이 시작되기 전까지 부족한 잠을 보충할 작정인 듯했다.

남대문은 장정 하나가 겨우 들락거릴 정도만 열려 있었다. 월담한 자들을 신속하게 추격하기 위해서였다. 현응민은 주위를 살피며 조용히 대문을 통과했다. 횃불로 둘러싸인 대문 안이 대낮처럼 환한 반면 대문 밖은 어둡고 침침했다. 대문 밖에서 타오르는 횃불은 성벽에 부딪혀 되돌아오는 바람 탓에 제구실을 못하고 심하게 흔들렸다. 그 아래 10여 명의 군졸이 쭈그리고 앉은 채 고개를 처박고 잠들어 있었다. 대문 안의 군졸들이 갓 보초를 서기 시작한 신참인 반면, 대문밖의 군졸들은 산전수전 다 겪은 고참이었다. 지금쯤이면 장수나 군관의 긴장이 풀리고 더러 잠자리에 들기도 한다는 것을 경험으로 알고 있었다. 현응민의 발소리를 듣고 고개를 치켜드는 군졸도 있었으나, 자기들처럼 도둑잠을 자러 나온 줄로 여기고 별 의심 없이 고개를 다시 떨구었다.

현응민은 천천히 몸을 돌려 왼손으로 성벽을 슬슬 쓸면서 걸음을 옮겼다. 마음은 급했지만 서두르지 않았다. 쉰걸음쯤 걸어간 뒤 500년 묵은 느티나무 아래에서 좌우를 살폈다. 인기척이 느껴지지 않았다.

그래, 여기가 좋겠어!

느티나무에 가려 눈에 잘 띄지 않는 벽을 고른 다음 품에서 격문을 꺼내 펼쳤다. '하남대장군'이라는 다섯 글자가 눈에 들어왔다. 재빨리 격문을 붙이고 몸을 돌려 대문을 향해 곧장 걸었다. 이문동 쪽에 숨어서 뒷일을 지켜볼 작정이었다.

대문을 막 통과하려는데 두정갑(頭釘甲, 푸른 면포를 거죽으로 하고 쇠 미늘 엮은 것을 안에 댄 다음 거죽으로부터 쇠 광두정을 들이박은 갑옷)이 언뜻 보였다. 잠자리에 든 줄로만 알았던 포도부장 김진명이 불쑥 나타난 것이다. 오른손에는 장검이 들려 있었다. 현응민은 저도 모르게 뒤로 물러나며 고개를 숙였다. 김진명의 호령 소리가 새벽 어둠을 갈랐다.

"이놈들! 치도곤을 당하고 싶은가? 냉큼 일어나지 못해!"

도둑잠을 즐기던 군졸들이 벌떡 일어섰다.

"모여랏!"

김진명의 명령에 따라 군졸들이 허겁지겁 그의 앞으로 몰려들었다.

"넌 뭐냐? 어서 대열로 들어가지 못해?"

김진명의 주먹이 현응민의 어깨를 내리쳤다. 정신을 놓고 있던 현응민이 잰걸음으로 대열 후미에 가서 섰다. 김진명의 노기 어린 목소리가 이어졌다.

"당직을 서는 군졸이 퍼지르고 앉아 잠을 자다니. 치도곤을 당하고 싶으냐? 한 번 더 이런 일이 있을 때는 내 칼이 가만있지 않을 테다. 알겠느냐?"

"예!"

군졸들이 제자리를 찾아 달음박질쳤다. 현응민도 그 틈에 섞여 느티나무를 향해 내달았다. 하인준이 오기 전에 격문이 발견되는 것을 막기 위해서였다. 그러나 앞서 달리던 눈 밝은 군졸 하나가 느티나무 뒤에서 격문을 발견하고 소리쳤다.

"부, 부장님! 여기 벽서가 나붙었습니다."

"뭣이라고?"

김진명과 군졸들이 우르르 느티나무로 뛰어갔다. 뻥 둘러선 군졸들 틈에는 현응민도 끼어 있었다. 하인준이 올 때까지 격문을 붙여 두는 일은 틀려 버린 것이다. 더듬더듬 벽서를 읽어 나가던 김진명의 얼굴이 심하게 일그러졌다. '하남대장군'이라는 다섯 글자를 읽자마자 황급히 벽서를 뜯어냈다. 그리고 자못 심각한 표정으로 군졸들에게 명령했다.

"군령이 있을 때까지 오늘 일을 발설하지 마라. 나불대는 놈이 있다면 내 반드시 마디마디 베어 참하리라. 알겠느냐?"

"예!"

"자, 그럼 흩어져라!"

김진명은 벽서를 두정갑 속에 감추고 황급히 대문 안으로 사라졌다.

이젠 어쩐다?

현응민이 느티나무를 짚고 고개를 떨구었다.

지금이라도 하인준에게 달려갈까? 어쩌면 아직 한명욱을 만나지 않았을 수도 있어. 그래, 가서 하인준에게 자초지종을 알리고 다음을 기약하는 거야.

현응민이 주먹을 불끈 쥐며 걸음을 옮기려는 순간, 저만치 길모퉁이에서 흰 두루마기 자락이 보였다. 종종걸음으로 앞서 오는 청년은 하인준이었고, 뒤에서 성큼성큼 걸음을 옮기는 사대부는 한명욱이 분명했다. 하인준은 약속대로 느티나무를 향해 곧장 걸어왔다. 현응민이 오지 말라며 눈을 흘근번쩍거렸지만 보지 못했다. 지금까지 그 자리에 현응민이 남아 있으리라고는 생각지도 못했던 것이다. 이윽고 하인준은 현응민을 스치고 느티나무 뒤로 걸어갔다.

"바로 여기입……."

하인준은 말을 채 끝맺지도 못하고 돌부처처럼 그 자리에 멈춰 섰다. 광해군을 죽이고 인목 대비를 복원시키기 위해 하남대장군이 온다는 흉격이 붙어 있어야 할 자리에 아무엇도 없었던 것이다. 주변 성벽을 살피는 하인준의 얼굴이 벌겋게 상기되었다.

"어디에 흉격이 붙었다는 말이오?"

뒤따라온 한명욱이 성벽을 주욱 살피면서 물었다. 하인준은 멍하니 성벽을 바라보며 떨리는 목소리로 답했다.

"부, 분명히 여기에…… 있었소이다. 내 이 두 눈으로 똑똑히 보았소이다."

한명욱이 고개를 돌려 뒤에 서 있던 현웅민에게 물었다.

"여기에 흉격이 붙어 있었느냐?"

"아, 아닙니다."

그제야 하인준도 그것이 현웅민의 목소리임을 알아차리고 뒤돌아섰다. 두 사람의 시선이 마주쳤다.

어찌 된 일입니까?

현웅민은 한명욱이 눈치채지 못하도록 천천히 고개를 저었다.

틀렸네. 일이 어긋나 버렸어.

한명욱이 다시 현웅민을 몰아세웠다.

"언제부터 여기서 보초를 섰는가?"

현웅민은 흉격이 나붙은 일을 철저하게 숨길 필요가 있었다. 포도부장 김진명 역시 이 일을 묻어 버리려 하고 있지 않은가.

"어제 해 질 무렵부터입니다. 밤새 이 자리를 지켰지만 개미 새끼 한 마리 없었습니다."

"그래……?"

한명욱이 하인준에게 성큼 다가서서 왼쪽 팔목을 틀어 쥐었다.

"어찌 된 일인지 설명을 해 보시오. 하 진사는 흉격을 보았다고 하고 이곳을 지킨 군졸은 그런 흉격을 본 일이 없다고 하니, 둘 중 한 사람은 거짓을 말하고 있소이다. 이런 일을 거짓으로 아뢰는 게 얼마나 중죄인지는 알고 있겠지요?"

"오, 오해이외다."

"오해? 무슨 오해를 말하는 겝니까? 만약 그대가 사헌부 장령을 능멸하려 했다면 그 대가를 톡톡히 치뤄야 할게요."

한명욱이 다시 고개를 돌려 현응민에게 명령했다.

"당장 군막으로 가서 포도부장과 별장을 데려와라. 화급한 일이니라."

"알겠습니다."

현응민은 절도 있게 읍(揖, 두 손을 마주 잡고 허리를 공손히 굽혔다가 펴는 인사법)한 다음 그 자리를 벗어났다. 하인준을 홀로 두고 떠나는 것이 마음에 걸렸지만, 지금은 둘 중 하나라도 한명욱의 시야에서 벗어나야 했다.

제기랄! 일이 꼬여도 단단히 꼬였어. 이 일을 어쩐다? 하 진사를 어떻게 구한다?

"컥컥, 콜록콜록."

대문을 통과하던 현응민이 심하게 기침을 쏟으며 그 자리에 털썩 주저앉았다. 지나치게 긴장한 탓이다. 네댓 명의 군졸이 달려와서 걱정스럽게 물었다.

"괜찮소?"

"이러다간 정말 사람 잡지. 하루도 아니고 벌써 열흘이나 이 고생을 시키는데 견뎌 낼 장사가 있나?"

"저런! 얼굴이 완전히 맛이 갔구먼. 집에 가서 쉬어요. 모르긴 몰라도 속병이 꽤 깊은 것 같소이다."

현응민은 오른손으로 입을 막은 채 왼손을 휘휘 내저으며 겨우 몸을 추스렸다. 멀리 군막이 보였다. 한명욱은 포도부장과 숭례문 별장을 불러오라고 했지만, 그의 발걸음은 정반대 쪽으로 향하고 있었다.

포도부장과 별장이 이 일을 은폐할 작정이라면 틀림없이 홍격을 없애려고 하리라. 지금 그들을 한명욱에게 데려가서는 안 돼. 그들이 홍격을 없애고 입을 맞출 시간을 충분히 주어야 한다. 홍격이 없다면 증거가 없는 것이니 하인준에게 벌을 내릴 수 없으리라. 하인준이 앞장서서 인목 대비를 삭출하라는 상소문을 꾸준히 올렸으니까, 결정적인 증거만 없다면 풀려날 것이다. 이이첨과 허균이 손을 쓴다

면 오늘 오후에라도 하인준과 술을 마실 수 있을지도 모른
다. 돌아가자! 지금으로서는 건천동으로 돌아가는 것이 최
선이다. 허균에게 가서 자초지종을 말하고 도움을 청하자.
여우 같은 이재영이 또 이런저런 말을 늘어놓겠지만 하인
준의 목숨이 걸린 일이니 참아야겠지. 그래, 걱정하는 것보
다 훨씬 간단하게 끝날 수도 있어. 그냥 재수 없는 한판의
투전이었다고 생각하자. 어쨌든 나는 붙잡히지 않았고 흉
격마저 없다면, 우리가 어디서 무엇을 모의했는지 저들이
어떻게 알겠는가. 기회는 얼마든지 있다. 오늘은 다만 일진
이 사나웠을 뿐이라고, 그래, 그렇게 생각하자. 제기랄!

숭례문을 떠나는 현응민의 발걸음이 바빠졌다.

조선의 도읍지 한양이 잠에서 깨어나 기지개를 켤 시각
이었다.

저물 무렵

회랑을 지나 선정문을 나서는 광해군의 입가에 알듯 말
듯한 미소가 머물렀다. 뒤이어 나온 세자의 딱딱한 볼과 찡
그린 이마에 비한다면 확실히 부드러운 얼굴이었다. 묵묵
히 뒤를 따르는 도승지 한찬남과 훈련대장 이시언은 광해
군의 미소가 무엇을 의미하는지 몰랐다. 아무리 생각해 보

아도 오늘 탑전으로 올라온 일들은 화를 냈으면 냈지 즐거워할 사안이 아니었던 것이다. 서북 지방에 유배되었던 죄인들을 하삼도로 옮겼다는 상소문이 올라왔고, 노추가 계속해서 요동을 들락날락거린다는 의주 부윤 정준과 성천 부사 박엽의 장계도 도착했다. 정준과 박엽은 노추의 동태를 살피는 광해군의 눈과 귀였다. 그들은 의정부와 육조 그 누구의 간섭도 받지 않고 오직 광해군의 어명만을 따랐다. 그들과 광해군 사이에서 오가는 밀지는 도승지 한찬남 외에는 아무도 몰랐다. 그러나 오늘은 그 비밀 장계에도 이렇다 할 기쁜 소식이 적혀 있지 않았다. 거기다가 숭례문에 나붙은 흉격을 포도부장과 숭례문 별장이 은폐하려 했다는 사헌부 장령 한명욱의 비밀 상소는 광해군의 심기를 흐트러뜨리기에 충분했다. 그러나 광해군은 분노하지 않았고 관련자들을 잡아들여 문초하라는 짧은 전교만 내렸을 뿐이다. 그리고 세자와 함께 때늦은 나들이를 나선 것이다.

흑룡포(黑龍袍)를 입은 세자는 광해군의 갑작스러운 부름에 당황하는 빛이 역력했다. 동궁전에 머무른 8년 동안 아버지와 함께 저녁 나들이를 나선 적이 한 번도 없었던 것이다.

"이리 가까이 오라."

앞서가던 광해군이 걸음을 멈추고 세자를 불렀다. 두 사람은 뜻이 잘 통하는 부자(父子)처럼 나란히 희정당 쪽으로 걸음을 옮겼다.

"선혜법(宣惠法, 조선 전기에 농민이 부담하였던 세납을 전세화(田稅化)하여 한 결에 백미 열두 말을 징수하는 법, 훗날 대동법으로 개칭됨)을 어찌 생각하느냐?"

광해군의 표정은 서당 훈장을 닮았다.

"만백성이 아바마마의 하해와 같은 성은을 입어 태평가를 부르고 있사옵니다."

"경기도 백성이겠지."

선혜법은 아직 경기도에서만 시행되고 있었다. 광해군은 머쓱해하는 세자를 다독거렸다.

"하나 세자의 말이 틀린 건 아니다. 경기도는 시작일 뿐이야. 이제 곧 조선 팔도가 선혜법을 따르는 날이 오겠지. 과인이 다 못하면 세자가 이어서 할 테고."

"어찌 그런 말씀을……. 황공하옵니다."

광해군과 세자는 희정당 앞뜰로 들어섰다. 희정당은 광해군의 침소일 뿐 아니라 대신들을 불러 정사를 논의하는 곳이다. 한찬남과 이시언이 문밖에서 서성거리자 광해군이 고개를 돌려 명령했다.

"어서들 들어오지 않고 뭐 하는 건가?"

"예! 전하."

한찬남과 이시언이 서둘러 희정당 앞뜰로 들어섰다. 광해군은 대전 내관과 나인들을 희정당 밖으로 내보냈다. 이제 뜰에는 광해군과 세자, 한찬남과 이시언만이 남았다. 광해군을 가운데 두고 나머지 세 사람이 둥글게 감싸 안은 형국이었다.

"세자! 세자도 노추에 대해서는 듣고 있겠지?"

"그러하옵니다. 아바마마!"

"변란이 일어나서 의주와 평양을 빼앗긴다면, 분조(分朝, 조정을 둘로 나눔)를 할 수도 있느니라. 그때 세자는 분조를 맡을 수 있겠느냐?"

임진년 왜란이 일어났을 때 광해군의 나이 겨우 열여덟 살이었다. 그때 그는 선조와 함께 의주로 몽진을 가다가 영변에서 분조를 맡아 함경도를 거쳐 강원도까지 내려왔다. 금강산 자락에서의 지옥 같은 밤들이여! 그래도 광해군은 꿋꿋하게 고통을 이겨 내고 하삼도의 의병과 관군을 독려했다. 그곳에서의 눈부신 활약상은 두고두고 광해군의 입지를 강화시켰다. 분조의 일원으로 강원도까지 내려간 대신이나 세자의 격려 서찰을 직접 받은 하삼도의 의병장들이 훗날 그의 든든한 지지 기반이 되었던 것이다. 세자의 나이 벌써 스물하나. 광해군이 분조를 맡을 때보다 세 살이나 많다.

"아바마마! 도원수 강홍립이 대명군을 도와 노추를 섬멸시킬 것이옵니다."

세자는 매사에 차분하고 신중했으나 뜻이 굳고 몸이 튼튼하지는 않았다. 광해군이 수많은 왕자들 틈에 끼여 왕위를 노렸다면, 세자는 단 한 사람의 경쟁 상대도 없이 순조롭게 용상을 향하고 있었다. 세자의 앞을 가로막을 가능성이 있던 임해군과 영창 대군까지 죽였으니, 지금의 세자에게 광해군이 지녔던 차돌 같은 단단함을 요구하는 것은 무리였다. 광해군은 종종 세자를 불러 사서삼경 대신 병법서를 묻기도 하고 왜와 노추에 대해 이것저것 자신이 알고 있는 사실을 들려주기도 했다.

"번개가 잦으면 천둥이 치는 법! 노추가 북삼도를 어지럽힌 것이 벌써 100년이 넘는다. 언젠가는 압록강과 두만강을 넘어올 게야. 세자!"

"예, 아바마마!"

"전쟁은 하지 않는 것이 최선이다. 아무리 큰 승리를 거둔다 하더라도 수많은 백성들이 목숨을 잃게 돼. 하나 전쟁이 일단 시작되면 군왕은 결코 백성들을 내팽개치고 달아나서는 안 된다. 몽진을 떠나더라도 늘 백성과 함께 머무를 수 있는 곳이어야 해. 궁궐이 잿더미로 변하는 것은 한 번으로 족하다. 『사마병법』에 이르기를, 삼군을 이기는 것은 장수 한 사람이라고 했다. 국가와 국가 간의 전쟁의 승패는 곧 군왕 한 사람의 용기와 지략에 달려 있음이야. 각오는 단단히 해야겠으나 두려워할 일은 결코 아니니라."

"명심, 또 명심하겠사옵니다."

광해군이 시선을 이시언에게 옮겼다. 반백의 수염과 넓은 이마가 어울려 부드러운 기운이 도는 덕장이었다.

"훈련대장!"

"예, 전하!"

"이몽학의 난이 일어났을 때 경은 충청 병사였지?"

이몽학의 난은 왜란이 한창인 병신년(1596년)에 충청도에서 일어난 반란이었다.

"그러하옵니다."

"충청도와 전라도의 백성들이 이몽학에게 동조했던 것을 기억하는가?"

"전하! 그것은 저 간악한 역도 이몽학의 참언에 어리석고 불민한 백성들이 속아서……."

"그만! 흉년이 이어졌고 논공행상이 제대로 되지 않았음을 과인도 알고 있느니라. 이몽학이 홍산, 임천, 정산, 청양, 대흥 등으로 진군하자, 백성들이 스스로 성문을 열어 역도들의 수가 며칠 사이에 3만 명으로 불어났었지. 부여 현감 허수겸은 전투 한 번 치르지 않고 역도들에게 관아를 내주었고, 서산 군수 이충길은 아우들과 함께 역도들에게 투항했다. 과인의 말이 틀렸는가?"

"아, 아니옵니다."

20년 전의 일인데도 광해군은 바로 어제 일처럼 생생하게 기억하고 있었다.

"3만 명이나 되는 백성이 모두 이몽학에게 속았다고 생각하는가? 아니다. 왕실과 조정이 자신들을 버렸다고 생각하는 순간 백성들이 역도로 변한 것이야. 세자!"

"예, 아바마마!"

"북삼도를 살피기 전에 하삼도를 튼튼히 할 필요가 있느니라. 바깥의 적은 싸워서 물리치면 그만이지만 내부의 적을 죽이려면 제 살을 도려내야 하는 법이다. 썩어 고름이 흐르는 살갗뿐 아니라 붉은빛이 도는 건강한 부분까지. 이몽학의 난을 가라앉히기 위해 김덕령을 죽일 수밖에 없는 이유를 세자도 이해해야 하느니라."

이몽학의 난을 진압하는 과정에서 역도들의 입을 통해 광주의 의병장인 김덕령이 거론되었을 때, 선조는 지체하지 않고 김덕령을 잡아들여 혹독한 고문 끝에 죽였다. 김덕령이 반란을 모의하지 않았다는 것은 왕실과 조정 대신 누구나 아는 일이었지만 선조는 김덕령을 살려 주지 않았다. 반란군에 합세한 바로 그 3만 명의 백성이 두려웠던 것이다. 이몽학이 사라지면, 하삼도의 백성들은 틀림없이 또 다른 영웅을 찾을 것이다. 충청도와 전라도에서 이몽학과 맞먹을 만큼의 힘과 세력을 지닌 장수는 김덕령뿐이었다. 백성들의 민심이 김덕령에게 쏠리기 전에, 선조가 읍참마속의 심정으로 김덕령을 죽였다는 것이 광해군의 생각이었다.

"세자! 서별궁 역사를 어찌 생각하느냐?"

광해군은 오늘 따라 많은 질문을 던지고 있었다.

"나랏님이 흉측한 풍수꾼들에게 속아 나랏돈을 탕진한다는 소문을 들었느냐?"

"아바마마! 어찌 그런 흉문이……."

"세자! 과인도 알고 있다. 대궐을 짓는 것보다 백성들의 호구지책을 마련하는 것이 급선무라는 사실을. 굶주리고 병든 백성들이 과인을 원망하며 죽어 가고 있다는 것을. 하나 대궐은 곧 그 나라 왕실의 존엄을 드러내는 것이다. 임진년의 치욕을 씻어 내리려면 아직 멀었다. 그때 불탄 전각들을 아직도 다 짓지 못하고 있음이야. 세자! 임금은 신성하여야 한다. 임금이 신성하지 못하면 신하들이 딴마음을 먹는 법이야. 임금이 하는 일은 모두 정당하다. 임금의 일이 정당하지 못하면 신하들은 갖은 논리로 임금을 비판하려 들 것이야. 백성의 마음을 살피는 것은 옳지만 백성의 뜻을 따라가서는 아니 된다. 다시는 범궁을 못하도록 대궐을 짓고 고치고 다듬어야 한다. 서별궁을 짓는다고 불만을 품는 자들은 서별궁을 짓지 않더라도 불만을 품을 자들이다. 과인은 서별궁을 짓지만 세자는 장차 동별궁과 북별궁도 짓도록 하라. 도성 안뿐 아니라 도성 밖에도 왕실의 위엄을 드높일 궁을 짓도록 하라."

"명심하겠사옵니다."

광해군의 이물스러운 얼굴을 살피며 세자가 공손하게 답했다.

"세자! 앞으로 정사에 관해 궁금한 것이 있거든 여기 있는 도승지에게 하문토록 해라."

"알겠사옵니다."

"도승지!"

"예, 전하!"

한찬남이 허리를 더욱 깊이 숙이며 답했다.

"가끔씩 동궁전에 들러 이것저것 나라 안팎의 일들을 가르쳐 주어라. 서별궁 역사와 노추, 선혜청에 관해서는 더욱 소상히 알려야 할 것이야. 세자도 이제 스무 살을 넘겼고 곧 소훈까지 들일 터이니 성정각에서 책만 읽을 수는 없는 노릇이지. 이제 눈을 돌려 세상을 배워야 한다."

동편으로 뻗었던 희정당의 긴 그림자가 서서히 사라지

면서 짙은 어둠이 몰려들었다. 한찬남과 이시언은 숭례문의 흉격에 관한 광해군의 언급을 기다렸지만 끝내 아무런 하문도 없었다. 흉격 따위 까맣게 잊고 있는 것처럼, 광해군은 장성한 세자에게 군왕으로서 갖추어야 할 덕목을 길게 설명했다. 이윽고 어둠이 창덕궁을 완전히 뒤덮자 광해군이 한찬남에게 짧게 명령했다.

"성지와 김일룡을 불러오라."

서별궁의 진척 상황을 듣겠다는 것이다. 한찬남이 더 이상 기다리지 못하고 맑은 음성으로 차분하게 아뢰었다.

"좌포도대장 김예직이 대청(臺廳, 언관들이 모여 회의하는 곳)에서 기다리고 있사옵니다."

"오늘은 늦었으니 그냥 돌아가고 내일 새벽 편전으로 들라 하라."

김예직은 숭례문 흉격의 경과를 보고할 예정이었다. 이시언이 허리를 세우고 앞으로 나서려 하자 한찬남이 눈짓으로 만류했다. 광해군이 김예직을 만나지 않으려는 데에는 그만한 이유가 있으리라는 예감 때문이었다. 희정당을 물러나서 대청으로 가는 동안 이시언은 불편한 심기를 드러냈다.

"역도들이 흉격을 붙였습니다. 한데 전하께서는 천한 풍수쟁이들만 찾으시니……."

한찬남이 웃는 낯으로 이시언을 달랬다.

"장군! 전하께서 보위에 오르신 지 벌써 10년이에요. 그 동안 전하께서는 마음 놓고 가무를 즐기신 적도 없습니다. 하루쯤 늦춘다고 역도들이 당장 범궁하는 일은 없을 터이니 장군도 노여움을 가라앉히세요. 어차피 내일부터 죄인들을 추국하면 흉격의 전모가 드러날 게 아닙니까?"

"알겠습니다."

이시언은 별다른 토를 달지 않았다. 전하의 속마음을 누구보다도 잘 헤아리는 도승지의 말을 듣는 것이 곧 전하의 뜻을 따르는 길이기도 했다.

두 사람은 정청(政廳, 이조와 병조의 관리가 궁중에서 정사를 행하는 곳) 앞에서 헤어졌다. 이시언은 숭례문에서 철야를 할 작정이었다. 한찬남은 허리를 한 번 쭉 편 후 대청으로 돌아갔다. 김예직이 화가 잔뜩 난 얼굴로 자리를 박차고 일어섰다.

"도승지! 대체 어찌 된 일입니까? 사람을 이렇게 기다리게 하는 법이 어디 있소이까?"

김예직은 반나절이나 광해군을 배알하려고 기다렸던 것이다.

"우선 승정원으로 가십시다. 대청에서 이렇게 떠들다가 언관들의 눈에 띄기라도 하면 탄핵을 받을 수도 있습니다.

자, 어서 따르세요. 승정원에 가서 자초지종을 모두 말씀드
리겠습니다."

탄핵을 받을 수도 있다는 말에 김예직은 다소나마 기가
꺾인 듯했다. 한찬남은 김예직을 대청 옆 승정원으로 안내
했다. 좌부승지 김질간과 우부승지 이명남이 오늘 올라온
상소문과 장계를 정리하다가 그들을 보고 자리에서 일어
났다.

"잠깐만 나가들 있으시게."

김질간과 이명남이 나간 뒤 두 사람은 마주 앉았다.

"전하께서는 희정당에 드셨습니다."

"내가 기다리고 있다는 말씀을 아뢰셨소이까?"

"물론입니다. 하나 전하께서는 좌포도대장을 내일 아침
에 만나시겠다고 하셨습니다."

"내일 아침이라고 하셨소이까? 촌음을 다투는 일이에요.
역도들이 숭례문에 흉격을 붙였습니다. 놈들이 벌써 도성
을 포위했을 수도 있소이다."

한찬남이 김예직의 말을 잘랐다.

"그런 일은 없습니다. 전하께서도 이번 일의 중대함을 아
십니다. 하나 과연 누가 흉격을 붙였는가는 찬찬히 따져 볼
문제입니다."

"찬찬히 따져 볼 문제라……? 하면 도승지는 누가 그 흉

격을 붙였는지 짐작하신다는 말씀이외까?"

한찬남이 고개를 저었다.

"아닙니다. 아직은 누구의 소행인지 알 수 없지요. 다
만……."

"다만?"

"당장 난이 일어날 것은 아니라는 말씀입니다. 또한 난이
일어나더라도 도성 밖에서 군사들이 몰려오지는 않을 겁니
다."

"그게 무슨 말씀입니까?"

김예직은 두 눈을 끔벅끔벅거리며 한찬남의 다음 이야
기를 기다렸다.

"생각을 해 보세요. 선혜법의 시행으로 경기도 백성들은
주상 전하의 천천세 만만세를 외치고 있소이다. 불측한 무
리들이 군사를 일으킨다 해도 동참할 백성이 없다는 뜻이
지요. 역도들이 충청도나 전라도에서 난을 일으켜 도성으
로 향했다면 벌써 장계가 올라왔을 터입니다. 무엇보다도
시절이 곧 한가위이고 어느 해보다도 풍년이 들지 않았습
니까? 난을 일으킬 때가 아니지요. 따라서 지금 당장 세상
이 시끄러워질 까닭이 없습니다. 아니 그렇습니까?"

김예직이 고개를 끄덕였다.

"정작 문제는 도성 안이지요. 도성 밖의 일이라면 대문을

굳게 닫고 좌우포도대장과 훈련대장이 장졸들을 독려하여
지키면 그만이지만, 도성 안의 일은 지극히 위험하고 예측
할 수 없습니다."

"도성 안? 그렇다면 도성 안에 불측한 무리들이 있다는
말씀이오? 그게 누굽니까?"

김예직은 한찬남의 말재주에 그대로 빨려 들고 있었다.
오늘 전하를 뵙지 못한다는 서운함과 반나절을 그냥 흘려
보냈다는 불쾌함보다 도성 안에 불측한 무리들이 있다는
지적에 온통 마음을 빼앗긴 것이다. 도성 안에 불측한 무리
들을 색출하여 잡는 것은 포도대장의 임무이기도 했다.

"아직은 모릅니다. 하나 곧 밝혀지겠지요. 그보다는 둔지
산과 사아리의 움직임은 어떻습니까? 전하께서 매우 궁금
해하셨습니다."

김예직의 목소리에 힘이 실렸다.

"그렇지 않아도 흉격이 나붙었다는 소릴 듣고 그쪽부터
살폈소이다. 숭례문이라면 둔지산과 지척이니까요. 한데
무슨 이유인지는 모르겠으나 둔지산의 장정들은 이틀 전부
터 모두 남한산성 쪽으로 내려가 버렸어요. 아무래도 그들
의 소행은 아닌 듯싶소이다. 사아리의 장정들도 별다른 일
은 없지만 한 100여 명쯤 줄어든 것 같소."

"100여 명이 빈다 이 말씀입니까?"

"그래요. 그들이 어디로 갔는지는 모르외다. 도성 안으로 들어왔을 수도 있고 아니면 둔지산의 장정들처럼 남쪽으로 내려갔을 수도 있고. 하지만 도승지! 걱정 마세요. 설령 그 100명이 도성 안으로 들어왔다고 해도, 좌포도대장인 내가 모조리 색출하여 옥에 처넣을 테니."

이이첨의 사병들은 남한산성으로 물러났으니 문제가 되지 않지만, 허균의 사병들이 도성 안으로 잠입했다면? 백 명으로는 창덕궁을 치지 못한다. 내금위의 군사만으로도 능히 그들을 물리칠 수 있다. 그렇다면 허균은 왜 100명을 움직인 걸까? 무엇 때문에? 무엇을 위해서?

"날 믿지 못하는 겁니까?"

김예직의 볼멘소리에 한찬남이 양손을 내저었다.

"그럴 리가 있습니까. 전하께서도 도성 안팎의 모든 일을 좌포도대장과 의논하라 하셨습니다."

김예직이 자리에서 벌떡 일어섰다.

"정말입니까?"

한찬남이 소리 내어 웃었다.

"허허허! 앉으세요. 소생이 어찌 장군께 거짓을 말씀드릴 수가 있겠소이까."

성은에 감격한 김예직의 두 눈에 눈물이 맺혔다. 한찬남이 그 분위기를 놓치지 않았다.

"계속 도성을 살펴 주세요. 혹 포도청에 이상한 놈들이 붙잡혀 오진 않았습니까?"

"아닙니다. 아직은……."

김예직이 한찬남의 시선을 피하며 말끝을 흐렸다. 한찬남은 소스라치게 놀라는 김예직의 얼굴에서 이상한 느낌을 받았다.

"그래요? 그럼 오늘은 돌아가셨다가 내일 일찍 입궐하도록 하세요. 제일 먼저 편전에 드실 수 있도록 숙직 승지에게 일러두겠습니다."

"고맙소이다."

김예직은 한찬남과 가볍게 두 손을 잡은 다음 승정원을 나왔다. 숙장문을 지나 진선문까지 바삐 걸음을 옮겼다. 한찬남과의 대화가 잘 풀렸음에도 불구하고 가슴 한구석에 주먹만 한 돌멩이들이 그득 들어찬 느낌이었다. 광해군을 만나지 못했거나 한찬남의 말재주에 놀아났기 때문만은 아니다. 물덤벙술덤벙 지내는 것 같지만 그에게도 삶의 철칙이 있었다. 남보다 앞서서 잘난 체하며 시류를 타기보다 우직하게 물러서서 시종일관 원칙을 고수하는 것! 그 원칙을 건드리지만 않으면 누구에게도 져 줄 각오를 하고 있었다. 아무리 자신을 업신여기더라도 군왕의 외숙을 완전히 깔아뭉갤 수는 없기 때문이다. 허허실실. 김예직은 그렇게 한평생을 보낼 작정이었다.

돌아 버리겠군!

김예직은 금천교 위에 멈춰 서서 주먹으로 자신의 머리를 툭툭 쳐 댔다. 한찬남에게 말하지 않은 사건이 하나 더 있었던 것이다. 포도청에 이상한 놈들이 붙잡혀 오지 않았느냐고 물었을 때 가슴이 뜨끔했다. 여우 같은 한찬남이 벌써 그 일을 알고 다그치는 것이 아닌가 했던 것이다. 그러나 다행히도 그저 스쳐 지나가는 물음이었다. 김예직은 정선방(貞善坊)의 좌포도청으로 가서 다시 한번 단단히 입막음을 하리라 마음먹었다.

오늘 새벽, 동이 트기도 전에 신창동을 지키던 용은태로부터 이상한 보고가 들어왔다. 허균의 애첩 추섬의 집 근처에서 거동이 수상한 사내를 붙잡았는데, 그 사내가 지난달에 평안도의 봉학의 난과 연루된 혐의로 하옥된 우경방과 똑같이 생겼다는 것이다. 김예직은 좌포도청에 도착하자마자 용은태를 불러 잘못 본 것이 아니냐고 물었다. 용은태는 한 달 전 광교(廣橋)에서 자신이 직접 우경방을 붙잡았기 때문에 틀림없다고 했다.

"옥에 갇혀 있어야 할 죄인이 도성 안을 활보하고 다녔다는 말이냐?"

옥리들을 불러 엄히 따졌다. 그들은 탈옥이란 있을 수 없는 일이라고 강경하게 맞섰다. 어제저녁에도 우경방에게 주먹밥을 먹였다는 것이다.

"하면 우경방이 두 놈이라는 말이냐? 지금 당장 옥에 갇힌 놈과 용군관이 잡아 온 놈을 끌고 와!"

먼저 신창동에서 체포한 우경방이 끌려 나왔다. 용은태의 주특기인 차돌멩이 후려치기를 당한 그는 이마에 주먹만 한 혹이 난 채 아직도 제정신을 차리지 못했다. 옥에 갇힌 우경방을 찾으러 갔던 옥리가 창백한 얼굴로 허겁지겁 달려왔다.

"오, 옥이 텅 비었습니다."

"뭐야?"

김예직이 자리를 박차고 일어섰다. 바로 그 순간 우포도 군관이 뛰어 들어왔다. 동인남이었다.

"큰일 났사옵니다. 숭례문 밖에 흉격이 붙었습니다."

"뭐라고, 흉격? 어떤 놈이 흉격을 붙였다는 말인가?"

"자세한 내막은 저희도 모르옵니다. 어서 숭례문으로 가시지요."

김예직은 좌포도청의 장졸을 이끌고 숭례문으로 달려갔다. 그러나 흉격은 온데간데없고 흉격을 보았다는 하인준이라는 유생도 의금부로 끌려간 뒤였다.

우경방은 어젯밤에 탈옥한 게 틀림없어. 한데 탈옥한 놈이 왜 좌참찬의 첩이 사는 근처를 어슬렁거렸을까? 혹시 좌참찬이 탈옥을 도운 게 아닐까? 처음 우경방이 끌려왔을 때도, 자기는 심약한 유생들을 동원하여 대론을 지지하도록 만든 공이 크다며 뻗대지 않았던가. 하나 아무리 천하의 좌참찬이래도 죄인을 탈옥시키는 데 협조했을 리는 없어. 우경방의 탈옥이 탑전에 알려지기라도 하면? 휴우우, 그날로 당장 삭탈관직을 당하겠지. 그렇지 않아도 포도청과 훈련도감의 기강을 강조하는 전하가 아니신가. 우선 용은태부터 입막음을 하자! 다행히도 아직까지 우포도청에서는 이 사실을 모르니 이쯤에서 마무리 지을 수 있을 게다. 윤홍! 그 똥돼지가 이 일을 염탐해서 꼬투리를 잡을 수도 있으니, 당분간 우포도청과의 왕래를 엄금해야겠어.

멀리 돈화문이 보였다. 김예직은 한숨을 내쉬며 돈화문 위에 펼쳐진 밤하늘을 우러렀다.

한데 어떻게 탈옥을 했을까? 아무리 족쳐도 벙어리 흉내를 내니 답답한 지경이로고. 하필 이런 날 흉격이 붙을 건 또 뭐야? 혹시 우경방이 붙인 건 아닐까? 아니야. 흉격은 숭례문 밖에 붙어 있었다고 하지 않았나. 숭례문 밖에 흉격을 붙인 놈이 도성 안으로 들어올 수는 없는 노릇이지. 우경방은 아니다. 그렇다면 우연의 일치! 그래, 오비이락이다. 그런데 정말 우경방은 어떻게 탈옥을 한 걸까? 우경방!

네가 이실직고를 할 때까진 절대로 편히 두지 않겠다. 천천히 처참하게 괴롭혀 주마. 목숨이라도 건지고 싶다면 어젯밤의 일을 털어놓아라. 이놈, 이 죽일 놈!

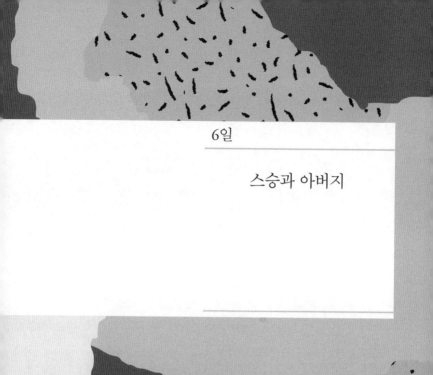

6일

스승과 아버지

8월 11일 아침

허굉은 매죽무늬 지통(紙筒, 종이를 말아 꽂아 두는 통)에서 종이를 꺼내 서판(書板, 종이 밑에 까는 널조각)에 얹은 다음 문진(文鎭, 종이를 누르는 도구)으로 고정했다. 복숭아 모양의 백자 연적을 집어 장방형 벼루에 따른 후 천천히 참먹을 갈기 시작했다. 은은한 묵향이 방 안 전체를 감싸 돌았다. 건천동을 떠나 스승의 자택인 이곳 대안동으로 온 지도 벌써 여덟 달이 넘었다. 아침이면 먹을 갈고 오후와 밤에는 두보의 시를 읽는 생활은 달라진 것이 없었다. 스승인 기윤헌은 허굉이 시를 짓는 것을 허락하지 않았다. 두보의 시를 모두 읽고, 이백보다 두보가 더 위대하게 느껴질 때 시를 지으라고 했다. 솔직히 허굉은 두보보다 이백이 더 좋았다. 두보

의 시가 어둡고 칙칙하며 행간마다 눈물이 배어 있다면, 이
백의 시는 크고 밝고 장쾌했다. 허굉뿐 아니라 피가 끓기
시작하는 그 나이 또래의 누구라도 이백을 최고로 쳤을 것
이다. 그러나 허굉이 두보의 시를 완전히 외우기 전까지,
스승은 이백을 비롯한 그 누구의 시도 가르치지 않겠다는
뜻을 굽히지 않았다. 허굉은 스승의 말씀에 순종했다.

심의(深衣, 사대부의 평상복) 차림에 망건을 쓴 기윤헌이 헛
기침과 함께 방으로 들어섰다. 허굉이 황급히 자리에서 일
어나 스승에 대한 예를 차렸다. 기윤헌은 아랫목에 자리를
잡고 앉았다.

"나흘 전 좌참찬을 만났느니라."

기윤헌은 미리 마음을 정한 듯 허균과의 만남부터 거론
했다.

"이제 그만 건천동으로 돌아가도록 해라."

"싫사옵니다."

"네 누이가 궁궐로 들어갈지도 모른다. 작별 인사는 해야
하지 않겠느냐? 부모에게 효도하고 순종하는 때를 놓치지
말아야지!"

허균의 딸이 소훈으로 내정되었다는 소문이 파다하게
퍼져 있었다.

"누이가 대궐로 들어가더라도 후일 만날 기회가 있을 것

이옵니다."

"가지 않겠다?"

"예. 스승님!"

"쯧쯧······."

교산을 쏙 빼닮았구먼.

기윤헌은 혀를 차며 제자를 책망했다. 마음이 여리고 인
정이 많은 기윤헌으로서는 제자의 고집을 꺾을 수 없었다.
닮은 것은 고집뿐이 아니었다. 허굉은 세 살 적부터 사서를
읽었고, 열 살이 넘어가면서는 당나라의 시를 온몸으로 받
아들였다. 지금처럼 꾸준히 시집을 읽고 외운다면 조선 제
일의 시인이 될 것이다.

"스승님! 궁금한 것이 하나 있사옵니다."

총명한 제자는 오늘도 묻고 싶은 것이 많았다. 모르는 문
제가 있으면 반드시 알고 넘어가는 성미 역시 교산으로부
터 물려받은 것이다.

"무엇이냐?"

"손곡 선생의 시가 뛰어난 까닭이 무엇이옵니까?"

이 물음에 답을 줄 사람은 손곡 이달의 수제자인 허균이
다. 그러나 건천동으로 돌아가서 네 아버지에게 물어보라
고 할 수는 없는 노릇이다. 기윤헌도 허균과 함께 몇 차례
이달을 만나서 가르침을 받았기에, 그 역시 손곡의 제자라

면 제자일 터였다. 기윤헌은 언젠가 허균으로부터 들은 이 야기를 떠올리며 천천히 설명을 시작했다.

"조선의 시인들, 문사들이 저마다 영사(靈蛇)의 보주(寶珠, 좀처럼 얻기 어려운 문장, 『회남자』에 "수후가 창자 끊긴 뱀을 보고 약을 발라 주었더니, 뒷날 이 뱀이 강에서 큰 주옥을 물고 나와서 은 혜를 갚았다."라는 대목에서 유래함)를 쥐었다지만 과연 그러한 가는 고구해 볼 필요가 있지. 대개 그들이 걸어온 길을 셋 으로 나눌 수 있어. 첫 번째는 화평 담아하고 원만한 것이 고, 두 번째는 창대하고 망망하며 정축이 풍부하고 재료가 엄박한 것이며, 마지막은 뾰족하고 우뚝하여 생각이 치밀 하고 기교가 섬세한 것이야. 손곡 선생의 시는 이 셋을 모 두 가지면서도 부드럽고 너그러우며 도탑고 후하며 향(響) 이 바르고 격이 높지. 개원(開元, 당나라 현종의 연호), 천보(天 寶, 당나라 현종의 연호), 대력(大歷, 당나라 대종의 연호)에 견주 어도 결코 뒤떨어지지 않느니라."

"하오나 그의 시가 지나치게 눈물이 많고 세상을 혐오하 는 것 또한 사실이 아니옵니까?"

"그래. 네 말이 맞다. 하나 그건 손곡 선생의 잘못이 아니 야."

기윤헌은 그쯤에서 이야기를 끊었다. 한창 시를 배우고 있는 허굉 앞에서 손곡이 흘린 서자의 눈물을 논하는 것 자체가 어울리지 않았다. 다행히 허굉도 더 이상 손곡에 관한 질문을 던지지 않았다.

"스승님! 궁금한 걸 하나 더 여쭈어도 될는지요?"

기윤헌이 천천히 고개를 끄덕였다.

"도원수 강홍립이 떠났습니다만, 지금 조선이 명나라를 돕는 것이 정녕 옳은 일입니까?"

뜻밖의 질문을 받은 기윤헌의 얼굴이 어두워졌다.

두보에만 몰두하기를 바랐는데, 이 아이도 세상 돌아가는 사정이 궁금한 거로구나.

글 읽기가 태만해졌다고 꾸짖으려다가 마음을 고쳐먹었다. 허굉도 언젠가는 속세로 눈을 돌릴 테고, 그곳에서 이름을 얻으려면 세상 물정을 조금은 알 필요도 있었다.

"당연한 일이다."

"명나라가 임진년과 정유년의 왜란 때 우릴 도왔기 때문입니까?"

"그것 때문만은 아니다. 수많은 역사서에서 거듭 증명되듯이, 나라와 나라 사이의 전쟁은 순전히 자기 나라의 이익을 우선으로 하는 법이다. 명나라가 왜란 때 우리를 도운 것은 명나라를 위해서 한 일이지, 조선을 위해서 나선 것은 아니라는 이야기다. 지금 우리가 명나라를 도와야 하는 까닭도 명나라가 있어야지만 조선이 존재할 수 있기 때문이다. 조선은 명나라로부터 모든 것을 이어받아 왔다. 서책은 물론이거니와 법전과 제도 또한 명나라의 것을 기반으로 쌓아 올렸느니라. 명나라가 무너지고 노추가 그 자리를 대신하게 되면 조선은 대혼란에 빠지고 말 게다. 너라면 노추의 제도와 예절에 따라 살 수 있겠느냐?"

조선을 위해 원병을 보내야 한다? 명쾌하고 확실한 논지였지만, 조선을 명나라의 속국으로 두는 것 같아서 마음이 편치 않았다.

"마지막으로 하나만 더 여쭙겠습니다. 6~7년 전으로 기억됩니다만, 그때 스승님께서는 금상이 참으로 위대한 인간이라고 말씀하신 적이 있으십니다. 개국 이래 그 어느 군왕보다도 나라를 잘 다스릴 거라고 하셨지요. 지금도 그 생각엔 변화가 없으십니까?"

칠서의 변이 일어나기 전까지, 기윤헌은 광해군을 조선의 요순쯤으로 여겼다. 국내의 정치는 물론이고 명나라나 왜와의 외교 관계에서도 그보다 더 박식하고 능수능란한 군왕은 없었던 것이다.

"그래. 아직도 난 금상이 위대한 인간, 탁월한 군주라고 믿는다."

"그토록 수모를 당하시고도 금상을 감싸시는 이유가 무엇입니까? 멸문지화를 당할까 두려우십니까? 아니면 소생을 믿지 못하시기 때문입니까? 금상의 패륜은 천하가 다 아는 일입니다."

기윤헌은 도도하고 건방진 제자의 시선을 피하지 않았다.

"한 인간의 위대함은 세상의 소문으로 만들어지는 게 아니니라."

"스승님께서는 금상뿐 아니라 소생의 아버님에 대해서도 칭찬을 아끼지 않으셨습니다. 시도 훌륭하지만 시보다는 사람이 더 낫다고 하셨지요."

기윤헌은 허균의 마음을 헤아릴 수 있었다. 다시는 건천동으로 돌아가지 않겠노라며 집을 나온 아이가 아닌가.

"지금부터 내가 하는 말을 하나도 빠짐없이 아로새기도록 하여라. 세상 사람들이 모두 교산을 손가락질해도 너만은 거기에 동참해서는 아니 된다."

"불효를 말씀하시려는 겁니까?"

"아니다. 효와 불효의 문제가 아니라 네가 제대로 사람을 알아볼 수 있느냐 없느냐의 문제이니라. 교산을 비난하는 사람들 중에서 교산의 삶을 세세하게 살핀 이가 몇이나 되겠느냐? 너도 역시 네 아버지의 단편, 단편만을 보고서 그를 괴물이라고 부르고 싶은 게다. 네가 만약 아버지의 삶 전체를 받아들이지 못한다면, 너는 결코 제대로 된 시를 지을 수 없느니라. 알겠느냐?"

허굉은 좀 더 설명을 듣고 싶었지만 기윤헌은 그쯤에서 이야기를 접었다. 이제부터는 침묵을 벗 삼아 붓을 놀릴 작정이었다. 그 고요를 깨고 마당에서 다급히 부르는 소리가 들려왔다.

"숙부님! 숙부님, 어디에 계십니까?"

기준격의 목소리였다.

"너는 계속 먹을 갈고 있어라."

"예, 스승님!"

기윤헌은 먹을 가는 허굉을 홀로 둔 채 대청마루로 나섰다. 섬돌 아래에서 안방을 기웃거리던 기준격이 신발을 벗고 마루로 올라섰다. 그의 얼굴에는 웃음꽃이 만발했다.

"숙부님! 소식 들으셨습니까? 숭례문에 흉격이 붙었답니다. 이제 우리는 살았습니다. 아버님께서도 귀양에서 풀려나실 수 있을 거예요."

"조용히 하게!"

기윤헌이 건넌방을 곁눈질하며 기준격의 말을 잘랐다. 기준격의 얼굴이 한순간에 일그러졌다.

"아직도 저 아이를 거두고 계십니까? 숙부님! 사제 관계를 끊으세요. 누구 때문에 우리 집안이 이렇게 됐습니까? 교산 때문이 아닙니까? 한데 어떻게 저 아이를 여덟 달이나 거두고 계실 수 있습니까……."

"자자, 이리 들어오게."

기준격의 팔을 끌고 안방으로 들어갔다.

"목소리를 낮추게. 건넌방에서 듣겠어."

"들으라고 하는 소립니다. 저도 양심이 있으면, 먼저 제 아비의 죄를 눈물로 사죄하고 숙부님의 문하를 떠나야지요. 숙부님! 저 아이를 멀리하세요. 교산이 아버님의 심장에 비수를 꽂았듯이, 저 아이도 언젠가는 숙부님의 뒤통수를 후려갈길 겁니다. 아니 아니, 교산이 일부러 저 아이를 숙부님께 보냈을 수도 있습니다. 숙부님의 너그러운 성정을 이용하려는 게지요. 교산이 철부지 유생들을 동원하여 숙부님을 궁지에 빠뜨릴 상소문을 준비하고 있다는 소문도 듣지 못하셨습니까? 교산이 죽어야만 우리가 살고 교산이 살면 우리가 죽는 상황임을 숙부님은 정녕 모르신다는 말씀이십니까?"

"어허, 말이 지나치네. 그래도 교산은 자네의 스승이 아니었나?"

"스승이라니요? 당치도 않습니다. 아버님의 강권에 못 이겨 건천동을 오가긴 했지만, 그에게 글을 배운 적은 단 한 번도 없습니다. 제자와 함께 기방 출입을 하고 불경을 읽힐 뿐 아니라 서자 잡놈들과 호형호제하도록 만드는 스승이 어디 있습니까? 재작년 제가 문과에 급제했을 때에도 교산은 그 공을 모두 자기에게 돌렸습니다. 오죽하면 기준격이 교산의 글을 돈으로 사서 과거에 급제했다는 헛소문이 돌았겠습니까.”

기자헌의 아들 기준격과 조카 기수발이 함께 과거에 급제하자, 허균과 이재영이 그들의 답안을 대신 작성했다는 흉문이 떠돌았던 것이다. 의금부에서 은밀히 조사한 결과 터무니없는 모함으로 밝혀졌지만, 기준격은 과거에 급제하자마자 의금부를 출입하는 치욕을 맛보았다.

“하면 그 소문을 교산이 퍼뜨렸다는 게냐?”

“못할 것도 없지요.”

“교산은 그럴 위인이 아니다. 대론을 주장하는 바람에 우리와 사이가 벌어졌기는 해도 자네를 친자식보다도 더 아꼈음을 잊어서는 안 돼. 교산이 자네를 가르쳤고 내가 허굉을 가르친 것은 세상이 다 아는 일인데, 이렇게까지 꼭 해야겠나?”

기윤헌은 문득 지난 동짓달의 일들이 떠올랐다.

영의정 기자헌이 서궁 삭출을 끝까지 반대하자, 이이첨과 허균을 따르던 유생들은 기자헌의 삭탈관직을 청했다. 광해군이 이를 윤허하자 이번에는 아예 기자헌을 죽여야 한다는 공론이 들끓었다. 기준격은 아버지를 살리기 위해 스승인 허균을 처참하게 짓밟는 비밀 상소문을 올렸다. 허균이 김제남과 손을 잡고 영창 대군을 옹립하려 했으며, 광해군과 세자를 죽여야 한다고 공공연하게 떠벌리고 다녔다는 것이다. 허균도 곧 자신을 옹호하고 기준격을 비난하는 상소문을 올렸다. 기준격의 말이 사실이라면 허균은 대역죄인이고, 허균의 말이 사실이라면 기준격의 잘못 역시 대역죄에 상응했다. 대간들은 허균과 기준격을 잡아들여 추국하기를 청했다. 그러나 광해군은 차일피일 미루며 그 청을 받아들이지 않았다. 해를 넘겨 올해 4월에는 풍기의 진사 곽영이 상소문을 올려 다시 이 문제를 거론하였다. 지난 동짓달에 올린 허균과 기준격의 상소문이 추국청까지 내려가기는 했으나 끝내 두 사람을 잡아들이지는 않았다. 광해군이 끝까지 허균의 편을 들어 주었던 것이다. 그사이 서궁 삭출을 반대한 기자헌이 귀양을 갔고, 기윤헌과 기준격은 삭탈관직을 당했으며, 허균과 기준격의 사제 관계는 완전히 끊어졌다. 기준격으로서는 이런 상황에서도 변함없이 허굉을 가르치는 기윤헌의 태도가 못마땅할 수밖에 없었다. 그러나 오늘은 그 일을 따지는 것보다 더 다급한 일이 있었다.

"숙부님! 숙부님도 어제 새벽 숭례문에 흉격이 나붙었다는 걸 들으셨죠?"

"알고 있네."

"교산의 짓입니다. 틀림없이 교산의 짓이에요."

"성급한 판단은 말게."

"교산이 김윤황을 시켜 서궁에 흉서를 넣은 걸 벌써 잊지는 않으셨겠죠? 지금 도성에서 이런 일을 꾸밀 사람은 교산뿐입니다."

"교산이 왜 그런 짓을 하겠나?"

"대론을 완결 짓기 위함이지요. 대비가 서궁으로 절삭되었다고는 하지만 아직 서궁을 차지하고 있지 않습니까? 폐서인시켜 대궐에서 몰아내려고 일을 꾸민 게 틀림없습니다. 서궁을 죽이기 전까지는 포기할 교산이 아니죠. 복잡하게 얽힌 일 같지만 따지고 보면 참으로 간단한 이치입니다."

기윤헌은 예리한 칼날이 가슴을 베고 지나가는 느낌을 받았다. 기준격이 또 무슨 일을 저지를 것만 같았다.

"의금부에서 조사하면 곧 밝혀지겠지. 한데 숭례문에 나붙은 흉격이 어떻게 형님을 돌아오시게 할 수 있다는 게야?"

"상소문을 올리겠습니다."

기준격은 숭례문 흉격을 붙인 자가 허균이라고 탑전에 알릴 작정이었다. 기윤헌이 기준격을 만류했다.

"서두르지 말게. 자세히 살핀 연후에 글을 올려도 늦지 않아."

"아닙니다, 숙부님! 이번 일은 틀림없이 교산이 한 겁니다. 다른 사람에게 공이 돌아가기 전에 제가 고변을 하겠습니다. 교산의 역모가 만천하에 드러나면 아버님께서도 돌아오실 수 있을 겁니다. 아니 그렇습니까, 숙부님?"

기윤헌은 성미 급한 조카의 설득에 쉽게 넘어가지 않았다. 세상일이 서책에 적힌 대로 돌아가지만은 않는다는 것을 기준격은 모르고 있었다.

"주상 전하께서 교산을 총애하시는 한 교산을 쓰러뜨리진 못해. 지난 동짓달과 올해 4월, 언관들이 벌 떼처럼 들고 일어나 교산을 하옥시켜 추국청으로 보내기를 청했지만 전하께서는 일언지하에 거절하셨네. 역모의 혐의를 받은 신하가 이렇듯 건재한 경우는 건국 이래 교산뿐이지. 이번 일도 마찬가지일 게야. 더구나 아직은 그 일을 교산이 했다는 결정적인 증거도 없지 않나? 그러니까 조카가 참게. 자네 말대로 교산에게 의심의 화살이 돌아가고 주상 전하께서도 그 말을 귀담아 듣게 된다면 그때 나서도 늦지 않아. 지금 자칫 잘못했다가는 내일이라도 당장 형님께 사약이 내려질 수 있어. 내 말뜻 알겠나?"

"나서서 주장해도 모자라는 판에 기다리라니요? 얼마 전에 교산을 만나셨다더니 그새 마음이 흔들리신 겁니까?"

기준격은 쉽게 수긍하지 못했다. 스물넷, 아직은 더운 피를 믿고 움직일 나이였다.

"자네 말대로 우리에게 찾아온 마지막 기회일 수도 있어. 그러니까 더욱 깊이 생각하고 헤아려야지. 자네 말대로 교산을 죽인대도 형님이 돌아오시는 건 아니야. 교산 뒤엔 관송이 있고 관송 뒤엔 전하가 계시네."

"이대로 당하고 있을 수는 없습니다. 노추가 내려오기라도 하면 유배지의 죄인들부터 죽인다고 하지 않습니까? 시간이 없습니다, 숙부님! 한 번만 더 도와주십시오."

상소문의 초안을 잡아 달라는 뜻이다. 우선은 상소문을 올리지 못하도록 기준격을 만류하는 것이 급선무였다.

"하면 의금부의 추국이 끝날 때까지만 기다려 보지. 넉넉잡고 열흘이면 될 터이니."

"감사합니다. 숙부님!"

기준격은 기윤헌의 말을 반승낙으로 받아들이고 넙죽 엎드리며 기뻐했다. 기윤헌의 얼굴에 씁쓸한 미소가 떠올랐다.

교산!

악연일세. 우린 원수가 될 수밖에 없는 팔자인가 보네. 올해가 가기 전에 자네와 나 둘 중 한 사람은 구천을 떠돌듯허이. 우리의 만남이 내세에는 이어지지 않기를 바랄 뿐이야.

"그럼 전 이만 가 보겠습니다."

"어디로 갈 텐가?"

"숭례문을 한 바퀴 둘러볼 작정입니다. 흉격이 붙어 있었다는 느티나무 아래에도 가 보고요."

기준격의 목소리에서 신바람이 일었다. 기윤헌은 언행에 신중하기를 재삼 당부했다. 허굉이 양손을 모아 쥔 채 미리 나와 있었다. 기준격을 배웅하려고 기다린 모양이었다. 아버지를 위해 스승을 버린 인간과 스승을 위해 아버지를 버린 인간의 만남이었다.

"살펴 가십시오."

허굉이 공손하게 허리를 굽혔다. 기준격이 고개를 획 돌리며 말했다.

"어디서 개새끼가 짖나?"

"……."

기준격은 노골적으로 허굉을 무시했다. 시비가 붙기를 은근히 바라는 눈치였다. 허굉은 담담한 얼굴로 아무런 응대도 하지 않았다. 상대가 침묵으로 일관하자 기준격도 맥이 빠져 버렸다. 기윤헌이 두 사람 사이에 끼어들었다.

"자, 어서 가게. 그리고 너는 문방사우를 치우도록 해. 오늘은 글씨를 쓰지 않겠다."

기준격이 여전히 씩씩대며 얼굴을 붉혔다.

"숙부님! 아까 제가 드린 말씀 꼭 기억해 두세요. 다음에는 건넌방에서 숙부님을 모시고 술잔이라도 기울일 수 있기를 바랍니다."

기준격이 마당을 가로지르고 기윤헌이 안방으로 들어가는 것을 확인한 다음, 허굉은 건넌방으로 돌아왔다. 서안을 중심으로 필가와 지통, 필세(筆洗, 붓을 빼는 그릇)와 묵갑(墨匣, 먹을 넣어 보관하는 갑) 등이 눈에 들어왔다. 허굉은 문진을 치우고 종이를 말리다가 그 자리에 털썩 주저앉았다.

형!

허굉은 기억의 첫머리부터 기준격을 믿고 의지했다. 허굉보다 열한 살이나 위인 기준격은 건천동에서 살다시피 했다. 스승인 허균으로부터 시문을 배우다가도 틈만 나면 나이 어린 허굉과 놀아 주었다. 허굉의 머리를 쓰다듬으며 이렇게 자신의 희망을 밝히기도 했다.

"난 스승님처럼 위대한 시인이 될 테야. 스승님을 모시고 변산으로 내려가서 오래오래 살 테다."

허굉 역시 기준격이 좋았다. 서글서글한 눈매와 큰 입의 웃음이 좋았고, 끊어질 듯 끊어질 듯 이어지는 시인들의 감춰진 이야기도 재미있었다. 기준격이 허균을 동경했다면 허굉은 기준격을 동경했다.

그 시절의 다정한 미소, 존경의 눈빛은 어디로 사라진 걸까. 10년도 지나지 않았는데, 기준격은 스승을 개보다 못한 인간으로 취급하고 있지 않은가.

허굉은 이 모든 변화가 아버지로부터 비롯되었다고 확신했다.

술 마시고 노래 부르고 춤을 추며 시를 읊던 아버지. 동서고금의 시인들과 문사들과 제왕들에 관해 거침없이 이야기를 늘어놓던 아버지. 아이보다 더 아이 같고 신선보다 더 신선 같던 아버지. 크게 웃다가도 눈물 흘리고, 가슴을 치며 답답해하다가도 훨훨 학처럼 날아가던 아버지. 변산이라도 좋고 강릉이라도 좋고, 시골에서 한평생 흙과 함께 살기를 갈망하던 아버지!

그 아버지의 눈빛이 달라진 것은 계축년(1613년)부터였다.

칠서의 변이 터진 그해 여름, 허균은 전혀 다른 눈빛과 말투로 도성에 머무르기를 고집했던 것이다. 허굉은 옥사에 관련된 서자들을 대부분 알고 있었다. "아저씨"라고 불렀던 서양갑, 이경준, 박치인, 김경손, "작은할아버지"라고 불렀던 심우영이 목숨을 잃었고, 눈빛이 매서웠던 "독사 아저씨" 박치의는 행방불명이 되었다. 옥사가 끝난 뒤에도 건천동을 왕래하는 서자는 구부정한 어깨를 좌우로 흔들며 눈을 내리깔던, 고운 손만큼이나 마음씨가 여린 "순둥이 아저씨" 박응서뿐이었다.

새로운 사람들이 건천동으로 몰려들기 시작했다. 그중에
는 이이첨, 박승종, 류희분도 섞여 있었다. 허굉은 그들을
바라보며 고개를 젓지 않을 수 없었다. 아저씨들이 그토록
증오하던 간신들이 고스란히 아버지의 새로운 벗이 되었던
것이다. 그들에 의해 대론이 주장되었고 급기야는 영의정
기자헌을 탄핵하기에 이르렀다.

정사년(1617년) 늦가을, 허굉은 아버지와의 독대를 청했
다. 성균관과 전라도의 유생들을 동원하여 서궁을 삭출하
라는 상소문을 쓰고 고치느라 여념이 없던 허균도 부적 자
란 아들과의 대화를 반겼다.

"헌보에게 널 맡기고 제대로 인사도 못 했구나. 그래, 요
즈음엔 무얼 읽고 있느냐?"

"두자미(두보)이옵니다."

"두자미라! 두자미의 시 중에서 가장 네 마음에 드는 시
는 무엇이냐?"

"「무가별」이옵니다."

"읊어 보아라."

"적막하구나 안녹산의 반란 이후/ 천하가 황폐해져 집과
농토 모두 쑥대밭이 되었고/ 우리 고을 백여 호가/ 세상 어
지러워 동서로 뿔뿔이 흩어졌네/ 산 사람은 소식이 끊어졌

고/ 죽은 사람은 흙이 되었답니다/ 천한 놈은 업성의 전투에서 패해/ 오랜 옛길 찾아 집으로 도망 왔지만/ 이리저리 아무리 다녀도 텅 빈 골목들뿐/ 설핏한 햇살에 쓸쓸한 기분/ 마주치는 것이라곤 오직 여우와 이리/ 털을 세워 나를 보고 으르렁거립니다[寂寞天寶後 園廬但蒿藜 我里百餘家 世亂各東西 存者無消息 死者爲塵泥 賤子因陣敗 歸來尋舊蹊 久行見空巷 日瘦氣慘悽 但對狐與狸 竪毛怒我啼]"

"그만! 한데 그 시가 왜 좋으냐?"

"성당의 참모습을 볼 수 있기 때문이옵니다."

"성당의 참모습이라니?"

"시의 눈부심에 가려진 참혹한 현실이지요. 체념과 모반 사이에서 우왕좌왕하는 백성들의 모습이 고스란히 담겨 있습니다. 두보는 체념하였습니다만 모든 이가 두보처럼 체념한 것은 아니지요."

허균은 말없이 고개를 끄덕였다. 시를 보는 눈이 정확할 뿐 아니라 시인의 마음까지 헤아리는 아량과 그 시의 한계를 지적하는 날카로움까지 지닌 것이다. 사랑스럽고 미더운 아들을 안아 주고 싶었다.

"시를 지은 것이 있느냐?"

"없사옵니다. 스승님께서는 두자미를 완전히 외울 때까지 붓을 들지 말라 하셨습니다."

너무 빨리 시를 짓게 하지는 말라고 부탁한 것은 허균이었다. 타고난 재주를 부리기 전에 고전의 위대함을 깨닫고 겸손과 진중함에 다가서기를 바랐던 것이다. 허균의 바람대로 기윤헌은 허굉의 거칠고 급한 성미를 잘 다독거렸다.

"아버지!"

허굉은 잠시 허균과 눈을 맞춘 다음 준비한 이야기들을 풀어놓기 시작했다.

"아버지는 독사 아저씨를 영웅이라고 하셨습니다. 기억하시는지요?"

허균이 의아스러운 얼굴로 고개를 끄덕였다. 칠서의 변이 일어난 후로 누구도 그 이름을 거론한 사람이 없었던 것이다.

"초목 가운데 빼어나고 훌륭한 것을 영(英)이라 하옵고, 금수 가운데 출중한 것을 웅(雄)이라 하옵니다. 문식(文識)과 무략(武略)이 탁월한 인재들도 여기서 이름을 따 총명함이 빼어난 사람을 영재(英材)라 하고 담력이 남보다 뛰어난 사람을 웅재(雄材)라 하였습니다. 그 둘을 하나로 합쳐야만 큰일을 할 수 있습니다. 영재는 그 총명함으로 계획을 세우고 명민함으로 변화하는 정세를 판단하지만 웅재의 담력에 의지해야만 자신을 뜻을 이룰 수 있사옵고, 웅재는 그 담력으로 사람들을 복속시키고 그 용감함으로 환난을 극복

하지만 영재의 지혜에 의존해야 비로소 업적을 쌓을 수 있사옵니다. 독사 아저씨는 그 둘을 모두 갖추신 영웅이셨습니까?"

"그렇다."

"독사 아저씨뿐 아니라 무륜당에서 교우하신 다른 아저씨들도 아버지와 뜻을 함께하셨던 큰 인물들이었습니까?"

"그래, 네 말이 맞다."

"아버지! 지금 건천동을 오가는 사람들 중에 그 아저씨들과 비교해서 더 나은 이가 있사옵니까? 있다면 누구입니까?"

허균의 입가에 웃음이 맴돌았다. 아들의 불만이 무엇인지 깨달은 것이다. 아들은 아직 역사의 푸른 채찍을 믿을 나이였고, 그런 아들의 대나무 같은 꼿꼿함을 탓할 이유가 없었다.

"없다."

"하면……."

"왜 영웅을 버리고 소인배와 어울리느냐고 묻고 싶은 게냐?"

허균이 허굉의 말을 잘랐다. 허굉은 눈을 주먹만큼 크게 뜨고 고개를 끄덕였다.

"해와 달이 한자리에 머무르지 않듯이, 어제의 삶이 오늘의 삶과 똑같을 수는 없느니라. 하나 그러한 변화 속에서도 변하는 것과 변하지 않는 것이 있으니, 이 아비가 발을 담근 탁한 물만 보지 말고 그 위에서 피어난 연꽃을 살펴야 하지 않겠느냐?"

"하오나 어디에 그 연꽃이 있는지요?"

"허허허, 너도 이 아비가 음흉하다고 여기는 게냐? 무륜당의 벗들은 이미 저세상으로 갔지만, 그들은 항상 이 아비를 이끌고 있느니라. 어린 네가 이해할지 모르겠지만 이 길을 권한 이가 바로 독사 아저씨란다."

허굉은 박치의가 이토록 더러운 길을 권했다는 사실이 믿기지 않았다.

연꽃? 아버지는 연꽃을 보라셨지만 그것은 한낱 어리석은 비유일 뿐이다. 어찌 외척과 무뢰배의 틈바구니에서 만백성을 구할 바른 도리가 나올 수 있으리. 그들이 한 짓이란 고작해야 임금의 눈과 귀를 가려 대군을 죽이고 대비를 폐한 것이다. 그 일의 처음과 끝을 아버지가 관장하였으니, 아버지도 벌써 탁수 그 자체다.

기자헌의 삭탈관직이 결정될 즈음, 허굉은 출렁이는 탁수의 곁을 떠나 대안동(大安洞)에 있는 맑고 고요한 기윤헌의 집으로 거처를 옮겼다. 그리고 여덟 달이 흘러 갔다.

허굉은 천천히 붓을 들어 벼루로 가져갔다. 오늘 새벽에도 돌한이 찾아와서 좌참찬의 뜻이라고 귀가를 종용했다. 허굉은 결코 돌아가지 않겠노라며 다시는 찾아오지 말라고 했다. 붓을 쥔 오른손이 가볍게 떨렸다.

　아버님께 올립니다.

　슬하를 떠나온 지 어언 여덟 달입니다. 아침저녁 문안도 여쭙지 못하는 죄인이 무슨 할 말이 있을까마는 용기를 내어 몇 자 적습니다. 요순시대의 엄정한 법을 들려주신 이가 바로 아버님이십니다. 한데 지난 몇 해 동안 건천동에서 나온 일들은 하나같이 하늘의 예법과 땅의 이치를 어지럽혔습니다. 환해(幻海, 어지러운 인간 세상)를 떠나 백옥경(白玉京, 신선이 사는 곳)에 들지언정, 푸른 역사에 간흉으로 오명을 남겨서는 아니 될 것입니다…….

아버지!
　종이를 움켜쥐었다. 허균의 마음을 돌이키기 위해서는 좀 더 치명적인 무언가가 필요했다. 허굉은 아직 그것을 알 수 없었다. 붓을 든 채 눈을 질끈 감았다. 굵은 눈물 한 줄기가 두 뺨을 타고 내렸다.

그날 저녁

숭례문 밖에 흉격이 붙은 후 대문을 지키는 군졸들의 수가 배로 늘었다. 좌포도대장 김예직은 아예 군막에 머물면서 장졸들을 독려했고 훈련대장 이시언도 아침저녁으로 숭례문에 들렀다. 함구령이 내렸지만 소문을 막을 수는 없었다. 주막이나 노변에 모여 쑥덕공론을 펴는 백성들의 가장 큰 관심은 흉격에 적힌 내용이었다. '하남대장군이 도래하여 광해군을 죽이고 서궁을 다시 대비로 올려 섬기리라.'라는 예언은 강력한 힘을 지니고 있었다. 흉격을 붙인 범인에 대해서도 여러 가지 억측이 난무했다. 이이첨과 허균으로 대표되는 북인의 자작극이라는 설도 있었고 서궁을 복위시키려는 서인 강경파의 짓이라는 설도 있었다. 두려움과 설렘을 동시에 안긴 추측은 흉격을 붙인 범인이 바로 박치의라는 것이다. 동에 번쩍 서에 번쩍 북삼도를 돌아다니며 관아를 급습하고 탐관오리를 징벌하는 화적 떼의 두령 독사눈 박치의를 모르는 사람은 없었다. 박치의가 하남대장군이라는 확증은 어디에도 없지만, 조정에 반기를 들며 대장군을 칭할 만큼 배포가 큰 사람은 박치의뿐이라는 주장이 꽤 그럴듯하게 먹혀들었다. 누구의 짓이든, 곧 무엇인가 큰일이 터지리라는 데는 이견이 없었다. 광해군은 이 일의 책임을 물을 것이고 또 한차례 지독한 피바람이 도성을 휘감으리라. 북인의 자작극이라면 서인이 피를 흘릴 것이고 서인이 반정을 도모하기 위해 벌인 일이라면 북인도 무사하지 못할 것이다. 박치의의 짓이라면? 광해군과 북인은 물론이고 서인까지 위험하다. 조용히 그러나 매우 빠르게 세 번째 가능성을 지지하거나 걱정하는 소문이 퍼져 나가기 시작했다. 하남대장군이 오리라! 하남대장군이 와서 광해의 목을 베리라!

신문(新門, 서대문)의 방비는 상대적으로 느슨한 감이 있었다. 숭례문보다 사람들의 왕래가 적은 데다가 서별궁을 짓느라 밤낮없이 횃불을 밝혔으므로, 흉격이 붙을 가능성이 가장 적은 곳이었다. 그런데도 문지기들은 대문을 향해 똑바로 걸어오는 도포 차림의 사내를 보고 잔뜩 겁을 집어먹었다. 부리부리한 눈에 떡 벌어진 어깨, 9척이 넘는 키가 위압감을 주었던 것이다. 고참들의 강권에 못 이긴 신참 하나가 창을 곧추들고 사내의 앞을 가로막았다.

"머, 멈추시지요. 어, 어, 어디로 가시는 뉘십니까?"

사내는 오른손을 뻗어 겁먹은 신참의 창을 움켜쥐었다. 창을 뒤로 빼려고 아무리 노력해도 허사였다. 사내는 대문이 흔들릴 만큼 쩌렁쩌렁한 목소리로 외쳤다.

"이놈들! 내가 누군 줄 모른단 말이냐? 잘 들어 둬라. 내가 바로 신경진이다. 알겠느냐?"

신경진!

탄금대에서 배수의 진을 치고 왜군과 싸우다 장렬하게
전사한 도순변사 신립의 아들이었다. 그제야 나이 든 군졸
하나가 쪼르르 달려 나와 아는 체를 했다.

"큰 죄를 지었습니다요. 이놈이 아직 군문에 들어온 지
얼마 되지 않아서, 자, 장군님을 몰라뵈었습니다. 한 번만
너그러이 용서해 주십시오."

장군이라는 호칭에 신경진의 화가 조금은 풀렸다. 정3품
함경남도 병마우후를 지냈으니 장군이라는 호칭이 과분한
것은 아니지만, 광해군이 즉위하자마자 야인의 길로 접어
든 그에게는 참으로 오랜만에 접해 보는 단어였다.

"그렇지. 장군을 몰라봐서야 어떻게 서대문을 지키는 군
졸이라 하겠느냐? 내 오늘은 특별히 용서해 주겠다. 허허
허."

신경진은 틀어쥐었던 창을 놓고 유유히 대문을 통과했
다. 새문안길을 따라 걷던 그의 얼굴이 갑자기 벌겋게 달아
올랐다. 군데군데 횃불을 피워 놓고 서별궁을 짓기에 여념
이 없는 장정들이 눈앞에 들어왔던 것이다.

"사지를 찢어 죽일 놈!"

눈을 부라리며 가래침을 뱉었다. 서별궁을 짓는 터는 인
빈 김씨의 셋째 아들 정원군의 집이었다. 인빈 김씨의 둘째

아들 신성군이 신립의 사위였으므로 정원군과 신경진은 사돈지간이었다. 살아생전 선조는 정원군에 대한 사랑이 남달랐다. 신성군이 왜란 중에 병을 얻어 급사한 까닭에 손아래 동생인 정원군을 특별히 챙겼던 것이다. 그러나 광해군이 즉위한 후부터 모든 것이 바뀌었다. 인빈 김씨를 창덕궁에서 내쫓았을 뿐 아니라 급기야는 정원군의 집까지 강제로 빼앗은 것이다.

새문동을 통과한 후 사직동으로 쫓겨난 정원군에게 가기 위해 왼편으로 몸을 돌렸다.

"거기! 앞서 가는 분은 조선 제일의 장수 신경진이 아니신가?"

신경진이 몸을 움찔하며 고개를 돌렸다. 키가 작고 양 볼에 두툼한 살집이 잡혔으며 목이 짧은 사내가 갓을 들어 올리며 빙긋 웃어 보였다. 김류였다.

"형님!"

신경진이 양손을 앞뒤로 흔들며 달려왔다. 김류는 한 걸음 물러나서 꾸짖기부터 했다.

"숭례문과 신문은 피하라고 일렀거늘⋯⋯. 왜 자넨 내 말을 듣지 않는 겐가? 자네가 도성으로 돌아왔음을 첫날부터 관송에게 알리고 싶어? 계속 이러면 자네와 의를 끊겠네."

신경진은 연거푸 허리를 숙이며 사과했다.

"잘못했습니다. 하나 전라도와 충청도 바닷길을 구경하며 올라왔는데, 흥인문(興仁門, 동대문)으로 돌아 들어오긴 싫었습니다. 제가 무슨 죄인입니까? 도성에 들어오는 것도 관송의 눈치를 살피게⋯⋯. 한데 형님은 왜 여기 계시는 겁니까?"

그제야 김류도 미소를 지으며 신경진의 배를 주먹으로 툭툭 쳐 댔다.

"아무래도 자네가 이곳부터 둘러볼 것 같아서 기다렸지. 서별궁을 보니 이가 갈리는가? 두 눈이 뒤집히는가?"

"형님!"

신경진은 다시 한번 김류를 꼭 끌어안았다. 작년 겨울의 일이 선명하게 떠올랐다.

신경진은 동지섣달 기나긴 밤에 김류를 찾아가서 글 배우기를 청했다. 그때까지도 두 사람은 경어를 쓰며 거리를 두고 지냈다. 신경진이 김류를 혼자 찾아온 것은 처음이었고, 더군다나 글을 가르쳐 달라는 요청은 뜻밖이었다. 신립을 쏙 빼닮은 신경진은 용맹하고 활과 칼을 잘 다루었지만 독서 삼매경에 빠질 만큼 서책을 좋아하지는 않았다. 김류와 마주 보고 앉자마자 『사략』을 펴고 오른손 검지로 한 부분을 짚었다.

"이 대목을 모르겠소이다."

김류가 고개를 숙여 신경진이 가리킨 대목을 읽어 내렸다.

이윤방태갑(伊尹放太甲, 이윤이 태갑을 몰아냄).

천천히 고개를 들고 물었다.

"무엇을 모르겠다는 말씀이십니까?"

턱을 아래로 당기니 목이 더욱 짧아 보였다.

"신하가 임금을 내쫓는 것이 옳은 일이라고 생각하시외까?"

김류가 거침없이 답했다.

"상나라의 임금 태갑이 천하의 도리를 뒤엎었으므로, 대신인 이윤이 그를 쫓아낸 것은 당연한 이치입니다."

대답이 끝나자마자 신경진이 다시 물었다.

"요즈음은 어떠하다고 보시오?"

"그때와 다를 바가 없습니다."

김류의 속마음을 확인한 신경진은 양손으로 서안을 꽝 내리친 후 흐느껴 울기 시작했다.

"으흐흑! 천하에 어찌 어미 없는 아들이 있겠소이까? 나는 저 광해의 패악 무도한 짓을 앉아서 보고만 있을 수 없소이다."

그날 두 사람은 광해를 죽이기로 맹약을 했고 의형제가 되었다.

신경진에게 팔도 유람을 권한 것도 김류였고 급히 돌아

오기를 청한 것도 김류였다. 김류가 찾는다는 서찰을 받자마자 신경진은 한달음에 도성으로 향했다.

때가 되었는가. 정녕 광해를 죽일 때가 왔는가!

어제 아침, 도성 가까이에서 흉격에 대한 소문을 들었다.

하남대장군이 오리라!

가슴이 벌렁벌렁 뛰고 두 주먹이 저절로 쥐어졌다.

때가 되었는가. 정녕 세상을 엎을 때가 왔는가!

"형님, 소식을 들었습니다. 숭례문 밖에……."

"쉿! 조용히 하게. 정말 큰일 낼 사람이구먼. 우린 지금 호랑이 입안에 들어와 있어. 조금만 방심해도 한순간에 목이 달아남을 명심하게."

김류는 주위를 살피며 신경진을 꾸짖었다. 신경진은 두 눈을 끔벅끔벅거리며 자신의 경솔함을 뉘우쳤다.

"자, 가세. 모두들 기다리고 있으이."

김류는 사직동이 아니라 종루를 향해 걷기 시작했다. 신경진이 뒤따르며 물었다.

"정원군 댁이 아니외까?"

"허어. 사방에 관송의 개들이 깔려 있네. 자네가 관송이라면 그 개들을 어디로 보내 염탐을 시키겠는가? 내가 안전한 곳을 마련해 뒀네. 자, 어서 서두르세."

김류의 발걸음이 빨라졌다. 헐떡거리며 김류를 따르던

신경진이 도저히 못 참겠다는 듯이 양 볼에 바람을 잔뜩 품었다가 내뿜었다. 숭례문에 흉격을 붙인 장본인이 김류인가를 확인하고 싶었던 것이다.

"난리의 조짐은 형님이 도모하신 일이……."

"닥치게."

김류는 단칼에 신경진의 입을 틀어막았다. 강한 긍정 같기도 했고 강한 부정 같기도 했다. 육조거리를 지나서 종루에 이를 때까지 두 사람은 말이 없었다. 김류는 아예 신경진이 안중에도 없다는 듯 네댓 걸음 앞서 걸었고, 신경진은 오랜만에 돌아온 도성의 밤 풍경을 이리저리 살폈다. 더그레 차림의 군졸이 여럿 눈에 띄었다. 좌우포도청과 훈련도감의 군졸이 모두 나온 모양이었다.

김류는 계속 동쪽으로만 걸었다. 교동을 지나 이교를 건너 초교에 이르렀는데도 멈추지 않았다. 이럴 바에야 왜 사직동으로 오라고 했는지 짜증이 났다. 새문동에서 김류를 만나지 못했더라면 사직동까지 갔다가 다시 도성을 가로질러 동대문으로 올 뻔했다. 완벽을 추구하는 것도 좋지만 이렇게까지 사람을 골탕 먹이는 김류가 왠지 비굴하게 느껴졌다. 모든 일을 골방에서 해결하려는 문관에 대한 뿌리 깊은 업신여김인지도 몰랐다.

김류는 초교에서 오른쪽으로 몸을 돌려 개천을 따라 내

려가기 시작했다. 물줄기가 점점 굵어졌다. 개천을 마주 보
며 즐비하게 늘어선 주막에는 술에 취한 사내들이 이야기
꽃을 피우고 있었다. 신경진은 심하게 목이 말랐다. 당장이
라도 탁주 한 사발을 들이키고 싶었다. 창선방(彰善坊)이 끝
나는 곳에서 갑자기 고개를 돌린 김류는 한마디 말도 없이
허름한 주막으로 쏙 들어갔다. 목이라도 축이고 가려는 걸
까? 신경진은 벙글벙글 웃으며 주막으로 뛰어갔다. 그러나
주막에는 주모도 술도 없었다.

"혀, 형님!"

어둠 속에서 김류를 찾았다. 어디선가 낯선 손이 불쑥 나
와 그의 팔목을 붙들었다.

"따르시지요."

20대 중반의 팔팔한 목소리였다. 어두컴컴한 주막을 지
나 앞마당을 가로질렀다. 구석진 사랑방에서 불빛이 새어
나오고 있었다. 등잔불 아래 도포 차림의 사내 셋이 앉아 있
었다. 아랫목을 차지한 정원군이 일어서며 아는 체를 했다.

"사돈! 먼 길 오시느라 수고했소이다."

"수고랄 것까지야……. 허허허, 참으로 오래간만에 뵙습
니다."

신경진은 문 앞에 앉은 김류를 슬쩍 째려보며 너스레를
떨었다. 정원군이 곁에 앉은 두 사내를 소개했다.

"묵재(默齋, 이귀의 호)의 자제분들입니다."

정원군의 오른편에 앉은 사내가 먼저 인사를 건넸다.

"오래간만입니다, 장군. 시백입니다. 장군께서 함경남도 병마우후로 계실 적에 몇 번 뵈었었지요."

"반갑소이다."

그를 이곳까지 안내한 청년이 이어서 말했다.

"시방이라 하옵니다. 장군의 명성을 익히 들어 만나 뵙고 싶었는데 오늘에야 이렇게 자리를 함께하게 되었습니다. 영광이옵니다."

"글재주가 남다르다며 묵재 대감이 늘 자랑하던 바로 그……. 훌륭하게 성장하셨소이다. 올해 몇이나 되었소?"

"스물다섯이옵니다."

"스물다섯! 참으로 좋은 나이요. 나는 그 나이에 전쟁터를 누비며 왜구들의 목을 베었소이다."

"자자, 일단 앉읍시다."

인사가 길어지자, 김류가 낮은 목소리로 앉을 것을 종용했다.

"묵재 대감이 계시지는 않지만 이렇게 자제분들이 참석하셨으니 의논을 해도 무방하리라 봅니다."

사람들이 모두 고개를 끄덕였다. 이시백, 이시방 형제의 아버지 이귀는 병진년(1616년)에 탄핵을 받고 이천에서 유배의 나날을 보내는 중이었다. 신경진이 더 이상 참지 못하고 아까부터 궁금했던 바를 물었다.

"숭례문의 흉격은 어찌 된 일입니까?"

이시백이 답했다.

"여기저기 알아보고는 있지만 확실한 결론을 내리지 못했습니다. 아무래도 교활한 관송이나 교산의 짓이 아닌가 합니다만……."

신경진이 질문을 계속했다.

"그들이 왜 그런 짓을 합니까? 더군다나 하남대장군이 와서 광해를 죽인다고 했다면서요?"

김류가 두 눈을 번뜩이며 끼어들었다.

"아무도 흉격을 직접 보지 못했소이다. 사헌부 장령 한 명욱이 포도부장과 숭례문 별장을 다그쳐 불에 그을린 흉격의 조각을 겨우 빼앗기는 했지만, 그게 숭례문 밖에 붙어 있었는지조차 의문이고……."

"벽에 붙은 흉격을 본 사람이 있다면서요?"

"하인준이라는 유생인데, 교산이 수족처럼 부리는 위인이라 믿을 수 없소이다."

이시방이 어깨를 올리며 자신의 주장을 폈다.

"노추의 일로 민심이 흔들리는 판에 흉격까지 나붙었다는 소문이 퍼졌으니, 일을 도모하기에는 이보다 더 좋은 때가 없습니다."

이시백이 아우를 거들었다.

"소생 역시 같은 생각입니다."

좌중의 시선이 정원군에게 모였다. 옅은 눈썹 사이로 경
련이 일었다. 입술은 창백하다 못해 푸른빛을 띠었고, 식은
땀이 양 볼을 타고 계속 흘러내렸다. 심심산천으로 들어가
서 요양을 하라는 주변의 권고가 있었지만, 도성 안에 머무
르는 것도 도성 밖으로 나가는 것도 마음대로 할 수 있는
일이 아니었다. 정원군이 천천히 고개를 저었다.

"그대들의 뜻은 충분히 알겠소. 하나 나는 이 일을 도모
할 그릇이 못 되오. 다른 종친을 찾도록 하오."

김류가 갑자기 엎드리며 흐느꼈다.

"유능하면서도 무능한 사람에게 묻고, 많이 알면서도 적
게 아는 사람에게 묻고, 있으면서도 없는 듯하고, 차 있으
면서도 텅 빈 듯하고, 남이 자기에게 잘못해도 따지고 다투
지 않는 종친은 나으리뿐이옵니다. 새문동의 사저에서 쫓
겨나실 때도, 을묘년(1615년)에 능창군께서 화를 당하셨을
때도 눈물을 아끼신 나으리이십니다. 오직 나으리만이 폭
군 광해를 몰아내고 새로운 왕도를 펴실 수 있사옵니다."

정원군은 뜻을 굽히지 않았다.

"나는 일개 범부일 뿐이오. 더군다나 몹쓸 병까지 걸려

제대로 운신조차 못할 때가 많습니다. 능창군의 죽음도 감당하기 힘들었는데, 이제 일이 잘못되면 능양군과 능원군까지 잃게 될 것이오. 나는 두 아들을 거느리고 남은 여생을 편히 지내고 싶어요."

신경진이 턱을 치켜들며 물었다.

"하면 이곳까지 오신 까닭이 무엇이옵니까?"

"그대들을 만류하기 위함이오. 관송과 교산의 품에서 흉격이 나왔다면 그 속에는 틀림없이 비수가 숨겨져 있을 게요. 섣불리 군사를 일으켰다가는 그들이 쳐 둔 덫에 꼼짝없이 걸려들 테니 이번만큼은 관망하는 편이 좋겠소."

신경진이 자리에서 벌떡 일어섰다.

"알겠습니다. 나으리의 보신책을 들으니 우리가 사람을 잘못 보아도 한참 잘못 본 것 같습니다."

"앉게."

김류가 시선을 내리깐 채 차갑게 명령조로 말했다. 신경진이 두 주먹을 불끈 쥐어 보였다.

"형님! 가십시다. 우리가 언제 종친의 힘을 빌려 뜻을 이룰 생각이었습니까? 우리끼리 해치웁시다."

"앉으라니까!"

김류의 눈에서 불꽃이 튀었다.

"에잇, 휴우우!"

신경진이 한숨을 푹푹 내쉬며 주저앉았다. 김류가 떨리는 목소리로 아뢰었다.

"어젯밤 꿈에 오성 대감을 뵈었습니다."

정원군의 두 눈이 커졌다. 대비 삭출에 끝까지 반대하다가 삭탈관직을 당한 이항복은 올해 5월 유배지인 함경도 북청에서 객사했다.

"어떤 말씀을 하셨는지요?"

목소리가 떨리기는 이시백도 마찬가지였다.

이항복은 무신년(1608년)에 좌의정 겸 도체찰사로 임명되자마자 서인들을 적극 중용했다. 김류를 종사관으로 발탁했을 뿐 아니라 신경진의 벼슬도 올려 주었고 이귀와 이시백 부자와는 친족처럼 속마음을 터놓고 지냈다. 또한 김상헌, 신흠, 최명길 같은 선후배들과도 술잔을 기울이며 정을 두텁게 했다. 이항복의 죽음은 곧 서인의 존립 기반 자체를 뒤흔드는 비보일 수밖에 없었다.

"관복을 갖춰 입고 인화문(仁化門, 경운궁의 정문) 앞에 엎드려 한참을 흐느껴 우셨습니다. 왜 이곳에서 통곡하고 계시냐고 여쭈었더니 대감께서는 울음을 그치고 이렇게 말씀하셨습니다. '광해를 폐할 때가 바로 지금인데 아무도 그 시기를 알아차리지 못하니, 대비 마마의 앞날이 염려스러워 눈물을 아낄 수가 없네.' 소생이 또한, 아무리 지금이 군사를 일으킬 때라고 하더라도 관송과 교산의 세력이 바위를 뚫을 만큼 막강하니 일이 성사될 수 있겠냐고 여쭈었더니, 대감께서는 사모와 목화를 벗은 후 이마를 바닥에 부딪치며 더욱 슬피 우시며 소리치셨습니다. '자네와 정원군이 아니라면 누가 이 일을 감당할 수 있겠는가? 그대들이 나선다면 하늘과 땅의 기운이 함께할 터인데 무엇을 걱정하는가?' 나으리! 소생들의 뜻을 저버리지 마시옵소서."

정원군은 쉽게 대답하지 않았다. 내년이면 마흔, 불혹의 나이. 그동안 죽을 고비를 수도 없이 넘겼다. 세 아들 중 가장 총명했던 능창군을 잃었고, 나머지 두 아들도 언제 광해군으로부터 사약을 받을지 모르는 상황이었다. 정원군은 이 모든 불행을 인내 하나로 버텼다. 물러나고 물러나고 또 물러났다. 조용히 물러나서 마음 편히 여생을 보내고 싶었으나 세상은 그를 가만두지 않았다. 무엇보다도 그의 어머니가 선조의 총애를 받던 인빈 김씨인 것이 문제였다. 인빈 김씨는 광해군이 즉위한 후에도 내명부는 물론 대궐 안팎의 일을 살핀 여장부였다. 자연스럽게 그녀의 곁으로 많은 대소 신료들이 모여들었고, 그들은 입에 침이 마르도록 정원군의 후원자가 되겠노라고 자청했다.

"그대들의 충정은 알겠소. 하나 나는 내 몸 하나 추스르기에도 부족한 위인입니다."

정원군이 거듭 사양의 뜻을 내비쳤다. 김류가 말꼬리를 붙들고 늘어졌다.

"정 뜻이 그러시다면 나으리께서는 뒤에서 저희를 보살펴만 주십시오. 저희가 일을 도모한 후 능양군을 모시겠습니다."

"능양군을?"

정원군의 목소리가 커졌다. 이시백과 이시방, 신경진의 얼굴에 긴장감이 맴돌았다. 정원군이 끝내 보위에 오를 뜻이 없다면 그의 장남 능양군을 옹립하겠다는 것이다.

"아, 알겠소. 열흘만 더 시간을 주오. 그동안 내 뜻을 가다듬어 알리도록 하겠소."

"알겠습니다. 그리고 한 가지 더 드릴 말씀이 있습니다."

"무엇이오?"

"대비 마마께는 이미 저희의 뜻을 은밀히 아뢰었습니다. 나으리의 결심만이 남았음을 유념해 주십시오."

"서궁에 밀서를 넣었단 말이오?"

정원군의 양손이 부들부들 떨렸다. 서궁에 밀서를 전하다가 들키기라도 하는 날이면 죽음을 면치 못하는 것이다.

"염려 놓으십시오. 저희의 뜻을 무사히 전했고 대비 마마께서도 기꺼이 응낙하셨답니다."

"다, 다행이구려. 그럼, 난 이만 먼저 일어나야겠소."

정원군이 비틀대며 몸을 일으켰다. 김류는 신경진에게 빙긋 웃어 보인 다음 정원군을 부축하면서 따라 일어섰다. 지금은 정원군이 이 핑계 저 핑계를 대지만 막상 일이 터진 후에는 우리의 뜻을 따를 수밖에 없으리라.

정원군이 이시백과 이시방의 호위를 받으며 주막을 나선 후 신경진은 김류의 소매를 잡아끌며 졸라 댔다.

"형니임! 이제 어디 가서 술상이라도 받읍시다. 이러다가 이 아우 굶어 죽겠소이다."

김류는 신경진의 너스레를 가볍게 받아넘겼다.

"그러잖아도 자네를 위해 보아 둔 계집이 있다네. 따르게."

"정말입니까, 형님? 역시, 형님이십니다."

5년 후 광해군을 몰아내고 능양군을 옹립하는 인조반정의 두 주역, 김류와 신경진은 개천을 거슬러 올라가기 시작했다. 시원한 밤바람이 겨드랑이를 파고드는 가을밤이었다.

7일

암중모색

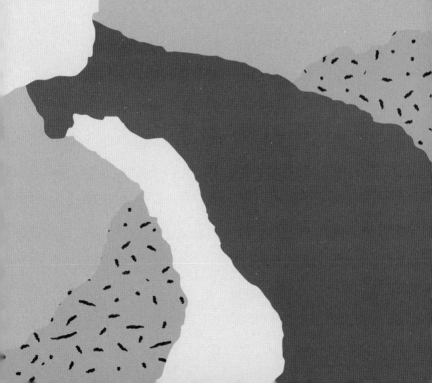

8월 12일 오후

　경복궁 앞에 늘어선 육조거리는 사람들의 발길로 분주했다. 숭례문 흥격 사건을 맡은 형조와 병조의 관리들은 창덕궁을 오가느라 종종걸음을 칠 정도였다. 공조 좌랑(工曹佐郎, 정6품) 김우성 역시 쩔쩔매기는 마찬가지였다. 도성뿐 아니라 경기도의 백성들까지 피난 보따리를 싸는 바람에, 8월 한가위에 대궐에서 사용할 그릇이며 신발, 가마가 하나도 도착하지 않은 것이다. 이대로 가다가는 책임 추궁을 면하기 어려웠다. 다급한 마음을 누르고 공야사(攻冶司, 공예품을 제작하는 공조의 하위 부서)를 통해 올라온 공문들을 이리저리 들추어 보았지만 상납 기일을 연기해 달라는 내용뿐이었다. 살짝 얽은 양 볼이 붉게 일그러졌다.

"이보시게. 공조 좌랑! 뭘 그렇게 열심히 보는가?"

좌참찬 허균이 동지의금 김개, 별좌(別坐, 종5품) 이사성을 거느리고 공조로 들어섰다. 김우성이 얼른 앞으로 달려 나가 죽는 소리를 해 댔다.

"아이고, 형님! 잘 오셨습니다. 그렇지 않아도 형님한테 가려던 참이었어요. 이 아우 좀 살려 주세요, 제발!"

허균은 벙글벙글 웃으며 허리를 한껏 뒤로 젖혔다.

"전라도 유생들을 대론의 깃발 아래 불러 모은 천하의 유학자 김 공이 어찌 나 같은 괴물을 찾는단 말이오?"

김우성은 허균의 팔을 잡아끌었다.

"일단 여기 앉으세요. 형님이 도와주시지 않으면 전 죽습니다."

동지의금 김개가 뒤에 서 있다가 물었다.

"뭘 그렇게 서두르는가? 우선 내 축하부터 받으시게."

별좌 이사성도 뒤를 이었다.

"하례 드리옵니다."

지난 5일 공조 좌랑으로 임명된 것에 대한 뒤늦은 축하였다. 허균이 몇 차례 사람을 보내 축하주를 마시자고 청했지만, 김우성은 눈앞에 닥친 일을 처리하느라 눈코 뜰 새 없었다.

"이레 만에 영 딴사람이 되었군그래. 우리 몰래 어디 참한 규수라도 보쌈한 게 아니신가?"

"형님도 참! 제가 지금 기방 출입하게 생겼습니까? 왜 하필이면 이럴 때 절 공조 좌랑에 앉혀서 이 고생을 시키는 겁니까?"

김우성이 팔자로 난 코밑수염을 쌜룩이며 토라지듯 말했다.

"벼슬을 안 준다고 화낼 때는 언제고 이제 와서 벼슬살이가 힘들다 이 말인가? 자네가 정 힘들면 지금이라도 당장 관복을 벗게나. 공조 좌랑 시켜 달라고 줄을 섰어."

"울화통 치미는 말씀만 하실 겝니까? 판서도, 참판도, 정랑도, 모두 뒷짐만 진 채 제게 모든 걸 떠넘겼습니다. 이 공문들을 보세요. 기한 내에 물건을 상납하지 못하겠다는 겁니다. 이런 꼴로 어떻게 한가위를 나겠어요?"

김개가 웃으며 허균을 거들었다.

"공조 좌랑이 의금옥에 갇힐 날도 멀지 않았구먼. 엉덩이에 쩍쩍 달라붙는 중곤(重棍, 형구의 일종, 가장 무거운 곤)을 준비하라고 나장(羅將, 죄인에게 매를 때리고 귀양 가는 죄인을 압송하는 의금부의 군졸)들에게 시켜야겠네그려."

김우성의 얼굴은 거의 울상이 되었다. 한마디만 덧붙여도 그대로 주저앉아 눈물을 쏟을 판이었다.

"형님이 시켰으니 형님이 책임지세요. 전 모르겠습니다."

"어허, 공조 좌랑이 그러면 쓰나? 비위를 맞추려고 얼렁얼렁해도 도와줄까 말까인데, 아예 모르는 척 배를 디미시겠다? 동지의금! 공조 좌랑께 술 얻어먹기는 틀린 것 같네. 우리끼리 가세나."

"그러죠, 뭐."

허균과 김개가 몸을 돌려 나가는 시늉을 하자, 김우성은 양팔로 허균과 김개의 허리를 각각 휘감았다. 이사성은 멀찍이 물러나서 웃음을 참느라 고개를 숙였다.

"형님! 제가 잘못했습니다. 제발 한 번만 도와주십시오. 부탁입니다."

허균이 그의 얽은 볼을 짐짓 노려보며 속살거렸다.

"하면 공조 좌랑께서 술을 사시게."

김우성은 산더미처럼 쌓인 공문과 허균의 얼굴을 번갈아 쳐다보았다.

"싫으신가?"

"그런 게 아니라……. 저 많은 공문을 오늘 다 읽어야 하기에……."

김개가 혀를 찼다.

"쯧쯧! 저렇게 둔해서야……. 그깟 공문 아무리 읽는다고 가마가 나오겠나 그릇이 나오겠나? 오늘 술만 거하게 사면 형님이 내일이라도 당장 필요한 것들을 마련해 주실 게야. 알겠는가?"

"예, 예! 진작 그렇게 말씀하실 일이지. 가십시다."

김우성이 앞장을 서자 나머지 세 사람도 못 이기는 척 뒤를 따랐다. 신시(申時, 오후 3~5시)도 되지 않았으니, 술 마시기에는 이른 시각이었다. 기로소(耆老所, 원로대신들이 모이는 곳, 육조거리에 있음) 앞을 지나던 김우성이 그래도 마음이 놓이지 않는지 걸음을 멈추었다.

"형님! 멀리 나가지 말고 육의전 근처에서 마십시다."

허균이 김우성의 초조한 마음을 알겠다는 듯 선선히 응낙했다.

"그게 좋겠지. 지전(紙廛, 종이와 그 가공품을 파는 육의전의 하나) 뒤에 내가 아는 집이 있으니 그곳으로 가세. 남들의 눈도 있으니 주막보다야 그쪽이 나을 성싶어."

기로소를 지난 후 네 사람은 각각 남여에 올랐다. 교자꾼들이 익숙한 발놀림으로 걷기 시작했다. 행인들로 들끓는 육의전을 거치지 않고 멀리 돌아서 지전 뒤로 갔다.

"어서들 오세요."

대문을 열고 들어서자 원종과 이재영이 웃으며 방에서 나왔다.

"오래 기다렸는가? 미안허이. 공조 좌랑이 워낙 바빠서 말이야."

허균이 반갑게 두 사람과 손을 마주 잡았고 김개와 이사성도 예를 갖춰 인사를 나누었다. 맨 마지막에 따라 들어온 김우성은 원종이 섬돌에 서 있는 것을 보고 놀란 토끼 눈을 떴다.

"워, 원 정랑이 어떻게 여길?"

"허허허, 여기가 바로 내 집이에요. 그러고 보니 공조 좌랑께서는 내 집에 첫걸음이십니다그려."

김우성과 원종은 극과 극이었다. 김우성이 일의 전후를 꼼꼼하게 챙기고 먼 장래까지 걱정하는 샌님이라면, 원종은 말보다 주먹이 앞서고 내일보다 오늘 이 자리에서의 즐거움을 중요하게 여기는 장부였다. 물과 기름처럼 둘은 늘 의견 대립이 잦았는데, 지난달 술자리에서는 화가 난 원종이 김우성을 번쩍 들어 내동댕이치기까지 했다. 그 때문에 사흘이나 앓아누웠던 김우성으로서는 원종과 마주치는 것 자체가 불쾌했다. 이재영의 뒤에서 흑각궁을 든 사내가 앞으로 나섰다.

"그간 별고 없으셨습니까?"

"자네까지 왔는가? 득남했다는 소식은 들었네. 축하해."

"감사합니다."

서궁에 흉서를 쏜 김윤황이었다. 그제야 김우성은 이 자리가 단순히 술추렴을 위한 것이 아님을 눈치챘다. 주위를 살폈다. 원종의 집은 말 그대로 텅 비어 있었다.

"바깥을 살펴 주게."

"알겠습니다."

명궁 김윤황에게 바깥 경비를 맡긴 다음 허균이 먼저 방으로 들어섰다. 글을 쓰는 중이었던지, 윗목에는 문방사우가 가지런히 놓여 있었다.

"우리가 오늘 이렇게 모인 건 하 진사의 일 때문이네."

김우성의 예감이 틀리지 않았다. 허균은 지금 숭례문 흉격에 연루되어 의금옥에 갇힌 성균관 유생 하인준의 문제를 논의하려는 것이다. 김개가 허균의 말을 이었다.

"하 진사는 잘 지내고 있습니다. 의금옥이라는 데가 누추하긴 해도, 제가 옥리들에게 거듭 언질을 주었으니 봉변을 당하는 일은 없을 겁니다."

김우성이 허균에게 단도직입적으로 물었다.

"형님! 이번 일…… 형님이 하신 겁니까?"

방 안의 분위기가 차디차게 얼어붙었다. 허균은 당황하거나 화를 내지 않았다.

"어명이었네."

어명? 광해군이 시킨 일이다 이 말인가?

"하나 흉격에는 하남대장군이 범궁을 하리라는……."

원종이 텁수룩한 수염을 만지작거렸다.

"그깟 흉격이야 하룻밤 사이에 100개도 더 지을 수 있소이다."

이재영의 입가에 잔잔히 웃음이 맴돌았다.

"역시 형님이셨군요."

김우성이 얼굴을 찡그리며 긴 숨을 몰아쉬었다. 원종이 다시 한번 못을 박았다.

"뭘 그렇게 걱정하시오? 어명입니다, 어명! 하 진사는 어명에 따랐을 뿐이외다."

원종에게는 아예 눈길도 주지 않고, 김우성은 허균만 쳐다보며 계속 질문을 던졌다.

"관송 대감도 아십니까?"

"물론!"

"서궁을 범하기 위해서겠지요?"

"그렇네."

"주상 전하께서는 이번에도 암시만 주셨습니까?"

"……"

허균은 즉답을 피한 채 김우성을 노려보았다. 광해군의 윤허를 받았다고는 하나 구체적인 행동 하나하나까지 허락을 받은 것이 아님을 지적한 것이다.

"전하께서도 하 진사를 그냥 석방할 수 없으신 게야. 명분이 만들어지기를 기다리시겠지. 하 진사는 하늘의 뜻을 살펴 자네와 함께 대론을 이끌지 않았는가? 벼슬길에 올랐어도 벌써 올랐어야 했네. 탄관(彈冠, 벼슬길에 나갈 준비를 하며 갓을 턺)하며 세월을 죽이는 것도 억울한데 의금옥에까지 갇혔으니 참으로 안타깝고 분통 터지는 일이야."

김개가 허균을 거들었다.

"하 진사는 흉격을 발견하고 관아에 알렸으니 죄인처럼 의금옥에 갇혀서는 아니 되지요. 더군다나 대론을 이끌어 큰 공을 세운 성균관의 유생입니다. 하 진사를 모함한 포도부장과 숭례문 별장 그리고 사헌부 장령 한명욱을 엄히 다스려야 한다는 상소문을 올리는 것이 좋겠습니다. 전하께 명분을 드리면서 대론을 마무리할 기회로 삼자는 거지요."

원종이 무릎을 탁 쳤다.

"그 참 멋진 계책이십니다."

김우성은 마른침을 삼키며 여전히 허균을 쳐다보았다. 손발이 척척 맞아 들어가는 것을 보니 이미 계획을 짜 둔 듯싶었다.

"말씀을 하시지요."

더 이상 입에 발린 소리는 듣고 싶지 않았다. 광해군의 묵인하에 허균과 이이첨이 일을 꾸몄다면, 그 일의 성패가 김우성 자신의 앞날과 직결될 것임은 자명했다. 공조 좌랑에 오른 것도 그들의 절대적인 도움이 있었기에 가능했던 것이다. 흉격에 연루된 자를 옹호하는 상소문을 올리는 것이 위험할 수도 있으나, 김우성으로서는 대안이 없었다. 대비를 삭출하라는 상소문보다는 덜 위험하리라는 생각도 들었다.

"성균관 유생들은 동지의금과 내가 맡지. 김상립, 김용강 등과는 벌써 이야기를 끝냈다네. 성균관에서 상소문이 올라간 다음 전라도 유생의 상소문을 공조 좌랑이 맡아 주면 좋겠는데…… 서의중, 이해 등과 의논해서 말일세. 무창(武昌, 송나라의 소식이 직간했다가 좌천된 곳)으로 좌천될지도 모르는데, 해 주시겠는가?"

하인준의 석방을 탄원하는 상소문을 성균관과 전라도 유생들이 집단적으로 올리자는 것이다.

"하지요. 한데 성균관 유생들의 상소문은 누구에게 쓰도록 할 작정이십니까? 어심에 부합하면서도 하 진사의 석방을 정당화해야 하는, 두 마리의 토끼를 쫓는 어려운 글인데……"

"걱정 마시게. 문장 중의 문장 여인이 벌써 초를 잡았다네. 몇 자 고쳐서 올리면 될 거야. 보시겠는가?"

허균은 사위인 이사성을 시켜 윗목에 접어 둔 종이를 가져오게 했다. 김우성은 차분히 마음을 가라앉히고 이재영의 글을 눈으로 읽어 내려가기 시작했다.

……하인준은 역적을 토벌하는 의리를 맨 먼저 이끌어, 피를 쏟는 듯한 정성이 해와 달을 꿰뚫을 만했는데, 불행히 작은 죄로 옥중에 갇히었습니다. 신들은 한 번 묻고는 바로 풀어 주리라고 여겼는데 여러 날을 질질 끌고 있으니 여정(輿情, 세상의 상황이나 분위기)이 안타깝게 여기고 있습니다. 도깨비 같은 무리들이 이 기회를 틈타 다투어 죄를 얽어 모함하고 있으니 어찌 통탄스럽지 않겠습니까. 이 사람이 어찌 잡아 두고 오랫동안 신문해야 할 자이겠습니까. 인준은 평소 임금을 사랑할 줄 알았기에, 사헌부 장령에게 전하여 임금에게 이르도록 하고자 한 것이니 그 정성이 가상합니다. 원컨대 전하께서는 쾌히 그를 석방해 주셔서 민심을 진정시키소서.

아, 인준을 공격하는 자는 대론을 공격하는 자요, 대론을 공격하는 자는 바로 임금을 저버리는 자입니다. 임금을 저버리고 서궁을 돕는 자들이 이 일로 인하여 뜻을 얻는다면 신들은 뜻있는 선비들이 일망타진되는 화가 있을까 염려되옵니다. 저 먼 지역의 사람들은 인준이 억울하게 옥에 갇힌 것도 모르고 놀라 두려워하여, 대론을 말하는 자는 중한 옥을 만난다고 여기면서 혀를 내두르며 서로 돌아보고 다투어 인준을 경계로 삼을 것입니다. 그렇게 되면 실낱같이 끊어지지 않던 한 가닥 정론이 오늘날에 영원히 끊어져 버릴

것이니 어찌 크게 두려워할 만하지 않겠습니까. 죄 없이 횡
액에 걸린 이를 구해 줄 생각은 않고 얽어서 해치기만을 다
투는 것은 대론이 완결되지 않았기 때문입니다. 전하께서
는 속히 대신을 불러 서궁 폐출의 일을 완결 짓도록 하소
서. ……

이재영의 주장에는 빈틈이 없었다. 하인준의 석방을 대
론의 문제로 바꾸는 논리는 얼음이 쩡쩡 갈라지는 것처럼
명쾌했다.

"하 진사를 형신한다는 소문이 있습니다만……."

김개가 손을 휘휘 내저었다.

"형신이라니……. 당치도 않아요. 판의금부사가 관송 대
감이고 동지의금이 난데, 의금부의 그 누가 하 진사의 몸에
손을 댄답니까? 어명의 지엄하심을 과장한 것에 지나지 않
소이다. 형식적으로 추국청(推鞫廳, 의금부에서 중죄인을 국문
하기 위해 임시로 만든 기관)을 차리기는 했으나 다들 손을 놓
고 전하의 하교만 기다리고 있답니다. 성균관과 전라도 유
생들의 연명 상소문이 올라가고 하 진사를 석방하라는 어
명이 내리면 끝나는 일입니다. 간단하게 생각하십시다."

김우성은 고개를 끄덕이면서도 무엇인가 미덥지 않은
표정이었다. 원종의 목소리가 조금씩 커졌다.

"아직도 앵앵거릴 일이 남았소이까? 교산! 공조 좌랑은 더 잴 것이 남은 모양이니 우리끼리 합시다. 이렇게 손발이 맞지 않아서야⋯⋯."

허균이 원종의 말을 잘랐다.

"조용히 하시게. 주상 전하를 위해 하루도 옷자락에 눈물 적시지 않는 날이 없는 신하가 바로 공조 좌랑이야. 대론을 완성하는 일인데 나서지 않을 리가 있겠나?"

원종의 윽박보다도 허균의 나긋나긋한 목소리가 김우성의 목을 더욱 죄었다.

"하지요. 맡겨 주십시오."

"고맙네. 공조 좌랑의 후은을 잊지 않겠으이."

김우성이 승낙하자 좌중의 분위기가 밝아졌다. 원종은 너털웃음을 터뜨리며 김우성의 어깨를 힘껏 맞잡기까지 했다. 허균이 김개와 김우성을 번갈아 쳐다보며 말했다.

"자, 이제 일을 서두르도록 합시다. 동지의금은 추국청으로 가서 최대한 시일을 벌도록 하고 공조 좌랑도 돌아가서 남은 일을 처리하게나. 아차차차, 공조에서 필요한 물건들의 목록을 보내면 내가 한가위 전까지 변통해 주지. 이러면 되시겠나, 공조 좌랑?"

"감사합니다. 형님!"

김개와 김우성이 자리에서 일어섰다. 원종이 대문까지

그들을 배웅하고 돌아왔다. 뒷자리에서 대화를 듣고만 있던 이사성도 돌아갈 뜻을 비쳤다.

"장인어른! 소생도 이만 물러갈까 합니다만……."

이사성의 집도 건천동에 있었다. 허균의 집에서 멀지 않은 곳에 보금자리를 정한 이유는, 망처 김씨 소생의 유일한 혈육인 설경에 대한 허균의 애착이 유별났던 탓이다. 정유년(1597년)에 김효원의 딸을 재취한 후에도 허균은 늘 설경을 챙겼다. 어려서는 고모인 허난설헌을 닮아서 설경(雪景)이라는 아명을 지어 주었는데, 나이가 점점 들어 가면서부터 둥근 얼굴과 약간 아래로 처진 눈매가 원주에 묻혀 있는 제 어미를 연상시켰다. 허균은 아랫목에 숨겨 두었던 비단 보자기를 꺼냈다.

"이게 무엇입니까?"

이사성이 보자기를 받아 들며 물었다.

"약일세. 달여 먹이도록 해."

망처 김씨도 허리통이 있었는데, 설경도 5년 전부터 똑같은 병을 앓기 시작했다.

변산의 약수로 한 달만 찜질하면 완쾌될 텐데.

허균은 설경의 병을 치료하지 못하는 자신의 처지가 원망스러웠다. 외직과 방랑의 세월을 보내느라 제대로 딸을 보살피지 않았다는 자책도 생겼다. 이번 일만 끝내면 하늘이 무너져도 설경과 함께 변산으로 내려가리라. 낙조를 바라보며 힘겨웠던 지난날을 추억하리라. 설경의 가슴에 맺힌 상처를 어루만져 주리라.

"뭘 이런 것까지……. 약을 먹고 있으니 이러실 필요 없습니다."

"가져가게. 내의원에 부탁해서 특별히 얻은 게야."

"장인어른!"

이사성의 목소리에 물기가 배어 나왔다.

"자네도 몸조심하고. 그럼 가 보게나."

"예, 장인어른!"

이사성이 비단 보자기를 품에 안고 떠나자, 이재영과 원종 그리고 허균만이 남았다. 이재영이 조용히 허균에게 물었다.

"하 진사의 일은 무사히 끝날 것도 같네만, 백계의 일은 어찌할 작정인가?"

원종도 아까부터 그 문제를 거론하고 싶었다.

"모처럼 찾아온 기회인데 한 사람 때문에 일을 그르칠 수는 없소이다. 이왕 이렇게 된 일, 후환을 없애는 것이 어떻겠소?"

우경방을 죽여서 입을 막자는 뜻이다. 이재영이 고개를 흔들며 단호하게 말했다.

"아니 됩니다. 뜻을 같이한 사람을 죽이다니요. 있을 수 없는 일이외다."

원종도 부리부리한 두 눈을 치켜뜨며 물러서지 않았다.

"사후약방문보다야 낫지 않겠소이까? 여인은 공맹을 따르는 군자니까 반대하는 것이 당연하겠으나 역적으로 붙들려 능지처참을 당하는 광경을 상상해 보시오."

허균이 둘 사이를 중재하고 나섰다.

"원 정랑의 말에도 일리는 있어."

"아, 아니, 자네……."

이재영의 얼굴이 새파랗게 질렸다.

"하나 박두령의 오른팔인 백계를 죽일 순 없지. 아니, 어쩌면 박두령은 백계를 희생시킬 수도 있겠지만 봉학이나 명허 대사가 받아들이지 않을걸. 그들의 사기를 떨어뜨리는 일을 구태여 할 필요는 없지. 죽이는 것보다야 꺼내 오는 편이 더 쉽기도 하고."

"어떻게 말인가?"

원종과 이재영은 허균의 묘안을 듣기 위해 바싹 다가앉았다.

"먼저 백계와 절친한 유생들로 하여금 백계를 석방하라는 청원서를 좌포도청에 넣도록 하고, 하루나 이틀 뒤에 내가 직접 좌포도대장 김예직을 만나겠네."

"좌포도대장이 순순히 교산의 말을 들어주겠소이까? 오히려 교산까지 의심받으면 그야말로 숙호충비(宿虎衝鼻, 잠자는 호랑이 코침 주기)를 하는 꼴이외다."

원종은 계속 부정적인 쪽으로 분위기를 몰아갔다. 허균이 원종의 콧잔등을 빤히 쳐다보며 물었다.

"원 정랑! 우포도청의 동군관이 가(假)백계를 무사히 감옥에서 빼돌렸다고 했지요?"

"아슬아슬하긴 했지만 미리 돈을 받은 군관들이 도와줬답니다."

허균이 고개를 끄덕였다.

"자, 지금 상황을 봅시다. 우경방이 잡히고 사흘이 지났는데도 별다른 일이 없어요. 왜 이토록 조용한지 따져 본 적이 있습니까? 가백계가 사라졌으니 진(眞)백계가 한 달이 넘도록 도성을 활보하고 다녔음을 증명할 길은 없습니다. 멍청한 좌포도대장 김예직은 기껏해야 백계가 하루 이틀 탈옥을 했으리라 여길 겁니다. 탈옥의 방법과 이유를 알기 위해 형신을 가할 수도 있겠지요. 하나 그건 어쩔 수 없는 일, 백계도 그쯤은 각오하고 버틸 겁니다. 만약 내가 좌포도대장이라면 백계의 일을 절대로 외부에 알리지 않겠습니다. 좌포도청에 갇힌 죄인이 탈옥을 했다면 좌포도대장이 탄핵을 받는 건 당연한 이치니까요. 김예직도 이런 연유로 백계의 일을 쉬쉬하고 있는 겁니다. 우리는 김예직의 이 약점을 움켜쥐고 그를 타이르든가 협박하면 됩니다. 아시 겠습니까?"

원종과 이재영의 얼굴에도 웃음꽃이 피었다. 과연 허균 은 이이첨과 맞서더라도 밀리지 않을 책략가였다. 허균이 원종을 바라보며 짧게 물었다.

"준비는 다 되었소?"

원종이 굳은 얼굴로 답했다.

"일단 내일 삼경(三更, 밤 11~1시)까지 300명이 목멱산을 넘기로 했소이다."

허균은 하인준과 우경방의 일을 처리한 다음 거사 일을 다시 정하는 쪽으로 가닥을 잡았다. 잔뜩 웅크린 먹잇감을 향해 정면에서 달려들다가는 큰 낭패를 볼 수도 있는 것이 다. 하인준과 허균이 절친한 사이임을 모르는 사람이 없으 므로 각별히 언행을 조심할 필요가 있었다. 허균은 박치의 의 장정들 중에서 꼭 필요한 인원만 제외하고는 일단 도성 밖으로 내보내기로 했다. 어떤 위험이 닥치더라도 22일까 지 500명을 숨겨 두었다가 단숨에 범궁하는 것이 애초의 계획이었지만, 오랫동안 산으로 들로 뛰어다닌 장정들을 쥐 죽은 듯이 숨기기란 쉬운 일이 아니었다. 박치의는 약속 이 틀리다며 그대로 남아 있겠다고 버텼지만, 허균은 며칠 안에 다시 도성으로 들어올 수 있다고 그를 설득했다. 실수를 최소한으로 줄이고 이미 범한 실수를 다시 하지 않도록 대비책을 마련하는 것이 급선무였다.

"그럼…… 200명이 남는군."

200명도 안전하게 숨기기에는 많은 숫자였다. 그러나 더 이상 후퇴를 권했다가는 박치의와 명허가 모든 것을 포기하고 돌아갈 가능성도 있었다.

"한데, 교산!"

원종이 덩치에 어울리지 않게 말을 아꼈다.

"무슨 일이오? 말씀해 보세요."

"백계가 잡혀간 뒤로 봉학과 그를 따라온 장정들이 더욱 제멋대로 도성을 휘젓고 있소이다. 아무리 만류해도 소용이 없어요. 완전히 오합치장지중(烏合鴟張之衆, 까마귀처럼 아무런 질서도 없이 무턱 대고 모여 솔개와 같이 의기양양하게 조금도 겁 없이 덤비는 무리)이외다."

평안도에서 봉학이 이끌고 온 장정들은 차일피일 기다리는 시간이 길어지자 점점 참을성을 잃어 갔다. 더군다나 우경방이 잡혀간 다음부터는 봉학이 은근히 장정들을 부추기는 눈치였다. 그들은 만취하여 포졸들에게 시비를 걸기도 하고 육의전의 물건들을 슬쩍슬쩍 훔쳐 오기도 했다.

"알겠소. 내 파암에게 다시금 다짐을 받도록 하지요. 그건 그렇고 우선 저잣거리로 가서 봉학의 무리들이 혹시 또 나와 있나 챙겨 봐 주지 않겠습니까? 나는 여기서 여인과 뒤처리를 좀 더 의논하겠습니다."

"그렇게 하지요."

원종이 선선히 응낙하고 방을 나섰다. 이재영은 어둠이 내리는 바깥을 살피며 낮은 목소리로 물었다.

"이제 어찌할 텐가? 일이 처음부터 어긋났으니 여기서 멈추는 게 어떻겠나?"

허균은 설레설레 고개를 저었다.

"자넨 꼭 우리가 실패하기를 바라는 것만 같군."

"최악의 상황이지 않나?"

"자넨 이번 거사가 단 하나의 착오도 없이 단숨에 매끄럽게 이루어질 거라고 생각했나? 머릿속으로야 그렇게 일을 도모하고 싶겠지만, 역사를 되돌아보게. 최상의 조건에서 아무런 문제 없이 신하가 임금을 몰아낸 적이 단 한 번이라도 있었는가? 최선의 길이 막히면 차선책도 있는 거야. 물론 자네 말도 일리는 있어. 이쯤에서 거사를 멈출 것인가, 아니면 계속 추진할 것인가를 결정해야 하겠지. 그 판단은 우리와 상대의 상황을 면밀하게 검토한 후 내려져야 해. 자, 그럼 어디 볼까? 결론부터 말하자면 난 지금이 결코 최악의 상황은 아니라고 본다네. 충분히 예상했던 일이니까. 백계와 하 진사가 잡혀 들어갔지만, 아직도 박치의가 거느리는 장정들과 명허 대사의 무승들이 건재하고, 현응민을 비롯한 역관들, 박충남을 비롯한 의금부의 서리들, 원종을 비롯한 군관들, 김우성과 김개로 대표되는 신료들, 그리고 자네와 나는 털끝 하나 다치지 않았어. 원종이 지적했듯이, 백계와 하 진사가 지독한 고문을 받을 수도 있어. 하나 하 진사는 아는 게 없고 백계는 좌포도청의 감옥에 있으니, 아직은 안심해도 돼. 시간적인 여유가 있다 이 말이야."

"하나 흉격이 붙은 후부터 도성 방비가 더욱 삼엄해지지 않았는가?"

"그렇지. 하나 저들이 도성과 대궐 방비를 강화하리라는 것 역시 이미 예상했던 일이 아니었나? 문제는 삼엄해진 방비의 허점을 찾는 거라네."

허균은 품에서 둘둘 말린 지도 한 장을 꺼냈다.

"「도성전도」라네. 가지고 가서 살펴주게. 최단 시간에 최소한의 희생으로 창덕궁을 차지하는 길을 찾도록 해. 자넨 어려서부터 남달리 지도를 좋아했으니 이럴 때 옛 실력을 발휘해서 도와주게. 이 은혜 평생 잊지 않겠네. 소소래사에서 잠정적으로 합의되었던 범궁의 길은 지도상에 붉은 점으로 표시해 두었다네. 도성 안의 군사들이 예상외로 많은 걸 보니 좌우에서 동시에 협공하는 것은 좋지 않은 것 같고……. 어쨌든 이 지도를 밤낮으로 살펴 길이 보이면 가르쳐 주게. 자네의 의견을 듣기 전까지는 거사하지 않을 테니 안심하고. 할 수 있겠나?"

이재영이 지도를 받아 들며 떨리는 목소리로 답했다.

"알겠네. 힘닿는 데까지 노력해 보지. 하나 또 한 번 이런 문제가 생긴다면 그땐 정말 거사의 중단을 신중하게 고려하겠다고 약속해 주게."

"알았네. 약속하지. 한데 솔직히 말하자면, 다시는 돌발 상황이 없었으면 해. 아무런 문제 없이 창덕궁을 차지하는 것도 밋밋하고 재미없지만, 상황이 복잡해져서 내 뜻과는 상관없이 역사의 수레바퀴가 돌아가는 것도 부담스러우니까. 자네도 나와 같은 심정이지?"

저물 무렵

대청마루에서 가부좌를 틀고 앉은 이이첨은 반나절이 넘도록 꼼짝도 하지 않았다. 오른쪽 귀를 뜨겁게 달구던 햇살이 뒤통수를 거쳐 왼쪽 귀로 옮겨 가는 동안, 눈을 지그시 아래로 내린 채 묵상에 잠겼다. 오른편에 놓인 국화차도 싸늘하게 식은 지 오래였다.

서너 걸음 앞에서 무릎을 꿇고 화심(畵心, 화지의 일종)에

죽사필(竹絲筆)을 놀리던 화원(畵員, 도화서 소속의 잡직) 허주(虛舟) 이징이 필산(筆山, 젖은 붓이나 먹이 묻은 붓을 바닥에 닿지 않도록 올려놓는 산 또는 물고기 모양의 도구)에 붓을 올려놓은 다음 조용히 아뢰었다.

"대감!"

이이첨은 미동도 하지 않았다. 차디찬 바위 같았다. 이징은 조금 더 목소리를 키웠다.

"편히 쉬셔도 되옵니다."

햇빛이 스러지면서 더 이상 초상을 그릴 수 없었던 것이다. 이이첨의 시선이 조금씩 조금씩 위로 올라왔다.

"허주! 자네는 나옹 이정을 어찌 생각하는가?"

"하늘이 내린 사람이옵니다. 요절한 것이 아까울 뿐이지요."

서른여덟 살의 이징은 자신의 감정을 숨길 줄 알았다. 나이 서른에 기행(奇行)과 폭주(暴酒)로 요절한 나옹 이정과는 참으로 다른 자세였다.

"자네와 비교하면 어떤가?"

신사년(1581년)에 태어난 이징은 무인년(1578년)에 태어난 이정의 명성에 가려 20년 가까이 자책과 질투의 밤을 보냈다. 대대로 화원 집안의 장손이었던 이정은 다섯 살부터 인물화를 그리기 시작했고, 겨우 열 살에 가법을 전수

받아 대가의 반열에 올랐다. 명나라의 사신이 왔을 때 불려가는 화원은 언제나 이정 한 사람뿐이었다. 병오년(1606년), 명나라의 사신 주지번이 허균의 시와 이정의 그림을 탑전에서 칭찬하느라 반나절을 허비했다는 사실은 지금까지도 인구에 회자되고 있었다.

허균과 이정이 어울릴 때, 거기에는 이징도 있었다. 이정이 허균을 따라 기생을 품고 말술을 마시며 화엄경을 외울 때, 이징도 그 곁에서 이정을 닮으려고 애썼다. 하늘을 울리고 땅을 뒤흔든다는 이정의 화법을 배우기 위함이었다. 이정은 한 번도 맨 정신으로 그림을 그린 적이 없었다. 그에게 그림은 취기와 취기 사이에 잠깐씩 붓을 놀려 의식주를 해결하는 방편에 지나지 않았다. 이정이 아무렇게나 휘돌린 그림들을 보며 이징은 밤새도록 끙끙 앓았다. 이정이 하루 만에 완성한 그림을 한 달이 넘도록 따라 그렸지만, 결코 그의 경지에 도달할 수 없었던 것이다. 금강산 장안사 벽에 그린 이정의 산수화를 보며 허균은 이런 말을 남겼다.

"나옹은 태어나면서부터 그림을 아는 사람이로세. 아무리 배우고 노력한들 어찌 여기에 이를 수 있으리."

그러나 이징은 포기하지 않았다. 서자인 이징이 매달릴 수 있는 것이라곤 그림뿐이었다. 이정이 불교 경전을 외우고 당시를 음미할 때, 이징은 한 폭의 그림이라도 더 그리려고 애썼다.

정미년(1607년), 이정이 객사한 후 이징은 비로소 주목받기 시작했다.

"이제 자네가 조선 제일의 화가일세."

허균으로부터 이런 칭찬을 들었을 때에도 기쁘지 않았다. 이정은 죽었지만 그가 남긴 그림들은 여전히 도처에 걸려 있었던 것이다. 이징은 끝까지 이정과 맞서야 할 운명이었다. 그는 이 잔인한 운명을 당연한 것으로 받아들였고, 오히려 그것들로부터 자극받아 밤낮을 가리지 않고 그림에 매진했다.

"백배는 더 낫습니다."

이징은 솔직하게 자신이 아직도 이정을 넘어서지 못했음을 인정했다. 이이첨이 꿈을 꾸듯 낮고 은은한 음성으로 이징을 위로했다.

"기축년(1589년)에 교산을 처음 만났을 때, 나도 자네와 같은 생각을 했다네. 글재주로는 결코 교산을 따라갈 수 없었지. 교산이 문과 중시에서 장원을 한 것도 우연이 아니야. 하나 말일세. 30년이 지나서야 알게 되었네만, 내가 시문으로 교산을 따라가지 못하듯 교산도 내게 미치지 못하는 게 있더군. 한 인간이 가진 부족한 부분과 넉넉한 부분을 서로 맞추어 보면, 결국 인간이란 엇비슷한 존재가 아닐까? 자네가 나옹의 파격을 부러워한 만큼 나옹도 자네의 한결같음을 시기했을 수도 있어. 나옹처럼 현란하고 눈부시기도 어렵지만 자네처럼 법도에 어긋나지 않고 단순하면서도 꽉 들어차는 것 역시 쉬운 일은 아니니까. 교산이 나옹을 타고난 화가라고 했다지? 타고난 건 타고난 대로 그냥 두면 돼. 하나 나는 나옹보다 허주 자네의 그림이 좋네. 배우고 익히는 데 노력을 아끼지 않는 것, 그것이 바로 범부들이 삶을 꾸리는 최고의 자세일 게야. 허주, 자네 그림에는 바로 그 극진함이 배어 있네. 자넨 벌써 일가를 이루었어."

"과찬이십니다. 턱없이 부족할 따름이지요."

이징은 아직도 배울 것이 많다고 생각했고 기회가 닿는다면 명나라로 건너가서 대륙의 그림들을 섭렵하고 싶었다. 이이첨에게 몇 번이나 그 뜻을 밝혔지만 허락을 얻지 못했다. 이징은 몰래 도성을 빠져나가더라도 내년에는 꼭 명나라로 가겠노라 마음먹고 있었다. 이이첨이 초상을 그려 달라고 했을 때 선뜻 응한 것도, 그동안 베풀어 준 은혜를 조금이나마 갚기 위해서였다. 이이첨이야말로 자신의 그림을 알아주는 유일한 문인이었다.

"이제는 어진(御眞, 임금의 초상)을 그려도 되지 않겠는가?"

이이첨의 도움으로 도화서(圖畵署, 그림을 맡아 보던 관청)의 으뜸 자리를 차지했으나 군왕의 초상을 그리는 일만은 한사코 거절했다. 어명으로 강권하면 어쩔 수 없이 그려야 하지만, 그의 재주를 아끼는 이이첨이기에 그렇게까지 하지는 않았다.

"아직은……."

"또 아직은인가? 조선 제일의 화가는 허주 자넬세. 그런 자네가 이 일을 마다해서야 쓰나?"

이이첨도 이번만은 작심을 한 듯 눈을 크게 부라리며 이징을 몰아세웠다. 고개를 돌려 묵병(墨屛, 먹을 갈 때 주위에 먹물이 튀는 것을 막기 위해 쳐 놓은 소형 병풍)의 매화를 가만히 바라보던 이징이 거절의 뜻을 분명히 했다.

"아무래도 아니 되겠습니다."

"오늘은 그 이유를 들어야겠네."

이징은 필가에 걸린 붓들을 눈으로 주욱 살폈다. 자신의 분신과도 같은 소중한 보물들이었다. 그는 저 붓들로 만물의 형상을 화지에 옮겨 왔다. 수만 마리의 나비, 수천 마리의 소, 수백 마리의 말! 수많은 밤을 밝힌 끝에 어떤 사물이라도 똑같이 담아낼 수 있는 세심한 붓놀림을 가지게 되었다.

"소생이 어진을 그릴 수 없는 까닭은 뜻을 기탁할 수 없

기 때문이옵니다. 일찍이 사숙재(私淑齋, 강희맹의 호) 대감께
서는 군자는 예술에 뜻을 기탁할(寓意) 따름이고 소인은 예
술에 전념하는(留意) 것이라고 하시면서, 예술에 전념하는
것은 공사(工師)나 예장(隸匠)같이 기술을 팔아서 밥을 먹는
자가 하는 짓이요, 예술에 뜻을 기탁하는 것은 고인(高人)
이나 아사(雅士)가 마음으로 묘리를 찾는 것이라고 하셨습
니다. 또 말씀하시기를, 모든 초목과 화훼를 보면서 눈으로
본 것을 마음으로 이해하고 마음으로 얻은 진수를 손으로
그려 그림이 신기하게 되면, 하나의 천기(天機)가 나타난다
고 하셨습니다.”

“본 대로 그릴 수는 있으나 마음으로 이해할 수는 없다
는 뜻인가?”

“그러하옵니다.”

“좀 더 확실하게 이야기해 보라. 도대체 무엇을 그릴 수
없다는 것인가?”

“눈동자이옵니다.”

“눈동자라……!”

“겉모습을 그리는 것은 참으로 쉽사옵니다. 곤룡포와 익
선관은 보지 않고도 지금 이 자리에서 그려 낼 수 있습니다
만, 주상 전하의 깊고 넓은 어심을 소생이 어찌 그릴 수 있
겠습니까? 다시는 권하지 마시옵소서.”

이이첨의 입가에 잔잔한 미소가 맴돌았다. 사물의 겉과 속을 완벽하게 이해하기 전까지는 결코 붓을 들지 않겠다는 고집이 마음에 들었다.

"허주! 그렇다면 아무도 어진을 그릴 수 없을 걸세. 우리 중 누가 어심을 알 수 있겠는가? 한데 말일세. 자네가 나의 초상은 선뜻 그리겠다고 나선 걸 보니, 이 눈동자는 그릴 자신이 있는가 보이."

"그, 그거야……."

갑작스러운 역습에 이징의 얼굴이 벌겋게 달아올랐다.

"허허허, 하긴 내 마음이야 넓지도 깊지도 않으니 자네 눈에 훤히 보일 걸세. 아니 그런가?"

"대, 대감!"

이징의 이마에 식은땀이 배어 나왔다. 노여움을 산 것이 아닐까? 섬뜩한 느낌이 들었다. 그러나 이이첨은 흰 수염을 쓸면서 웃고 있었다. 가볍고 천진난만한 웃음이었다. 수많은 정적을 죽인 그가 어떻게 저런 해맑은 웃음을 지닐 수 있는지 의아스러울 정도였다.

"도원은 많이 늘었는가?"

이이첨이 갑자기 박응서에 대해 물어 왔다. 이징은 이이첨의 부탁으로 벌써 4년째 박응서를 가르치고 있었다. 경자년(1600년), 두 사람은 허균의 소개로 만나서 곧 친해졌다. 같은 서자인 데다가 박응서가 특히 그림을 좋아했기 때문이다. 박응서를 따라 경기도 여주의 무륜당에도 간 적이 있었고 무륜당 주변의 빼어난 풍광을 그려 박응서에게 선물하기도 했다. 칠서의 변이 터지자, 이징은 그 그림 때문에 자신에게 화가 미치지 않을까 염려했었다. 그러나 다행히 이징에게까지 의금부의 손길이 닿지는 않았다. 박응서가 김제남을 고변한 공으로 풀려난 후 이징은 그와의 만남을 피했다. 이이첨의 부탁이 아니었다면 지금도 박응서와 절교를 했을 것이다.

"화원을 시켜도 무방할 정도입니다."

이징의 대답은 허풍이 아니었다. 박응서는 시뿐 아니라 그림에도 재능이 있었다.

"호오, 그 정도인가? 특히 잘 그리는 게 뭔가?"

"대나무입니다. 눈밭 위에 곧게 뻗은 겨울 대나무를 특히 잘 그립니다. 마음을 따라 붓을 움직여 형상을 취함에 어그러짐이 없는 기와 기법의 자취를 드러내지 않으면서 형상을 세우고 격식을 갖추되 속되지 않은 운(韻)이 그의 그림에 있사옵니다."

"한죽(寒竹)이라! 도원이 한죽을 그린단 말이지……."

이이첨이 천천히 고개를 끄덕였다. 어둠이 점점 짙어 갔다. 이징은 익숙한 손놀림으로 화구를 챙겼다. 그림을 완성하기까지 보름은 더 쌍리동을 찾아야 할 것이다. 안방으로 들어갔던 이이첨이 비단 보자기를 손수 들고 나왔다.

"천도복숭아 연적일세."

"늘 이렇게 마음을 써 주셔서 몸 둘 바를 모르겠습니다."

이징이 고개 숙여 고마움을 표시했다. 이이첨은 이징에 대한 자신의 마음을 돈이나 재물로도 나타내고 싶었다. 그러나 이징은 도화서의 녹봉으로도 어려움이 없다며 한사코 거절했다. 그러나 연적이나 먹, 붓이나 벼루처럼 구하기 힘들고 값비싼 화구들은 마다하지 않았다.

"그럼 내일 뵙겠습니다."

이징이 공손하게 인사를 하고 자리에서 물러났다. 이이첨은 대문 앞까지 배웅을 나갔다. 특별히 평교자를 준비했지만 이징은 걷는 쪽이 편하다고 고집을 부렸다. 이이첨은 대청마루를 오르며 노복에게 하명했다.

"사랑채의 손님을 뫼시고 오너라. 술상도 보고."

사랑채의 손님은 도승지 한찬남이었다. 호박 모양의 조족등(照足燈, 발을 비추는 휴대용 등)을 앞세우고 한찬남이 도착할 때까지, 이이첨은 대청마루에 서서 기다렸다. 두 사람은 반갑게 손을 맞잡았다.

"기다리시게 해서 미안하외다."

"아닙니다. 덕분에 모처럼 마음 편히 쉬었소이다."

도승지 한찬남과 판의금부사 이이첨은 경신년(1560년)에 태어난 동갑내기였다. 푸짐한 술상이 들어오자 한찬남이 사양의 뜻을 내비쳤다.

"다시 입궐해야 합니다. 술은 다음에 하지요."

옥잔을 권하며 이이첨이 웃었다.

"허허, 딱 한 잔만 하세요. 한데 왜 다시 입궐하시려는 겝니까? 숙직 승지들이 있지 않습니까? 혹 무슨 일이라도……."

"아닙니다. 오늘도 성 첨지와 김일룡을 찾으시는 것 같아서……."

"마음이 놓이시지 않는다 이 말씀입니까? 허허허."

한찬남의 얼굴이 딱딱하게 굳었다.

"웃으실 일이 아닙니다. 필운산 자락에 도대체 궁궐을 몇 개나 더 세울지 모르는 일이에요. 변란이 일어난다는 소문 때문에 민심이 극히 흉흉한데, 전하께서는 궁궐을 늘릴 생각뿐이시니……."

"지을 수 있을 만큼 지어야지요. 왕실의 위엄을 드러내는 일이 아닙니까?"

이이첨은 슬쩍 한찬남의 마음을 떠보았다.

"아니, 지금 그걸 말씀이라고 하시는 겝니까?"

"허허허, 평소의 도승지답지 않게 왜 이리 서두릅니까?

편안한 도로써 백성을 부리면 비록 수고로우나 원망하지 아니하고, 사는 도로써 백성을 죽이면 비록 죽더라도 죽인 자를 원망하지 아니한다고 했어요."

"무엇이 편안한 도고, 무엇이 사는 도라는 말씀이십니까?"

"외환이 닥칠수록 군왕을 중심으로 마음을 모으는 것, 이 것이 바른 도일 것이외다. 변함없는 왕실의 위용을 보여야 지만 백성들이 안심을 하지요. 몽진을 생각하기보다는 궁궐을 지을 땅을 고르는 편이 낫습니다. 새 궁궐을 준비하면 전하께서 도성을 떠나지 않으신다는 걸 만천하에 알리는 것이니까요. 물론 도승지의 염려가 틀리지 않음을 나 또한 잘 알고 있습니다. 하나 전하께서는 전쟁을 직접 겪으신 분이 아니십니까? 지금은 풍수쟁이들과 새 궁궐을 지을 궁리를 하고 계시지만, 결정적인 때가 오면 몸소 갑옷과 투구를 찾으시고 친정(親征, 임금이 직접 출정함)의 북소리를 울리실 터이니 염려 마십시오. 자, 이제부터 술잔 들기를 게을리 마세요. 오늘 우리 마음껏 취해 보십시다."

이이첨은 한찬남의 옥잔에 술을 가득 채웠다. 한찬남은 이이첨의 설명을 듣고 마음을 놓은 듯 단숨에 술잔을 비워 나갔다.

"이렇게 단둘이 술을 마신 지도 퍽 오래되었소이다."

"그렇군요. 도승지가 되고 나서는 쌍리동을 찾지 못했습니다. 미안합니다."

두 사람 사이가 소원해진 지도 벌써 1년이 넘었다. 칠서의 변이 일어났을 때에는 김제남을 탄핵하기 위해 매일 만나다시피 했었다. 그러나 권력이 대북(大北)의 손에 완전히 넘어온 뒤부터, 이이첨은 자신을 따르는 벼슬아치들과 유생들을 보살피느라 바빴고, 한찬남은 대전을 지키느라 다른 곳에 눈 돌릴 틈이 없었다.

"무슨 말씀을! 밤낮없이 전하의 어심을 헤아리느라 그리 된 것을. 오히려 도승지에게 모든 걸 맡겨 버리고 음풍농월로 세월을 보내는 것 같아 참으로 부끄럽소이다."

"별말씀을 다 하십니다."

술이 오르면서 이이첨의 양 볼이 불그스름해졌다.

"차수(叉手, 떡의 일종. 희고 부드러우며 맛이 매우 달고 연한 경기도 여주 지방의 명산물)를 드셔 보세요. 이 산개자(함경도와 회양, 평강 등지에서 나는 채소)는 약간 맵긴 해도 그 맛이 산뜻해서 혀끝에 감긴답니다……. 허허허, 식탐이 느는 걸 보니 나이를 먹긴 먹었나 봅니다."

"판의금부사가 부럽구려. 식탐이라도 내 봤으면 소원이 없겠어요. 요즈음은 어금니가 모두 내려앉는 통에 제대로 고기를 씹을 수도 없답니다. 나야말로 갈 때가 되었지요."

한참남이 웃으며 차수와 산개자를 양 볼에 하나씩 넣고
오물거렸다.

　"이제 우리도 주금어망(酒琴漁網, 술과 가야금과 고기 잡는 그
물)을 벗 삼을 때가 된 것 같소이다."

　한찬남이 별 대꾸 없이 다시 옥잔을 잡았다. 낙향하겠다
는 이이첨의 말을 믿지 않는 것이다. 옥잔을 아랫입술에 붙
였다가 내려놓았다. 한찬남이 먼저 선수를 쳤다.

　"숭례문의 흉격을 어찌 처리할 작정이십니까?"

　영월에서 가져온 마늘을 집으려다 말고 이이첨이 되물
었다.

　"어찌 처리하다니요?"

　한찬남은 이이첨의 젓가락을 내려다보며 잠시 침묵했다.
추국청까지 만들어 하인준과 숭례문 군졸들을 추국했지만
별다른 성과가 없었다. 죄인들을 엄하게 다루지 않는다는
느낌이 들었다. 이런 행태가 이이첨의 묵인으로부터 비롯
된 것인지, 그 아래 관리들의 태만 때문인지를 확인할 필요
가 있었다. 이이첨이 스스로 답했다.

　"국법에 따라 엄히 처리해야지요."

　"하인준은 관송과 교산을 도와 대론에 앞장섰던 성균관
의 유생입니다."

　하인준의 뒤에 이이첨과 허균이 있음을 돌려서 지적한

것이다. 숭례문의 흉격이 두 사람의 뜻에 따라 이루어지지 않았느냐는 물음이다.

"맞습니다. 작년에 교산의 소개로 두어 번 만난 적이 있지요. 하나 그때 대론을 주장한 유생이 하인준 한 사람만도 아니고, 뜻있는 유생이라면 누구나 대론을 지지하지 않았소이까? 잘 생각하세요. 이번 일은 역모일 수도 있습니다."

하인준이 허균의 사람임을 명확히 못 박은 것이다.

"그렇지요. 역모라면 추국청에서 신속하게 전모를 밝혀야 할 겝니다."

그렇다면 왜 죄인을 엄히 국문하지 않느냐는 물음이다. 이이첨이 고개를 좌우로 저으며 말했다.

"도승지가 의금부의 일에 이렇듯 관심이 많은 줄은 몰랐소이다. 도승지! 탐탁지 않더라도 조금만 더 지켜보세요. 내 곧 흉격을 붙인 놈을 잡아낼 테니."

"탐탁지 않은 것이 아니라……. 주상 전하께서 계속 하문하시기에……."

한찬남은 엄지와 검지로 술잔을 돌렸다. 이이첨이 말꼬리를 잡고 늘어졌다.

"무엇이라 하문하셨습니까?"

"하남대장군이 누구냐고……. 혹 박치의가 아니냐고……. 관송과 교산에게 가서 물어보라 하셨습니다."

한찬남은 사헌부 장령 한명욱이 올린 상소문을 떠올리며 적당히 둘러댔다. 이이첨이 옥잔을 치켜들고 단숨에 들이켰다.

"난 모르겠으니 교산에게 물으세요. 강변칠우와 호형호제하던 교산이니, 박치의가 어디에 숨었는지도 알지 않겠소이까? 허허허, 허허허허."

8일

아군과 적군

8월 13일 오후

도원수 강홍립은 성황산성(城隍山城)에서 이틀째 머무르고 있었다. 8월 7일 도성을 출발한 후, 고양, 파주, 개성, 금천을 지나 평산(平山)에 이르기까지 닷새나 걸렸다. 날렵한 정예병들임을 감안하면 느림보 행군이 아닐 수 없었다. 문제는 강홍립에게 있었다. 파주를 지나면서 시름시름 앓기 시작하더니, 개성에서부터는 말도 타지 못하고 교자에 몸을 의지한 채 대열의 후미로 뒤처진 것이다. 닷새 만에 평산까지 당도할 수 있었던 것도 평안도 순변사 우치적이 선봉에서 장졸들을 이끌었기 때문이다.

고구려 시대에 지었다는 성황산성은 성벽의 대부분이 무너진 황량한 폐성이었다. 아침부터 추적추적 비까지 내

려 쓸쓸한 느낌을 더했다. 먹구름이 물러가기는 틀렸다고
판단한 군졸들이 민가에서 마른 장작을 얻어 저녁 준비를
시작했다. 빗줄기를 뚫고 피어오르는 흰 연기들이 산바람
에 흔들려 이리저리 흩어졌다. 강홍립이 교자에 몸을 의지
한 후부터 군사들의 사기는 하루가 다르게 곤두박질치고
있었다. 평양에 닿기도 전에 도성으로 되돌아갈지도 모른
다는 흉문까지 돌았다.

우치적은 비룡 두 마리가 서로 몸을 꼬며 하늘로 올라가
는 대장기 앞에서 잠시 걸음을 멈추었다. 빗방울들이 피갑
(皮甲, 짐승의 가죽으로 만든 갑옷)에 툭툭 소리를 내며 부딪쳤
지만 꿈쩍도 하지 않았다. 헝클어진 반백의 수염, 굳게 다
문 입술, 번득이는 두 눈은 그가 얼마나 많은 전투에 참여
했으며 또 얼마나 지독한 죽음의 고비를 넘겼는가를 보여
주고 있었다. 어떠한 고난이 닥쳐도 정면 돌파만을 고집해
온 용장이었다.

"도원수 계신가?"

군막 앞에서 부장(副將) 정국호가 막아섰다.

"오늘은 아무도 들이지 말라는 엄명이 계셨습니다. 돌아
가십시오."

우치적은 두 눈을 부라리며 정국호를 노려보았다. 이미
환갑을 넘겼지만 두 눈만큼은 스무 살 젊은이의 것이었다.

정국호가 몸을 움찔하며 저도 모르게 뒷걸음질을 쳤다.

"우치적이 뵙기를 청한다고 말씀드리게."

"아, 알겠습니다. 잠깐만 기다리십시오."

서둘러 군막으로 들어간 정국호가 비실비실 웃으며 다시 나왔다.

"안으로 드십시오. 하나 도원수께서는 한열(寒熱, 오한과 신열)이 심하시니 긴 말씀은 삼가셨으면 합니다."

"허어엇참!"

우치적이 기가 막힌다는 듯 혀를 차며 안으로 들어섰다. 희미한 등잔불 아래 강홍립이 누워 있었다. 두석린갑(豆錫 鱗甲, 놋쇠의 비늘을 연결하여 만든 원수가 입는 갑옷)도 벗어 버리고 겉저고리에 솜바지 차림이었다. 도원수의 위용은 온데간데없었고 공자 왈 맹자 왈로 세상을 보낸 늙은 처사의 몰골이었다. 인기척을 듣고서도 설핏 잠이 든 것처럼 눈을 뜨지 않았다. 우치적은 투구를 벗어 옆구리에 끼고 침상으로 다가가서 나무 의자에 걸터앉았다. 그제야 강홍립이 천천히 눈을 떴다. 움푹 팬 눈과 이마에서 볼을 타고 목덜미까지 흘러내린 땀, 갈라 터진 입술을 보니 꾀병만은 아닌 듯했다.

"오, 오시었소."

강홍립이 몸을 일으키려 했지만 두 어깨만 흔들릴 뿐이

었다. 우치적은 황급히 강홍립의 오른팔을 붙들었다.

"그대로 누워 계세요. 이렇게 병이 깊은 줄은 몰랐소이다. 의원은 다녀갔소이까?"

강홍립이 깊은 숨을 몰아쉬었다.

"휴우우우! 가벼운 감환입니다. 한기에 잘 듣는 소시호탕(小柴胡湯)을 먹었으니 곧 일어나겠지요. 심려를 끼쳐서 죄송합니다."

우치적의 두 눈이 눈물로 일렁거렸다. 전쟁터에서는 한없이 용맹한 장수지만, 마음이 여리고 감정이 격한 면도 있었다.

"주필대(駐蹕臺)에 다녀왔소이다."

주필대는 임진년에 몽진을 떠난 어가(御駕, 임금이 타는 수레)가 하룻밤을 머물렀던 곳이다. 강홍립은 눈을 지그시 감은 채 듣고만 있었다.

"은혜를 원수로 갚는 것이 오랑캐의 본성이외다. 확실히 버릇을 고쳐 놓지 않으면 양호우환(養虎憂患, 범을 길러 화를 입음)을 겪을지도 모릅니다. 도원수께서는 하루빨리 쾌차하셔서 대군을 이끄십시오. 소장이 의주에 다다를 때까지 힘껏 도와 드리겠소이다."

"고맙습니다. 장군만 믿겠습니다. 한데, 장군!"

강홍립이 조금 기력을 되찾은 듯 목소리를 가다듬었다.

그때까지도 우치적의 갑옷에서 빗물이 뚝뚝 떨어지고 있었다.

"장군은 왜구와 노추를 모두 상대하셨으니 두 오랑캐의 차이를 아실 겁니다. 둘 중 어느 쪽이 더 강합니까?"

북삼도와 하삼도를 오가며 30년이 넘도록 변방을 지킨 우치적이었다. 임진년에는 원균과 이순신 휘하에서 왜구와 맞서 큰 공을 세웠고, 그 후로는 함경북도 병마우후와 경흥 부사, 회령 부사를 역임하며 노추를 벌벌 떨게 만들었다. 강홍립의 갑작스러운 질문에 우치적은 허리를 뒤로 젖히며 숨을 골랐다. 지나간 세월이 획획획 눈앞을 스쳤다.

"왜구는 빠르고 칼을 잘 쓰지요. 임진년에는 조총이라는 새로운 병기로 무장하는 바람에 쉽게 물리치기 힘들었소이다. 왜구의 배 역시 비선(飛船)이라 불릴 만큼 가볍고 날렵했습니다. 외해에서는 도저히 이길 승산이 없었어요. 그래서 이 통제사나 원 통제사는 내해, 그것도 섬이 많고 조수간만의 차가 심한 지형만 골라 전투를 벌였습니다. 지형을 이용해서 왜선들을 가둔 다음 총통으로 끝장을 본 것이외다. 노추 역시 빠르기는 마찬가지입니다. 왜구에게 비선이 있다면 노추에게는 비마(飛馬)가 있지요. 조선에서는 기병들을 전투에 투입하기보다는 군량을 나르거나 군령을 전달하는 데 쓰지만, 노추는 말과 함께 평생을 보낸다고 해도 과언이 아닙니다. 벌판에서 싸운다면 결단코 승리할 수 없습니다. 또한 노추는 칼을 잘 쓸 뿐 아니라 활까지 능숙하게 다루지요. 조선의 궁수만큼 쏘지는 못하지만, 그래도 활을 이용해서 진을 치는 법을 알고 있으니 대비책을 세워야 하외다."

"임진년의 수전이야 하삼도의 바다에서 싸웠으니 지형을 이용할 수 있었지만 이번 전투는 노추의 땅에서 벌어질 것이니 더욱 힘겹겠군요."

"쉽지는 않을 것이외다. 혹한을 견디는 것 역시 만만한 일이 아닙니다. 4군 6진의 장졸들은 늘 이렇게 불리한 상황에서 노추를 무찔러 왔소이다. 도원수께서 중심을 굳건히 하시면 능히 오랑캐를 섬멸할 수 있습니다. 더군다나 대명의 강병들과 함께하는 전투가 아니외까?"

우치적은 좋은 말로 강홍립에게 용기를 주려고 애썼다. 도원수가 흔들리면 승전을 거둘 수 없는 것이다. 강홍립이 천천히 고개를 저었다.

"「용도」에 이르기를, 어리석은 장수가 군사를 이끌고 국경을 넘어 열흘 이내에 적군을 깨뜨리지 못하면 아군은 전멸하고 장수는 전사한다고 했습니다."

"어허! 어찌 이런 약한 말씀을 하십니까? 도원수는 문무를 겸한 조선 제일의 장수외다. 힘을 내세요. 한 줌도 안 되는 노추가 아니외까?"

우치적이 강홍립의 오른손을 가만히 쥐자, 강홍립도 왼손으로 포개 잡았다.

"장군! 장군께서 끝까지 나를 보좌하실 수는 없소이까? 장군만 허락하신다면 상소문을 올리겠습니다."

우치적이 가만히 손을 빼며 웃었다.

"허허허, 그랬다간 부원수가 화를 낼 겁니다. 부원수도 훌륭한 장수입니다. 성격이 조금 급하긴 해도 그만한 인물이 없지요."

강홍립이 왼손을 들어 탁자 위를 가리켰다.

"아무래도 지금의 부원수로는 마음이 놓이질 않습니다. 저 서찰을 보세요. 평양에 빨리 도착하지 않는다고 독촉하는 서찰을 벌써 네 장이나 보냈습니다. 이래서야 마음을 합쳐 전투를 치를 수 있을지……."

"소장도 부원수와 같은 마음입니다. 소장이 오늘 도원수를 뵈러 온 것도 하루빨리 대열을 정비하여 북진하기를 청하기 위함이지요. 도성에서 벌써 두어 달을 허비했는데 지금 또다시 시일을 늦추어서는 아니 될 것입니다. 몸조리 잘하십시오. 내일 아침에는 출병의 북소리를 듣고 싶소이다."

우치적이 강홍립의 손등을 두어 번 토닥거린 후 자리에서 일어섰다. 강홍립은 겨우 머리만 들고 결례를 사과했다.

군막을 나서는 우치적의 얼굴은 어둡기 그지없었다.

큰일이로세, 큰일이야!

우치적도 강홍립이 꾀병을 부려 도성에서의 출병을 늦추었다는 소문을 들었다. 이번에도 그렇다면 단단히 혼을 낼 작정이었다. 그러나 강홍립은 정말 고열에 시달리며 짙은 가래를 뱉어 냈다. 지독한 감환이 틀림없었다.

빗줄기가 점점 강해졌지만 아랑곳하지 않고 산성을 한 바퀴 돌았다. 그의 군막은 출병의 북이 울리면 언제라도 선봉에 설 수 있도록 성문 바로 옆에 자리 잡고 있었다.

부원수!

우치적은 명나라의 원군 요청이 있자마자 부원수를 자청했다. 도원수에는 유장(儒將)이 임명되겠으나, 전투를 실제로 총괄하는 것은 무장인 부원수의 몫이었다. 비변사의 당상관들도 우치적을 적극 추천했다. 조선에서 그만큼 경험이 풍부하고 용맹한 장수는 없었던 것이다. 강홍립과 김경서가 도원수와 부원수로 낙점을 받은 후에도 우치적을 함께 보내야 한다는 중론이 들끓었다. 6월 28일에는 우치적에게 부원수의 칭호를 부여하여 김경서와 나란히 보내는 것이 어떻겠느냐는 광해군의 하문까지 있었다. 대신 중 누군가가 조금만 더 도와준다면 원군에 합류하는 것도 어렵지 않을 듯했다. 그때 우치적은 판의금부사 이이첨을 찾아

갔다. 이이첨은 비변사 당상관 중에도 가장 적극적으로 그를 지원해 주었다.

"우 장군! 나도 우 장군을 꼭 보내고 싶습니다. 한데 전하께서 신축년(1601년)의 일을 계속 거론하시는 바람에…….
난처한 일이지요."

신축년에 충청 수사였던 우치적은 나라에 바칠 공물을 금강에 빠뜨린 군졸 셋을 단칼에 참한 적이 있었다. 그 일로 탄핵까지 받았었는데, 광해군이 다시 이것을 꼬투리 삼아 우치적의 출전을 보류하고 있는 것이다.

"벌써 20년이 가까운 옛일이외다. 더구나 그놈들은 어차피 군법에 따라 목을 벨 놈들이었어요. 대감! 전하께 한 번만 더 아뢰어 주세요. 이 늙은 무부의 마지막 소원이외다."

"알겠습니다. 그렇게까지 말씀하시니 기회를 봐서 탑전에 아뢰도록 하지요."

이이첨의 노력 덕분인지, 7월 27일 늦은 오후, 우치적은 광해군의 부름을 받았다. 독대였다.

"과인에게 할 말이 있다고?"

"예, 전하!"

"무엇이냐?"

우치적은 쌍호흉배(雙虎胸背, 무관의 가슴과 등에 붙여 작품을 나타내는 것, 당상관은 쌍호이고, 당하관은 단호임)를 내려다보며 잠시 생각을 정리했다. 어렵게 돌아가느니보다 간명하게 원하는 바를 아뢸 작정이었다.

"신도 압록강을 건너도록 허락하여 주시옵소서."

"도원수와 부원수 이하 원군의 장수들이 모두 임명되었느니라. 한데 이제 와서 동참을 하겠다 이 말이냐?"

"신은 대명이 원군을 청하던 바로 그날부터 원군을 이끌고 압록강을 건너기만을 소망하였나이다."

"순변사의 용맹함은 과인도 잘 알고 있느니라. 평안도 병마절도사 김경서보다 경을 추천한 대신들이 많았지. 하나 호랑이 두 마리를 모두 숲 밖으로 보낼 수는 없는 일. 김경서가 가기로 했으니 경은 북삼도에 남도록 하라."

우치적은 순순히 물러서지 않았다.

"전하! 김경서가 뛰어난 장수인 것은 사실이오나 오랑캐와 맞서서 싸운 건 얼마 되지 않사옵니다. 신에게 맡겨 주시옵소서."

광해군은 간곡히 아뢰는 우치적을 바라보며 말머리를 돌렸다.

"임진년에 경은 통제사 이순신과 통제사 원균 휘하에 있었다. 두 장수 중에서 누구의 공이 더 큰가?"

"원 통제사의 전공도 큽니다만 이 통제사의 공이 더 크옵니다. 조선 수군이 원 통제사처럼 돌진과 당파만을 일삼았다면, 1년도 되기 전에 판옥선을 모두 잃었을 것이옵니다. 눈앞의 작은 승리를 얻기보다 큰 패배를 당하지 않는 것이 급선무였으므로, 이 통제사처럼 물러나 굳게 지키는 전술이 옳았사옵니다."

"그러한가? 만약 경이 원군을 이끈다면 이 통제사와 같은 전술을 쓰겠군."

우치적이 목소리에 힘을 실었다.

"아니옵니다. 노추와의 전투에서는 물러나 지키는 것이 나서서 돌진하는 것보다 더 힘드옵니다. 곧 겨울이 닥칠 터인데 폭설이라도 내린다면 진을 치고 사방을 살피는 것이 어렵게 되옵니다. 노추와의 전투에서는 원 통제사가 택했던 속전속결이 승리의 지름길이라 사료되옵니다."

우치적의 경험은 헛되지 않았다. 상대가 누구고 지형이 어떠하냐에 따라서 유연하게 대처하는 법을 터득한 것이다. 우치적이 원군을 이끈다면 쉽게 패배하지 않을 것 같았다.

"경은 원 통제사의 최후를 직접 보았다지?"

"그러하옵니다."

"하늘이 내린 장수라고 하더라도 전투에서 패할 수 있는 법! 아니 그런가?"

"전투에서의 패배는 인간의 힘만으로는 막을 수 없사옵

니다. 장수에게 출정의 명을 내린 뒤 태사(太史)에게 점을 치도록 한 것도 하늘의 뜻을 살피기 위함이었사옵니다."

대부분의 장수들은 전투에 나서기 전에 점을 쳤다. 전투의 승패는 물론 자신의 생사를 살피기 위함이었다.

"명나라와 조선의 군사들이 노추에게 패한다면 어찌하겠는가?"

"그럴 일은 없사옵니다."

우치적이 고개를 바닥에 닿을 만큼 숙였다.

"하늘이 명나라와 조선을 버리고 노추를 택한다면? 군사들이 전멸할 위기에 처한다면 경은 노추에 항복할 수 있겠는가?"

"오랑캐에게 고개를 숙이느니 차라리 자결하겠나이다."

"스스로 목숨을 끊겠다? 노추에게 항복하는 것을 과인이 허락한대도 목숨을 끊겠는가?"

우치적이 고개를 번쩍 들었다. 제 귀를 의심하는 표정이었다.

노추에게 항복하는 것을 허락한다?

"패장에게 합당한 벌은 죽음뿐이옵니다. 신은 결코 노추에게 무릎을 꿇지 않을 것이옵니다."

"순변사!"

"예, 전하!"

"경의 충정을 과인이 왜 모르겠는가. 과인은 경을 결코 국경 밖으로 보낼 수 없다. 언제까지나 조선에 남아서 과인을 지키도록 하라."

독대는 그렇게 끝이 났다. 광해군이 갑자기 용상에서 일어서는 바람에 우치적은 변변히 응대도 못하고 물러날 수밖에 없었다.

노추에게 항복하는 것을 허락한다?

우치적은 고개를 저었다. 전하께서 그런 말을 하셨을 리가 없다. 환청인 것이다. 세월에 지친 육체가 헛된 말을 지어낸 것이다. 노추는 명나라와 조선의 국경을 넘나들며 노략질이나 일삼는 하찮은 오랑캐일 뿐이다. 그런 오랑캐와의 전투에서 진다는 것은 상상할 수도 없다. 만에 하나 작은 패배를 당하더라도 어찌 목숨을 아껴 투항할 수 있으리.

멀리 성문이 보였다. 우치적도 오늘 밤만은 편히 몸을 뉠 작정이었다. 하루 종일 비를 맞으며 군영을 돌아다닌 것이 무리인 듯싶었다. 도원수가 자리보전을 하는 마당에 우치적까지 병을 앓는다면 이번 행군은 끝장인 것이다. 따뜻한 차로 몸을 데운 다음 일찍 잠자리에 들기로 마음을 굳혔다.

"장군!"

성문 밖에서 한 사내가 허겁지겁 그의 군막으로 뛰어왔다. 성문에 기대어 비를 피하고 있었던 모양이다. 우치적은 투구를 벗으려다 말고 사내의 얼굴을 살폈다. 겨우 스물은 넘겼나 싶은 동안(童顏)이었다.

"자네는 누군가?"

"임경업이라고 하옵니다."

임경업? 처음 듣는 이름이었다.

"한데 웬일인가?"

"장군께 드릴 말씀이 있어서 기다리고 있었습니다."

왕방울만 한 눈에 넓은 이마와 주먹코가 호인(好人)의 상이었다.

"들어오게."

우치적은 임경업을 데리고 군막으로 들어갔다. 등잔불을 마주하고 앉으니 더욱 어깨가 넓고 키가 커 보였다.

"지난 6월 무과에 급제하여 함경도 갑산으로 가는 중이옵니다."

그제야 우치적은 임경업을 기억해 냈다. 기사(騎射, 말을 타고 달려가 활을 쏘는 것)에서 두 순(巡, 한 순은 화살 다섯 발임)을 모두 알과녁(과녁의 한복판, 홍심)에 명중시켰던 바로 그 젊은이였다. 무과 급제자들 중에서 절반은 원군에 포함되었고 나머지 절반은 4군 6진의 근무가 결정되었다. 도원수의 지휘 아래 평양까지 함께 갔다가 거기서 나뉠 계획이었다.

"내게 무슨 볼일인가?"

"먼저 갑옷부터 벗으시지요. 도와 드리겠습니다."

물에 불어 축 늘어진 갑옷이 무거워 보였는지, 임경업은 옷부터 벗도록 권했다. 이제 갓 무과를 급제한 애송이치고 는 무척 침착했다. 비변사 당상관과 삼도수군통제사를 역 임한 평안도 순변사 우치적 앞에서도 전혀 움츠러드는 기 색이 없었던 것이다.

"그렇게 하지."

임경업은 우치적의 뒤로 돌아가서 옆구리 쪽의 놋쇠 단 추부터 푸는 것을 거들었다. 갑옷을 벗으니 몸이 한결 가벼 워졌다. 두 사람은 다시 마주 보며 앉았다.

"장군! 청이 있사옵니다."

"무엇인가?"

"소생은 함경도 갑산이 아니라 압록강을 건너고 싶사옵 니다."

"원군에 들고 싶다 이 말인가?"

"예, 장군!"

"허어!"

탄성이 절로 나왔다. 그처럼 원군에 참여하고 싶어 하는 사람이 또 있었던 것이다. 우치적은 눈을 부라리며 임경업을 살폈다. 굳게 다문 입술과 솥뚜껑 같은 손이 눈에 들어왔다.

"왜 압록강을 건너려는 건가? 전공이 탐나서라면 마음을 돌리게. 이번 전투는 그렇게 간단하지가 않아……. 몇 년 동안 귀국할 수 없을지도 모르고……."

"장군!"

갑자기 임경업이 말을 잘랐다.

"장군이 우치적 장군 맞습니까? 이 통제사와 원 통제사를 보필하며 하삼도의 왜구를 벌벌 떨게 만들었던 우치적 장군께서 어찌 이런 약한 말씀을 하십니까?"

이놈 봐라!

우치적의 얼굴에서 웃음이 사라졌다. 쉽게 보아 넘길 청년이 아니었던 것이다.

"몇 살인가?"

"스물다섯이옵니다."

"나는 자네가 태어나기도 전에 왜구와 맞섰지. 내 손으로 직접 묻은 장졸만도 100명이 넘어. 죽음을 두려워하지 않는 자네의 용기는 가상하네만, 어명을 따르도록 하게."

"장군! 소생은 압록강을 건너기 위해 무과에 응시했던 것이옵니다. 제발 도원수께 말씀드려 원군에 들도록 도와주십시오."

임경업은 한사코 고집을 부렸다. 우치적은 그의 얼굴에서 언제나 선봉만을 고집하던 젊은 날의 자신을 발견했다.

"이보게. 내게는 그런 권한이 없네. 설령 도와줄 수 있다고 해도 난 자네를 압록강 너머로 보내지 않겠어."

"그게 무슨 말씀이십니까?"

임경업은 젊은 혈기를 누르지 못하고 당장 달려들 것처럼 두 주먹을 꽉 쥐었다. 우치적은 천천히 몸을 좌우로 흔들며 임경업의 주먹이 펴질 때까지 기다렸다.

"전권(戰權)을 아는가?"

"알고 있사옵니다."

"설명해 보게."

"전쟁이란 정도(正道)로만 승리하는 것이 아니라 뛰어난 계책이 있어야 합니다. 다시 말해 장수가 장졸들을 지휘하여 전투를 시작할 때에는 지혜와 계략을 능숙하게 사용할 수 있어야 하는데, 이를 전권이라 하옵니다. 『사마병법』에서는 전권의 예를 크게 세 가지 들고 있습니다……."

"그만, 됐네! 전참(戰參)과 전환(戰患)에 대해서도 알고 있는가?"

"전참은 전투에 앞서서 미리 살펴야 할 것들이옵고 전환은 패전의 원인이 되는 것들이옵니다."

"허허허, 잘 알고 있구면."

우치적이 웃으며 고개를 끄덕였다. 임경업의 얼굴에 미소가 성긋 비치려는 순간, 우치적의 오른쪽 주먹이 임경업의 왼쪽 어깨를 힘껏 내리쳤다.

"윽!"

임경업이 어깨를 감싸며 앞으로 푹 고꾸라졌다.

"군영에서는 한시도 긴장을 풀어선 안 된다네. 괜찮은가?"

"괘, 괜찮습니다. 휴우우!"

임경업이 크게 심호흡을 한 후 자세를 고쳐 앉았다. 우치적은 낮고 단단한 목소리로 조용히 임경업을 타이르기 시작했다.

"장수는 말일세, 전장에서 적의 군졸을 직접 죽이는 법이 아니야. 자네가 지금 압록강을 건너가면 송장이 썩어서 흐르는 추깃물에 빠지고 말걸. 제 마음 하나도 다스리지 못하면서 병서를 외워 봤자 무슨 소용이 있겠는가. 자넨 갑산에 틀어박혀 장수다움을 배울 시간이 필요해. 지금 자네의 몰골을 보게. 이름 없는 군졸도 자네보다는 더 사리를 분별할 줄 알겠으이. 병서를 외우지 말고, 그 병서의 참뜻을 깨우치게 되면, 그때 다시 찾아오게. 그땐 자네가 거절하더라도 내가 자네를 선봉에 세우겠네. 자, 이제 그만 돌아가게나."

병야(丙夜, 밤 11~1시)

순라를 도는 야경꾼을 제외하곤 인적이 뚝 끊긴 밤이었
다. 노추와 왜구의 첩자들이 밤마다 돌아다닌다는 흉문이
퍼진 후부터는 왕래하는 사람이 더욱 없었다. 후천동(後川
洞), 낙선동(樂善洞), 산림동(山林洞) 일대를 맡은 우포도대장
윤홍은 비번인 군관들까지 동원하여 동이 틀 때까지 순라
를 돌게 했다. 군관들의 원성이 컸지만 윤홍은 꿈쩍도 하지
않았다.

"쩝, 아니, 형님! 왜관동(倭館洞)까지 왜 내려가는 겁니
까? 거긴 우리가 맡은 구역이 아니지 않습니까?"

차인헌이 긴 목을 잡아 빼며 볼멘소리를 해 댔다.

"가려거든 형님 혼자 가세요. 전 도저히 못 가겠습니다."

전승현은 아예 엉덩이를 흔들어 대며 퍼지르고 앉는 시
늉을 했다. 앞서 가던 동인남은 조금도 화를 내지 않았다.

"알겠네! 나 혼자 가지. 하나 오늘의 수확은 몽땅 나 혼
자만 먹겠네. 불만들 없겠지?"

수확?

차인헌과 전승현이 서로 얼굴을 마주 보았다. 차인헌이
성큼성큼 달려 나갔다.

"형님! 무슨 그런 섭한 말씀을, 쩝, 하십니까? 당연히 형
님을 따라가야죠. 쩝, 승현이 저 녀석은 안 가더라도 저는

형님을 따르겠습니다."

전승현도 지지 않고 잰걸음으로 달려왔다.

"닥쳐! 형님, 설마 절 그냥 두고 가시려는 건 아닐 테죠?"

동인남이 양팔로 두 사람의 어깨를 감싸 쥐며 으슥한 돌담 아래로 갔다. 그들에게는 각각 다섯 명의 군졸이 할당되어 있었다. 동인남은 군졸들이 듣지 못하도록 목소리를 낮추고 의미심장한 눈초리를 보내며 말했다.

"아주 아주 아주 중요한 일이네. 오늘 밤 노추의 간자들이 왜관동에 나타날 거라고 하네."

차인헌과 전승현의 두 눈이 커졌다. 동인남이 말없이 고개를 끄덕였다.

"놈들은 포도군관과 군졸로 변복한 다음 민가를 불 지르고 돈과 재물을 약탈할 거야."

"그놈들이 왜 포도군관을 흉내 내며 그런 짓을 합니까? 쩝!"

쩝 소리가 유난히 크게 들려 차인헌은 저도 모르게 양손으로 입을 막았다.

"민심을 어지럽히려는 술책이지. 생각해 보게. 포도군관들이 야밤에 민가를 불 지르고 약탈했다는 소문이 나면 어떻게 되겠나? 친동생 같은 자네들이니 내 특별히 일러 주는 거야. 오늘 밤 우리가 그놈들을 잡으면 큰 상을 받게 되겠지. 상금도 짭짤할 거야. 어때? 구미가 당기나?"

"위험하지 않을까요? 노추의 간자들은 바람보다도 빠르고 비수보다도 날카롭다고들 하던데……."

"걱정 말게. 내가 미리 손을 다 써 두었네. 매복해서 기다리다가 놈들이 나타나면 막다른 골목으로 몰아 가두는 게야. 간단한 일이지."

세 사람은 굳게 손을 잡았다.

왜관동에 도착한 그들은 생민동(生民洞)으로 내려가는 삼거리의 소나무 숲에 몸을 숨겼다. 노추의 간자들이 나타나면 생민동 쪽 길을 끊고 막다른 골목으로 몰아붙이려는 것이다. 자정이 가까운 시각 두 다리가 저려 올 즈음, 동인남이 낮게 속삭였다.

"온다!"

어둠 속에서 발소리가 어지럽게 들려왔다. 한 무리의 사람들이 후천동 쪽에서 내려오고 있었다. 먹구름이 달을 가려 앞을 잘 구별할 수 없었지만, 희끄무레한 복색으로 봐서 도성 안의 백성들인 듯싶었다.

"기다리게! 더그레를 입은 놈들이 나타날 때까지!"

전승현과 차인헌이 고개를 끄덕였다. 백성들이 지나가자마자 더그레를 입은 군관과 군졸들이 나타났다. 동인남은 그들이 좀 더 가까이 올 때까지 최대한 시간을 벌었다.

이윽고 선두가 소나무 숲에 닿았을 때, 동인남이 창을 높이
치켜들고 뛰어 내려갔다.

"쳐랏!"

전승현과 차인헌도 함성을 내지르며 그 뒤를 따랐다. 갑
자기 공격을 받은 사내들은 동인남의 계획대로 막다른 골
목까지 밀려 들어갔다. 그러나 그들의 저항도 만만치 않았
다. 골목 안은 곧 피와 살이 튀는 혈투의 장소로 변해 갔다.
우포도군관과 군졸의 손에 창과 칼이 들렸지만, 상대방 역
시 허공을 붕붕 날아다닐 만큼 빨랐다. 어느 틈에 창을 빼
앗긴 차인헌은 왼쪽 어깨를 찔렸고 전승현도 허벅지를 채
여 나뒹굴었다. 차인헌은 피가 뚝뚝 흐르는 어깨를 감쌀 생
각도 않고 오른손으로 상대의 멱살을 감아쥐었다. 먹구름
속에 숨었던 달이 나타난 것은 바로 그 순간이었다.

"너, 용은태 아냐?"

갑자기 차인헌이 두 눈을 부라리며 물었다. 그의 창을 빼
앗은 자가 좌포도군관이자 죽마고우인 용은태였던 것이다.

"너는 차인헌?"

용은태도 믿을 수 없다는 표정으로 들고 있던 창을 떨구
었다.

"멈춰! 멈추란 말이야."

차인헌이 뒤엉켜 싸우는 이들에게 소리쳤다. 그제야 그

들은 상대방의 정체를 알아보았다. 참으로 어처구니없는 일이 아닐 수 없었다.

우포도청의 군졸 일곱 명이 목숨을 잃었고 두 명은 크게 다쳐 불구가 되었다. 좌포도청의 피해는 더욱 심각했다. 군관 두 명을 포함하여 열두 명이 죽었고 다섯 명이 중상을 당했다.

급보를 접한 좌포도대장 김예직이 서린방(瑞麟坊)의 우포도청으로 들이닥친 것은 당연한 일이었다. 우포도대장 윤홍도 이미 우포도청으로 나와 있었다. 김예직은 포도청 앞마당으로 들어서자마자 장검을 빼어 들고 소리쳤다.

"누구냐, 감히 좌포도청의 군졸을 도륙한 놈이? 나서라, 썩 나서지 못할까!"

윤홍이 대청마루에 서서 주먹코를 벌렁이며 맞받아쳤다.

"그 무슨 망발이오? 도륙이라니? 우포도청의 군졸도 일곱이나 죽었소이다."

"뭣이라고?"

김예직이 칼을 빼어 든 채 앞으로 내달았다. 당장이라도 윤홍을 벨 기세였다. 기세에 놀라 윤홍은 저도 모르게 두어 걸음 뒤로 물러섰다. 섬돌 아래에 서 있던 동인남이 앞을 막아섰다.

"진정하시옵소서. 장군!"

"비켜! 죽고 싶으냐?"

그러나 동인남은 물러서지 않았다. 오히려 목을 치켜들고 가슴을 활짝 편 채 베고 싶으면 베라는 식이었다. 김예직을 따라 들어온 좌포도군관 조명도와 강문범, 용은태도 좌우에서 그를 만류했다.

"칼을 거두시지요. 우선 일의 자초지종을 밝히는 것이 급선무이옵니다."

칼을 잡은 김예직의 양손이 부들부들 떨렸다. 윤홍에게 칼부림을 했다가는 좌우포도청의 갈등이 정말 돌이킬 수 없는 지경에 이를 수도 있었다.

"에잇!"

칼을 거두어들인 김예직이 거칠게 신발을 벗고 대청마루로 올라섰다. 윤홍이 그를 방으로 안내했다. 김예직은 상석에 앉자마자 서안을 주먹으로 내리쳤다. 윤홍의 얼굴에는 불쾌한 빛이 역력했다.

아무리 좌포도대장이 우포도대장보다 지위가 높다고 하나 다 같은 종2품 당상관인데, 이토록 거만하게 횡포를 부릴 수 있는가? 주상 전하의 외숙임을 내세워 나를 홀대하는 것인가? 산 진 거북이요, 돌 진 가재로다.

좌포도청의 조명도, 강문범, 용은태와 우포도청의 동인남이 따라 들어왔다. 차인헌과 전승현은 상처를 치료하느라고 참석하지 못했다. 윤홍이 먼저 고개를 돌려 동인남에게 물었다.

"동군관. 어찌 된 일인지 소상히 말해 보라."

동인남이 또박또박 사건의 경위를 설명하기 시작했다.

"차군관과 전군관 그리는 저는 각각 산림동, 낙선동, 후천동을 돌아본 뒤 왜관동으로 내려갔습니다. 그쪽은 우포도청의 다른 군관들이 맡기로 했으나, 목멱산을 넘어가는 백성들이 반드시 거쳐 가는 길목인 데다가 어젯밤에는 오랑캐의 간자들까지 나타났다기에 한 번 더 순라를 돌기로 한 겁니다. 왜관동을 쭉 살펴본 후 생민동 입구에 이르렀을 때 갑자기 발소리가 들렸습니다. 직감적으로 오랑캐의 간자들이라고 판단한 저희는 소나무 숲에 잠복하여 기다렸지요. 때마침 달이 먹구름 속으로 들어가는 바람에 사방이 깜깜해졌습니다. 어둠 속에서 겉옷도 제대로 입지 못한 백성들이 비명을 지르며 뛰어 내려왔고 그 뒤를 건장한 청년들이 뒤쫓고 있었습니다. 저희는 백성들을 구하려고 허겁지겁 달려 나간 겁니다."

김예직이 말을 잘랐다.

"좌포도군관과 군졸들임을 몰랐단 말인가?"

"방금 말씀드렸듯이, 워낙 어두워서 복색을 살필 틈이 없었습니다."

용은태가 끼어들었다.

"거짓부렁입니다. 저들은 의도적으로 우리를 막다른 골목으로 몰았습니다."

윤홍이 용은태에게 물었다.

"왜관동 일대는 우포도청 소관이다. 한데 좌포도청 소속인 너희가 왜 그곳까지 넘어간 게냐? 아무런 연통도 없이 밀어닥쳤으니 이런 불상사가 생긴 게 아니냐?"

윤홍은 좌포도군관들의 관할 구역 이탈이 이번 일의 원인이라고 용은태를 몰아세웠다. 용은태의 옆에 앉은 조명도가 걸걸한 목소리로 아뢰었다.

"수상한 자들이 열 명 혹은 스무 명씩 짝을 지어 움직였습니다. 제각기 흩어져 돌아다니는 듯했으나 목멱산 쪽으로 향하고 있었지요. 그들은 장사치도 아니고 도성에 거주하는 백성도 아니었습니다. 몇몇은 평복을 입었으나 땡초가 틀림없었고 또 몇몇은 소매 안에 단도와 표창을 숨기기도 했습니다. 그들이야말로 노추나 왜구의 간자입니다. 그들을 쫓다 보니 왜관동까지 간 것인데, 조금만 더 추격하면 놈들을 잡을 수 있었는데, 난데없이 우포도군관과 군졸들이 우리를 공격한 겁니다."

윤홍이 다그치듯 조명도에게 물었다.

"그들이 간자라는 증거가 있는가?"

"우리끼리 싸우는 통에 그들을 모두 놓쳐 버렸……."

"닥쳐라. 네 말이 사실이라고 해도 우포도청에 연통을 넣어 도움을 청했어야 옳다. 혼자 공을 독차지하려다가 닭 쫓던 개 지붕 쳐다보는 꼴이 되니, 우포도청에 모든 죄를 뒤집어씌우겠다는 게야?"

김예직이 오른쪽 주먹을 치켜들며 소리쳤다.

"뒤집어씌우다니, 그 무슨 소린가? 우포도군관들이 먼저 공격했음이 명명백백한데, 사과는커녕 누가 누구에게 죄를 뒤집어씌웠다고 하는 게야?"

윤홍도 지지 않고 맞섰다.

"절차에 따라 연통만 주었어도 이런 일은 없었소이다. 우포도군관들은 맡은 바 임무에 충실했을 뿐이에요."

"좌포도군관을 죽이는 것이 우포도군관의 임무인가? 봄 꿩이 제 바람에 놀란다더니, 아니 되겠군. 이 일을 탑전에 아뢸 것이니 오라를 받을 각오나 하게."

김예직이 자리를 박차고 일어섰다. 윤홍도 따라 일어서며 식식거렸다.

"좋소이다. 나도 상소문을 올리지요. 어디, 탑전에서 잘 잘못을 따져 보도록 합시다."

김예직이 군관들을 이끌고 우포도청을 떠났다. 탑전에 아뢰겠다고 큰소리를 쳤지만, 두 사람은 이 일을 조정에 알릴 수 없음을 누구보다도 잘 알고 있었다. 자중지란의 전모가 드러나면 그들은 더 이상 포도대장의 자리에 머무를 수 없는 것이다. 윤홍은 대문 밖까지 김예직을 배웅하고 돌아온 동인남을 가까이 불러 앉혔다.

"내게만은 솔직히 말해 보아라. 정말 복색을 구별할 수 없었느냐? 더그레를 보지 못했어?"

"저들이 워낙 사납고 날쌘 데다가 깜깜한 밤이어서……."

동인남은 자신의 주장을 반복했다.

"너희가 일부러 기다린 게 아니라는 말이지?"

"저희를 믿지 못하십니까? 억울합니다. 차 군관과 전 군관을 불러 물어보십시오."

동인남은 이마를 바닥에 찧을 듯이 숙인 채 울먹거렸다.

"아, 아니다. 내 어찌 너희를 의심하겠는가. 피곤할 테니 그만 가서 쉬도록 해라. 오늘 일어난 일은 내일 아침에 소상히 적어 올리도록 하고."

"알겠습니다."

동인남은 오른손으로 눈자위를 훔치며 물러 나왔다. 아닌 게 아니라 두 발이 묵직하고 뒷골이 당기는 것이 피로가 몰려들었다. 몸은 노곤하고 기운이 없었지만, 발걸음은 청명한 가을 산을 오르는 것처럼 빠르고 활기에 넘쳤다. 간간이 걸음을 멈추고 고개를 돌려 주위를 살폈다. 미행은 없었다. 낙선동, 왜관동, 생민동을 지나 남별궁까지 한달음에 내려갔다. 언덕을 기어오르기 시작하자 발걸음이 눈에 띄게 느려졌다. 밝은 달 덕분에 횃불을 들지 않아도 산길을 찾을 수 있었다. 얼마쯤 올랐을까. 동인남이 갑자기 걸음을 멈추고 주위를 둘러보았다. 잡목 숲에 숨어 있던 사내가 그의 어깨를 뒤에서 짚었다.

"흑!"

동인남이 깜짝 놀라며 그 자리에 털썩 주저앉았다. 누런 두건을 이마에 맨 원종이 구리텁텁한 입냄새를 풍기며 속삭였다.

"놀라긴, 날세."

동인남은 원종이 내민 손을 잡고 일어난 후 몸을 추스렸다.

"왜 좌포도군관들이라고 미리 일러 주지 않으셨습니까? 간자인 줄로만 알고 나섰다가 죽을 뻔했습니다."

"미안허이. 하나 늘 좌포도군관들에게 업신여김을 받아 왔던 자네들이 아닌가? 이번 기회에 단단히 버릇을 고쳐 놓았으니 앞으로는 함부로 자네들을 괴롭히지는 못할 걸세. 시어미 죽고 처음이지, 아마?"

"웃을 일이 아닙니다. 우포도청의 군졸 일곱이 죽었어요. 차 군관과 전 군관도 다쳤고, 좌포도청의 피해는 더 클 것입니다. 아무리 좌포도군관들과 사이가 좋지 않지만 서로 칼부림을 할 정도는 아닙니다. 내일 날이 밝는 대로 이 일을 조사할 터인데 큰일입니다."

원종은 여전히 징그러운 웃음을 흘렸다.

"ㅎㅎㅎㅎ, 별일이야 있을라고."

"한데 좌포도군관들에게 쫓기던 자들은 누굽니까? 지난번 목멱산을 넘어온 그자들입니까?"

"궁금한가?"

동인남이 고개를 끄덕였다.

"내 자네에게만 특별히 가르쳐 줌세. 여러 번 신세를 졌으니 일러 주어야겠지."

그동안 동인남은 원종에게서 꽤 많은 돈과 재물을 챙겼다. 일이 위험한 만큼 사례도 두둑했다. 지난 10일 새벽, 좌포도청에 갇힌 가(假)백계를 빼돌린 후에는 주먹만 한 황금덩어리까지 받았다. 포도군관 노릇을 그만두고도 한평생편히 지낼 만큼의 보물이었다. 목멱산에서 장정들을 넘겨준 일에 대해서는 전혀 죄책감이 없었다. 많은 포도군관들이 그런 식으로 용돈을 챙기는 것은 공공연한 비밀이었다.

"자네를 만나고 싶어 하시는 분이 있네. 나오시지요."

원종이 잡목 숲을 향해 나즉나즉 말했다. 보통 키에 호리호리한 사내가 삿갓을 쓴 채 어둠을 뚫고 나타났다. 예리한 눈빛이 동인남의 양 볼에 닿았다.

"인사드리게. 며칠 전 자네가 받은 황금 덩어리를 주신 분이야."

"아, 예! 만나 뵙게 되어 영광입니다. 우포도군관 동인남이라고 합니다."

"박치의요."

무심코 박치의의 손을 잡던 동인남이 소스라치듯 놀랐다.

"바, 바바바바박치의!"

화적 떼의 괴수. 북삼도의 관아를 습격하고 수많은 벼슬아치들을 죽인 살인마.

"뭘 그렇게 놀라는가? 평소의 자네답지 않구먼."

동인남이 고개를 돌려 웃고 있는 원종에게 더듬더듬 물었다.

"모, 목멱산을 너, 넘은 장정들은⋯⋯?"

"그래. 모두 하남대장군의 장졸들이지."

하남대장군! 동인남의 두 무릎이 갑자기 팍 꺾였다. 역도들의 도성 진압을 도운 것이다.

"왜, 왜관동의 일도⋯⋯?"

원종이 천천히 고개를 끄덕였다.

"자자, 이제 우리는 한 배를 탔네. 살아도 같이 살고 죽어도 같이 죽는 게야. 동군관, 이제부터 자네가 할 일이 참으

로 많으이. 하남대장군의 휘하에서 큰 공을 세워야 하지 않
겠나? 허허허허."

원종의 웃음소리가 점점 더 커졌다. 동인남은 박치의의
날카로운 눈매를 힐끔힐끔 훔쳐보았다. 빠져나갈 구멍이
없었다. 너무나 완벽하게 덫에 걸린 것이다. 박치의를 도와
야 하는가? 그러다가 발각되기라도 하면? 죽음이었다. 죽
음밖에 기다리는 것이 없었다. 우포도대장 윤홍에게 고변
을 하면? 마찬가지로 죽음이었다. 역도들을 도성에 들였
을 뿐 아니라 무사히 도망치도록 도왔으니, 아무리 결정적
인 고변을 하더라도 살아날 방도가 없었다. 그야말로 사면
초가, 진퇴양난이었다. 남은 길은 오직 하나, 원종의 말처럼
박치의를 따르는 것뿐이다. 박치의가 무사하면 그 역시 아
무 문제도 없는 것이므로, 목숨을 걸고 박치의와 원종의 일
을 돕는 수밖에 없었다. 포도군관이 도적의 괴수와 같은 편
이 되는 순간이었다.

9일

군왕의 목을 베는 법

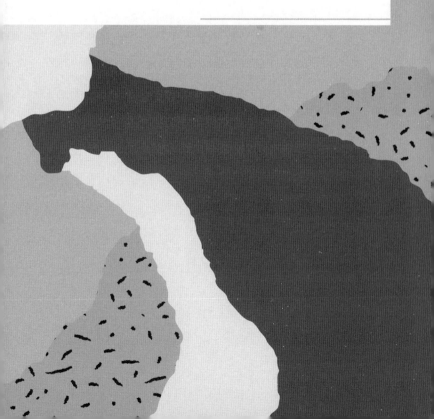

8월 14일 오후

"관송을 만나기로 했다고?"

기윤헌의 성난 목소리가 건넌방까지 들려왔다. 허굉은 기윤헌의 집을 드나든 이후 처음으로 스승의 노한 음성을 접했다. 생각이 깊은 만큼 말을 아끼던 스승이 아니던가. 기준격의 변명하는 듯한 말투가 이어졌다.

"숙부님! 진정하세요. 제가 먼저 만나자고 청한 것이 아니라 저쪽에서 연통을 넣었습니다."

기윤헌의 목소리는 잦아들지 않았다.

"벌써 잊었느냐? 우리 가문을 이렇게 만든 장본인이 바로 관송이야. 그런 관송이 만나잔다고 덥석 응했다 이 말이냐?"

기준격이 목소리를 낮추었다.

"조용히 하세요. 건넌방까지 들리겠습니다. 숭례문 흉격의 일로 논의할 게 있다고 하였습니다. 숙부님! 숭례문 흉격을 교산이 붙였음을 관송도 아는 겁니다."

"그 일에 개입하지 말라고 일렀거늘……."

"관송을 만나 봐야 일이 돌아가는 모양을 알 게 아닙니까? 가서 그냥 듣기만 하고 오겠습니다. 적을 알아야 전투에서도 승리하는 법이니까요."

"관송과 마주 앉아 이야기를 해 봤자 아무런 이로움이 없느니라. 차라리 나와 함께 하삼도로 내려가는 것이 어떻겠느냐? 세상이 뒤숭숭하니 잠시 몸을 숨기는 것도 나쁘지 않아."

"싫습니다. 제가 왜 도성을 떠납니까? 쥐새끼 같은 교산을 말려 죽이기 전에는 결코 떠나지 않겠습니다. 숙부님께서도 도성에 계셔야 합니다. 숙부님이 아니 계시면 제가 누굴 믿고 일을 도모하겠습니까?"

기윤헌이 혀를 끌끌 찼다.

"쯧쯧쯧……. 관송과 교산은 자네가 맞설 수 있는 상대가 아니야. 제발 나와 함께 도성을 떠나도록 해. 강학을 한 지도 오래되었지 않은가? 시흥이 절로 솟는 향산(香山, 백거이가 만년에 은거한 곳)으로 가서 죽림칠현이었던 혜강과 완적처럼 지내는 것이 좋겠어."

기준격이 단호하게 고개를 저었다.

"싫습니다. 지금은 현포(玄圃, 신선이 사는 곳, 곤륜산 위에 있다고 함)를 논할 때가 아니에요. 숙부님! 교산을 죽일 수 있는 절호의 기회입니다. 흰 호랑이를 이용해서 붉은 호랑이를 죽여 버리면, 다음에 흰 호랑이를 죽이기는 더욱 쉬울 겁니다."

"그 전에 자네가 호랑이 밥이 될지도 몰라. 제발 이번만큼은 내 말을 듣게."

기준격은 기윤헌의 만류를 뿌리치고 자리에서 일어섰다.

"숙부님께서 도와주지 않으셔도 저는 하겠습니다. 역사에 우리 가문이 추악하게 기록되는 것을 보고만 있을 수는 없는 일이지요. 허허허. 숙부님! 조카를 믿으세요. 저도 이제 스물다섯 살입니다. 덫이나 함정 정도는 능히 피할 수 있습니다."

기준격도 이이첨의 연통을 받았을 때 주저했던 것이 사실이다. 이이첨은 허균과 함께 그의 집안을 풍비박산 낸 장본인이었다. 대론의 전면에는 허균이 있었고, 이이첨은 그 뒤에서 자신의 뜻을 관철시켰다. 그 누구도 조정의 최고 실력자가 이이첨이라는 사실을 부인하는 사람은 없었다. 그런데 기준격은 허균에게 더 큰 분노를 느끼고 있었다. 매일

만나서 함께 이야기하고 밥 먹고 술 마시던 스승이 자신의
가문에 비수를 들이댔다는 사실 자체를 용납하기 어려웠던
것이다. 기윤헌의 말처럼, 교산과 관송은 한 뿌리에서 나온
서로 다른 가지였다. 그 사이로 잘못 들어가면 이용만 당할
가능성이 컸다. 그러나 기준격은 피가 펄펄 끓는 스물다섯
살의 청년이었고, 그에게는 세상의 이치를 꿰뚫을 혜안이
없었다.

쌍리동까지 한달음에 내달은 기준격은 이이첨의 저택 앞
에서 잠시 숨을 골랐다. 대문은 활짝 열려 있었다. 고개를
뻣뻣하게 들고 대문을 지나 앞마당까지 단숨에 들어갔다.

"아, 자네 왔는가?"

때마침 마당을 거닐던 이이첨이 정답게 그를 맞이했다.
심의 차림에 참사복두(黲紗幞頭, 검푸른 빛깔의 두건)를 썼는
데, 오만한 기색은 어디에도 없었다. 기준격은 양손을 배꼽
아래에 붙이고 읍하여 예의를 차렸다.

"왕대일세. 요즈음엔 대나무를 살피고 있다네. 제대로 키
워 피리를 만들까 하네. 만파식적처럼 멋진 피리 말일세."

이이첨은 가슴팍에도 미치지 못하는 대나무의 끝을 손
바닥으로 쓰다듬었다. 그의 집 앞마당에 대나무가 자라는
것 자체가 어색했다.

"윤선도라는 이름을 아는가? 그자가 서책보다 더 좋아하

386

는 게 바로 이 대나무라더군."

윤선도라면 2년 전 이이첨을 비난하는 상소문을 올렸다가 유배를 떠난 성균관의 유생이었다. 기준격은 이이첨이 마당에 대나무를 심은 뜻을 알아차렸다. 아침마다 대나무를 보며 다시는 윤선도와 같은 자가 나타나지 않도록 싹을 자르겠다고 다짐하기 위해서였다.

"들어가세."

이이첨은 차를 내오도록 했다. 미리 준비를 했던지 곧 다기가 들어왔다.

"변산에서 가져온 작설일세. 순천의 작설이 으뜸이지만 변산의 것도 마실 만하다네. 점차(點茶, 마른 찻잎을 넣고 끓는 물을 부음)한 것이니 향이 오래 입안에 맴돌 걸세. 자, 들지."

이이첨은 서두르는 법이 없었다. 느릿느릿 차를 마시며 기준격의 사람 됨됨이를 찬찬히 뜯어보았다. 기준격은 시선을 어디에 둘지 몰라 고개를 약간 숙인 채 방바닥만 응시했다. 이이첨과 눈싸움을 벌일 만큼의 배짱이 부족했던 탓이다. 양손에 식은땀이 배어 나왔다. 차의 향기를 맡으며 이이첨이 먼저 입을 열었다.

"교산으로부터 자네 이야기를 많이 들었다네. 그에게서 시문을 배웠다면 제대로 배운 걸세. 예(禮)와 악(樂)은 규범을 보일 뿐 설명하지 않고, 시(詩)와 서(書)는 옛날의 일을 논할 뿐 지금에 들어맞지 않고, 춘추(春秋)는 너무 간단해서 속히 깨달을 수 없네. 제대로 된 스승을 만나 그 스승을 존경하고 따르는 것이 최고의 배움이지. 자넨 행운아야."

기준격이 고개를 들고 둑이 터지듯 말했다.

"그런 말씀 마십시오. 소생은 교산으로부터 배운 것이 하나도 없습니다."

"배운 바가 하나도 없다?"

이이첨이 찻잔을 내려놓으며 씁쓸하게 웃었다.

"얄팍한 재주로 세상을 우롱하는 자를 어찌 스승으로 받들 수 있겠습니까?"

"자넨 여전히 대나무 같구먼. 이보게! 두 팔꿈치를 껴서 공경한 태도를 갖는 건 옷소매가 흙탕물에 젖을까 두려워해서가 아니고, 타인에게 머리를 숙이는 건 시선이 마주쳐 눈을 아래로 떨구는 걸 두려워해서가 아니라네. 어젯밤, 작년에 자네가 올린 비밀 상소문을 다시 읽어 보았지. 어쩌면 그토록 문장이 밝고 시원하며 회회유도(恢恢遊刀, 자유롭게 칼을 놀림. 곧 모든 이치를 명쾌하게 분별함)일 수 있는지, 후생각고(後生角高, 후배나 제자가 스승보다 나음)라는 말은 이런 때를 두고 쓰는 것임을 새삼 깨달았다네. 자네의 우국지심에 다시 한번 놀랐으이. 대신들 중에는 자네를 귀양 보내거나 죽여야 한다고 주장하는 사람들도 있네만 나는 그렇게 생각하지 않네. 자네와 같은 젊은이야말로 나라를 위해 큰일을 할 수 있네. 야간(射干)이라는 나무를 아는가? 줄기의 길이는 네 치밖에 되지 않지만 높은 산꼭대기에서 자라 백 길이나 되는 깊은 못을 내려다볼 수 있다네. 자네는 이제부터 야간처럼 내 등을 밟고 서도록 하게."

"과찬이십니다."

"나는 곧 기 정승을 다시 의정부로 모실 생각이네. 지금 이 나라에서 기 정승만큼 학식과 덕망이 출중하신 분이 어디 있겠는가. 언관들이 워낙 고약하게 굴어 잠시 도성을 떠나시게 되었지만, 기 정승이 이 나라의 기둥임을 모르는 사람은 없다네. 그러니 아무 염려 말고 돌아가서 기다리게."

독사처럼 사악하고 여우처럼 간사하다는 세평과는 달리, 이이첨은 부드럽고 따뜻하게 기준격의 앞날을 걱정하고 있었다. 기준격은 그런 이이첨의 말이 완전한 진심은 아니라고 생각했지만, 어느새 그가 이끄는 대로 끌려 들어갔다.

"대감께서는 교산을 믿으십니까?"

"허허허, 그게 무슨 말인가?"

이이첨은 천천히 수염을 쓸었다. 낚싯대를 좌우로 흔들며 결정적인 순간을 엿보는 낚시꾼처럼.

"무륜당에 모였던 자들은 세상을 완전히 뒤엎으려고 했습니다. 임금과 신하도 없고 양반과 상놈도 없는 세상을 만

들려 했다 이 말입니다. 아버님께서는 일찍이 그들의 배후에 교산이 있음을 간파하셨습니다. 소생이 몇 차례 그곳에서 박치의의 무리를 만났을 때도, 그들은 가슴을 두드리며 완전히 완전히 완전히 새로운 세상을 만들겠노라 호언장담을 했습니다. 그들은 김제남을 도와 영창 대군을 옹립하는 것보다 더욱 극악한 꿈을 꾸고 있었습니다."

"극악한 꿈이라니?"

"범궁의 명분으로 영창 대군을 이용한 다음, 자신들이 대궐을 차지하고 영창 대군까지 죽이려 했다 이 말입니다."

"저, 저런 쳐 죽일 놈들이 있나!"

이이첨이 언성을 높였다. 기준격은 더욱 거침없이 이야기를 이어 갔다.

"교산을 믿지 마시옵소서. 교산은 이 나라를 무너뜨리려는 반역의 괴수입니다. 교산이 살아 있는 한 이 나라의 존망을 예측할 수 없습니다. 교산을 죽이십시오. 교산을 죽이셔야 합니다."

이이첨이 양손을 서안 위에 얹으며 낮은 목소리로 읊조렸다.

"칠서의 변은 이미 마무리가 되었네. 5년이나 지난 일을 다시 들춰낼 수는 없어. 교산도 그들과 교분이 있었음을 부인하지 않고 있네. 그들과 만나 시를 짓고 술을 마셨다는 이유만으로 당상관을 하옥할 수는 없지."

"숭례문의 흉격이 있지 않습니까?"

이이첨의 두 눈이 빛났다.

"그게 무슨 말인가?"

"교산의 짓이 분명합니다. 서궁에 흉서를 쏘아 넣었듯이 이 일도 교산의 짓입니다. 흉측스러운 야망을 드러낸 것이지요."

"증거가 있나?"

"하인준을 붙잡아 두셨다면서요? 하인준이 곧 증인이자 증거입니다. 하인준은 교산이 죽으라면 죽는 시늉까지 내는 자입니다."

이이첨이 더욱 허리를 숙이며 목소리를 낮추었다.

"나도 교산이 의심되지 않는 바는 아니네만, 하인준이 이실직고한 것도 아니고, 추측만으로 교산을 잡아들일 수는 없네. 흉격의 배후가 교산이라면 틀림없이 동참한 놈들이 있을 게야……."

이이첨이 말을 끊고 기준격을 가만히 응시했다. 이제 천천히 낚싯대를 끌어올려야 한다.

"이재영을 잡아들이십시오. 서궁의 흉서도 이재영과 교산이 함께 썼다고 들었습니다. 이번에도 이재영이 교산을 도왔을 겁니다."

"나와 생각이 같구먼. 한데 이재영이 쉽게 입을 열까?"

"쉽지는 않을 겁니다. 그와 교산은 친형제나 다름이 없으니까요. 차라리 이재영의 약점을 노리는 편이 어떻겠습니까?"

"약점? 이재영에게 무슨 약점이 있다는 말인가?"

"당상관으로 올라가는 길이 막힌 후부터 이재영은 조선 제일의 시인이 되려고 노력하고 있습니다."

"열심히 시를 짓는 게 왜 이재영의 약점이라는 거지?"

눈치 빠른 이이첨으로서도 선뜻 납득이 가지 않았다.

"반역을 꾀한 자가 어찌 조선 제일의 시인이 될 수 있겠는지요? 역적이 지은 글이라면 시문을 막론하고 모조리 불태워 버리는 것이 조선의 법도가 아닙니까? 이재영은 자신의 시를 목숨보다도 소중하게 여기고 있습니다. 그걸 미끼로 던지십시오."

"알겠네. 참으로 고마우이. 이 나라는 자네가 구한 걸세. 내 반드시 자네를 일등 공신에 올리도록 하지."

이이첨이 무릎을 탁 치며 고개를 주억거렸다. 동감을 표시하는 그의 태도가 더욱 기준격에게 힘을 실어 주었다. 이이첨이 눈을 스르르 감고 지나치듯 물었다.

"나를 도와주겠는가? 이 일의 참과 거짓을 가릴 사람은 자네뿐이야."

"교산을 죽이는 일이라면 무엇이든 하겠습니다."

"이 일은 역모일 수도 있으니 의금부에서 자세히 추국할 걸세. 교산을 잡아들인다면 자네 또한 의금부로 와야 해. 며칠 동안 의금옥에 갇힐 수도 있네. 그래도 괜찮겠는가?"

"……."

기준격은 즉답을 못했다. 허균을 죽이는 일이라면 무엇이라도 하겠다고 했지만, 지옥 같은 의금옥에 갇힐 생각을 하니 선뜻 내키지 않았던 것이다. 관송을 조심하라는 기윤헌의 충고가 뇌리를 스쳤다. 나를 의금옥에 가둔 다음 교산과 함께 처벌할 수도 있지 않은가? 기준격은 이이첨의 눈치를 살폈다.

"이 일만 원만하게 해결되면 기 정승을 이달 안에 도성으로 모시도록 힘쓰겠네."

"……."

이이첨이 낚싯대를 휙 잡아챘다. 기준격은 쉽게 끌려 올라오지 않았다. 너무 힘껏 당겼다가는 낚싯대만 부러지고 다 잡은 잉어를 놓칠 위험이 컸다. 이이첨은 마음을 바꿔 낚싯대를 천천히 내려놓았다. 장침(帳枕, 모로 기대앉아서 팔꿈치를 괴는 데 쓰는 베개)에 몸을 기대며 지나치듯 말했다.

"역시 어렵겠지? 그래도 한때는 자네의 스승이 아닌가. 어진 사람을 중상하는 것을 참(讒)이라 하고 어진 사람을 해치는 것을 적(賊)이라 하네. 자네에게 이 일은 스승과의 의리로 보더라도 옳지 않아. 없었던 일로 하세."

기준격이 고개를 치켜들고 아랫입술을 깨물었다.

"올바름을 올바름이라 하고 올바르지 못함을 올바르지 못함이라 하는 것을 직(直)이라 하옵니다. 소생에게 맡겨 주십시오."

이이첨이 환하게 웃으며 고개를 끄덕였다.

"알았네. 나의 지인지감(知人之鑑, 사람을 알아보는 감식력)이 틀리지는 않았구먼. 자네의 가문이 신원설치(伸寃雪恥, 원통함을 풀고 부끄러운 일을 씻어 버림)하도록 도와주겠네. 돌아가서 다시 한번 교산의 죄를 정리하도록 하게나."

"알겠사옵니다."

이이첨은 바깥 대문까지 기준격을 배웅하고 앞마당으로 돌아왔다. 대나무가 눈앞에 어른거렸다. 대청마루를 오르려다 말고 큰 소리로 하명했다.

"남여를 대령토록 하라. 묵정동(墨井洞)으로 갈 것이니라."

이이첨은 묵정동까지 가는 동안 고개를 숙인 채 무엇인가를 골똘히 생각하는 눈치였다. 교자꾼의 실수로 남여가 왼편으로 심하게 기울었는데도 별다른 반응이 없었다. 야트막한 언덕에 초라한 초가 하나가 모습을 드러내자, 그는 눈을 뜨고 주위를 살폈다. 초가 앞에는 군졸 두 명이 좌우로 벌려 서서 지키고 있었다. 관송과 교산 외에는 아무도 그곳을 출입할 수 없었다. 이이첨은 군졸들의 인사도 받는 둥 마는 둥 하고 마당으로 들어섰다. 인기척을 느낀 집주인이 방문을 열고 밖으로 나왔다. 구부정한 허리와 퀭한 눈이 남루한 옷차림과 어울려 폐인의 몰골을 드러냈다.

"대, 대감께서 어찌 이런 곳을 다……."

저고리 고름을 묶으며 박응서가 마당으로 황급히 내려섰다. 상투가 제대로 묶이지 않아서 긴 머리카락이 턱 아래까지 흘러내렸다. 이이첨이 싸늘하게 웃었다.

"허어! 내가 어디 못 올 데를 왔는가?"

이이첨은 박응서를 젖히고 방으로 성큼 들어섰다. 은은한 묵향이 방 안에 가득했다. 문방사우가 어지럽게 널려 있는 것을 보니 그림을 그리고 있었던 모양이다. 뒤따라 들어온 박응서가 먹과 벼루를 치우며 황송해했다.

"찾을 일이 있으시면 사람을 보내 부르실 일이지, 이런 누추한 곳을 어찌 대감께서……."

이이첨은 박응서의 기어들어 가는 목소리를 잘랐다.

"자네의 고생을 모르는 바는 아니었으나 몰라보게 수척해졌으이. 그래, 사군자를 그리고 있었는가?"

"소일거리일 뿐입니다."

종이를 접어서 이불 속으로 쑤셔 넣으려는 박응서를 이이첨이 말렸다.

"어허! 뭘 그리 부끄러워하는가? 자고로 시는 소리 없는 그림이고 그림은 소리 없는 시라고 했네."

이이첨은 박응서의 손에서 종이를 빼앗아 폈다. 아무것도 그리지 않은 빈 종이였다.

"무엇을 그리려고 했는가?"

"국화입니다."

"국화라……!"

이이첨은 고개를 끄덕이며 방 안을 둘러보았다. 벽에는 얼룩이 어지러웠고 서안은 아예 다리가 하나 부러져 기우듬하게 쓰러져 있었다.

"서책은 없는가?"

책이 보이지 않았다. 박응서는 허균과 밤을 새워 고금의 시를 논할 만큼 많은 책을 읽기로 정평이 나 있었다.

"눈이 지꺼분해서……."

박응서는 멀쩡한 눈을 핑계 삼았다. 서책을 들여다보지 않은 지도 벌써 5년이 지났다. 악몽 같은 칠서의 변이 끝난 후부터 서책을 가까이하지 않은 것이다. 세상은 서책에 적힌 성현의 가르침대로 바뀌지 않았고, 그 가르침을 따라 살기에는 자신의 몰골이 너무나 초라했다.

"저런, 진작 말을 하지 않고. 잔약한 몸일수록 아끼고 보중해야 하네. 내 곧 의원을 보내지."

"감사합니다."

박응서는 말을 아꼈다. 이이첨은 자신의 목숨을 구해 준 생명의 은인이었지만 그만큼의 치욕을 안겨 준 장본인이기도 했다.

"교산은 어찌하고 있던가?"

이이첨은 찾아온 용건을 꺼냈다.

"컥컥, 콜록콜록."

박응서가 갑자기 심한 기침을 해 댔다. 한참 동안 등을 다독거리고 나서야 겨우 기침이 멈추었다.

"죄, 죄송합니다……."

"계절에 맞는 의복도 제대로 갖추지 못했으니 병이 날 수밖에. 왜 진작 의복을 청하지 않았는가? 몹쓸 사람!"

박응서는 마른침을 거듭 삼킨 후 겨우 입을 열었다.

"……교, 교산은 하인준을 구하기 위해 성균관 유생들을 도, 동원하느라 분주했습니다."

"그 일은 알고 있으이."

오늘 오전, 김상립을 비롯한 스물두 명의 성균관 유생이 하인준을 석방하라는 상소문을 올렸던 것이다.

"성균관 유생들이 올린 글은 이재영이 쓴 겁니다. 그들의 상소가 받아들여지지 않으면, 서의중, 이해 등 전라도 유생들의 상소문이 이어질 것입니다."

"그것도 능히 짐작할 수 있는 일이네. 흉격을 붙인 다음 교산의 주위에 새로운 얼굴이 보이지는 않던가?"

박응서가 검은 동자를 위로 뜨고 잠시 기억을 더듬는 듯했다.

"없었습니다. 교산은 이재영, 현응민하고만 의논을 했습니다. 한데 그 흉격은 교산이 대감과 의논하여 붙인 게 아닙니까?"

"닥치게! 누가 그딴 소릴 하던가?"

"교산이 그랬습니다. 이번 일은 주상 전하의 하명을 받아 관송 대감과 자신의 책임하에 벌이는 거라고. 아닙니까?"

이이첨은 그 물음을 무시하고 말머리를 돌렸다.

"호옥시, 자넬 의심하지는 않던가? 교산이 모든 걸 자네에게 털어놓던가 이 말일세."

"의심이라니요? 천부당만부당한 말씀입니다. 남들이 다 욕해도 교산만큼은 늘 소생을 따뜻하게 감싸 주었습니다. 교산은 원래부터 마음 씀씀이가 크고 정이 많은 위인입니다. 한번 마음을 열어 보인 이상, 벗에게 무엇을 감출 사람이 아니지요. 지난번에도 말씀드렸듯이, 교산은 하인준과 현응민에게 이 일을 시켰고 지금은 그 뒷정리를 위해 노력하고 있습니다. 그뿐입니다."

거짓말을 하는 것 같지는 않았다.

"부탁이 하나 있네."

"말씀하시지요."

"오늘부터 당분간 교산의 곁에 머무르도록 하게. 무슨 핑계를 대더라도 교산과 숙식을 같이하라는 말이야. 교산이 만나는 사람은 물론 교산이 하는 말을 하나도 빼놓지 않고 기억해 두었다가 알려 주게. 이 일만 충실히 해 주면 자네에게 진 신세를 꼭 갚도록 하지. 유산완경(流山翫景, 산으로 놀러 가서 경치를 구경함)의 자유를 달라고 했던가? 잊지 않고 있겠네. 당장 내일부터라도 도성 밖 근교까지는 혼자 나갔다 와도 좋아."

이이첨이 다시 한번 다짐을 받고 자리에서 일어섰다. 박응서는 코를 실룩거리며 양손으로 입을 막은 채 마당까지 배웅을 나왔다. 남여에 오르려던 이이첨이 고개를 돌려 박응서를 불렀다.

"자네……."

"예, 대감!"

박응서가 기침을 삼키며 다가왔다.

"언제 한번 우리 집에 와 주지 않겠나? 앞마당에 대나무를 심었는데 제법 기운이 왕성하다네. 그걸 꼭 그려 주시게."

"소생이 어찌……."

"허어. 허주의 칭찬이 하늘에 닿았음이야. 한죽을 잘 그
린다니 올겨울이 가기 전에 꼭 한 폭 부탁하네. 한데 말일
세."

"……."

박응서는 숨도 쉬지 못한 채 돌부처처럼 서 있었다. 그가
방에서 홀로 무엇을 그리는가까지 이이첨이 알고 있었던
것이다. 대나무를 국화로 속였다는 사실이 뇌리를 스쳤다.
대나무를 국화로 속인다면, 허균과의 일도 거짓으로 꾸밀
수 있지 않은가. 이이첨은 전혀 내색을 않고 박응서를 이렇
게 다독거렸다.

"자네 처지에 대나무를 그린다고 부끄러워 말게. 굽은 나
무도 도지개(굽은 나무를 바로잡는 틀)를 대면 바르게 자랄 수
있고 녹슨 칼도 숫돌에 갈면 예리해지는 법이니까."

저물 무렵

돈화문을 나선 허균은 건천동 쪽으로 방향을 잡았다. 돌
한이 교자꾼들을 채근하며 힘껏 내달렸다. 추섬과 성옥의
얼굴이 지는 해처럼 불그스름하게 떠올랐지만, 오늘은 건

천동 본가에서 밤을 보낼 작정이었다. 하루 종일 창덕궁에 머물렀지만 광해군은 그를 찾지 않았다. 오후에 선혜청에서 올라온 몇 가지 공문을 들고 편전으로 들어가려 했으나 광해군은 이미 대조전(大造殿, 왕비의 처소)으로 물러간 후였다. 성균관 유생 김상립 등이 올린 상소문에 대해서도 가타부타 하교가 없었다. 하인준을 당장 풀어 주지는 않더라도 대론에 참여한 공을 언급은 하리라 예상했었는데, 끝까지 침묵을 지킨 것이다. 불길한 예감은 도승지 한찬남을 빈청(賓廳, 대신들이 임금을 알현하기 전에 기다리는 곳)에서 만난 후부터 더욱 커졌다. 한찬남은 숭례문에 흉격을 붙인 역도를 붙잡으면 은화 1000냥을 상금으로 내린다는 어명을 전했다. 적당한 선에서 덮어 버리려던 계획이 완전히 어긋나는 순간이었다. 좌우포도청과 훈련도감, 의금부는 물론 육조도 범인을 잡는 데 적극 협조하라는 어명이 아울러 내려왔다.

"교산!"

흠칫 놀라며 뒤를 돌아보았다. 아무도 없었다. 좌우를 둘러보았지만 개천의 물소리만 어지러울 뿐이었다.

그렇다면……?

허공의 소리였다. 예전에는 이른 아침이나 늦은 저녁 혹은 잠자리에서만 들려오더니, 이제는 큰길 한가운데서도 들려왔다. 고개를 들어 어둑어둑해 오는 하늘을 우러렀다.

"허허허, 교산! 그런다고 내가 보이겠나? 차라리 두 눈을 감으시게."

느릿느릿 이야기를 이어 가면서도 말끝마다 힘을 주는 석주(石洲) 권필의 독특한 말투였다. 기사년(1569년) 동갑내기인 권필과 허균은 일찍이 뜻을 합쳐 시와 술로 세월을 보냈다. 벼슬에 연연하지 않을 뿐 아니라 호방하고 소탈한 성격까지 닮은 두 사람은 서로의 재주를 지극히 아꼈다. 이이첨 역시 권필의 재주를 알아보고 함께 조정에서 일하기를 권했으나, 권필은 이이첨과 같은 하늘 아래에서 숨을 쉬는 것조차 부끄러워했다. 급기야는 임자년(1612년)에 「궁류시」를 지어 광해군을 조롱하기에 이르렀고, 해남으로의 귀양이 결정되자 폭음으로 울분을 달래다가 끝내 목숨을 잃었다.

허균은 동년배들 중에서 권필을 최고의 시인으로 대우하였다. 그도 역시 많은 시를 지었으나 권필을 따를 수 없다고 입버릇처럼 말해 왔던 것이다. 무신년(1608년) 여름, 열다섯 살 먹은 기준격이 조선에서 가장 뛰어난 시권(詩卷)이 무엇이냐고 물었을 때, 허균은 거침없이 답했다.

"아직 내 눈에 차는 시권은 없구나. 나로 하여금 시권을 만들라면 꼭 이렇게 할 것이야. 동고(東皐) 최입이 서(序)를 쓰게 하고, 서경(西坰) 유근, 손곡 이달, 석주 권필, 자민(子

敏) 이안눌이 시를 짓게 하고, 석봉 한호, 남창(南窓) 김현성이 글씨를 쓰게 하고, 나옹 이정이 그림을 덧붙인다면, 어디에 내어놓아도 결코 뒤떨어지지 않는 시권이 되겠지."

허균은 김문간(金文簡, 김종직의 시호)이 다시 태어나도 결코 권필을 당할 수 없으리라 호언할 만큼 그의 재주를 아끼고 사랑했다.

"교산! 무얼 그리 걱정하는가? 자네가 언제 광해군의 마음에 들기 위해 노력한 적이 있었는가? 관송이 언제까지나 자네를 도와주리라고 여긴 것도 아니지 않은가. 대궐 버들은 푸르고 꾀꼬리 어지러이 나는 곳에서(宮柳靑靑鶯亂飛,「궁류시」의 한 구절. 여기서 '버들'은 중전 유씨를 비롯한 류희분 등의 외척을, '꾀꼬리'는 김개시를 비롯한 광해군의 애첩을 지칭한 것으로 볼 수 있음) 자네의 바람을 펼 수 있다고 생각한 것이 아니라면, 자, 이제 자네의 삶을 정리할 때가 되었으이."

"삶을 정리하라니?"

허균이 눈을 지그시 감고 고개를 치켜들며 물었다.

"어허, 날 놀리는 겐가? 신이 빼어나고 울림이 밝으며 격이 뛰어나고 생각이 깊은 시를 변산에 숨어서 짓든가, 아니면 세상을 바꾸기 위해 자네 스스로 시가 되든가 양자택일을 하라는 말일세. 칠서의 변이 일어난 후로 자넨 스스로 시가 되겠노라 큰소리를 치며 시를 접었지만, 아직 시가 된

적은 없지 않나? 누구는 자네를 일러 광해의 왼팔이라고도 하고 또 누구는 자네를 일러 관송의 오른팔이라고도 하네. 자네가 천기를 놀리고 현조를 빼앗는 시인임을 만천하에 드러낼 때가 되었으이. 자네의 심장 속으로 들어가게. 이제 자네가 하고 싶은 말을 할 때가 되었어."

"아직 부족한 것이 많네."

"허어. 천하의 교산에게 부족한 게 뭐라는 말인가? 나는 『고문진보』도 읽지 않았으나 시인이 되었는데, 교산 자넨 구류에 두루 통달하였음이야. 자네가 더 읽을 서책은 이 세상에 없네. 오직 필요한 것은 자네의 심장뿐이야. 세론에 귀 기울이는 건 아니겠지? 허튼 세월만 탓하지 말게. 마음을 정하시게, 교산! 내 자네를 위해 조촐한 술상을 준비해 두었으이. 못에는 물결이 출렁이고 버들잎은 한창 푸르며 연꽃은 붉은 꽃잎이 반쯤 피었고 녹음은 푸른 일산에 은은히 비치는데, 이 가운데 동동주를 빚어서 젖빛처럼 하얀 술이 동이에 넘실댄다네. 자네에게 진 술빚을 이번에는 갚고 싶으이. 오언율시로 화답하며 맘껏 취해 보세나."

허공의 소리가 잦아들자 허균은 감았던 눈을 번쩍 떴다. 길가에 서 있던 키 작은 선비와 시선이 마주쳤다.

"멈추어라!"

남여에서 내린 허균은 그를 향해 똑바로 걸어갔다. 그도 더 이상 피할 수 없음을 깨닫고 한발 앞으로 나서며 인사를 했다.

"좌참찬 대감! 그동안 별고 없으셨사옵니까?"

"반갑네! 그렇지 않아도 자네들을 만나고 싶었으이. 어허, 신 장군도 한양에 있었는가? 팔도 유람을 떠났다고 들었는데……"

김류의 뒤에 서 있던 신경진이 무뚝뚝한 어투로 답했다.

"도성에 온 지 며칠 되었사옵니다. 대감께서는 여전하십니다그려."

김류는 시선을 깔고 담담한 표정을 지었지만 신경진은 이글이글 타오르는 증오의 눈빛을 감추지 못했다. 허균은 신경진의 눈빛을 웃음으로 받아넘겼다.

"자네들, 바쁘지 않으면 나와 잠깐 이야기나 할까? 마침 이 근처에 떡과 식혜를 궁궐로 들이는 집이 있으니 그곳으로 가세."

허균은 김류의 대답을 기다리지도 않고 앞장을 섰다. 좌참찬인 허균은 내섬시제조(內贍寺提調, 내섬시는 여러 궁에 올리는 음식물과 2품 이상 벼슬아치에게 주는 술과 안주, 왜인과 야인에게 내려 주는 음식물과 포목 등의 일을 맡아보는 관청, 의정부의 좌참찬이 내섬시제조를 맡아 이 업무를 총괄하였음)를 겸하고 있었다. 궁궐에 음식과 포목을 넣는 이름난 가게를 많이 아는 것도 이 때문이었다. 허균은 기와집의 쪽문으로 익숙하게 들어가서 인적이 끊긴 사랑방에 자리를 잡았다. 허균이 신경진을 쳐다보며 농담을 건넸다.

"긴 시간을 빼앗지는 않겠네. 특히 자넨 날 잡아먹고 싶겠지?"

신경진의 두 눈에서 불똥이 튀었다. 허균은 둘러말하지 않고 곧바로 본론을 꺼냈다.

"정원군께서는 안녕하시던가?"

"……"

김류의 얼굴이 새파랗게 질렸다. 정원군과 만난 것을 허균이 이미 알고 있다는 말인가? 그러나 김류는 변함없는 얼굴로 미소까지 머금었다. 넘겨짚는 거라면 순진하게 걸려들어선 안 돼. 문제는 어리숙한 신경진이었다. 미끼를 물듯 허균의 물음을 곧바로 받아넘긴 것이다.

"이젠 미행까지 하오이까?"

아차!

김류가 고개를 돌려 신경진을 노려보았다. 그제야 신경진도 자신의 실수를 깨달았다. 허균은 예리하게 그 틈을 헤집고 들어왔다.

"좋아! 나는 오늘 가슴을 툭 터놓고 자네들과 대화를 나누고 싶으이. 금상의 목을 베는 것이 자네들의 바람인가?"

금상의 목!

김류는 제 귀를 의심했다. 관송과 함께 광해군의 총애를 한 몸에 받고 있는 허균이 방금 금상의 목 운운한 것이다.

"좌참찬 대감! 말씀이 지나치시외다. 금상의 목이라니요? 하늘이 두렵지 않습니까? 감히 주상 전하를……."

김류가 목청을 높였다. 허균이 여전히 웃음을 멈추지 않았다.

"하하하! 날 고변이라도 하시겠는가? 자네들의 속마음을 찔러서 미안허이. 그렇다고 정색할 필요는 없네. 금상의 목을 벤 다음엔 누굴 용상에 앉힐 생각인가? 역시 정원군을 마음에 두고 있나 보지? 그래, 인빈 김씨의 그늘 아래에서 찾자면 정원군이 적격일 게야."

"대감!"

이번에는 신경진이 고함을 지르며 자리에서 벌떡 일어섰다. 허균이 고개를 치켜들며 느물거렸다.

"앉으시게. 왈리왈시(曰梨曰柿, 감 놓아라 배 놓아라 하는 말)한다고 화가 난 겐가? 걱정 말게. 나라를 걱정하는 자네들의 충정을 내 어찌 모르겠는가. 하나 말일세. 자네들의 뜻대로 광해군을 몰아내고 정원군을 용상에 앉힌대도 달라지는 게 무엇인가?"

"……."

김류와 신경진은 서로 눈을 맞추며 허균의 말을 이리저리 되새겼다.

"내 생각을 말해 볼까? 솔직히 나는 정원군보다는 금상이 훨씬 낫다고 생각허이. 금상을 폭군이라거나 강상의 윤리도 모르는 패악한 임금이라고 여길 수도 있겠으나, 그래도 이 나라가 이만큼 제 모양을 갖춘 건 금상의 공이야. 대궐을 지어 왕실의 위엄을 드높이고, 선혜법으로 백성들의 고통을 헤아리며, 노추와 대명 사이에서 적절히 이익을 취하는 게 쉬운 일은 아니지. 임진년의 경험과 16년이 넘는 동궁 생활의 연륜이 힘을 발휘하는 걸세. 정원군은 시문이야 자네들과 뜻을 합칠 만큼 능하겠지만, 왕실과 조정, 더나아가 세상을 아우르는 넓은 눈을 갖추지는 못했어. 자네들의 사욕을 채우기 위함이 아니라면 말일세, 이대로 그냥두는 것이 자네들에게도 좋고 정원군께도 좋을 듯허이. 아니 그런가?"

잠시 침묵이 흘렀다. 허균은 김류의 답을 기다리고 있었다. 이만큼이나 마음을 열어 보였으니 응대를 하리라 기대했던 것이다. 그러나 김류는 끝까지 허균이 던진 미끼를 물지 않았다.

"좌참찬 대감! 대감께서 저희들을 역도로 모신다면 저희들은 의금옥에 갇힐 수밖에 없습니다. 하나 아무 죄도 없는 정원군까지 끼워 넣는 것은 종친을 능멸하는 일임을 명심하십시오. 저희들이 대론에 반대한 것은 사실이오나 탑전에 그 어떤 원망도 품고 있지 않습니다."

허균의 입가에 미소가 떠오르더니 더 이상 참을 수 없는 듯 웃음이 터져 나왔다.

"하하하! 역시 자네다운 대답이로군. 미안허이. 자네들을 역도로 몰려는 건 결단코 아니었네. 충고 한마디 더 해도 되겠나?"

"말씀하시지요, 대감!"

"임금을 바꾼다고 세상이 달라지는 건 아니라네. 기껏해야 닭과 오리의 차이일 뿐이지. 자네가 정말 새로운 세상을 열망한다면 조금 더 나아가도록 하게. 고작 반정 따위로 무얼 할 수 있겠나? 금상의 목을 베고 싶은가? 그렇다면 금상의 목만 쳐다보지 말게. 모든 것을 잃는 데서 출발해. 정원군을 용상에 앉힌 다음 자네들이 관송이나 나처럼 간신이 되지 않는다고 누가 보장하겠나? 자네들을 욕하고 죽이려는 혈기 왕성한 젊은이들이 또 나타나겠지. 이 무슨 악순환인가! 우스꽝스러운 반복을 완전히 끊어 버릴 자신이 생기면 그때 나서도록 하게. 나는 앞으로 자네들과 가깝게 지내고 싶네만, 역시 어렵겠지?"

김류와 헤어진 허균은 건천동까지 가는 동안 내내 침묵

했다. 광해군이 경계하는 정원군의 주위를 김류나 신경진이 어슬렁거린다면, 또 한 번 핏빛 회오리가 몰아칠 것은 자명했다. 허균은 김류의 강직함을 아꼈다. 김류는 대비를 삭출하기 위한 정청에 참여하지 않았을 뿐 아니라, 이 일로 귀양을 가거나 사약을 받는 것을 영광으로 여길 정도였다. 갖은 변명으로 정청에 불참한 것을 무마하려는 우포도대장 윤홍과는 차원이 다른 위인이었다. 그러나 김류와 뜻을 합치기에는 이미 때가 늦었다.

건천동 입구에 있는 이사성의 집 앞에 남여를 세웠다. 사위는 출타 중이었고 병든 맏딸 설경만이 안방을 차지한 채 누워 있었다. 허균이 안방 문을 열고 들어서자 그녀는 몸을 일으켜 예의를 차리려고 했다.

"괜찮다. 그대로 누워 있어라."

어두컴컴한 방 안에 혼자 덩그러니 누워 있는 딸의 모습은 을씨년스럽기 그지없었다.

"설경아!"

허균은 까칠까칠하고 바싹 야윈 딸의 손을 꼭 쥐었다. 그녀의 얼굴에 서늘한 웃음이 설핏 맺혔다. 메마른 고목처럼 길고 반듯한 몸이었다. 이사성은 설경의 병이 가벼운 허리통이라고 했지만 고열에 입술까지 부르튼 것을 보니 예사롭지 않았다.

"얘야!"

허균의 눈가에 이슬이 맺혔다. 26년 전, 함경도에서의 나날이 눈앞을 스치고 지나갔다. 어머니와 만삭의 아내 그리고 코흘리개 딸을 데리고 떠났던 피난길. 그 길에서 허균은 많은 것을 잃었다. 위희(衛姬, 제나라 환공의 정숙하고 총명한 부인)와 같은 아내 김씨가 죽었고, 강보에 쌓인 첫아들은 이름도 얻기 전에 그 뒤를 따랐다.

"아버지! 소녀 아무렇지도 않습니다. 가벼운 허리통일 뿐이에요."

설경은 파리하고 엷은 입술을 떨면서도 오히려 허균을 위로하려 들었다.

코흘리개 큰딸의 방실방실 웃던 얼굴이 떠올랐다. 허균은 그녀의 외로움과 슬픔을 제대로 다독거려 주지 못했다. 그가 벗들과 어울리며 팔도를 떠도는 동안, 설경을 돌보는 것은 정유년(1597년)에 허씨 집안으로 시집온 김씨의 몫이었다. 새로 맞은 아내가 설경을 친딸처럼 아끼고 사랑해 주었지만, 딸의 얼굴에는 늘 어두운 그림자가 덧씌워져 있었다. 평생 그녀를 따라다닐 전쟁의 상흔이었다.

"끼니를 거르지 말고, 약도 꼭꼭 챙겨 먹도록 해라."

허균은 설경에게 글을 가르치지 않았다. 간단한 언문을 깨치는 것으로 족한 평범한 삶을 바랐던 것이다. 그러나 설경은 고모인 허난설헌의 총명함을 그대로 물려받은 아이였다. 서재에서 홀로 서책들과 놀더니 어렵사리 오언율시를 지을 정도가 되었다. 허균은 설경이 허난설헌처럼 요절할 것을 염려하여 붓을 들지 못하게 했고, 무난한 성격의 이사성과 서둘러 짝을 맺어 주었다. 그의 정성 덕분인지 서른을 훌쩍 넘긴 설경에게서는 이제 성숙한 여인의 자태가 배어 나왔다.

"아버지! 몸 생각도 하시면서 나랏일을 하세요."

설경은 허균의 충혈된 눈을 보며 계속 그의 건강을 걱정했다.

"올가을이 가기 전에 꼭 북원(北原, 원주)에 다녀오도록 하자꾸나."

전쟁이 끝난 후, 허균은 함경도에 있는 아내의 묘를 북원으로 이장했다. 설경과 함께 북원에 있는 아내의 묘를 둘러보고 온 지도 벌써 10년이 지났다.

"그래요. 아버지! 우리 함께 가요."

설경은 모처럼 환하게 웃었다. 그녀의 마음은 벌써 북원의 참나무 숲길을 오르고 있었다. 그는 대청마루에 두었던 비단 보자기 여섯 개를 가지고 와서 천천히 풀었다. 서책이었다.

"늘 이 아비가 곁에 있다고 생각해 주려무나."

신해년(1611년)에 엮은 시문집 『성소부부고』였다. 설경이
몇 번이나 보여 주기를 청했지만 허균은 이 서책을 주지 않
았었다.

"아버지! 혹 무슨 일이라도……."

그녀는 뜻밖의 선물로부터 이별의 기운을 느꼈다.

"아니다, 일은 무슨! 혼자 쓸쓸할 터인데 이거라도 보면
서 병을 다스리도록 해라."

"아버지!"

이번에는 설경이 참았던 눈물을 쏟기 시작했다.

"바보같이 울긴……. 다음에 올 땐 고모의 유작들도 가져
다주마."

허균은 딸의 앞머리를 손으로 쓸었다. 아버지의 따뜻한
사랑이 그녀의 이마에 머물렀다. 어느새 짙은 어둠이 앞마
당을 가득 덮었다. 설경은 만류하는 허균의 손길을 뿌리치
며 기어코 앞마당까지 나왔다.

"밤바람이 차구나. 어서 들어가렴."

허균은 설경의 양손을 꼭 쥔 후 서둘러 앞마당을 가로질
렀다.

"아버지!"

설경은 허균의 모습이 사라질 때까지 그 자리에 서 있
었다.

"자, 어서 서둘러라."

허균은 남여에 오르자마자 딱딱한 목소리로 말했다.

"예, 대감마님!"

돌한은 나는 듯이 길을 냈다.

열흘 만에 오는 건천동 본가였다. 허굉이 집을 나간 후부터 건천동을 찾는 발길이 뜸했고 아내 김씨와 딸 해경을 보는 일도 드물었다. 그러나 오늘부터 며칠 동안은 건천동에 머물 작정이었다. 해경에게 궁중 법도를 가르치겠다는 것은 핑계였고, 추섬과 성옥의 집 근처에서 낯선 사내들이 자주 보였던 것이다. 미리 연통을 받은 아내와 해경이 대문 밖까지 나와서 기다리고 있었다.

몸이 불고 눈가에 주름살이 가득한 아내와 시선이 마주치는 것을 일부러 피했다. 망부인 김씨라면 언행을 조심하라고 따끔하게 일침을 놓았겠지만 아내는 다소곳하게 고개를 숙일 따름이었다. 허균은 그녀의 끝없는 인내가 고마웠다. 아내는 20년이 넘도록 허균의 일탈과 방종을 그저 지켜보고만 있었다.

"흠흠!"

헛기침을 하며 대문으로 들어섰다.

안방에 들자마자 푸짐한 저녁상이 나왔다. 허균이 건천동으로 온다는 전갈을 받고 정성껏 준비한 음식들이었다.

허균은 대단한 미식가였다. 술이라면 그 맛을 따지지 않았지만 음식은 향기와 빛깔까지 살펴 상중하로 나누기를 즐겼다. 2월에는 강릉의 방풍죽(防風粥)을 즐겼고 10월에는 풍악산(楓岳山, 금강산의 별칭)의 석용병(石茸餠)을 그리워했다. 엿은 개성이나 전주에서 만든 것을 찾았고, 그곳에서 엿을 구할 수 없으면 도성 안 송침교(松針橋)의 엿만 고집했다. 배는 평안도에서 나는 검은 배〔玄梨〕를 즐겼고 민물고기는 꽁꽁 언 한강을 깨고 잡은 뱅어〔白魚〕를 최고로 쳤다. 오늘은 그런 품평조차 필요 없을 만큼 산해진미가 즐비했다. 허균이 저녁을 먹는 동안 아내는 곁에서 이것저것 음식들을 옮겨 주었다. 삭주(朔州)의 술까지 반주로 곁들였다.

　저녁상을 물린 다음 허균은 해경을 불렀다. 아내를 닮아 이마가 넓고 입술이 도톰한 것이 눈에 넣어도 아프지 않았다. 다소곳하고 침착한 태도도 제 어미를 쏙 빼닮았다.

　"요즈음은 무얼 읽고 있느냐?"

　설경과는 달리, 허균은 처음부터 해경에게 서책을 읽혔다.

　"『열녀전』을 읽고 있사옵니다."

　"호오, 그래! 그중에서 누가 가장 마음에 드느냐?"

　"회영이옵니다."

　"회영이라……. 그 이유가 무엇이냐?"

　회영은 진(秦)나라 목공의 딸이자, 진(晉)나라 혜공의 태

자 어의 아내였다. 어가 진(秦)나라에 인질로 와서 그녀와
결혼한 것이다. 어는 인질로 온 지 6년 만에 고국으로 돌아
가기를 원했고 회영에게도 함께 가기를 청했다. 그러나 회
영은 진나라를 떠나지 않음으로써 아버지의 뜻을 지켰을
뿐 아니라, 어의 탈출을 고변하지 않음으로써 남편에 대한
의리도 저버리지 않았다.

"회영은 호사수구(狐死首邱, 여우는 죽을 때 머리를 고향 언덕
을 향해 둠, 고향을 그리워함)의 마음을 지닌 지아비를 막지 않
았습니다. 비록 어를 진나라에 정착시키려던 목공의 바람
을 이룰 수는 없었으나, 남편을 따라 탈출하지 않았기에 아
버지에 대한 최소한의 예의는 지켰지요."

허균이 천천히 고개를 끄덕였다. 해경은 잔잔한 미소를
머금은 채 이야기를 이어 갔다.

"아버지! 소녀도 회영과 같은 사람이 되겠어요. 소훈으
로 뽑혀 입궐하면, 지아비의 뜻을 따를 뿐 아니라 아버지의
마음도 살필 터이니 걱정 마셔요."

참으로 총명한 딸이었다. 허균은 고개를 끄덕이며 웃기
만 했다. 대문을 들어서기 전에는 해경에게 이것저것 충고
를 할 생각이었지만, 지금은 아무 말도 필요 없었다. 저렇
듯 아비의 속마음까지 헤아리는 딸에게 더 이상 무슨 말이
필요하겠는가. 허균은 다만 해경의 마음이 다치지 않도록

사족을 달았다.

"고맙구나. 하나 아직 결정된 건 없단다. 마음을 편히 두고 기다리도록 해라."

"예, 아버지!"

해경이 물러가자마자 어색한 침묵이 방 안을 휘감았다. 먼저 말을 걸기 전에는 한마디도 하지 않는 아내였다. 예전에는 이 침묵이 못내 견디기 힘들었는데, 오늘은 왠지 따뜻하고 포근하기까지 했다.

"부인!"

아내는 그의 가슴을 쳐다보았다.

"부인!"

허균이 조금 더 큰 소리로 부르자, 그녀의 시선이 그의 입까지 올라왔다. 허균은 고개를 설레설레 젓고 천천히 방바닥을 쓸다시피 하면서 그녀의 곁으로 다가갔다. 그녀는 목석처럼 꼼짝도 하지 않았다. 숨소리도 들리지 않을 정도였다. 허균은 가만히 그녀를 끌어안았다. 그제야 그녀의 어깨가 가늘게 떨렸다. 가슴 저 깊은 곳에서 일렁이던 감정의 물결이 출렁거린 것이다. 그녀를 안은 채 허균이 물었다.

"부인! 왜 한 번도 내게 어떤 여자를 품었느냐고 묻지 않소?"

그녀는 얼굴을 들어 허균과 눈을 맞추었다.

"부인도 내가 천하의 난봉꾼이라는 소문을 들었을 게 아니오? 부인! 지아비를 잃는 것이 두려웠소?"

"아니옵니다."

"내가 미웠기 때문에?"

"그것도 아니옵니다."

"그렇다면……?"

"대감을 믿기 때문이옵니다."

허균은 그윽한 눈길로 아내의 얼굴을 내려다보았다. 남편에 대한 믿음이 그녀의 삶을 떠받치는 반석이었던 것이다.

"정녕 나를 믿소?"

"어인 말씀이시온지……."

그녀는 영문을 몰라 제대로 대답을 못했다. 20년이 넘는 동안, 이런 식의 애정 표현이 한 차례도 없었던 것이다.

"나를 믿느냐고 물었소. 허균이라는 남자를 믿느냐 이 말이오."

"믿사옵니다."

그녀가 짧게 대답했다.

"고맙소. 그렇다면 앞으로 무슨 일이 있더라도 아이들을 책임지겠다고 약조해 주오."

"대감……."

허균이 더욱 힘껏 그녀를 끌어안았다.

"생각나오? 내변산의 그 험한 산골짜기로 당신을 데려갔을 때, 당신은 내게 이런 말을 했었소. 시인의 아내로 사는 것보다 더 큰 행복은 없다고, 이곳에서 함께 검은 눈썹이 하얗게 샐 때까지 오래오래 살자고……. 부인! 이제부터 제대로 된 시를 지어 볼까 하오. 일이 여의치 않으면 내 변산이 아니라 그보다 더 험한 곳으로 당신을 데려갈지도 모르오. 그래도 좋소?"

"예! 대감의 뜻을 따르겠어요."

그녀는 조금도 주저하지 않았다. 시인의 아내로 살 수만 있다면 두려울 것이 없었다.

"고맙소."

허균은 아내를 끌어안고 눈을 감았다. 동해의 넓은 바다와 서해의 끝없는 갯벌이 한꺼번에 펼쳐졌다. 갑자기 뜨거운 감흥이 발끝에서부터 치밀어 올랐다. 낯익은 시구가 그 위를 휘휘 돌았다.

> 한밤에 일어나 사방을 바라보니
> 갠 하늘에 별들이 걸려 있네
> 한바다의 물결로 눈 날리니
> 건너려 해도 바람이 너무 세구려
> 젊음이 몇 때나 지탱할 건고

근심에 잠기니 사람 늙누나

어찌하면 죽지 않는 선약을 얻어

난새 타고 삼도를 노닐어 보지

中夜起四望

晨辰麗晴昊

溟波吼雪浪

欲濟風浩浩

少壯能幾時

沈憂使人老

安得不死藥

乘鸞戲三島

— 허균, 「감흥(感興)」

10일

믿음

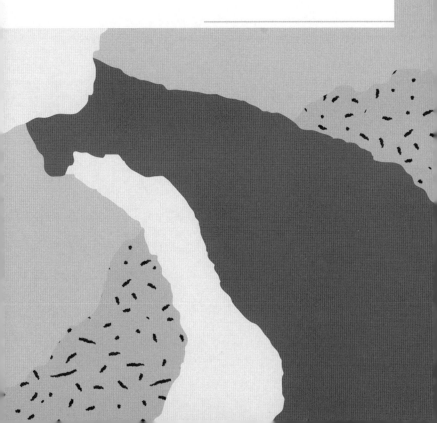

8월 15일 새벽

판의금부사 이이첨은 종종걸음으로 어둠이 채 가시지 않은 동궁전을 지나쳤다. 속히 입궐하라는 어명을 받고 편전으로 들어갔으나 광해군은 그곳에 없었다. 새로 동부승지가 된 조유도가 코맹맹이 소리를 내며 광해군이 금원(禁園, 비원, 후원)에서 기다린다고 했다.

밤이슬이 채 사라지지도 않은 금원에서 기다리신단 말이지?

이이첨은 창경궁으로 통하는 오른쪽 문을 흘깃 보며 관복을 다시 고쳐 입었다. 왼쪽은 창덕궁의 담장이요, 오른쪽은 창경궁의 담장이었다. 왼쪽 문을 통해 산자락을 끼고 들어가니, 파려, 마니, 유리, 옥정 네 우물이 모습을 드러냈다.

우물물로 갈증을 삭이고 싶은 생각이 간절했으나, 이이첨은 그곳을 그냥 지나칠 수밖에 없다. 임진년 왜란이 일어난 후부터 우물물이 완전히 말라 버린 것이다. 우물 자체도 파괴되어 형체를 알아보기 힘든 것을 광해군의 엄명으로 옛 정취를 겨우 되찾았으나, 우물물은 아직도 나오지 않았다. 금원은 오늘따라 새벽안개까지 깔려 신비로운 분위기를 더했다. 실눈으로 주위를 살피니 영화당(暎花堂) 아래 춘당대(春塘臺)에 길게 늘어선 나인들이 눈에 띄었다. 한찬남이 먼저 이이첨을 발견하고 오른손을 들어 아는 체를 했다. 이이첨은 서둘러 영화당으로 올라섰다.

광해군은 홀로 눈을 감고 영화당에 앉아 있었다. 한찬남은 문밖에서 이이첨과 인사만 나누었을 뿐 뒤따라 들어오지 않았다. 이이첨이 오면 아뢰지 말고 곧바로 들이라는 어명이 내려진 듯했다. 간밤의 어둠이 아직도 당 안에 가득했다.

"전하!"

이이첨의 목소리가 바닥과 천장에 부딪혀 여러 가지 빛깔로 울렸다. 광해군이 천천히 눈을 떴다. 어둠 속에서도 짙은 눈썹과 각진 턱이 어렴풋이 보였다. 무슨 일로 불렀는지 귀띔도 해 주지 않고 곧장 영화당으로 들어가기를 재촉한 한찬남이 야속했다. 광해군이 오른손을 들었다. 곤룡포가 가을바람을 맞은 단풍나무 가지처럼 흔들렸다.

"이리 가까이 오라!"

이이첨이 무릎걸음으로 다가앉았다. 사방의 창문은 꼭꼭 닫혀 있었다. 새벽 풍광을 즐기려는 마음이 없음을 단적으로 드러낸 것이다.

"판의금부사도 글재주를 뽐낸 적이 있었지?"

이이첨은 무신년(1608년)에 문과중시(文科重試, 당하관을 위한 과거 시험)에서 장원을 차지했었다. 광해군이 그때 일을 잊지 않고 거론한 것이다. 영화당이 만들어진 후부터는 춘당대가 친시(親試, 임금이 직접 참석하는 과거 시험)의 시험장으로 쓰이고 있었다.

"부끄럽사옵니다."

이이첨은 긴장을 늦추지 않고 공손하게 답했다.

"시제(詩題)가 무엇이었나?"

"별(別)이었사옵니다."

"어디 한번 읊어 보라."

"……."

이이첨은 고개를 들고 용안을 우러렀다. 이 새벽에 10년 전의 시를 읊어 보라는 하교가 참으로 낯설었다.

"새벽안개는 외로운 정자를 적시고/ 푸른 버들은 높은 파도에 숨었네/ 농옥의 피리 소리 이제 들리지 않고/ 무너진 성 사이로 님의 말소리만 흔들리누나."

광해군의 목소리가 조금 높아졌다.

"경은 청운의 길로 들어서지 않고 강호에서 시를 지었어도 이백과 어깨를 견주었으리라. 서궁의 무리들이 경을 일러 시가 무엇인지도 모르는 무식쟁이라고 평한 것은 참으로 어리석은 짓이 아닐 수 없도다. 판의금부사!"

"예, 전하!"

"경은 시가 무엇이라고 생각하는가?"

"시란 옳은 바를 널리 알리고 틀린 바를 수정하는 것이옵니다. 위로는 군왕의 교화를 돕고 아래로는 백성들의 성정을 살피는 것이 곧 시의 본분이옵니다."

"『예기』는 엄격하나 『시경』은 관대하다는 주장에 대해서는 어찌 생각하는가?"

"『예기』의 엄격함은 엄격한 가운데 관대한 것이고 『시경』의 관대함은 관대한 가운데 엄격한 것이옵니다. 부끄러움을 느끼니 이에 바로잡게 되고, 바로잡게 되니 이에 원래대로 돌아가고, 원래대로 돌아가니 이에 바르게 되는 것인데, 이것이 바로 시의 교화이니, 시가 관대하기만 한 것은 결코 아니옵니다."

"과연 경다운 시론이로다."

광해군이 고개를 끄덕이며 한찬남을 불렀다.

"도승지를 들라 하라!"

한찬남이 방문을 열고 들어왔다. 광해군은 한찬남으로부터 건네받은 조그마한 나무 상자를 이이첨에게 내밀었다. 이이첨이 공손히 상자를 받았다.

"열어 보라."

원숭이가 조각된 한 쌍의 비취 선추(扇錘, 부채의 쇠고리에 달아 늘어뜨리는 장식품)였다.

"경은 일찍이 효자로 이름이 높아 나라에서 정문(旌門, 효자, 충신, 열녀 등을 표창하기 위해 세우는 붉은 문)까지 세웠다. 그 효성을 왕실에 대한 충성으로 바꾸어 지금에 이르니, 과인이 어찌 경의 노고를 치하하지 않을 수 있겠는가."

원숭이는 효성이 지극한 동물이면서 학과 함께 산림처사의 상징이었다. 이이첨은 산림처사가 아니므로 격에 어울리지 않는 면도 있지만, 그의 효성에 비추어 원숭이 조각을 택한 듯했다.

"성은이 망극하옵니다."

광해군이 눈짓을 하자 한찬남이 다시 뒷걸음질을 쳐서 밖으로 나갔다. 광해군의 목소리가 차분하게 깔렸다.

"경이 올린 비밀 상소를 읽어 보았다."

드디어 광해군이 이 새벽에 그를 부른 까닭을 풀어 놓기 시작했다. 이이첨은 엄지발가락에 힘을 주며 신경을 곤두

세웠다.

"좌참찬을 추국하겠다는 말인가?"

"그러하옵니다."

이이첨은 담담하게 대답했다. 예상했던 물음이었다.

"숭례문의 흉격 때문이라면 좌참찬을 잡아들일 필요가 없다. 과인의 뜻을 충실히 따른 신하에게 오히려 상을 내려야겠지."

평소답지 않게 광해군은 매우 직설적이었다. 이이첨은 그 점이 마음에 걸렸다. 혹시 어젯밤 올린 상소문 때문에 진노하신 게 아닐까? 그렇다면 그 화가 허균이 아니라 자신에게 쏟아질 수도 있는 일이다.

"숭례문의 나졸들과 사헌부 장령 한명욱의 입을 틀어막았으나 소문이 삽시간에 도성 전체로 퍼졌나이다. 민심을 가라앉히기 위해서는 누군가가 나서서 책임을 져야 하옵는데, 성균관 유생 하인준 따위가 어찌 그 일을 감당하겠사옵니까? 서궁에 대한 백성들의 마음을 살피라는 전하의 하교를 좌참찬이 곡해하고 제멋대로 일을 꾸며 왕실과 조정에 큰 누를 끼쳤사옵니다. 그 죄를 엄히 물어 조정의 기강을 바로 세우시옵소서."

"이번 숭례문 흉격에 경은 전혀 개입하지 않았다는 뜻인가?"

"그러하옵니다."

광해군이 고개를 설레설레 저었다.

"이해할 수 없도다. 지난 5년 동안 손발을 맞춰 과인을 돕던 경들이 아닌가? 한데 이번 일은 좌참찬 혼자서 했다? 그렇다면 경은 서궁에 대한 백성들의 마음을 살피라는 과인의 명을 무시했다는 뜻인가?"

"저, 전하!"

"이치가 그렇지 않느냐? 교산은 흉격이라도 붙여 민심을 살피려 했는데, 경은 아무 일도 하지 않았음이야."

광해군의 지적은 날카로웠다. 이이첨은 적당히 물러나서 자신의 자리를 추스릴 필요가 있었다.

"전하! 신을 벌하여 주시옵소서. 신은 다만 애고도착(崖高道窄, 벼랑은 높고 길은 좁음)한 상황에서 함부로 일을 도모하기보다는⋯⋯."

광해군이 경쾌하게 이이첨의 말을 잘랐다.

"기다려 때를 살피고자 했다 이 말인가? 그것 역시 경답지 않구나. 전면에 나서서 일을 이끌어가지는 않더라도 어명이 떨어지면 무리를 모아 일을 시작하던 경이 아닌가?"

이이첨은 한 발 더 뒤로 물러서서 벼랑 아래로 떨어지는 시늉을 했다.

"신도 이제 나무 지팡이를 짚을 때가 되었나 보옵니다.

물러가서 병들고 지친 몸이나 보전하며 여생을 마치도록 윤허하여 주시옵소서."

"그 무슨 망언인가? 판의금부사가 없으면 과인이 어찌 조정을 이끌 수 있겠는가? 다만 이번 일은 좌참찬만의 잘못이 아니라는 뜻이다. 벌을 내리더라도 하인준만 추궁하면 그만이야. 좌참찬까지 잡아들일 수는 없느니라. 좌참찬을 잡아들이는 것이 경에게도 큰 상처가 되지 않겠는가?"

허균을 잡아들임으로써 북인의 힘이 약화되는 것을 우려하는 물음이었다. 광해군은 생각했던 것보다 훨씬 더 허균을 감싸고돌았다.

평소에도 허균에게만은 턱없이 관대한 광해군이었다. 허균이 공무를 내팽개치고 술을 퍼마시며 기생을 끼고 돌아도 시인의 풍류쯤으로 여겼다. 신하들의 불성실을 가장 싫어하는 군왕으로서는 원칙 밖의 일이었다.

전하께서는 왜 이토록 허균을 아끼시는 걸까?

이이첨은 광해군과 허균 사이에 자신도 모르는 끈끈한 정이 흐르고 있음을 눈치채고 있었다. 광해군이 필사적으로 허균을 보호한다면 허균을 탄핵하는 데도 한계가 있다.

물러설 것인가? 그렇지 않으면 한 걸음 앞으로 나아갈 것인가?

두 길 보기가 시작되었다. 발을 빼고 하인준을 죽이는 선에서 일을 수습할 수도 있다. 허균까지 잡아들이겠다고 고집을 피운다면? 그 책임은 고스란히 이이첨 자신에게 돌아오는 것이다. 광해군은 계속 책임의 무거움을 상기시키는 질문만 던졌다. 이이첨이 잠시 머뭇거리는 사이 광해군의 일침이 더해졌다.

"숭례문 흉격으로 좌참찬을 잡아들이는 일은 없을 것이다. 다시는 이 일을 거론하지 말라."

이대로 순순히 물러날 수는 없었다. 이이첨은 돌아올 수 없는 강을 건너기로 마음을 굳혔다.

"흉격 때문만은 아니옵니다. 좌참찬의 사병들이 움직이고 있사옵니다."

"사아리의 장정들 말인가? 100여 명이 도성 안으로 들어왔다는 건 과인도 알고 있다. 숭례문의 흉격에 부화뇌동하는 무리를 은밀히 잡아내려면 그 정도는 있어야 하지 않겠는가?"

사아리의 움직임까지 살피고 계셨는가? 이이첨은 광해군의 치밀함에 새삼 혀를 내둘렀다.

"사아리의 장정들뿐이 아니옵니다."

"자세히 설명해 보라."

광해군의 두 눈이 번뜩였다.

"오랑캐가 밀려온다는 흉문을 퍼뜨리며 괴이한 복색으

로 다니는 자들이 늘었사옵니다. 100명은 훨씬 넘는 숫자
이옵니다."

"그것도 포도대장에게 들어서 알고 있다. 하나 그들이 좌
참찬의 명령에 따라 움직인다는 증거가 어디 있는가? 오히
려 노추의 간자이거나 서궁의 무리가 아니겠는가?"

"그 많은 숫자가 한꺼번에 나타나서 도성을 헤집고 다니
는 점을 유념하시옵소서. 간자나 서궁의 무리는 결코 아니
옵니다."

"그렇다면⋯⋯?"

"무륜당의 잔당일 것이옵니다. 무륜당 뒤에 좌참찬이 있
음을 다시 한번 살피시옵소서. 서양갑, 심우영, 김평손, 이
경준, 박치인 등은 능지처참했사오나 박치의를 비롯한 많
은 무리들이 포위망을 피해 종적을 감추었사옵니다. 그 후
하삼도와 북삼도의 크고 작은 난은 모두 그들이 일으킨 것
이옵니다. 만에 하나 지금 도성에 무륜당의 잔당이 들어와
있다면, 그들이 서궁을 범한 다음 창덕궁으로 몰려올 것은
확연한 일이옵니다. 신도 좌참찬이 그렇게까지 흉심을 품
지는 않았으리라 보옵니다만, 그래도 미리미리 손을 쓰는
편이 나을 것이옵니다. 좌참찬을 잡아들여 벌을 주려는 것
이 아니옵고 좌참찬에게 불손한 무리들이 접근하지 못하도
록 잠시 보호하려는 것이옵니다. 윤허하여 주시옵소서."

추측만으로 당상관을 잡아들이는 것은 확실히 부담스러운 일이다. 그러나 지금으로서는 광해군의 허락을 받기 위해 수단과 방법을 가릴 때가 아니었다. 무륜당을 거론했으니 광해군은 틀림없이 영창 대군과 인목 대비를 떠올릴 것이다. 그들과 관련된 일이라면 평정심을 잃는 광해군이었다.

"열흘만 신에게 좌참찬을 맡겨 주시옵소서. 열흘 안에 좌참찬의 죄가 밝혀지지 않으면 신이 석고대죄를 하겠나이다."

이이첨의 목소리가 가늘게 떨렸다. 허균의 죄를 밝히지 못하면 판의금부사에서 물러나겠다는 뜻이다. 광해군의 두 손에 어느덧 식은땀이 배어들었다.

관송 이이첨!

지금까지 그는 광해군을 위해서라면 물불을 가리지 않았다. 임해군, 영창 대군, 능창군을 죽였고 인목 대비를 폐하여 서궁에 가두었다. 광해군조차 주저하고 두려워하던 일들을 솜씨 좋게 해치운 것이다. 이이첨은 사냥감을 놓치지 않는 유능한 포수였고, 이번에는 허균이 이이첨의 표적이었다. 석고대죄를 자청할 정도라면 허균에게 무엇인가 큰 약점이 있기는 있단 말인가?

"판의금부사!"

"예, 전하!"

"좌참찬이 처녀단자를 넣었음을 경도 알고 있겠지?"

"알고 있사옵니다."

"좌참찬을 의금부로 잡아들인다면 그 일은 어찌해야 하겠는가?"

의금부에 하옥된 죄인의 딸을 소훈으로 맞을 수는 없는 노릇이다. 이이첨은 이미 거기까지 생각을 마친 듯 주저하지 않고 답했다.

"그냥 두시옵소서. 신이 모든 일을 조용히 처리하겠나이다."

믿고 맡겨 달라는 뜻이다.

"알겠다. 언제 나졸을 풀 생각인가?"

드디어 광해군이 허락한 것이다. 이이첨은 더욱 힘을 냈다.

"동지의금 김개와 충분히 의논한 다음, 입이 무겁고 믿음직한 군관들을 뽑아 내일 아침 건천동으로 가겠나이다."

"내일 당장 잡아들이겠다는 말인가?"

"빠르면 빠를수록 좋은 일이옵니다. 좌참찬이 눈치를 채고 숨어 버리기라도 하면 큰일이 아니겠사옵니까?"

"하나 좌참찬이 무척 당황할 터인데……."

광해군은 허균을 걱정했다.

"신을 믿어 주시옵소서."

광해군이 잠시 뜸을 들였다. 어둠이 완전히 걷히고 사방이 훤하게 밝았다. 밀담을 멈출 때가 온 것이다.

"판의금부사! 과인은 좌참찬이 난을 일으키지 않으리라고 본다. 일찍이 그는 백운의 길을 동경하였고 세상의 부귀영화를 이백의 시 한 수보다도 하찮게 여겼느니라. 교산의 주위에 불손한 무리들이 많긴 하나 그것도 모두 좌참찬의 넉넉한 마음 씀씀이로부터 비롯된 것이니 걱정할 일이 아니다. 정녕 좌참찬이 난을 모의했다고 보는가?"

"좌참찬은 수많은 흉측한 무리들로부터 신임을 받고 있사오니, 언젠가는 반드시 일을 도모할 것이옵니다."

"알았다. 그만 물러가도록 하라."

이이첨이 뒷걸음질을 치며 물러갔다. 광해군은 고개를 들어 화려하게 채색된 천장을 잠시 바라보았다. 금원의 수목들과 전각들은 모두 광해군의 손에 의해 제자리를 찾았다. 금원을 다시 꾸미겠다고 했을 때 신하들은 앞다투어 반대했다. 아직 전쟁의 상처가 완전히 치유되지 않았으니 시기상조라는 것이다. 그러나 광해군은 자신의 뜻을 꺾지 않았다. 가장 비싸고 귀한 나무와 꽃을 골랐으며 폐허가 되다시피 한 전각들을 허물고 새 전각을 세웠다. 영화당은 그중에서도 그가 가장 아끼는 곳이다.

갑자기 아랫배가 쏴아 하고 쓰려 왔다. 아무래도 새벽부

터 차가운 바닥에 엉덩이를 붙이고 앉은 것이 실수였다. 한
찬남이 의자를 권했지만 방석만 깔고 앉아 이이첨을 기다
렸던 것이다. 의자에 앉으면 아무래도 속 깊은 이야기를 나
누지 못할 것 같아서였다. 한가위가 가까워지면서 팔도의
진상품이 줄을 이었다. 어젯밤 전라도 해남에서 올라온 국
화병(菊花餠, 가을에 먹는 떡)을 배불리 먹은 것이 탈이 난 모
양이었다.

"최 내관 밖에 있는가?"

"예, 전하!"

벌써 반백 년이 넘도록 창덕궁을 지키고 있는 대전 내관
최보용이 황급히 들어왔다.

"매우틀(임금이 사용하던 이동식 좌변기)을…… 가져오너
라!"

광해군은 고통을 참으며 벌겋게 상기된 얼굴로 겨우 하
명했다. 최보용이 상황을 짐작하고 급히 밖으로 나갔다.

광해군은 지독한 변비를 앓고 있었다. 사나흘 건너뛰는
것은 보통이었고, 요즈음 들어서는 어깨가 결리면서 얼굴
까지 화끈거렸다. 내의원에서 올린 도인승기탕(桃仁承氣湯)
을 마셨으나 차도가 없었다. 그렇게 며칠을 끙끙 앓다가 아
랫배가 꼬이면서 항문이 열리면 지독한 냄새와 함께 매우
틀이 찰 만큼 배설을 했다. 아무리 향이 진한 매추(梅蒭, 매

우틀 속에 까는 여물)를 겹으로 깔아도 냄새를 지울 수 없었다. 최 내관을 따라 덩치가 좋은 나인 둘이 매우틀을 가지고 들어왔다. 나인들은 당의 중앙에 매우틀을 내려놓고 조용히 물러갔다. 광해군이 옥대를 내밀자 최내관이 공손히 받았다. 저고리 위에 껴입은 첩리(帖裏)와 답호(踏號, 곤룡포 속에 받쳐 입는 옷) 때문에 아무래도 몸을 놀리는 것이 편치 않았다. 양손을 곤룡포 속으로 넣고 이번에는 과두를 풀었다. 이제 바지를 내리고 매우틀에 앉는 일만 남았다.

"나가 있으라."

"예, 전하!"

최 내관이 광해군의 흑화(黑靴, 임금이 신는 검은 신발) 옆에 옥대와 과두 그리고 무명천을 두고 물러났다. 일을 보는 동안에도 내관이 옆에서 시중을 드는 것이 원칙이었지만, 광해군은 타인에게 자신의 일그러진 얼굴을 보여 주기 싫었다. 최 내관은 문밖에 서서 귀를 쫑긋 세운 채 만약의 사태에 대비하고 있을 것이다. 바지를 내리고 매우틀에 앉자마자, 쏴아아 하는 소리와 함께 매우(똥의 궁중 용어)가 쏟아지기 시작했다. 곤룡포에 실례를 할 뻔한 절체절명의 위기를 무사히 넘긴 것이다.

이번에도 역시 냄새가 지독했다. 창문을 열고 신선한 아침 공기를 마시고 싶었으나 최 내관을 부르지는 않았다. 식은땀이 비 오듯 흘렀고 두 다리가 후들후들 떨리기까지 했다. 이이첨의 날카로운 눈과 툭 튀어나온 광대뼈가 떠올랐다. 그를 믿고 나라를 다스린 지도 벌써 10년.

"육미(六微)로다, 육미!"

갑자기 광해군의 입에서 육미라는 단어가 튀어나왔다. 육미는 용상을 지키기 위해 군왕이 반드시 살펴야 하는 여섯 가지 일이다. 첫째는 신하에게 권세를 빌려주어서는 안 되고, 둘째는 임금과 신하의 이(利)가 서로 달라서는 안 되며, 셋째는 신하를 벌할 때 실수를 해서는 안 되고, 넷째는 이해를 따질 때 항상 이로운 자와 해로운 자를 동시에 살펴야 하며, 다섯째는 일의 상하좌우가 마구 뒤섞여 어지러워지는 것을 경계해야 하고, 여섯째는 자기 나라의 신하를 타국에서 임명하게 해서는 안 되는 것이다. 비록 한비자의 주장이지만, 광해군은 이 여섯 가지를 늘 마음에 두고 신하들을 대했다.

광해군은 불현듯 자신이 이이첨에게 너무 많은 권세를 나눠 주었다는 생각이 들었다. 허균까지 유배를 가거나 사약을 마시면 그야말로 이이첨의 천하가 된다. 그때는 임금인 자신도 이이첨을 두려워하게 될 것이다. 역모를 꾸미고 있는 자는 교산이 아니라 관송일 수도 있다. 관송이 역모를 꾸미고 있다면 어떻게 이 난국을 수습할 것인가?

교산!

청년 허균의 서글서글한 눈매가 떠올랐다. 광해군은 그 눈을 똑바로 들여다보며 이렇게 물은 적이 있다.

"이 나라의 군왕이 된다면 가장 먼저 하고 싶은 일이 무엇이냐?"

허균은 주저하지 않고 답했다.

"지금 조선은 뜻있는 선비들이 들어앉고 간사한 무뢰배들이 도리어 관을 털며 나서고 있습니다. 고기 눈알로써 옥구슬을 비웃는다는 탄식이 절로 납니다. 우선 의정부와 육조의 늙은이들을 모두 고향으로 돌려보내겠나이다."

"나이만 어리다고 정치를 올바로 하는 건 아니지 않은가?"

"옳으신 지적이시옵니다. 하나 새로운 정치를 하려면 권력과 재물의 맛을 모르는 선비들이 필요하옵니다. 늙은이들은 모두 썩을 대로 썩어서 아무리 고치려 해도 소용이 없사옵니다. 세자 저하! 나이는 비록 어리나 뜻이 굳고 심지가 곧은 이들을 지금부터 찾아 모으신다면, 훗날 참으로 크고 바른 정치를 펴실 수 있을 것이옵니다. 소생이 비록 부족하오나 저하께서 큰 뜻을 이루실 수 있도록 목숨 바쳐 보좌하겠나이다."

"정말인가? 날 위해 목숨을 걸겠다?"

"소생의 목숨은 임진년에 아내와 딸을 잃었을 때 벌써

없어졌나이다. 저하께서 필요하시다면 언제든지 쓰시옵소
서."

"고맙구나!"

"청이 하나 더 있사옵니다."

"무엇이냐?"

"서원을 정리하시옵소서. 서원의 선비들은 전답을 늘리
고 곡식 불리기에만 힘을 쓰면서 한 고을의 권세를 독점하
여 제멋대로 위세를 부리니, 고을 수령들이 감히 건드리지
도 못하고 있사옵니다. 나라에서 세운 향교는 버려진 땅이
되어, 사당은 무너지고 뜰은 거칠어졌으며 봄과 가을의 제
사가 끝나면 고요하여 무인지경과도 같사옵니다. 반면에
서원은 높은 본당과 넓은 곁채에다 식구가 100명을 헤아리
니, 이런 서원이 없어지지 않고서는 나라가 바로 설 수 없
사옵니다. 밝게 살피시옵소서."

"알았다. 꼭 그렇게 하마!"

그 밤의 굳은 맹세가 눈앞에 선했다.

허균을 이대로 버릴 수는 없다!

"끙!"

다시 한번 아랫도리에 힘을 쏟은 다음 천천히 무릎을 폈
다. 피가 제대로 돌지 않아서인지 종아리가 당기고 허벅지
가 딱딱하게 경직되었다. 엉거주춤 앞으로 걸어 나와 무명

천으로 뒤를 닦고 바지를 입었다. 과두로 여민 다음 다시 곤룡포 위에 옥대를 둘렀다. 여전히 지독한 냄새가 당을 휘감고 있었다.

서둘러 밖으로 나왔다. 매우틀의 뒤처리는 최 내관의 지휘 아래 이루어질 것이다. 광해군의 변비가 하루가 다르게 심해지기 때문에, 오늘의 매우도 매추로 잘 덮어 내의원에 전해질 것이다. 매우의 색깔과 냄새를 통해 광해군의 건강을 살피는 것 또한 내의원의 중요한 임무였다. 광해군이 춘당대로 내려서자 한찬남이 잰걸음으로 달려왔다. 광해군은 영화당에서 멀리 떨어진 곳으로 걸음을 재촉했다. 한찬남도 광해군의 마음을 헤아리는 듯 조용히 뒤를 따랐다.

"도승지! 도승지는 관송과 더 친한가, 교산과 더 친한가?"

어려운 질문이었다. 하나를 택하는 것은 곧 다른 하나를 버리는 것이다.

"판의금부사와도 친하옵고 좌참찬과도 친하옵니다."

한찬남은 중용을 택했다. 정치의 소용돌이에서 살아남는 가장 흔한 방법이었다. 광해군의 얼굴이 묘하게 일그러졌다.

"관송이 교산을 잡아들이겠다고 하였다."

"……"

기어이 그렇게 되었는가? 한찬남은 피 냄새를 맡았다.

　"관송은 믿고 맡겨 달라고 했다. 과인이 관송을 믿으면, 곧 교산을 믿지 않는 것이 된다. 하나 과인은 관송을 믿는 만큼 교산을 믿고, 교산을 믿지 않는 만큼 관송도 믿지 않는다. 도승지!"

　"예, 전하!"

　"도승지는 과인을 따라서 죽을 수 있겠는가?"

　"저, 전하……."

　광해군은 한찬남의 대답을 기다리지 않았다.

　"관송은 과인을 따라 죽을 수 있을까? 교산은? ……아무도 과인을 따라 죽지는 않을 테지. 군왕을 따라 죽는 것만이 충이 아니라 군왕이 죽을 위기에 처하기 전에 미리 구해 내는 것이 충이라고 했던 이가 누구였지?"

　"안자(춘추시대 제나라의 정치가)이옵니다."

　"그 말이 옳긴 하지만, 과인은 그래도 과인을 따라 죽을 수 있는 신하가 있었으면 좋겠느니라. 죽는 것이 지나치다면 과인을 따라 요동으로 건너갈 신하는 있을까? 관송과 교산 중 누굴까? ……관송보다는 교산이겠지? 그래 교산일 게야! 관송은 도성을 떠나면 단 하루도 살 수 없는 위인이지만, 교산은 젊은 시절을 금강산으로 변산으로 훨훨 날아다니지 않았는가. 이제 과인은 과인을 따라 요동으로 건너

갈 충직한 신하를 잃을지도 모르겠구나."

광해군의 목소리에는 아쉬움이 묻어 있었다. 허균을 잡아들이도록 허락은 했으나 아직까지 미련이 남은 것이다. 한찬남이 기다렸다는 듯이 광해군의 뜻을 살펴 아뢰었다.

"교산에게도 기회를 주심이 어떠하옵니까?"

광해군이 고개를 돌려 한찬남을 노려보았다. 서늘한 냉기가 돌 만큼 섬뜩한 눈초리였다. 그러다가 갑자기 턱을 치켜들며 가볍게 웃었다.

"허허허, 역시 도승지로다! 그래, 그래야겠지. 교산에게도 기회를 주는 것이 공평할 게야. 도승지! 이번에도 도승지가 과인을 도와주어야겠다."

"하교하시옵소서."

한찬남이 더 깊이 허리를 숙였다. 멀리 영화당의 창문이 발 빠른 나인들에 의해 하나씩 열리기 시작했다.

그날 저녁

허균과 이재영은 모처럼 둘만의 저녁 식사를 했다. 사랑방에 머무르던 박응서가 그림을 마저 그리겠다며 식사를 거절했던 것이다. 이재영과 나란히 밥을 먹는 것이 부담스러운 모양이었다. 한가위를 맞아 푸짐한 저녁상이 들어왔다. 이재영이 좋아하는 말린 팔대어(八帶魚, 문어)까지 특별히 주문하여 상에 올렸다. 저녁을 먹은 후 이재영은 지난밤 꿈에서 본 풍경 하나를 들려주었다.

"자네도 알고 있는 풍경이라네. 들어 보시겠는가? 해변을 따라서 좁다란 길이 나 있는데, 그 길을 통해 골짜기로 들어서면 수풀 속에서 시내가 흘러나오지. 그 시내를 따라 몇 리를 더 들어가면 산이 열리고 육지가 트이는데, 좌우의 가파른 봉우리는 마치 봉황과 난새가 나는 듯 높이를 헤아리기 어렵고, 동쪽 산기슭에는 소나무 1만 그루가 하늘을 찌르고 있다네. 눈앞에는 야트마한 언덕이 셋 있는데, 대나무 수백 그루가 울창하고 푸르다네. 남쪽으로는 드넓은 대해 가운데 금수도가 있으며, 서쪽으로는 무성한 삼림 속에 서림사가 있어 승려들이 새벽 예불을 드린다네. 계곡 동쪽을 거슬러 올라가서 옛 당산나무를 지나 정사암이라는 데에 이르니, 암자는 방이 겨우 네 칸이며 바위 언덕에다 지어 놓았는데, 앞에는 맑은 못이 굽어보이고 세 봉우리가 높이 마주 서 있지. 폭포는 푸른 절벽으로 쏟아져 흰 무지개처럼 성대하다네. 시내로 내려와 물을 마시거나 산발하고 옷을 풀어헤친 채 못가의 바위에 걸터앉으면 신선이 부럽지 않을 지경이야. 가을꽃이 살짝 피고 단풍은 반쯤 붉었는데, 석양이 산봉우리를 감싸고 하늘 그림자는 물에 거꾸로 비친다네. 굽어보고 쳐다보며 시를 읊조리니, 금세 티끌 같은 세상을 벗어난 느낌이어서, 마치 삼도(三島, 삼신산)에서 노니는 것 같다네."

허균은 눈을 지그시 감은 채 이재영이 그리는 풍경을 따라가고 있었다.

교산!

자네와 난 시인으로 이름을 남길 사람들이라네. 애초에 도성으로 돌아온 것 자체가 잘못이었어. 언젠가 자네도 시에 대한 유혹을 뿌리치기가 가장 힘들다고 말했었지. 시인의 절대적인 자리에 견줄 건 아무것도 없다고도 했어. 자네 말이 옳아. 거사가 성공하고 나면 우린 행복해질까? 방 안에 홀로 앉아 「도성전도」를 살피고 있으면 자꾸 그런 생각이 든다네. 이곳이 모두 불바다가 되더라도 나의 시만은 살아남아야 한다. 내 목숨이 끊어지는 한이 있더라도 나의 시만은 지켜야 한다. 그럴 때면 서너 걸음 뒤로 물러서려는 나 자신을 발견하곤 한다네. 거사가 성공해도 내 시를 살리고, 거사가 실패해도 내 시를 살리는 방법을 찾는 게지. 그러다가 가장 좋은 방법은 거사를 하지 않는 거라는 생각이 들었다네. 여기서 모든 걸 접고 변산으로 내려가면, 자네도 나도 그리고 우리의 시도 무사할 거야.

"여인! 자네의 기억력은 참으로 놀라워. 벌써 10년 전에 보았던 풍경인데 손에 잡힐 듯 펼쳐 놓다니……."

꼭 10년 전, 광해군이 즉위하던 그해 가을에 허균은 속세를 떠나 내변산 정사암으로 들어갔다. 탐관오리로 몰려 공주 목사에서 파직된 직후의 일이었다. 『옥추경』과 노장을 읽으며 여생을 보낼 작정으로 식솔까지 모두 거느리고 낙향한 것이다. 그때 이재영도 동행했었는데, 지금 바로 그곳의 풍경을 읊은 것이다.

"그때 자네가 읽던 책이 무엇이었나?"

"『황정경』의 내옥경경과 외옥경경이었지. 기를 인도하고 오장을 단련하는 데는 그만한 책이 없다네."

"자네의 단전에서 금빛이 새어 나왔었지."

"그랬던가……?"

벽곡(辟穀)의 나날이 어렴풋하게 떠올랐다. 도교에 대한 허균의 관심은 40년 전으로 거슬러 올라간다. 이백과 두보의 시를 읽으며 신선계에 대한 동경을 품었던 것이다. 『포박자』를 읽고서는 신선이 되기 위해 금석으로 만든 약을 구하러 다닐 때도 있었다. 그때 하곡 허봉은 어린 동생에게 이런 충고를 했다.

"정(精), 기(氣), 신(神), 세 가지 보물을 어찌 밖에서 구하려고 하느냐? 그것을 밖에서 구할 수 있다면 산삼을 찾아 헤매는 심마니들이 가장 먼저 신선이 되었겠다. 외단(外丹,

도가에서 만들어 먹는 불사약)에 힘입어 단숨에 날아오르고 죽지 않는 신선이 되겠다는 망상은 버려라. 매일매일 섭양을 통해 네 몸을 안으로부터 다스리는 법을 익히면 능히 신선의 경지에 다다를 수 있을 게야."

그때부터 외단을 추구하는 것을 포기하고 도교와 관련된 서책들을 읽었다. 처음에는 『한무내전』『열선전』『신선전』『동명기』『십주기』 등을 읽었으나, 곧 도교의 경전인 『음부경』『황정경』『참동계』 등을 탐독하게 되었다. 서책을 읽다가 궁금한 점이 생기면 송천옹이나 이춘영과 같은 도인들에게 묻기를 주저하지 않았다. 나이 마흔에 이르렀을 때는 스스로 몸을 다스리고 혼백을 단련할 수 있게 되었다. 한무외, 남궁두, 유형진과 같은 도인들은 자신들의 뒤를 잇기를 권하기까지 했다.

그러나 허균은 넉 달 만에 정사암에서 내려왔다. 은자가 되기에는 세상에 대한 욕망이 넘쳐서였을까? 이재영은 몇 번이고 그날의 하산을 아쉬워했다.

"지금이라도 늦지 않았으이. 미리 사람을 보내 정사암을 수리하면 한 달 후엔 그곳으로 들어갈 수 있네."

허균은 이재영이 내변산 풍경을 읊을 때부터 그가 말하려는 바를 알고 있었다.

"한 달이라……. 여인, 자네의 욕심도 대단하구먼. 한 달

안에 모든 걸 접고 산으로 숨자 이 말인가? 나도 자네와 함께 매월당(梅月堂) 김시습의 「수진」, 「복기」를 읽고, 북창(北窓) 정렴의 「용호결」을 외우며, 용현진인(軸玄眞人) 한무외의 「단가구결」을 음송하고 싶으이. 하나 지금은 백운을 좇을 때가 아니야. 한 10년 후라면 가능할 수도 있겠지만……. 자네도 생각을 해 보시게. 비명에 간 무륜당 벗들의 원한이라도 풀어 줘야 하지 않겠나? 그들의 죽음을 헛되게 할 수 없다네. 파암과 함께 꼭 내 손으로 마무리를 짓고 싶어."

"자네의 심정을 내가 왜 모르겠나? 하나 억울함을 푸는 건 끝도 시작도 없는 거라네. 복수에 복수를 거듭하다 보면 결국 스스로 자신의 심장을 찌를 뿐이야. 파암의 야망을 다 독거릴 수 있을 것 같은가? 팔도를 활활 태우더라도 그 불꽃은 꺼지지 않을 걸세."

이재영은 저도 모르게 고개를 설레설레 저었다.

파암은 원래부터 우리와 다른 족속이었던 게야. 만약 거사가 성공하더라도, 공을 다투는 자네와 파암이 내 눈에 또렷하게 보인다네. 파암이야 봉학이나 우경방, 명허 대사의 도움을 받을 테지만, 자넨 고립될 걸세. 상처받는다는 말이지. 자넨 자네 손으로 이 일을 마무리 짓고 싶다고 말하지만, 교산, 이런 일에 마무리란 없는 거네. 목숨이 다하는 순간까지 매달려도 자네가 원하는 세상을 만들지는 못할 테니까. 요즈음 나는 파암의 얼굴에서 관송의 그림자를 보곤 한다네. 세상에 대한 분노와 복수심, 처음부터 끝까지 모든 것을 완전히 장악하겠다는 의지! 그건 파암의 모습이자 관송의 모습이기도 해. 교산! 나는 자넬 믿지만 파암을 믿을 수는 없어. 세상을 손에 넣기 위해서라면 무슨 짓이라도 할 위인이니까. 그러니까 우리, 이 피투성이 난장판에서 벗어나세.

"자네 요즈음 부쩍 마음 약한 소리만 하는구먼. 모든 것을 잊자, 모든 것을 버리자, 그리고 빈 몸으로 떠나자고만 하니…… 정사암에 모였던 벗들 중에서 자네와 파암 그리고 도원만이 남았네그려."

스산한 마음을 달래려는 듯, 허균이 이행의 시 「8월 15일 밤(八月十五夜)」을 읊기 시작했다.

"평소의 친구들은 모두 죽어 버리고/ 백발로 몸과 그림자만 서로 보고 있네/ 높은 다락 달 밝은 이 밤에/ 피리 소리 처절하여 차마 듣지 못하겠네(平生交舊盡凋零 白髮相看影與形 正是高樓明月夜 笛聲淒斷不堪聽)"

이재영이 깊은 숨을 들이쉬며 시의 여운 속으로 들어갔다.

"그러니까 우리라도 잘 살아야지. 하늘의 뜻을 알 나이가 되지 않았는가?"

"여인! 정 그렇게 신선이 되고 싶다면 틈날 때 나와 함께
『참동계』라도 읽도록 하세."

"고맙네. 하나 나는 자네가 신선보다 시인이 되었으면 하
네."

"시인이라고? 허허, 시인은 자네나 되게. 내게는 시인 노
릇 하는 것이 신선 노릇 하는 것보다 훨씬 어려우이. 여인!
말이 나왔으니까 하는 말이네만, 그동안 자네가 시를 꽤 많
이 지었다고 들었네. 한데 왜 내게는 보여 주지 않는 겐가?
시인도 뭣도 아닌 놈이라고 무시하는 게야?"

이재영의 얼굴이 벌겋게 상기되었다.

"아, 아닐세. 내가 어찌 자네를 무시할 수 있겠나……. 습
작에 지나지 않기에……."

"허허, 자네의 시가 습작이라면, 조선의 시 중에서 습작
아닌 것이 어디 있겠는가? 자넨 그 결벽이 문제야. 우리
사이에 감추고 숨길 게 무언가? 자네의 심성이 맑고 단아
한 줄은 아네만 잘못하면 외골수로 흐를 수도 있어. 사대
부치고 글 욕심, 책 욕심 없는 사람은 없다네. 나도 갑인년
(1614년)에 천추사로 명나라에 갔을 때 은 1만 냥으로 수천
권의 책을 사 왔었다네."

"그럼 자네가 나랏돈 1만 냥을 훔쳐 책을 샀다는 게 사실

인가?"

그때 허균은 은 1만 냥을 분실했다고 조정에 보고했었다. 그러나 기준격은 허균이 그 돈을 빼돌려 서책을 구입했다고 극력 주장했다. 훗날 물론 허균은 끝까지 은을 잃어버렸을 뿐이라고 버티었다.

"훔치다니? 나는 훔치지 않았네. 그 돈이 어떤 돈인지 아는가? 명나라 대신들에게 은밀히 갖다 바칠 돈이었어. 어차피 남의 나라 대신들 주머니에 들어갈 거, 서책을 사는 데 썼을 뿐이야. 자네한테 선물한 서책도 다 그 돈으로 산 거라네."

"하나 그건 나랏법을 어긴 거네."

"내가 그냥 은 1만 냥만 슬쩍했다면 틀림없이 중죄인이겠지. 하나 그 돈을 바치려고 했던 대신들을 만나서 시와 술로 그들을 감복시켰다네. 은 몇천 냥으로는 얻을 수 없는 귀한 소식들을 많이 가져왔으이. 은 1만 냥 몫은 톡톡히 치렀다 이 말이네. 어떤가, 이래도 내가 나라 도둑인가?"

"도저히 자넬 못 당하겠군. 자네가 어렸을 적부터 장난을 좋아하는 건 알지만 그건 경우가 너무 심했네. 잘못하면 사약을 받을 수도 있는 일이야."

"허허, 그런가? 나도 내가 왜 그랬는지 모르겠다네. 돈은 아깝고 책 욕심은 나고 그래서 일단 저질러 버린 거지. 아무 일 없이 적당히 넘어갔으니 됐지, 뭐. 그리고 이건 정말 노파심에서 하는 말이네만, 글 욕심, 책 욕심 때문에 장난을 치는 나도 문제지만 너무 거기에만 매달리는 자네도 문제야. 시를 위해 목숨을 걸지는 말게. 아무리 시가 중요해도 결국 삶의 한 부분에 지나지 않는 걸세. 시가 자네에게 고통이나 불행을 안긴다면 차라리 시를 버리는 게 옳을 수도 있어. 시보다는 삶을 제대로 꾸려 나가도록 노력하게나. 그러면 자네 시가 더욱 아름답고 눈부시게 바뀔 게야. 여인! 8월이 가기 전에 꼭 보여 주게. 자네의 경지를 음미하고 싶으이."

"경지는 무슨……. 자네가 변산으로 돌아가면 그때 보여 줌세."

"허어, 그럼 정말 변산으로 돌아가야겠는걸. 자네의 시를 읽기 전에는 편히 눈을 감을 수 없을 거야."

허균과 이재영은 서로를 바라보며 웃었다. 이재영은 중 늙은이 허균의 웃음에서 스무 살 눈부신 천재 시인의 해맑던 눈동자를 추억했다.

끝까지, 끝까지 자네가 이 난장판에 남겠다면, 나도 자네와 함께 있겠네. 나 혼자 변산으로 내려갈 수는 없지. 자넨 내가 슬플 때 위로해 주었고, 아플 때 약을 지어 주었으며, 굶주릴 때 밥을 샀고, 글에 자신이 없을 때 지나친 칭찬

을 해 주었지. 꼭 한 번만이라도 자넬 돕고 싶네. 비록 내가
원하지 않더라도 자네가 가는 길에 어찌 내가 빠질 수 있겠
는가? 하나 자꾸 걱정이 되는 건 사실이지. 이 길이 자네와
나의 시를 죽이는 길은 혹 아닐까? 정녕 우리의 시를 죽이
는 길이라면……? 자네도 나만큼이나 시를 아끼고 사랑한
다는 걸 잘 알고 있네. 그런 자넬 믿어.

"지도는 살펴보았는가?"

"그게……. 쉽지가 않아. 의금부와 좌우포도청의 관군들
이 요소요소에 깔려 있거든. 아무래도 그들을 한두 곳으로
유인한 후 급습하는 게 상책일 것 같네. 장정들을 대여섯
패로 나누는 게 어떨까 싶네만……."

"대여섯 패는 너무 많지 않을까? 적의 힘을 분산시킬 수
는 있겠지만 그만큼 우리끼리 보조를 맞추는 것도 힘들 테
니까. 번잡하게 여러 곳에서 날뛰다 보면 범궁의 때를 놓칠
수도 있고."

"알겠네. 다시 생각해 보지."

"자네만 믿고 있겠네."

허균은 서안 아래에서 서찰을 꺼내 이재영에게 내밀었다.

"가는 길에 이걸 좌포도청에 전해 주시게."

서찰을 받아 들며 이재영이 물었다.

"이게 무언가?"

"백계를 풀어 달라고 몇 자 적었다네. 내일은 한보길을 비롯한 유생들도 백계를 석방하라는 청원서를 좌포도대장에게 전할 터이니, 백계는 곧 나올 게야."

이재영이 고개를 갸웃거렸다. 탈옥범 우경방을 좌포도대장 김예직이 쉽사리 풀어 줄 리 없었던 것이다.

"탈옥했던 사람을 당장 풀어 줄까?"

"풀어 줄 수밖에 없을 걸세. 풀어 주지 않으면 좌포도대장 자리를 빼앗겠다고 적었으니까."

"뭐라고? 사정사정 부탁해도 들어줄까 말까 한 일인데 협박을 했다 이 말인가?"

"협박을 했으니 백계는 풀려날 게야. 만약 내가 머리를 숙이고 들어갔다면 백계는 결코 살아서 포도청을 나올 수 없다네."

"도대체 무슨 계책이 있는 겐가? 자세히 설명해 보시게."

"김예직은 아직까지 백계의 탈옥을 조정에 아뢰지 않았다네. 해서 내가 이렇게 썼지. 당장 백계를 풀어 주지 않으면 백계의 탈옥을 숨긴 정황을 탑전에 고하겠다고. 아무리 아둔한 김예직이더라도 이번에는 내 부탁을 들어줄 수밖에 없어. 아니 그런가?"

"허허허, 도둑이 매를 드는 격이군. 교산, 자네 배짱은 참으로 대단허이."

이재영이 서찰을 소맷자락에 곱게 넣은 후 엉덩이를 들려다 말고 갑자기 생각난 듯 물었다.

"한데 도원은 왜 자꾸 집에 들이는 겐가? 한 번 배신한 자는 또 배신하게 되어 있네."

이재영은 박응서가 마음에 걸렸다. 허균이 입맛을 다셨다.

"나는 단지 도원이 한죽을 잘 그린다기에 한 폭 그려 달라고 부탁한 것뿐이야. 이왕이면 건천동에 와서 그리고 싶다길래 허락을 했고."

"한죽이 필요하다면 허주 이징에게 청할 일이지. 아무리 도원이 한죽을 잘 그린대도 어디 허주만 하겠나? 교산! 자넨 정말 도원을 믿는 겐가? 내가 보기에 도원은 일부러 자네 곁을 맴도는 것 같아. 관송이 자넬 살피기 위해 도원을 보냈을 수도 있으니 각별히 주의하시게."

허균은 벙글벙글 웃으며 아무렇지도 않게 받아넘겼다.

"이왕 관송에게 알려질 바에야 도원의 입을 빌리는 편이 낫겠지."

"자네…… 알고 있었군. 한데……."

"왜 도원을 맞아들였냐고 묻고 싶은 겐가? 자네 너무 도원을 증오하지는 말게. 물론 도원이 비열했던 건 사실이야. 하나 자네도 나도 적당히 비열하고 적당히 용감하지 않나? 도원을 보면 자꾸 그런 생각이 든다네. 잘난 척하지 마라.

너의 반쪽이 저기에 있다. 똑똑히 보아라, 너의 비겁함을, 더럽고 어리석음을, 옹졸함을, 나약함을! 그리고 말일세, 도원이 아니라면 관송은 또 누군가를 내 곁에 붙여 두려고 할 거야. 이왕이면 도원이 낫지. 나 때문에 가여운 친구가 조금이라도 편할 수 있다면."

"하나 자네가 큰 봉변을 당할 수도 있음이야."

"염려 말게. 아무리 친구를 위한다지만 우리의 미래를 몽땅 보여 줄 수는 없는 일이야."

"보여 줘도 무방한 부분만 도원에게 준다는 뜻인가?"

"그렇네."

이재영은 박응서가 참석했던 자리를 곰곰 더듬어 보았다. 숭례문 흉격을 붙이기 위해 모였던 성옥의 집 그리고 건천동! 이이첨도 벌써 알고 있는 부분이다. 박치의와 우경방, 명허와 봉학과의 만남은 철저하게 감추었다. 새삼 허균의 치밀함이 돋보였다. 겉으로는 실없이 웃으면서 모든 것을 포용하는 듯하면서도, 중요한 부분들을 직접 챙기는 사내, 허균!

"아무리 그래도 배신자를 내부에 두는 건 옳은 일이 아니야."

"알겠네. 이 일은 믿고 맡기게나. 내가 알아서 함세."

허균이 다시 박응서를 감싸자 이재영도 더 이상 토를 달지 않았다.

"마지막으로 하나만 더 물을까?"

"그러게나. 요즈음 들어 자넨 부쩍 궁금한 게 많군."

"자네에게 금상은 어떤 존재인가? 솔직히 답해 주게."

이재영으로서는 꼭 한 번 던지고 싶은 질문이었다. 그 동안 허균이 광해군을 직접적으로 비난하는 것을 들은 적이 없었던 것이다. 그런 광해군을 허균은 지금 죽이려 하고 있다. 허균은 질문의 의도를 이해하겠다는 듯이 가볍게 웃어 보였다.

"잃어버린 꿈과 같다네. 되살리기에는 너무나 멀어져 버린, 그러나 할 수만 있다면 다시 되살려 현실로 바꾸고 싶은 꿈!"

"증오는 아니군."

"증오라니? 당치도 않네. 차라리 너무 깊은 사랑으로 인해 가슴 서늘한 이별 앞에서 안타까워하는 심정이라고나 할까?"

"이별하지 말고 다시 사랑할 순 없겠나?"

"내가 전에 말하지 않았던가? 이미 그 사랑은 산산조각이 났다네. 전하는 전하대로 나는 나대로 상처만 남았을 뿐이야. 이만하세."

대문 앞까지 배웅 나온 허균은 어깨가 축 늘어진 친구를 위해 한 가지 제안을 했다.

"지난달 주자도감(鑄字都監, 활자를 만드는 관청)에서 새로운 활자를 만든 건 자네도 알고 있지? 이번 거사만 성공하면 가장 먼저 자네 시를 활자로 찍어 내도록 하겠네."

"정말인가?"

"약속하지. 이제 자네도 세상에 널리 알려질 때가 되지 않았는가? 명나라 조정에도 들어갈 수 있도록 길을 찾아보겠네. 그러니까 약한 마음 먹지 말고 지도를 유심히 살펴주게. 알겠는가?"

이재영의 얼굴에 웃음꽃이 활짝 피었다. 허균도 이재영이 내민 손을 맞잡으며 밝게 웃었다.

"알았네. 내 꼭 그렇게 하지."

이재영이 사라진 골목으로 남여 하나가 들어섰다.

"대감! 좌참찬 대감!"

좌승지 유대건이었다.

"아니, 좌승지가 예까지 웬일인가?"

남여에서 내린 유대건이 허겁지겁 허균에게 달려왔다. 주위를 살핀 후 귓가에 대고 은밀히 찾아온 용건을 말했다.

"전하께서 곧 납실 겁니다."

"뭣이라고?"

"쉿, 조용히 하세요. 전하께서는 은밀히 좌참찬 대감을 뵙기를 원하십니다. 잡인들을 멀리 물리치시고 채비를 하세요."

"어인 일이신가?"

"소생도 그 이유는 모릅니다. 다만 도승지와 대전 내관 그리고 내금위 군관들만 대동하고 변복한 채 궁을 떠나셨으니, 곧 이곳에 도착하실 겁니다. 은밀히 쪽문을 열어 두세요."

"알겠네."

유대건이 어둠 속으로 사라진 후, 허균은 마당으로 들어섰다. 박응서가 섬돌 아래를 서성이고 있었다.

"여인은 갔는가?"

허균이 밝게 웃으며 다가갔다.

"허허허, 갔네. 한가위만이라도 가솔과 함께 지내겠다고 했으이. 도원, 자네도 가솔을 챙겨야지?"

박응서가 쓸쓸하게 웃었다.

"후훗. 가솔이라……. 한때 내게도 그런 게 있었지. 하나 가슴앓이에 걸린 아내는 내가 감옥에 갇힌 사이 저세상으로 떠났고, 아들 녀석은 지레 겁을 먹고 도성을 나갔다는데 아직도 감감 무소식이라네."

"사암(思菴, 박순의 호) 대감 댁으로 가지 그러나?"

박응서는 영의정을 역임한 박순의 서자였다.

"농담이라도 그런 소리 말게. 아버님께서 돌아가신 지 벌써 30년이야. 역모에 연루된 서자를 누가 집 안에 들이려고 하겠는가? 무륜당을 드나들 때부터 완전히 발길을 끊었다네. 지금은 정실 자식들의 얼굴도 떠오르지 않아."

"미안하네. 괜히 자네의 상처를 건드렸군. 오늘은 그만 붓을 놓고 내 집에서 장만한 음식들이나 맛보도록 하게. 지주(旨酒, 맛있고 좋은 술)도 넘칠 만큼 있으니 마음껏 취하도록 하게나."

"고맙네. 하나 이왕 잡은 붓이니 자정까진 계속 그리도록 하겠네."

"역시 도원답구먼. 좋아, 그럼 자정부터는 보름달 아래에서 대취해 보세나."

허균은 박응서와 헤어져 안방으로 들어왔다. 늙은 하인을 불러 잡인의 접근을 막도록 지시한 다음, 쪽문으로 사대부 일행이 도착하면 곧바로 안방까지 인도하도록 일렀다. 전에도 이런 식의 은밀한 회합이 있었던지라 늙은 하인은 순순히 물러갔다.

허균의 안색이 차갑게 굳었다. 광해군은 한 번도 이런 식으로 은밀히 궁궐을 빠져나와 신하의 집을 방문한 적이 없었다. 더구나 오늘은 휘영청 보름달이 밝은 8월 한가위가 아닌가. 그가 벌써 농간을 부린 것일까. 이이첨의 날카로운 얼굴이 스치고 지나갔다. 하지만 아직까지 그에게 꼬리를 잡히지는 않았다. 하인준과 우경방이 잡혔긴 해도, 적당한 해결책을 마련해 두었기에 별 문제는 없다. 사아리의 사병 100명을 일부러 움직여 전하를 안심시켰고 박응서를 받아들여 이이첨의 마음을 누그러뜨리지 않았던가. 아무리 되짚어도 광해군의 갑작스러운 행차를 이해할 수 없었다.

"좌참찬 대감!"

문을 열고 나서니 갓을 쓴 최 내관이 섬돌 위에 서 있었다. 내금위 군관들의 호위를 받으며 마당에 서 있던 광해군이 황급히 대청마루로 올라섰고 한찬남이 그 뒤를 따랐다. 네 명의 군관이 품속에 검을 숨긴 채 횡으로 늘어섰다.

"꼭 한 번 좌참찬의 집에 와 보고 싶었는데 오늘에야 왔구나. 건천동에 터를 잡은 건 초당(草堂) 허엽부터인가?"

광해군은 자리를 잡고 앉자마자 집터 이야기부터 꺼냈다. 맞은편에 한찬남과 나란히 앉은 허균이 차분히 답했다.

"그러하옵니다."

"악록과 하곡과 난설헌 그리고 좌참찬이 모두 이곳에서 시문을 닦아 그 이름을 대명국까지 떨쳤으니, 건천동은 가히 큰 문장가와 시인이 날 곳이로다."

한찬남이 광해군을 거들었다.

"문장가와 시인뿐이 아니옵니다. 덕풍군 이순신과 원성

군 원균이 모두 이곳 출신이니, 건천동은 문과 무에 탁월한 인재들이 모여 있는 곳이옵니다."

"그렇군. 도승지 말이 옳도다."

술상이 들어왔다. 예상하지 못한 손님이었으나 아내 김씨는 신속하고 맛깔스럽게 안주를 차렸다. 술잔을 채운 다음 광해군이 다시 물었다.

"생각을 해 보았는가?"

허균은 즉답을 못했다. 생각이라니? 무슨 생각을 말하는 걸까?

"형조를 맡을 뜻이 정녕 없단 말인가?"

지난 8일 광해군은 허균에게 형조 판서로 옮겨 앉을 수 있느냐고 물었다. 허균은 안도의 한숨을 쉬며 아뢰었다.

"아니옵니다. 신은 전하의 뜻이라면 숭례문의 문지기가 되어도 상관없사옵니다. 맡겨 주시옵소서."

"고맙군. 역시 좌참찬은 과인의 마음을 헤아리는구나."

광해군이 흡족한 웃음과 함께 연거푸 술잔을 비웠다. 형조 판서 자리를 확답받기 위해 이곳까지 온 것은 아니리라. 허균은 조용히 광해군의 다음 이야기를 기다렸다.

"처녀단자를 넣은 아이를 만나 보고 싶도다. 데려올 수 있겠는가?"

해경을 불러오라는 뜻이다.

"잠시만 기다리시옵소서."

허균은 술잔을 내려놓고 방을 나왔다. 아내에게 해경을 데려오도록 시킨 후 잠시 대청마루에 홀로 서 있었다.

이 일 때문인가? 아닐 것이다. 빈궁을 들이는 것도 아니고, 소훈을 고르는 일에 임금이 직접 나선 예는 없다.

해경이 잔뜩 겁을 먹은 얼굴로 김씨를 따라 마당으로 들어왔다. 달빛에 비친 해경의 얼굴이 더욱 둥글고 아름다웠다.

"따라 들어오너라."

허균은 해경을 데리고 방으로 들어섰다. 큰절을 하는 해경의 모습을 광해군이 유심히 지켜보았다.

"올해 몇인가?"

해경이 고개를 숙인 채 떨리는 음성으로 답했다.

"열여섯이옵니다."

"글을 아느냐?"

"……."

해경이 대답을 못하고 옆에 앉은 허균을 훔쳐보았다. 광해군이 다시 물었다.

"난설헌의 시는 대명국에도 널리 알려졌느니라. 시문을 배웠느냐?"

"겨우 문자를 깨우칠 정도이옵니다."

해경은 겸손하게 답했다. 광해군이 천천히 고개를 끄덕이며 허균에게 시선을 돌렸다.

"소훈이 되기에는 아까운 아이로다. 좌참찬이 시를 가르쳤는가?"

"그러하옵니다. 아직 시를 짓는 것은 서투오나 난설헌의 시는 곧잘 암송하옵니다."

광해군이 따뜻한 미소를 지으며 고개를 끄덕였다.

"호오, 그래? 그럼 어디 한 수 외워 보아라."

해경은 고개를 들고 시를 외우기 시작했다. 떨리던 음색도 어느덧 차분하게 가라앉았다.

"먼 곳으로부터 손님이 오셔서는/ 님께서 보내셨다고 잉어 한 쌍을 주셨어요/ 배를 갈라서 들여다보았더니/ 그 속에 한 장 편지가 있었어요/ 늘 생각하노라고 님께서 말하시곤/ 요즈음 어떻게 지내느냐고 물으셨어요/ 편지를 읽어 가며 님의 뜻 알겠기에 / 눈물이 흘러흘러 옷자락을 적셨어요〔有客自遠方 遺我雙鯉魚 剖之何所見 中有尺素書 上言長相思 下問今何如 讀書知君意 零淚沾衣裾〕"

"좋구나. 난설헌의 환생이로다."

광해군이 무릎을 탁 치며 한찬남에게 눈짓을 했다. 한찬남이 나전흑칠 비녀집〔螺鈿黑漆簪箱〕을 꺼내 해경 앞에 놓았다.

"멋진 시를 들려준 데 대한 상이다. 열어 보아라."

비녀집의 뚜껑에 적힌 '부귀다남자(富貴多男子)'라는 글귀가 눈에 띄었다. 양옆은 매학죽록문(梅鶴竹鹿紋)이 새겨져 있었고 뚜껑을 옆으로 밀자 주칠(朱漆)을 한 내부가 드러났다. 내부는 세 칸으로 나뉘었는데, 비녀의 목을 걸칠 수 있도록 홈이 팬 지지대까지 있었다. 왕실에서만 사용하는 옥봉황비녀(玉鳳簪)였다. 이 비녀를 해경에게 준다는 것은 곧 소훈으로 맞아들이겠다는 뜻이다. 눈치 빠른 허균이 이마가 방바닥에 닿을 만큼 허리를 숙였다.

"전하! 성은이 망극하옵니다."

"허허헛, 오히려 과인이 좌참찬에게 인사를 해야겠지. 저렇듯 곱고 총명한 아이를 소훈으로 얻게 되지 않았는가. 세자가 저 아이와 함께 한 해만 지내더라도 글공부를 저절로 할 게야. 아니 그런가, 도승지?"

"그러하옵니다."

한찬남도 웃으며 맞장구를 쳤다. 광해군은 허균을 위해 또 다른 선물을 준비해 왔다.

"주자도감에서 갑인자(甲寅字, 세종 16년(1434년)에 만든 글자)를 개주(改鑄, 개량)하여 더 바르고 곧은 글자를 만들었음을 경도 알고 있으렷다. 경이 엮은 『난설헌집』을 찍어 대명국에 보내고 싶은데, 경의 뜻은 어떠한가?"

"전하! 성은이 하해와 같사옵니다."

허균은 해경을 돌려보낸 다음 다시 술상을 내오도록 했다. 아무래도 광해군은 오늘 이곳에서 만취할 작정인 듯했다. 딱딱하던 표정이 조금씩 풀어지면서 다분히 감상적인 어투로 자신의 동궁 시절을 추억하기 시작했다.

"기정승에게서 『맹자』를 배우던 때가 기억나는구나. 박학과 논리를 갖춘 우부빈객(右副賓客, 세자시강원의 종2품 벼슬)에게 참으로 많은 걸 배웠지. 선왕께서 영창을 세자로 삼으려 했을 때는 제일 앞에 나서서 목숨을 걸고 반대했고, 선왕이 훙서하신 후에도 영창을 옹립하려던 유영경의 무리로부터 과인을 지켜 주었다. 아무리 대론에 반대했다손 치더라도 과인은 그의 충정을 의심하지 않는다. 이태백도 야랑(夜郎)으로 귀양 갔고 소동파도 해남(海南)으로 귀양 갔듯이, 잠시 몸과 마음을 쉬라고 보낸 것이야. 좌참찬의 생각은 어떠한가?"

"기정승은 신에게도 많은 가르침을 주었사옵니다. 나라를 위하는 마음은 그 누구보다도 붉고 단단하옵니다."

허균은 기자헌을 삭탈관직시키는 데는 동의했으나 귀양까지 보낼 뜻은 없었다. 무엇보다도 기자헌으로부터 유교와 불교를 아우를 수 있는 포용력을 배웠던 것이다. 문득 기자헌의 인자한 음성이 들려오는 듯했다.

"이단을 배척하고 불교를 숭상하지 않는 것은 옳으나, 사람이 부처에게 복을 비는 것 역시 세상살이의 한 모습이라네."

기자헌을 북삼도로 보내야만 한다고 극력 주장한 사람은 이이첨이었다.

"강학을 시작하기에 앞서 늘 이 부분을 소리 내어 읽도록 했지. 누구를 섬기는 것이 큰가? 어버이를 섬김이 큰 것이다. 누구를 지키는 것이 큰가? 자신을 지키는 것이 큰 것이다. 자기 자신을 잃지 아니하고 능히 그 어버이를 섬기는 자를 내가 들었고, 자기 자신을 잃고서 능히 그 어버이를 섬기는 자를 내가 듣지 못하였노라. 누구든 섬기는 것이 아니리오마는 어버이를 섬기는 것이 지킴의 근본이요, 누구든 지키는 것이 아니리오마는 몸을 지키는 것이 지킴의 근본이다. 그 가르침이 있었기에 과인은 선왕의 마음을 헤아릴 수 있었고, 그 가르침이 있었기에 용상에 오를 수 있었다. 지금 생각하건대 어찌 어버이만 섬기고 스승은 섬기지 않을쏜가. 과인은 곧 기정승을 다시 도성으로 불러 스승의 예로 받들고 싶구나."

기자헌의 가르침이 광해군의 마음을 안정시킨 것은 사실이었다. 그 후 영창 대군이 태어나고 선조의 총애가 강보에 싸인 대군에게 쏠릴 때, 광해군은 '어버이를 섬기는 것이 지킴의 근본'이라는 말씀을 되뇌며 참고 또 참았던 것이다.

"좌참찬!"

"예, 전하!"

"기정승의 마음을 누구보다도 경이 잘 알겠구나. 전 예조 좌랑 기준격이 좌참찬의 제자였다지?"

"그러하옵니다."

"제자에게 버림받은 스승의 기분이 어떠한가?"

아무리 술기운에 편승하여 던진 말이더라도 치욕적인 질문이었다. 허균은 담담한 어투로 짧게 답했다.

"모든 것이 다 신의 불찰이옵니다."

"제자의 잘못까지 짊어지겠다? 허허, 기 정승도 경처럼 생각하고 있을까? ……차라리 어리석은 제자를 원망하면 좋으련만……. 교산!"

갑자기 광해군이 허균의 호를 불렀다.

"예, 전하!"

"과인은 경을 형조 판서에 임명하는 날, 경의 딸을 소훈 으로 받아들일 생각이다."

"성은이 망극하옵니다."

"경은 변산으로 내려가서 자연을 벗하며 신선술을 닦는 것이 소원이라지?"

"그러하옵니다."

"경이 그곳으로 갈 때 과인도 끼어 줄 수 있겠는가?"

"전하! 어찌 그런 하문을 하시옵니까? 전하께서 가시고 싶은 곳이라면 그 누가 막겠사옵니까?"

"허허! 경의 말이 옳기는 옳도다. 하나 세상일이라는 게 어디 뜻대로 되는가? 도성 밖으로 한 번 나갔다 오려 해도 사헌부, 사간원, 홍문관의 언관들이 눈에 불을 켜고 트집을 잡느니라. 세자가 장성하면 양위를 하고 경을 따라 나서겠다 이 말이니라. 과인의 청을 마다하진 않겠지?"

한찬남이 끼어들었다.

"양위라니요? 천부당만부당한 분부이십니다. 거두어 주시옵소서."

광해군이 혀를 차며 술잔을 기울였다.

"쯧쯧, 이렇다니까……. 도승지까지도 과인의 앞길을 막는도다."

허균이 술을 따른 후 큰 소리로 아뢰었다.

"전하. 좋은 시절이 오면 신이 전하를 뫼시고 변산으로 가겠나이다. 변산뿐이겠사옵니까? 전하께서 분조를 이끌고 누비셨던 강원도와 북삼도로도 가겠나이다."

"그래, 그러자꾸나. 꼭 그러자꾸나."

잠시 침묵이 흘렀다.

"한데 그 전에 처리할 일이 하나 있구나."

회한의 감상이 뚝뚝 묻어나던 광해군의 어투가 갑자기 작열하는 태양 아래 외롭게 선 고목처럼 건조해졌다.

"판의금부사 이이첨의 말에 따르자면, 하인준이 오늘 새벽에 이실직고를 했다고 한다. 하남대장군이 도성을 덮치리라는 흉격이 교산의 손에서 나왔다고……."

"저언하!"

허균이 광해군의 말을 잘라 자신의 처지를 해명하려고 했다. 광해군은 한 번 잡은 고삐를 놓지 않았다.

"물론 과인은 경을 믿는다. 경이 왜 그런 일을 꾸몄는가도 충분히 이해하고 있어. 하나 추국을 받은 죄인의 공초에 경의 이름이 오르내렸으니, 판의금부사로서는 경의 죄를 따질 수밖에 없겠지. 경이 의금부로 가지 않겠다고 하면, 과인도 다시 판의금부사를 불러 이 일의 불가함을 알리도록 하겠다. 하나 경에 대한 과인의 신임을 재확인하기 위해서라도, 경이 잠시 수고를 하는 편이 나을 성싶구나. 경의 생각은 어떠한가?"

이것이구나. 관송이 먼저 손을 쓴 게야!

허균의 두 눈에서 불꽃이 튀었다. 이이첨이 한마디 상의도 없이 의금옥에 그를 가두려는 것이다. 말을 빙빙 돌리고는 있지만 광해군도 이미 그것을 허락한 듯했다.

"전하! 신을 죽여 주시옵소서."

광해군이 난처한 표정을 지었다.

"어허, 경을 죽이려는 게 아니다. 과인이 어찌 경의 마음을 의심하겠는가. 경을 죽일 요량이었다면 이렇게 건천동까지 오지도 않았을 터. 경은 과인을 믿는가?"

"믿사옵니다."

"과인도 경을 믿는다. 우리가 이렇게 서로를 믿는데 무슨 흉한 일이 일어나겠는가. 경은 물론 하인준까지 무사히 풀어 줄 터이니, 마음 편히 의금부로 갈 채비를 하도록 하라."

"전하!"

허균의 얼굴은 거의 사색이 되었다. 이대로 광해군이 떠나고 나면 꼼짝달싹 못하고 의금옥에 갇힐 것이다. 광해군이 오른쪽 주먹으로 왼쪽 손등을 가볍게 치며 입을 열었다.

"신필(信筆, 약속 문서)을 원하는가? 그래, 과인이 어찌 경의 마음을 모르겠는가. 도승지!"

한찬남이 밀지를 허균에게 내밀었다. 공손히 밀지를 받아 드는 허균을 보며 광해군이 웃었다.

"보름 안에 경을 형조 판서로 임명하고 경의 딸을 소훈으로 맞아들이겠다는 약조를 적어 두었느니라. 이러면 과인을 믿겠는가?"

"전하! 성은이 하해와 같사옵니다."

"또 하나 경에게 부탁할 일이 있다. 들어주겠는가?"

"하교하시옵소서."

"도성에 괴물이 돌아다닌다는 소문을 경도 들었겠지? 누구는 노추의 간자라고도 하고 누구는 역도들의 선봉이라고도 한다. 하나 그만한 장정들을 도성에 끌어들일 자는 판의금부사와 좌참찬뿐이니라."

"사아리의 장정 100명을 이번 일의 마무리를 위해 도성으로 들였나이다."

"그건 과인도 알고 있느니라. 한데 판의금부사의 사병들에 대해서는 도무지 알 수가 없도다. 남한산성 쪽으로 내려갔다고는 하나 혹 도성으로 들어왔는지도 모르는 일! 경이 살펴 줄 수 있겠는가?"

아랫사람을 시켜 이이첨을 감시하라는 뜻이다. 허균이 목소리에 힘을 가득 실어 아뢰었다.

"신에게 맡겨 주시옵소서."

용무를 마친 광해군이 술잔을 비우고 일어섰다. 자정이 가까운 시각이었다. 안방을 나가 대청마루로 내려서던 광해군의 몸이 오른쪽으로 기우뚱했다. 한찬남과 허균이 급히 그를 부축했다.

"괘, 괜찮다. 참으로 달이 밝도다. 좌참찬!"

"예, 전하!"

"좌참찬이 귀신의 소리를 듣는다던데, 사실인가?"

허균이 불교와 도교를 숭상할 뿐 아니라 신선술에 빠져 사대부의 도리를 못한다는 비난은 오래전부터 계속되어 왔다. 그 때문에 삭탈관직을 당한 적이 몇 번이었던가.

"사람이 어떻게 귀신의 소리를 듣겠나이까? 허언이옵니다."

광해군이 설레설레 고개를 저었다.

"허언이 아니야. 과인도 허공의 소리를 들어 왔도다. 아, 지금도 들려오는구나. 서궁을 살려 달라는 영창의 절규! 좌참찬은 저 소리가 들리지 않는가?"

"바람 소리일 뿐이옵니다."

허균은 침착하게 광해군을 섬돌 아래까지 부축했다. 최 내관이 달려와서 목화를 신는 광해군을 도왔다. 내금위의 군관들이 마름모꼴로 광해군을 에워쌌다. 광해군은 고개를 들어 달빛을 한 번 우러른 다음 허균에게 작별 인사를 했다.

"좌참찬, 그대만 믿겠다."

광해군은 최 내관이 든 조족등을 따라 쪽문으로 향했다. 문밖까지 배웅하기 위해 뒤를 따르려는 허균을 한찬남이 만류했다. 사람들의 눈을 피해 조용히 대궐로 돌아가겠다는 것이다.

허균은 광해군 일행이 사라진 후에도 오랫동안 마당에

서 있었다. 높은 담을 타넘은 가을바람이 휘이익휘익 소리를 내며 허공에서 울어 댔다.

나의 운명은 내일부터 어떻게 바뀔 것인가?

수많은 상념들이 찾아들었다. 광해군이 내리는 술을 열 잔도 넘게 받아먹은 터라 술기운이 온몸을 감싸 돌았다. 그러나 그는 이 밤을 하얗게 지새울 작정이었다.

의금옥에 갇히면? 내가 할 수 있는 일은 줄어들 수밖에 없다. 바깥 일은 박치의에게 맡기고, 박치의의 급한 성미는 이재영이 견제토록 하고, 이이첨을 비롯한 삼창의 동태를 살피는 건 김윤황에게 일임해야겠다. 날 잡아 가둔 다음에는? 늙은 살쾡이가 도성을 헤집고 다니겠지. 살쾡이의 발톱에 걸려들지 않는 게 관건이다. 아무런 흔적도 남기지 말고 열흘만 버티면 제 풀에 나가떨어질 게야. 금상도 아직은 내게 기회를 주려는 듯하니, 의금옥에 갇히는 게 전화위복일 수도 있어. 늙은 살쾡이! 얼마든지 나를 가두고 할퀴어라. 하나 넌 결코 내 심장을 움켜쥘 수 없어. 네가 조급할수록 승리는 나의 몫이다!

만물이 열매를 맺는 한가위의 밤은 그렇게 깊어 가고 있었다.

(2권으로 이어집니다.)

소설 조선왕조실록 16

허균, 최후의 19일 1

1판 1쇄 펴냄 1999년 12월 15일
2판 1쇄 펴냄 2009년 1월 23일
3판 1쇄 펴냄 2019년 3월 15일
3판 2쇄 펴냄 2021년 1월 20일

지은이   김탁환
발행인   박근섭·박상준
펴낸곳   (주)민음사

출판등록   1966. 5. 19. 제16-490호
주소   서울특별시 강남구 도산대로1길 62(신사동)
            강남출판문화센터 5층(우편번호 06027)
대표전화   02-515-2000 | 팩시밀리 02-515-2007
홈페이지   www.minumsa.com

© 김탁환, 2019, 2009, 1999. Printed in Seoul, Korea

ISBN 978-89-374-4217-9 04810
ISBN 978-89-374-4201-8 04810(세트)

* 잘못 만들어진 책은 구입처에서 교환해 드립니다.